CHRISTA ECKERT

Mein ist die Liebe

tredition
www.tredition.de

www.Christa-Eckert.org

Verlag und Druck: tredition GmbH, Hamburg

ISBN
Paperback: 978-3-7469-6621-2
Hardcover: 978-3-7469-6622-9
e-Book: 978-3-7469-6623-6

... Denn Liebe, die etwas anderes erstrebt als die Offenbarung ihres eigenen Geheimnisses, ist keine Liebe, sondern ein ausgeworfenes Netz - und nur Wertloses verfängt sich darin.

(Khalil Gibran, Der Prophet)

Die Fähigkeit zu denken ist ein Geschenk des Schöpfers an dich. *Woran* du denkst, ist dein Geschenk an dich selbst.

(Prem Rawat, Words of Peace)

Kapitel 1

Über den Kiefern schreit ein Bussard. Stürzt sich mit angelegten Flügeln in die Tiefe. Ich schaudere, als sei ich selbst im freien Fall.

Und? Bin ich es nicht?

Wenn ich es denke und daran glaube, dann ja. Ich weiß, was Gedanken hervorbringen. Und was sie anrichten können...

„Carla?“

Ach ja, Josepha hat mir eben eine Frage gestellt. Sie sieht mich an, das spüre ich. Ich lasse meinen Kopf zurückgelegt. Schaue in das unsagbare Blau dort oben zwischen den Kiefernwipfeln. Es ist, als könnte mein Blick es trinken. Und es tut gut, dieses Getränk. Sehr, sehr gut.

„Alt werden? Jetzt schon?“, überlege ich laut. Lasse den Kopf noch weiter zurücksacken, bis er auf der Stuhllehne liegt. Fahre mir mit den Fingern beider Hände durchs Haar. „Mein Leben hat mit Fünfzig erst richtig angefangen. Vor vier Jahren!“

Ich höre mir selbst zu und staune. Aber ja – es stimmt. Damals bin ich endlich in meinem wirklichen Leben gelandet. Mitten drin.

Vorher habe ich funktioniert. War immer gut. In allem, was ich angefasst habe. Bis ich nicht mehr konnte. Bis ich gemerkt habe, dass ich gar nicht bin, was ich versucht habe zu sein. Und mich so lange schon danach sehne, das zu leben, was ich wirklich bin.

Etwas bewegt sich neben mir. Aber mein Blick will immer noch nicht fort aus dem Unendlichen. Ich weiß auch so, dass Marie aufsteht. Sich dreht. Mit ihrem breiten Hinterteil gegen den Tisch stößt. Die Gläser klirren aneinander. Sie schiebt ihren Stuhl neben meinen in den Schatten des Sonnenschirms. Sinkt mit kehligem Stöhnen hinein. Zupft an meinem Arm. Will mich zurückholen von dort oben. Ich lasse meinen Kopf im Nacken. Muss schauen und schauen. Meine Augen sind so durstig nach diesem Blau.

Marie schlürft einen tiefen Atemzug ein – wie immer, wenn sie etwas sagen will, das alle Aufmerksamkeit braucht. Im selben Moment stöhnt Josepha auf, als sei sie von einer Hornisse gestochen worden. Da springt mein Blick doch zurück in unsere Lichtung.

Josephas Augen sind so weit wie die ihrer Stute, wenn sie vor dem Halfter scheut. Sie zerrt sich das Sweatshirt über den Kopf. Darunter das T-Shirt gleich mit. „Hitzewallung!", presst sie heraus. Knüllt die Shirts zu einem Bündel. Wischt sich damit das Gesicht und unter den Achseln und wieder das Gesicht, als tropfte sie wie ein überreifer Pfirsich.

„Sorry, das muss auch noch aus!", stöhnt sie. Sieht mich mit einem „Versteh es oder versteh es nicht" - Blick an und zieht ihr Trägerhemd aus. Für ihren schmalen Körper unerwartet große Brüste schaukeln ins Freie.

Ich linse zum Weg hin. Kommt womöglich doch mal jemand zu uns auf den Hügel gestiegen? Mir ist auch warm. Aber ich ziehe nur die Jacke aus.

„Ich *bin* gerade fünfzig geworden, aber mein Leben fängt NICHT erst an!" Josepha lacht, dass ihre dunkle Stimme wie eine Woge durch den Wald rollt. Sie hebt erst ihre eine, dann ihre andere Brust an. Tupft sich den Schweiß darunter mit dem Hemd ab. „Im Gegenteil!" Sie stopft das Shirt-Knäuel als Kissen unter ihren Kopf und lehnt sich zurück. „Ich werde jetzt in aller Ruhe alt!"

Ich sehe noch, wie Josepha zum ersten Mal an meiner Haustür gestanden hat. Leuchtend kobaltblaue, locker legere Kleidung, dazu rote Hollandclogs, in der Hand eine mindestens drei Zentimeter dicke Scheibe Brot. Sie hat gerade davon abgebissen. Sagt mit dem riesigen Bissen im Mund hinter vorgehaltener Hand etwas wie: „Hallo, ich bin die neue Nachbarin!" Im nächsten Moment prusten wir beide los. Mögen uns sofort. Es ist anders als das Mögen mit Marie. Josepha und ich sind herzlich, aber spröde miteinander. Marie und ich warm und sanft.

Marie hat gerade das letzte freie Haus von den dreien hier auf dem Hügel gekauft. Direkt unterhalb von meinem. Lange hat es leer gestanden. Sie hat es besichtigt, mit dem Besitzer verhandelt, es wieder besichtigt, wieder verhandelt, und ich habe schon kommen sehen, dass dieser Jäger mit Jagdhund und „Sitz! Platz! Hierher!" - Gebrüll, der schon mehrmals durch Nachbarhaus und Garten getrampelt ist, mein Nachbar werden würde. Mein Paradies wäre verloren gewesen. Ich brauche die Stille hier. Nichts brauche ich so sehr.

Josepha hält ihr Glas hoch. Der Holunderblütensaft mit Prosecco blinkt golden in der Sonne. Sie erinnert uns daran, worauf wir eigentlich trinken: „Willkommen bei uns im Wald, Marie! Schön, dass du hier bist!“

Ich hebe auch mein Glas. „Ja, auf dich! Und auf uns!“

Wir stoßen unsere drei Gläser aneinander, dass sie klirren. Meins schwappt über.

Marie zieht auch ihr Oberteil aus. Mein Blick lässt sich nicht davon abbringen, mal auf ihren, mal auf Josephas Brüsten zu landen. Mein Kopf nicht davon, Vergleiche mit meinen eigenen anzustellen.

„IST das schön hier!“, stöhnt Josepha. Sie liegt mehr in ihrem Stuhl als dass sie sitzt. „Was immer ihr beide vorhabt, ich jedenfalls werde jetzt in aller Ruhe alt! RUHE in Großbuchstaben geschrieben!“ Sie schließt die Augen. Spricht mit geschlossenen Lidern weiter: „Und dies hier ist der beste Platz der Welt dafür!“

„Und zum Schreiben!“, rufe ich in das grenzenlose Blau des Himmels hinein. Wie munter ich klinge! Bin ich beschwipst? Von einem Schluck Sekt? Oder macht dieses Blau da oben, das nicht nur eine Farbe sein kann, macht das betrunken?

Josepha blinzelt zu mir herüber. „Hast du das neue Buch angefangen?“

„Ich brüte noch, aber nicht mehr lange.“

„Ja?“ Marie richtet sich auf.

„Und wie läuft das andere?“ fragt Josepha gleichzeitig.

„Ganz gut für den Erstling einer Namenlosen. Ich kann die Stromrechnung davon bezahlen und ab und zu eine edle Flasche Wein.“ Ich grinse.

Sie denken wahrscheinlich, dass es in Wirklichkeit mehr ist. In Wirklichkeit ist es weniger.

„Aber diesmal habe ich ein angesagtes Thema! Eine Frau sucht bei einer Internet-Partneragentur die große Liebe. Was sie erlebt, ist... Ähm – ja, das ist noch geheim. Auf jeden Fall lande ich damit totsicher einen Erfolgsroman!“

„Genau!“ Josephas tiefes Lachen dröhnt, dass ich zusammenzucke.

Marie sieht von ihrem Tabakpaket hoch, auf dem sie sich eine Zigarette rollt. „Wie bist du denn auf *das* Thema gekommen?“

„Das ist doch nicht mein Thema! Das ist nur das Milieu, in dem die Geschichte spielt. Es fing mit einem Zeitungsartikel über Partneragenturen im Internet an. Diese Agenturen haben einen Andrang, das glaubt ihr nicht. Und was da alles passiert!

Jede Menge Sonderlinge und Psychopaten natürlich. Es hat sofort bei mir gezündet und die Story war da."

„Und?", kommt von Marie und Josepha gleichzeitig.

„Meine Heldin Jolyn verliert die Liebe ihres Lebens. Nachdem sie sich davon halbwegs erholt hat, beginnt sie verzweifelt, einen neuen Partner zu suchen. Sie landet bei einer Internet-Partneragentur. Lernt jemanden kennen, der charmant ist. Witzig. Interessant. Dann stehen sie sich zum ersten Mal gegenüber – tja, und mehr wird nicht verraten."

„Aus einem Zeitungsartikel weißt du genug, um darüber eine ganzen Roman zu schreiben?", tönt Josepha.

„Ich schreibe nur über das, was ich aus eigener Erfahrung kenne: Seit kurzem bin ich Mitglied bei der Edel-Agentur Auserlesen.de!"

„WAS?" Josepha lacht kurz auf. Im nächsten Moment ist ihre Stimme behutsam. „Dann bist du wieder offen für eine neue Liebe?"

„Jolyn ist offen dafür. Ich recherchiere!"

„Na komm! Wie soll das denn gehen?"

Ich ziehe die Schultern hoch. Lege wieder den Kopf in den Nacken. Schaue in das glühende Blau dort oben.

„Es muss gehen. Und es wird gehen", sagt ein Gedanke in mir.

Ich werde ihn füttern müssen. Damit er stark wird. Und stark bleibt.

***

Das Lied der Bäume

So ist es gewesen und so fängt diese meine Geschichte an. Heute bin ich nicht mehr dieselbe Carla, die sie gelebt hat. Auch nicht mehr die, die sie geschrieben hat. Nun überarbeite ich mein Buch. Und manchmal ist mir, als täte etwas daran weh.

Ist es Heimweh? Weil ich in der Erinnerung wieder dort im Wald bin? Weil ich wieder dieses beständige Rauschen und Wispern und Säuseln höre? Weil ich das Lied der Bäume wieder höre? Sie singen es zusammen mit dem Wind. Die hohen Kiefern haben die Hauptstimme, eingestimmt auf das überwältigende Himmelsblau. Selbst in der Erinnerung spüre ich dieses Blau wie einen Schmerz, so wie mitunter ein Gedicht oder eine Musik die Brust bis zum Zerreißen weit macht.

Ich sehe mich wieder in dem Zeltdach-Pavillon auf meiner Waldlichtung sitzen, um mich her der warm-weiche Kieferndruft. Die Armlehnen des Korbsessels drücken leicht in meine Unterarme, während meine Hände schreibend über die Laptop-Tasten fliegen. Wenn ich aufschaue, habe ich links vor mir das rote Holzhaus mit den hellblauen Fensterläden. Dahinter stehen hochgewachsene Tannen, die ihre Äste schon unten am Boden ausbreiten. Im Lied der Bäume haben sie die zweite Stimme inne. Sie ist weit tiefer als die der Kiefern und trägt und unterlegt deren lebhaften Gesang.

Ich schaue geradeaus, wo der Steilweg den Hang hinunter führt. Nah am Zaun steht die Birke mit den zwei Stämmen. Sie streben auseinander und neigen sich weiter oben einander wieder zu wie ein tanzendes Paar. Bewegt ein Wind ihre Kronen, klingt es wie unzählige Flüsterstimmen. Wenn es ein kleiner Wind ist, zu klein für die hohen Kieferkronen und die schweren Tannen, sind allein die Birkenstimmchen zu hören. Der Wind tuschelt und kichert mit ihnen, huscht davon, überlegt es sich anders und ist zurück, bevor die vielen feinen Herz-Blätter sich beruhigt haben. Sofort fangen sie von neuem an zu kichern, zu murmeln, zu schwatzen, zu lachen, zu winken, ein albernes, kleines Volk, und schließlich schüttelt die ganze Birke sich, halb, als wolle sie die Blätterschar zur Ordnung rufen, halb, als sei sie selbst von all der Albernheit angesteckt.

Kein Baum aber singt mir so direkt ins Herz wie die Kiefern mit ihren vom Wind schiefgewehten, manchmal bizarren Wipfeln. Es ist der Gesang des Meeres. Der Gesang der Brandung. Der Gesang der knisternd auf dem Strand auslaufenden Wellen. Der Gesang, den ich von klein auf in den Ohren hatte und der mich mitten im Wald wiedergefunden hat.

Ich betrachte die Carla von damals, die diese meine Geschichte gelebt und zugleich aufgeschrieben hat. Die weit hineingereist ist in ihr Thema und nun sehr viel mehr über die Liebe weiß als damals. Über die Liebe in den Zeiten des Internets ebenso wie über die wirkliche Liebe, wie sie sie genannt hat.

Liebe... Ein Wort - und so viele Bedeutungen!

Oft steht Liebe für Beziehung.

Doch inzwischen habe ich begriffen, dass Liebe und Beziehung zwei verschiedene Dinge sind.

Was genau sie miteinander zu tun haben, *wirklich* zu tun haben, das ist die Frage, die ich mir von Beginn an gestellt habe. Sie lief immerzu mit, ohne dass ich es recht gemerkt habe, während ich mit all den Begegnungen und Abenteuern beschäftigt war. Und mit der Liebe.

Ich habe die wirkliche Liebe gesucht, die Liebe des Herzens, obwohl ich zu wissen glaubte, dass ich sie dort in den Foren des Internets niemals finden würde. Genau darum sollte es gehen: um diese Vergeblichkeit.

Eine jede Suche hat ein Ziel. Aber kann es nicht auch sein, dass es manchmal das Ziel eines Ziels ist, sich selbst zu verfehlen?

Solch seltsame Fragen und Gedanken kommen in mir auf, doch sobald ich mich aufs Neue in meinen Text hineinlese, verschwinden sie alle, und ich bin wieder mittendrin. Sehe Carla dort sitzen und spüre, wie es gewesen ist auf dem Korbsessel im Wald, auf dem Schoß den Laptop und das Lied der Bäume im Ohr. Und es kommt dieses Gefühl von damals. Es ist wie auf eine Reise aufzubrechen, von der ich weiß, dass sie alles verändern wird:

Ein bisschen wie Wehmut. Ein bisschen wie Sehnsucht. Ein Gefühl, so unbestimmt und tastend und doch voller Zuversicht wie das erste hereinstreuende Licht, wenn ein neuer Tag beginnt.

***

Kapitel 2

„Marie, es wird ernst!"

Ich stürme durch Maries offene Terrassentür. Stelle den Laptop auf ihren Esstisch. Klappe ihn auf. Fahre ihn aus dem Standby hoch. Und mein Herz fängt an zu galoppieren.

Keine Viertelstunde ist es her, dass sie sich mit einem „Pling" gemeldet hat: Meine erste Kontaktanfrage von einem Mann bei Auserlesen.de. Ich rücke ans Ende der kleinen Sitzbank, damit Marie sich neben mich setzen kann. Wegen ihrer schlechten Augen berührt sie den Bildschirm fast mit der Nase. Ihr Lockenhaar kitzelt meinen Oberarm.

Ich lasse ihr Zeit zum Lesen. Brauche selbst ein wenig, um wieder bei mir anzukommen. Wieso regt mich das so auf? Oder besser: wie rege ich mich wieder ab? Ich betrachte Maries Profil. Es fasziniert mich wie immer. Die lockige Haarfülle, nur hier und da noch silbergrau, sonst eher weiß, ist kleidsam für dieses so besondere Gesicht. Die gerade Stirn unter der überbordenden Locke geht in eine breite, eher flache Nase über, deren Flügel den Lockenschwung aufzunehmen scheinen. Es ist ein so betonter Schwung wie die Wölbung eines Meeresschneckenhauses. Das graugrüne Auge liegt tief, ist sehr groß und so genau gezeichnet wie auf einem mittelalterlichen Stich. Und die Lippen. Alles an Maries Gesicht ist besonders, und ich kann nicht entscheiden, ob diese seltsam flache Oberlippe das Schönste an ihr ist. Jedenfalls ist sie völlig anders als meine, die von der Seite gesehen ein bisschen an einen angedeuteten Vogelschnabel erinnert.

Plötzlich kann ich doch nicht mehr still dabeisitzen. Lege ungefragt los:

„Zuerst bin ich nicht nur bei einer Internet-Agentur gewesen. Ich hab mir noch eine und noch eine vorgenommen. Die, bei denen man gleich die Fotos der Männer zu sehen bekommt, haben mich zwei Nächte Schlaf gekostet. Je frustrierender es wurde, desto weniger konnte ich aufhören. Du denkst ja immer, der nächste, den du anklickst, könnte nun endlich mal interessant sein, wenigstens äußerlich. Irgendwann hab ich die Typen schon laut angeschimpft. Was glaubt ihr eigentlich? Welche Frau schreibt jemandem, der sich so wenig Mühe gibt? Das Foto mit dem Handy gemacht, aus nächster Nähe, das Gesicht entsprechend verzerrt mit riesiger Nase, im Hintergrund der Wäscheständer voll Socken und Unterhosen oder der Fernseher - Herrgott! Welche Frau, die sich auf die Suche macht, will nicht genau so etwas hinter sich lassen?“

„Und jetzt?“, fragt Marie, ohne den Blick vom Bildschirm zu nehmen.

„Ich habe begriffen, dass ich in gewisse Agenturen nicht passe. In die eine, die übrig geblieben ist, passe ich zwar auch nicht – aber Jolyn.“

Marie starrt weiter auf den Bildschirm. Träumt sie?

„Soll ich dir vorlesen?“, frage ich.

„Erzähl erst mal: Wie kommt man an so eine Partnervermittlung?“

„Überall im Internet trifft man auf deren Werbung. Du brauchst nur darauf zu klicken. Bei den besseren musst du zuerst eine Art psychologischen Test machen. Wenn der ausgewertet worden ist, filtert das System alle männlichen Mitglieder heraus, die die höchste Übereinstimmung mit dir haben. Zack, hast du fünfundsiebzig Männer zur Auswahl!“

„Mit Foto und allem?“

„Nein. Erst muss man sich schreiben. Dann kannst du dem anderen deine Bilder freischalten. Oder du verabschiedest dich wieder. “

„Und weshalb bist du so aufgeregt?“ Marie wendet zum ersten Mal den Blick vom Bildschirm ab und grient mich an.

„Wegen der Partnerschaftsanfrage dieses Mannes, auf die du die ganze Zeit schon starrst!“

„Fünfundfünfzig Jahre alt, eins achtzig groß, blond, ledig, andere finden ihn attraktiv“, liest Marie langsam vor. „Was immer das heißen soll.“

„Ist doch klar: Er findet sich selbst attraktiv und mag es nicht direkt sagen.“

Marie nickt abwesend und liest weiter: „Spontan, humorvoll, eine stattliche Erscheinung, kein Bierbauch, volle Haare und immer ein Lächeln im Gesicht. Beruf: Selfmademan. Klingt doch toll!“

„Ja! Das ist aber noch nicht alles!“

Jetzt lese ich laut vor, sonst wäre ich bei Maries Langsamkeit geplatzt:

„Ich suche hier keine Madonna, auch kein Topmodell, sondern eine Lady mit Intelligenz, die zwischen den Zeilen lesen kann. Rasse und Klasse ist erwünscht, und sie sollte bitte nicht mehr breit als hoch sein, ich bin ein sportlicher Typ. Wenn Sie dann noch mit den Augen klimpern kann ... let‘s go!“

„Hui!“

„Genau! Ich sehe ihn vor mir: Zähne wie aus der Zahncremewerbung, Sonnenbank-gebräunt, Goldkettchen, blondgefärbter Tarzan-Haarschnitt. Du weißt schon, vorne kurz, hinten lang. Aber Jolyn will ihm unbedingt antworten!“

„Wer *ist* Jolyn?“

„Meine Romanfigur.“

Marie sieht mich von unten her an, als schaute sie über eine Lesebrille hinweg. Kraust die Stirn. „Auf so einen steht sie?“

„Ich fürchte, ja.“

„Aber wie deine Romanheldin ist, bestimmst doch du!“

„Ich denke mir die Charakterzüge aus. Das ja. Beschreibe ihr Äußeres. Ihre geheimen Ansichten über sich selbst. Spätestens dabei erwacht sie zum Leben. Ab da betrachte ich die Welt mit ihren Augen, wenn ich eine Szene schreibe. Ich weiß zwar, wo ich hin will mit meiner Story. Aber von nun an fällt Jolyn die Entscheidungen, und wenn ich Pech habe, sind die anders, als es mir in den Kram passt.“

„Und? Triffst du dich mit dem Selfmademan? Also – trifft Jolyn sich?“

„Erst mal muss ich zurückschreiben! Und das ist gar nicht so einfach!“

„Ich bin gespannt!“

„Und ich erst! Du, ich muss dir unbedingt noch einen zeigen!“ Ich blätterte in meinen fünfundsiebzig Kontakten. Finde ihn schnell. „Hier. Angestellter. Vierundfünfzig. Eins neunundachtzig. Sportlich. Kräftig. Charakterstark. Natürlich und selbstbewusst. Macht neugierig, hm?“

Marie nickt.

„Und jetzt hör dir das an: Ich habe eine Leidenschaft, die ich zu Hause ausübe. Ich trage gern Damenwäsche... Nylons, Heels, Röcke, Blusen...“

„Heels?“

„Marie! Pumps aus dem Sexshop! Mit richtig hohen Absätzen. So!“ Ich zeige mit den beiden Zeigefingern etwa zwanzig Zentimeter an. „Siehst du das vor dir? Eins neunundachtzig groß. Kräftig. In Rock und Bluse – und Heels?“

„Ausüben…“, murmelt Marie. „Eine Leidenschaft ausüben. Wie sich das anhört!“

„Du, dem schreib‘ ich!“

„Bist du verrückt?“

„Genauso einen schrägen Typen brauche ich! Es muss eine besondere Story werden!“

„Carla! Da sind schon die miserabelsten Geschichten übers Internet passiert! Du weißt doch nie…“

„Hey! Das war Spaß!“

„Puh! Ich dachte schon, es geht mal wieder mit dir durch.“

„Wäre kein Wunder nach der Nacht: Fünfzig Männer waren es bestimmt!“

Maries Lachen klingt, als kullerten Sektperlen in ihrer Kehle auf und ab.

„Und du suchst wirklich die aus, die Jolyn gefallen?“

„Ich versuch’s.“

„Wie ist sie denn so?“

„Gefühlsbetont. Lebendig. Offen. Sie hat mit einem außergewöhnlichen Mann die wirkliche Liebe erfahren. Und ihn verloren.“

„Du benutzt deine eigene Vergangenheit?“ Marie sieht mich mit ihrem Krankenschwester-Blick an.

Ich klappe den Laptop zu. „Das ist genau die richtige Vorgeschichte für Jolyn!“

„Hast du schon angefangen?“

„Ja. Ich lese in meinen alten Tagebüchern. Suche Stellen, die ich gebrauchen kann. Tippe sie in den Laptop. Nicht einfach! Gestern Abend habe ich eine Szene gefunden, die geht mir immer noch nach. Es war etwa ein halbes Jahr vor meinem fünfzigsten Geburtstag. Ich war auf einem Tanzfestival, an die sechzig Leute, drei Tage nur draußen, drei Tage Sonne, Musik und Tanz. Wir haben gebadet in Glücksgefühlen. Da wusste ich plötzlich, dass ich mich trennen muss. Sofort.“

„Von diesem Mann, mit dem du so lange verheiratet warst?“

„Ja. Fünfzehn Jahre lang.“ Ich sacke mit dem Rücken an die Lehne der Bank zurück. Lege den Hinterkopf gegen die Wand. „Vierzehn davon haben wir wie Bruder und Schwester gelebt, nicht wie Mann und Frau.“

Ich drehe den Kopf zu Marie hin. Ihr Blick hüllt mich ein wie in ein warmes Tuch. Ich weiß, es ist liebevoll gemeint. Es ist auch kein Bedauern, sondern aufrichtige Anteilnahme. Ich muss trotzdem wegsehen.

„Möchtest du einen Tee?"

Ich nicke. Und hätte genauso gut Nein sagen können. Will ich nicht lieber raus in den Wald? Gehen und gehen. Damit ich soweit zur Ruhe komme, dass ich diesem Selfmademan antworten kann.

Marie zwängt sich zwischen Bank und Tisch heraus und umrundet mit ihrem seltsam statischen Gang die Sitzgruppe. Ohne jedes Auf und Ab. Sie scheint zu rollen. Ich schaue ihr nach. Andere Bilder schieben sich vor meinen inneren Blick, und ich erzähle Marie davon:

„Damals die vielen vom Tanzen glühenden Gesichter. Begegnungen in den Pausen. Blicke. Gespräche. Spaziergänge. Plötzlich habe ich begriffen, dass ich immer noch attraktiv bin. Dass sich Männer zu mir hingezogen fühlen. Am zweiten Abend habe ich Ragnar zum ersten Mal wahrgenommen. Er hat mich angelächelt. Es hat mich verunsichert wie einen Teenager. Trotzdem ist mir gar nicht in den Sinn gekommen, dass sein Lächeln mehr bedeuten könnte als eben nur ein Lächeln. Ich war vollkommen aus der Übung."

Ich höre zwar, wie Marie die Thermoskanne öffnet und Tee in zwei Becher gießt, aber ich bin woanders. Ich atme tief ein. Das Gefühl ist wieder da. Dieses Gefühl von damals.

„Wir haben den ganzen Tag getanzt", erzähle ich. „Barfuß, frei. Zuletzt war nichts Steifes mehr in mir. Als ich mich abends im Badezimmerspiegel sah, konnte ich es gar nicht glauben: Meine Augen haben gelächelt! Mein Gesicht hat sich angefühlt wie neu! Es hat auch so ausgesehen: frisch, lebendig, fröhlich. Da erst hab ich gemerkt, wie ich jahrelang gelebt hatte: mit einem Steingesicht! Und einem Körper aus Holz."

Marie balanciert die Becher herüber.

„Ist dir ja auch nichts anders übrig geblieben!"

Der Duft frischer Minze steigt mir in die Nase. Ich taste nach dem Griff. Nehme den Becher hoch. Blinzele in den Dampf. Ziehe ihn mit dem Atem ein. Und stelle den Becher gleich wieder hin. Plötzlich will es raus aus mir, alles auf einmal und sofort: „Da habe ich die Wahrheit gesehen: Nicht nur mein damaliger

Mann, ICH klebte in dieser Beziehung! Aus purer Angst! Ich habe mich bei ihm versteckt! Und weißt du, wovor?“

Marie schüttelt den Kopf.

„Vor meinem eigenen Leben!“

Ich kämme mir mit den Fingern durchs Haar. Spüre, wie die Kopfhaut kribbelt und wie der Kopf frei wird.

„Marie, ich war fast fünfzig, als mein Leben anfing. So spät habe ich erst erfahren, was Erotik sein kann. So spät bin ich wirklich lebendig geworden!“

Marie zieht die Brauen hoch. Sagt sanft: „Und Jolyn in deinem Roman ist die Carla, die damals geboren wurde, nicht?“

„Nein! Jolyn ist ganz anders als ich!“

„Aha – und was ist anders?“

„Sie ist romantisch. Zärtlich. Liebevoll. Sie steckt voller Einfälle.“

Marie legt den Kopf auf die Seite. Zieht die Augenbraue des mir zugewandten Auges hoch. „Du etwa nicht?“

„Okay, aber längst nicht so wie sie. Jolyn ist *echt*. Verstehst du? Sie ist einer von den wenigen Menschen, die sich nicht verbiegen und nicht verbiegen lassen.“

Ich halte inne. Bin selbst erstaunt. Ja, es stimmt. So ist sie. Ich lache leise auf. „Das ist allerdings nur die eine Seite...“

„Und die andere?“

„Ihre Stimmungen ändern sich schneller als das Wetter im April.“

„Wie alt ist sie?“

„Wie ich: Vierundfünfzig. Ich sehe sie genau vor mir: Sie ist kleiner als ich, etwa eins fünfundsechzig, ihre Figur ist zierlich und sehr weiblich: enge Taille, ausgeprägte Hüften, schöner Busen.“

Ich schließe die Augen.

„Ihr Haar ist dunkel wie Erlenstämme. Sie hebt gern die Augenbrauen ein bisschen an und senkt gleichzeitig die Lider. So ein halboffener Blick. Geheimnisvoll und sinnlich. Wenn sie sie ganz öffnet, ertrinkt man in ihren Lapislazuli-Augen. Beim Gehen scheint sie sich in ihren Schritten zu wiegen. Manchmal tänzelt sie. Je nachdem, wie ihr gerade ist. So lebt sie auch: Immer genau das, wonach ihr ist.“

„Du wärst gerne wie sie, hm?“, sagt Marie mit einem „Na komm, sei ehrlich!“-Lächeln.

„Nein! Sie ist ihren Gefühlen ausgeliefert wie ein Herbstblatt dem Wind."

„Ich bin gespannt!" Marie lächelt, als hätte sie ein paar Gedanken, die sie lieber für sich behält. Leise stöhnend rappelt sie sich auf die Beine. „Carlchen, mein Garten ruft nach mir."

„Und mich ruft der Selfmademan."

*

Ich finde noch etwas und noch etwas, das dringender scheint, als dem Selfmademan zu schreiben. Inzwischen ist schon Abend. Ich sitze auf der Couch, den Laptop auf den Oberschenkeln, ein Glas Rotwein neben mir. Auf dem Bildschirm seine Selbstbeschreibung. Ich trinke einen langen Schluck. Reibe meine Hände. Flimmere mit den Fingern, als könnte ich sie damit in die richtige Schreibstimmung bringen. Tippe langsam:

„Lieber Bertram"

Wieso schreibe ich dem? Das passt doch eh nicht! Mit den Augen klimpern... So *bin* ich nicht...

Aber Jolyn! Und sie mag seinen Text. Sie mag ihn sehr. Besonders die Lady mit Rasse und Klasse, die auch zwischen den Zeilen lesen kann.

Ich lösche *„Lieber Bertram"* und schreibe *„Hallo Bertram"*. Lese noch einmal, was er über sich geschrieben hat:

„Ich wünsche mir, dass du neben mir aufwachst, dein warmer Körper an meinem, und ich das Frühstück machen darf. Dass ich die Seele baumeln lassen kann, Füße hoch, Fernseher aus, ebenso das Telefon. Du, Champagner oder Rotwein und zum Abschluss du weißt schon... (Die Reihenfolge kann auch anders sein) Dazu ab und zu ein spannendes Buch... und nackt kochen!"

Das ist kein Bodybuilding-Typ! Ein sportlicher Mann ohne Firlefanz. Geradeaus. Warmherzig. Nicht unbedingt gutaussehend. Eher auf die Art wie dieser französische Schauspieler mit der Knollennase und trotzdem männlich erotischer Ausstrahlung.

Ich klimpere probeweise mit den Augen.

Was mache ich hier? Versuche eine zu sein, die ich nicht bin? Oder hat Marie doch Recht? Ist das die neue Carla, die damals nach dem Tanzfest geboren worden ist – aber sich nur halb getraut hat, sich selbst zu leben? Und die sich immer noch nicht traut?

„Hallo Bertram“ gefällt mir nicht mehr.

„Hallo Selfmademan,

danke für die netten Zeilen!“

Mehr kommt nicht. Auch nicht nach einem besonders großen Schluck Wein. In der Terrassentür schaut mir mein Spiegelbild zu. Fehlt nur noch, dass es den Kopf über mich schüttelt! Auf diese Entfernung und bei so wenig Licht bin ich fast noch dieselbe Carla wie vor zehn, fünfzehn Jahren: Eine schlanke Gestalt mit kinnlangem Haar, deren Blond durch das erste Grau heller wirkt.

Ich springe auf. Muss sehen können, was da draußen vor sich geht! Schalte das Gartenlicht ein. Keine geschlossenen Vorhänge! Alles wahrnehmen können, jede kleine Veränderung.

Und jetzt zum Selfmademan!

Jolyn sitzt in Gedanken schon neben ihm auf der Couch. Spürt seine streichelnden Finger im Nacken. Spürt sein Kraulen. Es rinnt ihr die Wirbelsäule hinunter wie eine warme perlende Flüssigkeit. Weckt jede ihrer Haarwurzeln. Seine Hände scheinen sie genau zu kennen. Mit leisem Stöhnen räkelt sie sich gegen ihn.

Buchstaben erscheinen in rascher Folge auf dem Bildschirm, werden zum Satz, zu zwei Sätzen:

„Was du über dich schreibst, klingt ansprechend. Ich würde gern mehr erfahren!“

Meine Finger zucken hoch. So *schreibt* Jolyn nicht! Ich lösche alles. Fange ganz neu an.

„Lieber Selfmademan,

du gefällst mir!

Ich bin eine Lady mit Rasse und Klasse. Und ich hab schon viel zu lange nicht mehr mit den Augen geklimpert. Wenn ich dir gefalle, dann: let’s go! Ich bin gespannt auf deine Antwort – und auf mehr. Jolyn“

Ein Häkchen setzen, und meine Fotos sind für ihn freigeschaltet. Ich klicke sofort auf „Abschicken“. Jetzt kann ich nur noch hoffen und beten…

Komisch: Meine Fotos. Aber es schreibt Jolyn. Jedenfalls versucht sie zu schreiben. Ich muss noch lernen, sie zu lassen. Oder anders: *Ihre* Worte, nicht meine in mir zu hören. Das *kann* ich eigentlich! Zum ersten Mal fällt mir das schwer. Ich werde auch versuchen müssen, wie sie zu sein. Am Telefon. Bei einem

Treffen erst recht. Sie ist so ganz anders als ich! Mit den dunklen Haaren. Der weiblichen Figur. Überall um sie herum so viel Weiblichkeit.

Jolyn lächelt. Ein hinreißendes, charmantes, weibliches Lächeln. Ihr Herz ist ein Tanzsaal. Ein großer blonder Mann, eine zierliche dunkle Frau wirbeln umeinander. Sie möchte sofort ins Auto steigen und zu ihm brausen.

Und dann? Spazierengehen? Kaffeetrinken? Hm... Sie will seine Stimme an ihrem Ohr spüren. Seine Haut an ihrer. Ist davon elektrisiert. Hat ihm aus dem Hemd geholfen. Spürt seine Knospen hart und ein wenig kühl gegen ihre Schultern stupsen. Freut sich an seinen gerundeten, kräftigen Armkugeln. Streicht mit der Stirn, mit der Nase zart an ihnen entlang und dazwischen über seine gewölbte Brust. Und während sie vor ihm und an ihm stehend mit allen Nerven lauscht, was er unter ihrem hochgezogenen T-Shirt mit ihrem BH-Verschluss tut, wird sie nicht anders können als ihn ganz umfassen, seinen muskulösen Rücken entlang streichen bis zu seinem herrlichen Po...

Ojeoje...

Hey, Carla! Wovor hast du Angst? Das kann doch wohl nicht wahr sein!

Das ist keine Angst. Nur Lampenfieber. Ich brauche ein bisschen. Ich brauche wirklich ein bisschen Zeit. Bin so vollkommen aus der Übung...

Starte durch, Carlchen! Das gibt der Geschichte den Saft, der sie zum Leben erweckt!

Ja. Und meinem Leben die Lebendigkeit, die ihm seit langem fehlt...

Genau! Und: Auch Carla kann mit den Wimpern klimpern!

***

Kapitel 3

Die Augen noch geschlossen, spüre ich schon, dass die Sonne scheint. Ich räkele mich und schiebe die Bettdecke ein wenig von mir. Hebe die Lider. Ich bin wach. Eindeutig. Wende den Kopf zur Seite. Will sehen, was für ein Bild der Ausschnitt des Fensters mir heute von der Welt zeigt. Die unteren Ränder der Wolken tragen rosa Borten. Zwischen ihnen das helle Blau saugt meinen Blick an, als ginge es dort weiter und immer noch weiter bis in die Unendlichkeit. Zum Glück hält er sich an einem der schief gewehten Kiefernwipfel fest und klettert nach einer Weile daran herunter. Zurück auf meine Lichtung. Zurück zu mir.

Meine Lider schließen sich. Etwas regt sich in mir. Ein leises Ziehen von den Hüften her meine beiden Leisten hinab. So leise, dass ich es nur spüre, weil ich meine ganze Aufmerksamkeit dorthin schicke. Und weil ich es spüren will. Ist das wahr? Wirklich wahr? Lust? Ist die aus einem Traum mit herübergekommen? Sofort bekommt sie eine durchdringende Intensität. Ich atme tiefer. Spüre noch mehr dorthin. Sie hat sich schon auf den Weg gemacht. In allerfeinsten Wellen schwingt und vibriert sie meine Beine entlang bis in die Zehen. Durch meinen Bauch hindurch und aufwärts. Gelangt zu meinen Brüsten. Sie wachen auf. Jede mit einem winzigen Hüpfer. Als seien sie soeben gestreichelt worden. Als sei die streichelnde Hand nur für einen Moment woanders hin gehuscht, und als streckten sich die beiden Knospen einer neuen Berührung entgegen.

Ersehnen sie.

Sehr.

Wie lange schon nicht mehr...

Nein! Es werden Bilder kommen! Erinnerungen...

Meine Knospen recken sich nur noch mehr. Berühren die Bettdecke. Tun, als sei das die streichelnde Hand, nach der sie sich so sehnen.

Nein! Es wird mich traurig machen...

Und wenn es gar nicht *meine* Lust ist? Es kann gar nicht meine Lust sein! Die ist tot und gestorben. Damals, in jener Nacht im Februar, als der Vollmond über den Kiefern am eisigen Himmel stand.

Aber ich spüre sie doch! Dann ist es ...

Natürlich! Ich muss von Jolyn geträumt haben. Sie ist beim Selfmademan oder bei wem auch immer. Einem, der ihr gefällt. Einem, der sie so berührt, dass sie gar nicht anders kann als sich an ihn zu schmiegen. Körper an Körper. Haut an Haut.

Natürlich lodert es in ihren Leisten. Tausende kleiner, eifriger Kräuselwellen laufen durch sie hindurch. Rennen flink. Rennen, als müssten sie im selben Moment überall gleichzeitig hingelangen. Ein leises Ziehen flitzt ihnen hinterher. Entpuppt sich als zarte Lust. Folgt den Wellen bis in die Zehen. In die Fingerspitzen. Die Brüste. Den Hals. Bringt mein Gesicht zum Lächeln. Zum Glühen.

Jolyns Gesicht...

Und Jolyn ist es auch, die ihre Brüste berührt. Beide zugleich. Mit den Händen zu zwei Schalen geformt von unten her. Jolyn ist es, die leise stöhnt unter der unendlich liebkosenden Berührung. Jolyn, die sich ein wenig windet. Jolyn, die sich ein wenig hochbäumt. Sich vor und zurück bewegt. Ihre Knospen mit der Bettdecke spielen lässt. Während ihre Hände abwärts wandern. Sacht die Seiten entlang. Feines Prickeln. Feiner als fein. Umso intensiver. Jolyn ist es, deren Becken sich ihren Händen entgegensehnt. Jolyns Beckenknochen sind es, die mit einem Brennen den Händen antworten, als sie sie erreichen. Um sie kreisen. Sich in ihre innere Höhlung legen. Darin kitzeln und spielen wie zwei übermütige kleine Tiere. Jolyns Becken, das sich unwillkürlich nach rechts, nach links zu drehen beginnt wie im Tanz. Jolyns Leisten, aus denen es sich erneut in feinen Kräuselwellen ergießt. Jolyn ist es, die den Kopf weit zurückbiegt. Die mit offenem Mund tief die Luft einzieht.

Jolyns Hände. Die weitergehen. Nicht anders können. Weiter. Jolyns Atem. Schneller. Noch schneller. Jolyns Lodern. Jolyns Bilder. Zuckend schnelle Einblendungen. Haut. Goldfarben. Haare. Blond. Über sie gebeugt. Küsse. Die Innenseiten ihrer Schenkel entlang. Jolyns Schenkel. Jolyns Haut. Wie durchsonnt. Heiß von glühender Sommersonne. Kühl zugleich von meerfeuchtem Wind. Berieselt von wehendem Sand. Haut, die soeben erwacht ist. Schlaftrunken sich räkelt. Im nächsten Moment trunken vor Lust.

Und sind es ihre Hände? Jolyns Hände. Oder seine?

Mit gespreizten Fingern.

Ganz leicht rau. Gleiten sie. Zu beiden Seiten.

Ihre Lenden entlang. Jolyns Lenden. Abwärts.

Und vereinen sich dort. In der Mitte. Ihrer Mitte.

Seine Hände. Seine beiden Hände. Die sie berühren wie in Ehrfurcht. Andacht beinahe. Er beugt sich zu ihr herunter. Und es hat sie. Hat sie sofort ganz und gar:

Elektrik im Blut... Das hat Ragnar immer gesagt!

Ragnar...

Nicht dahin denken! Nicht an ihn!

Der blonde Mann küsst Jolyns Ohr. Flüstert hinein. Warme, tiefe Töne rieseln über ihren Rücken. Sein Atem streicht ihr seitlich den Hals hinunter wie das Streicheln mit einer Straußenfeder. Sein weiches Haar, das an ihrer Wange liegt... Sein männlicher Duft... Seine Lippen versinken in der zarten Kuhle zwischen ihrem Schlüsselbein und ihrem Hals.

Liegen dort. Lange.

Sie atmet. Atmet schnell. Mit jedem Atemzug noch mehr Flirren. Noch mehr Elektrik. Noch mehr Kräuselwellen auf der Haut. Zum ersten Mal! Zum allerersten Mal seit Ragnar...

Nicht!

DAHIN!

Denken!

Es IST nicht Ragnar. Und ich bin nicht ich. Jolyn öffnet den Mund. Sie muss. Muss stöhnen.

Eine Strähne weiches Haar fällt zwischen ihre Lippen. Blondes Haar. Er saugt. Küsst. Beißt ihren Hals. Sie windet sich. Stöhnt lauter. Seine Hände massieren. Mit vollendeter Ehrfurcht. Wissen, dass ihre Mitte eine Knospe ist, die nur durch sachtes Berühren aufzublühen vermag.

Und sie öffnet sich. Sanft. Und übermächtig.

Eine Welle, die an den Strand leckt. Die alles, was sie beschwemmt, wie aus langem Schlaf erweckt. Dass es knistert tief aus dem Sand. Dass sich Blasen bilden und alte Fußspuren weggespült vor den Augen verschwinden. Und die Woge kommt. Kommt gelaufen. Kommt gerannt. Wirft sich dem Strand in die Arme. Explodiert.

Und das Lied. Das helle Lied der Lust.

Jolyns Lied.

... Mein Lied...

***

Kapitel 4

Ich atme mich lange zurück. In mein Haus im Wald. Zurück in mein Bett. Zurück in mich. Schauer über Schauer laufen mir über die Haut.

Auch noch, als ich aufstehe. Nackt zum Bad gehe. Auf dem Flur neben der Badezimmertür einen Schritt weiter gehe. Vor den Spiegel dort trete. Sehe ich anders aus? Sieht mein Körper anders aus?

Nein. Nicht anders als damals, als Ragnar ihn zum ersten Mal betrachtet hat. Und vielleicht ist mein Gesicht gerade ganz ähnlich:

Ich lächele. Ich leuchte.

Aber dieses grelle Licht! Und auch noch von der Seite! Alles wird entblößt. Alles. Das feine Riffelmuster um die Augen und das nicht mehr so feine um den Mund. Die dreifache Unterstreichung der Mundwinkel nach unten. Gott, tut das weh!

Lass dich nicht kriegen, Carla! Sonst ist der Tag verloren! Erinnere dich: Gegen den Faltenhorror hast du ein Programm! Erster Schritt: der richtige Spiegel.

Ich wechsele vom Flurspiegel zu dem im Bad. Tim, Josephas Mann, hat mir das Licht so umgeändert, dass es von hinten oben kommt. Ist das mein Gesicht? So frisch. Lebendig. Ein zartes Lächeln. Ein Leuchten in den Augen, dass ich sofort noch mehr lächeln muss.

In diesem Spiegel finde ich meine gerade Nase nicht zu lang, meinen Mund nicht zu streng, eher empfindsam. In diesem Spiegel schaut mir mit grünblauen Blick eine Frau entgegen, die etwas vom Leben will. Und das Leben von ihr.

Zweiter Schritt: das Versprechen.

Gegen Falten kann man etwas tun. Und das wird bald passieren. Nicht erst, wenn es zu spät ist. Es wird möglich sein. Alles wird möglich sein. Weil das neue Buch ein Erfolg wird!

Dritter Schritt: der andere Blick.

Der Blick, der sich freut. Mein Haar gefällt mir. Das Blond ist durch die Silberfänden heller und schöner geworden. Immer habe ich mir diese Farbe gewünscht. Der tiefe Pony gefällt mir. Lange Strähnen, die bis in die Augen fallen. Das trauten sich früher nur Frauen wie Brigitte Bardot.

Ich lächele die Frau im Spiegel an. Sage ihr: Sorry, heute ist kein Tag zum Selbstbewundern. Heute fängst du mit dem Schreiben an. Und nicht erst abends um elf Uhr. Gleich nach dem Frühstück!

*

Ich sitze im Garten unterm Zeltdach, den aufgeklappten Laptop auf dem Schoß. Meine Finger liegen auf der Tastatur. Warten auf den Startschuss. Mein Blick wandert ringsum. Die Birken. Die Kiefern. Die Tannen. Stehen so gleichmütig und still, als wollten sie mir zeigen, dass mich auf dieser Welt nichts, gar nichts aus der Ruhe bringen muss.

Aber ich bin ein Mensch! Kein Baum. Obendrein schreibe ich Geschichten. Und die *bringen* einen aus der Ruhe! Sonst taugen sie nichts. Sie regen auf, sie machen Angst, sie berühren. Und diese Geschichte ist nicht ausgedacht!

Kann ich das wirklich? Jolyns Gedanken denken? Ihre Gefühle fühlen? Im Internet ist es leicht, eine andere Identität anzunehmen. Jolyn braucht nur noch eine Vergangenheit. Ich gebe ihr meine. Es gibt keine bessere für sie und für diese Geschichte. Und es gibt nichts Schwereres für mich. Ein neu begonnenes Leben. Voller Hoffnung. Voller Glück. Bis zu dieser Nacht im Februar...

Die Härchen auf meinen Armen stellen sich hoch. Ich springe auf. Schüttele mich. Nicht aufhören! Ich habe noch nicht einmal begonnen! Auch wenn sich alles in mir sträubt: Ich muss! Es ist gut, all das noch einmal zu berühren!

Wozu soll es gut sein?

Dann ist es nur noch eine Geschichte. Und am Ende, auf der letzten Seite, ist sie - *vorbei!*

Ich setze mich wieder. Atme. So tief, als ob ich durch den Wald joggen würde. Warte mit geschlossenen Augen.

Ich kann nicht...

Doch, ich kann!

Ich laufe ins Haus. Hole das blaue Schreibbuch. Es liegt seit Tagen bereit. Ich falle draußen in den Korbsessel, als sei das Buch unsagbar schwer. Schaue noch einmal rundum. Liebe Kiefern! Liebe Birken! Liebe Tannen! Bitte gebt mir ein bisschen von eurem Frieden! Bitte!

Ich schlage das Schreibbuch auf. Blättere durch eng beschriebene Seiten bis an die richtige Stelle. Beginne zu lesen.

Tippe gleichzeitig. Anders geht es nicht. Kein Denken. Kein Verarbeiten. Kein Formulieren. Tippen. Und meine eigenen Worte ziehen mich zurück in die Zeit, die ich nie mehr erinnern wollte.

*

Tagebuch, 13. Mai

Ich bin hier ganz allein. Und ich fühle mich manchmal auch allein. Abends, wenn ich in meinem Zimmer bin. Aber dann bin ich zu müde, um mich allzu lange mit dem Alleinsein aufzuhalten. Dann fallen mir schnell die Augen zu und ich glaube, bis zum letzten Moment lächele ich.

Tagsüber und bis spät abends bin ich wie in einem Traum. Bin eine ganz andere, sobald die Musik anfängt. Tanze, als gäbe es keine Schwerkraft. Mit Frauen. Mit Männern. Allein. Was für ein Fest! Ein Meer, in dem ich untertauche. Schwebe. Leichtfüßig, als könnte ich wie auf dem Mond mit einem Hüpfer zwölf Meter überwinden. Frei wie eine Möwe im Sturm, die auf den Aufwinden der Steilküste reitet. Lebendig wie ein quirliger Bach. Wenn die Musik aufhört, stehe ich da, schließe die Augen und zittere. Und spüre es so sehr, dieses Gefühl: Es ist in der Brust, ganz oben, wie Sehnsucht fühlt es sich an, wie Schmerz, alles auf einmal, und ein Gedanke, so sanft, so erlösend wie ein stiller Regen auf verdorrte Felder, flüstert mir zu:

Was du da fühlst, das bist DU!

Ja!

Es ist keine sechs Monate her, dass ich mich getrennt habe. Und es ist, als lägen Jahre dazwischen. Die erste Phase: Schmerz. Allein. Ganz allein im Haus, ganz allein alles tragen. Und dann, wie wenn ich mich langsam aufgerichtet hätte, die neuen Impulse. Der Mut, hierher zu kommen, auf ein Tanzfestival, ohne jemanden zu kennen.

Ich verpuste mich einen Moment. Merke, wie durstig ich bin. Gehe an die Bar. Plötzlich steht er neben mir. Der Mann, der mir schon aufgefallen ist. Dessen Blick ich bemerkt habe und doch nicht bemerkt. Jetzt spüre ich sofort, dass er mich ansieht. Und wie er mich ansieht. Als hätte er auf mich gewartet. Lächelt. Ich lächele zurück.

...Im Moment, als ich in seine Augen schaue, ist es, als ob mich etwas berührte. Mitten in der Brust. So sehr, dass mir ist, als müsste ich weinen. Aber ich lache. Ich lache ihn an...

„Möchtest du?“, fragt er und hebt die Sektflasche und lacht auch.

Ich bringe mein „Ja“ nur als winziges Flüstern heraus. Schicke ein Nicken hinterher.

Er schenkt zwei Gläser mit Sekt voll bis zum Rand. Während er sie hochnimmt und mir eins reicht, fällt der Schaum in sich zusammen. Es ist kaum halb voll. Er zieht mit einem kleinen Grinsen die Schultern hoch. Schaut mich an. Schaut wieder direkt in meine Augen. Mein Atem springt. Springt hoch. Springt auf und davon. Ich nehme das Glas entgegen. Trinke es sofort leer. Bekomme es gerade noch abgestellt, bevor er sehen könnte, wie sehr meine Hand zittert.

Hier sind sehr viele Menschen, aber er ist mir sofort aufgefallen: sein indianisches Aussehen, seine langen Haare, sein gelöster Gang. Ein paar Mal hat er mich angesehen, ein bisschen zu lang. Jedes Mal habe ich seinen Blick gespürt. Selbst wenn er von hinten kam, habe ich mich umgewandt.

Jetzt muss ich wegschauen.

„Dein Lächeln leuchtet“, sagt er.

„Danke“, murmele ich.

Er fragt nach meinem Namen. Ich nach seinem.

„Ragnar“, sagt er. Es klingt wie ein kurzes Lied.

Plötzlich können unsere Blicke nicht mehr auseinander. Auch nicht für einen Wimpernschlag. Wir reden darüber hin. Er fragt, ob es mir gefällt, ob ich die Musik mag, ob ich noch weiter tanzen möchte. Er schenkt mir nach. Ich verschütte den Sekt. Lache zu laut. Seine Augen stehen schräg wie Wolfsaugen. Haben das Gelbgrün junger Eichenblätter. Ich scheine durch sie hindurch in eine Tiefe hineinzusehen. Geradewegs in etwas hinein, das ich nicht mit Namen nennen kann. Immer tiefer. Noch tiefer. Es berührt mich mit einer Macht, dass mir Tränen hochsteigen.

Er legt die Arme um mich zu einer freundschaftlich herzlichen Umarmung. Hat er es gesehen? Drückt mich einmal kurz. Ganz sacht. Ein leiser Ton kommt aus mir heraus. Meine Brust tut weh.

Sie ist zu eng.

Wird bersten.

Wenn es noch weiter wird.

Mein Herz.

***

Kapitel 5

Ein weicher Wind streicht durch die Bäume. Mit emsigem Blätterrascheln spenden die Birken mir Beifall. Ihre zahllosen Murmelstimmchen jubeln mir zu:

„Du hast es geschafft! Du bist drin! Musst nur noch weitermachen!“

Die Szene lässt sich nicht von meinen inneren Augen fortwischen. Ich sehe Ragnar vor mir. Damals. Mit diesem Lächeln. Mit diesem Blick. Es sticht und sticht mir ins Herz.

Ich muss in den Wald!

Bin schon in Jogginghose und Shirt. Halte inne. Erst noch in den Posteingang von Auserlesen.de schauen! Ich starte den Laptop noch einmal. Ja! Da ist etwas gekommen! Vom Selfmademan! Ich klicke rasend schnell. Bekomme die Nachricht erst beim dritten Versuch geöffnet. Lese. Und jedes Wort donnert mir in den Bauch wie ein dumpfer, viel zu lauter Ton:

„Liebes Mitglied,

vielen Dank für den netten Kontakt. Ich bin jedoch zu der Ansicht gelangt, dass wir nicht gut zueinander passen. Ich wünsche Ihnen weiterhin viel Erfolg bei der Partnersuche und eine glückliche Partnerschaft und verabschiede mich mit freundlichen Grüßen!“

Der Standardtext für Absagen!

Selfmademan sein wollen und nicht einmal einen Selfmade-Abschied hinbekommen? Ich fasse es nicht: Bekommt meine Antwort, sieht mein Foto - und sortiert mich aus! Ein Klick auf „Absagen“, und das war‘s!

Was für ein mieses Spiel!

Als wäre ich ein Gegenstand, der zum Verkauf angeboten ist!

Zu Marie! Das muss ich jemandem erzählen! Ich muss!

Auf halbem Weg, auf der untersten Rasenstufe, bleibe ich so abrupt stehen, dass ich fast vornüber falle.

Wut, Enttäuschung, solche Gefühle? Jaaa! Ich bin drin! Ich BIN Jolyn!

Das ist sie: in allen Himmeln schwebend und im nächsten Moment unter der Grassode.

DAS IST Jolyn!

*

Ich muss nicht in den Wald! Plötzlich kann ich mich gar nicht schnell genug wieder hinsetzen. Das Tagebuch aufschlagen. Den Laptop aufklappen. Schreiben...

Tagebuch 16. Mai

Zurück vom Tanzfestival. Nie werde ich den Abend vergessen, an dem ich Ragnar begegnet bin. War das wirklich erst gestern?

Mein Leben ist aus dem Tritt gekommen. Ich fürchte, für immer. Wie ein Herz, das einen Fehler hat. Nur ist es kein Fehler, sondern das, wonach ich mich so lange gesehnt habe!

Halb liege, halb sitze ich auf der Couch. Kann nichts anderes tun als daliegen und schauen. Hinaus auf den See. Es ist Sturm. Das Wasser aufgewühlt. Dunkelblau wie vor überschäumender Energie. Schaukelt die Blässhühner, die Enten, die Haubentaucher durch und durch. Dass sie nicht seekrank werden!

Die Weiden am Ufer tanzen. Der Frühling ist da.

Nach all den Begegnungen, dem Tanz, dem Trubel um mich herum ist das Haus noch leerer. Aber ich bin keinen Moment allein. Bei jedem Schritt geht Ragnar neben mir. Bei jedem Handgriff sieht er mir zu. Jeden meiner Gedanken erzähle ich ihm. Höre ihn antworten. Höre seine Stimme, die mir über die Haut geht wie warmes Öl.

Spüre immer noch seinen Kuss.

Ich muss mich zurücklegen. Die Augen schließen. Ich bin so übervoll; ich muss irgendwo hin damit. Ruhig werden. Das Leben im Arm halten.

Stille, nichts...

Tagebuch 17. Mai

Der Himmel kann sich nicht entschließen, ob es regnen soll. Zwischen den laubnackten Eschen und Schwarzerlen liegt matt der See. Lustlos. Vielleicht ist er angewidert, dass er den verhangenen Himmel abbilden muss, wie es nun mal seine Aufgabe ist. Und das Twik, Twik der Blässhühner und der schrille Pfeifton irgendeines anderen Wasservogels scheinen nichts als ein Versuch, die Last dieses schweren Himmels abzustreifen.

Ich sehe alldem zu. Und glühe vor Freude: Heute Abend ruft Ragnar an!

Tagebuch, 18. Mai

Das frühe Licht kommt so spärlich hereingerieselt wie meine ersten Gedanken:

Liebes Leben, du hast ein halbes Jahrhundert auf mich gewartet. Jetzt bin ich da! Mit fünfzig fängt mein Leben an!

Diesen Satz habe ich schon so oft ausgesprochen. Zuerst ist es nur ein Scherz gewesen. Und dann war er ein Baumstamm, an den ich mich geklammert habe, während ich durch die Stromschnellen gerissen worden bin. Fort aus meinem alten Leben. Aus dem, was ich für Liebe gehalten habe...

Ich spüre mein Herz. Es ist ihm viel zu eng in mir, es will wachsen. Und etwas ist mit meinem Gesicht passiert: Ich lächele! Ich höre gar nicht auf zu lächeln.

Tagebuch 26. Mai

Wir telefonieren jeden Abend. Zwei Stunden, drei Stunden sind weg wie nichts. Wir haben uns so viel zu erzählen. Aber manchmal will ich nur zuhören. Seine Stimme hören. Damit sie mich liebkost. Damit sie in mich eindringt. Damit jede meiner Zellen in ihre Berührung hinein schmilzt.

Wir wollen uns treffen. Er hat gesagt, er kommt zu mir. Für ihn als Mann sei es leichter, bei unserer ersten Begegnung in einer fremden Umgebung zu sein.

Ich freue mich so! Berste vor Freude.

Und habe Angst.

Mein Körper ist nicht mehr jung...

*

Halte ich das aus? All das Damals, das Jolyns Geschichte werden will? Ich kann nicht anders, ich tauche ein in jene Zeit. Bin wieder dort. Ganz allein in dem Haus am See, in dem ich lange Ehejahre verbracht hatte. Bin wieder die Carla, die sich das Steingesicht abgerissen hat, damit die neue Carla leben kann. Ich presse die Hand auf mein Herz. Es reißt, es zerrt. Mein Brustkorb scherzt, als sei er entzündet.

Es wird eine Geschichte werden! Jolyns Geschichte. Und Geschichten gehen zu Ende...

Wenn es gar nicht mehr geht, habe ich den Wald. Kann laufen. So lange laufen, bis er mich verschluckt. Bis ich ein Reh bin. Auf der Flucht. Und der Wald nimmt mich auf. Hält mich. Verbirgt mich vor alldem, was Jagd auf mich macht. Also weiter!

*

Tagebuch, 1. Juni

Der See ist so lebendig an jenem Tag, sein Blau hat eine Tiefe, dass einem schwindelig werden kann, und die Frühlingssonne ist gleißend wie nie, als Ragnar zum ersten Mal zu mir kommt. Als es endlich klopft. Als er endlich vor mir steht an der Tür. Ich bin atemlos. Mein Herz schlägt, dass ich es höre. Meine Knie wollen nachgeben.

„Du bist da!“, kann ich nur flüstern.

„Ja.“ Er lacht. Halb erleichtert, halb entschuldigend. „Es hat länger gedauert.“

Wir fallen uns in die Arme. Müssen uns wieder loslassen und anschauen, als könnten wir es nicht glauben. In meiner Brust sticht es wie Schmerz. Aber ich spüre doch solch eine Freude!

„Komm, ich zeig dir alles“, sage ich, als ich endlich glauben kann, dass er wirklich da ist. Ich zeige ihm das Haus. Am Ende der Runde stehen wir wieder vor der großen Glastür. Schauen in den Garten. Auf den See. Ragnar steht hinter mir. Mein Körper ist elektrisch. Ein Strömen, wie wenn eine geheime Energie durch meine Adern ginge.

„Wie schön es hier ist“, sagt er nach draußen hin. Seine Stimme schmiegt sich in meinen Nacken.

Ich spüre, er ist noch nicht wirklich angekommen. Noch ein wenig fremd. Noch ein wenig steif. Ich öffne die Schiebetür. Reiche nach hinten und fasse ihn bei der Hand. Sehe ihn über die Schulter fragend an. Er nickt.

Hand in Hand gehen wir durch den Garten. Gehen hinunter bis zur Pforte. Der Weg am See entlang ist feucht. Glitschig. Das Gebüsch, das den See bislang vor uns versteckt hat, öffnet sich zu einer Wiese. Wir fangen an zu laufen. Lachen und laufen. Klettern von Stein zu Stein auf den brüchigen Steg. Stehen eng aneinander auf der kleinen Plattform über dem grau aufgewühlten Wasser. Der Wind bläst uns unter die Jacken. Wir schauen hinüber zum anderen Ufer. Ich sage ihm die Namen der Dörfer dort. Und wie auf ein geheimes Zeichen fängt die alte Windmühle drüben auf dem Hügel an zu drehen.

*

Noch immer brauchen wir Zeit. Ich spüre es. Er spürt es. Abendessen auf der Terrasse. Wir haben einander so viel zu erzählen. Hinterher ein Glas Rotwein. Wir werden still. Es ist fast dunkel. Fern machen die Wasservögel ihr ewiges Twik, Twik und manchmal ein Twak dazwischen. Wir sitzen in Decken gehüllt; das letzte Licht wie ein Silberhauch am Himmel.

Endlich ziehen wir um nach drinnen. Setzen uns nebeneinander auf die Couch. Schauen uns an. Spüren, wie befangen wir sind. Müssen darüber lachen. Und küssen uns. Es ist nicht unser erstes Mal. Und doch küssen wir einander so behutsam forschend, als lernten wir das Küssen eben erst kennen.

„Sollen wir das Bett aufbauen?“, frage ich.

Er begreift, dass wir hier oben auf der Couch schlafen werden. Gemeinsam klappen wir sie auseinander. Legen das Bettlaken auf. Müssen wieder lachen. Diesmal über unsere Stummheit. Knien lachend auf dem Bett. Und mitten in diesem Lachen ist es plötzlich ganz einfach. Wir helfen einander aus den Kleidern. Sehen uns zum ersten Mal nackt. Schauen uns an. Ich erkenne an seinem Blick, dass ich ihm gefalle. Und dennoch holt es mich ein: Ich bin nicht mehr jung! Mein Körper war immer hübsch. Aber jetzt ist er fünfzig!

Unsere Blicke berühren sich.

Und in seinen Augen sehe ich, was wirklich ist: Ja, ich bin nicht mehr jung. Aber der Mann, der vor mir kniet, wickelt gerade meine Schönheit unendlich behutsam aus meiner Ängstlichkeit heraus…

*

Ich kann nicht weiterschreiben.

Nie werde ich über diese Stelle hinauskommen!

Nie!

Nicht einmal der Wald wird daran etwas ändern können.

***

Kapitel 6

Ich öffne die Augen und schließe sie ganz schnell wieder. Wo sonst das Blau über den Kiefern strahlt, hockt eine finstere Wolke. Der Rest des Himmels ist blassgrau. In mir ist es noch viel grauer. Ich krabbele tiefer unter die Bettdecke. Aber da ist es auch grau.

Etwas muss passieren! Unbedingt! Sonst falle ich wieder da hinein! In dieses halbflüssige Grau, das zäh wie Klebstoff ist. Das mich unten hält, tief in dem grauen Tal, aus dem es keinen Blick heraus gibt, nicht zu den Seiten, nicht nach vorn, nicht nach oben. Keinen Himmel. Nichts...

Das DARF nicht geschehen!

Schreiben! Versinken im Schreiben.

Das wäre das Beste, ja. Aber wie? Oder: Was? Graues schreiben? Auf keinen Fall!

Ich könnte vorhandene Texte überarbeiten... Aber wenn in mir nur grauer Brei ist, wie sollen da klare, gute Sätze kommen?

Auserlesen.de durchforsten? Immerhin hätte es indirekt mit Schreiben zu tun...

Draußen ist es zu ungemütlich. Einfach hier im Bett sitzen? Wenigstens durch die Fensterscheibe getrennt von dem grauen Licht im grauen Wald?

Okay!

Erst das Frühstück im Bett, dann den Laptop auf den Schoß – und wegtauchen. Und wie oder wohin könnte ich besser wegtauchen als ins Durchstöbern meiner fünfundsiebzig Partnervorschläge?

Weg von den Gedanken... Weg von den Erinnerungen...

Und vielleicht finde ich ja den Mann, der die Geschichte voranbringt. Einen, der fasziniert. So sehr, dass der versteckte Makel nur ganz langsam sichtbar wird. Wie ein leises, aber umso grässlicheres Geräusch. Erst kann man es noch beiseiteschieben. Aber es fräst sich tiefer und tiefer ins Ohr. So wird es sich für Jolyn anfühlen. Natürlich wird sie auf die Idee kommen, Schluss zu machen. Doch es wird nicht gehen. So wie man nicht loslassen kann, wenn man bei Tiefsttemperaturen Metall berührt...

Der versteckte Makel ist nur scheinbar der des anderen, würde Ragnar sagen. Mein Gegenüber ist mein Spiegel. Darin sehe ich meine eigenen Fratzen und Missgestaltungen. Aber weil ich das nicht ertrage, schreibe ich sie dem anderen zu.

Ja. Aber zuerst, wenn alles noch frisch und neu ist, sehe ich einen Mann, der mir als ein einziges Wunder erscheint. Und je mehr ich glaube, dass es die große Liebe ist, umso sicherer kann ich sein, dass ich in der romantischen Liebe feststecke, die den anderen anhimmelt und glaubt, alles Glück der Welt von ihm zu bekommen.

Habe ich das auch gemacht? Damals?

Habe ich mir nur eingebildet, dass...

Stopp! Keinen Schritt weiter denken!

Ich spüre schon, was die Gedanken anrichten. Spüre schon, dass ich zu fallen beginne, noch tiefer hinein ins Grau, das immer dunkler, immer klebriger wird...

Ich schlage die Bettdecke beiseite. Renne fast zum Klo. Aber die Gedanken kommen mit.

Lasst mich in Ruhe!

Ich pinkele so matt und lahm, dass es Stunden zu dauern scheint. Starre dabei in mein Inneres, das sich zügig ins Schwarz verfärbt.

Andere Gedanken! Sofort! Zum Beispiel ans Frühstück:

Ich mache mir gleich das beste Frühstück aller Zeiten! Mit weichgekochtem Ei. Toast. Dem leckersten Kaffee, der mir je gelungen ist! Mit viel aufgeschäumter Milch. Ich streiche jede Menge Butter auf den Toast, und ich werde davon nicht ein Gramm zunehmen!

Am besten koche ich mir *zwei* Eier!

Ich werde schlemmen!

Werde gar nicht aufhören zu frühstücken!

Und keinem einzigen Gedanken, der mir graue Gefühle macht, schenke ich mehr die leiseste Aufmerksamkeit!

***

Kapitel 7

Ich starte Auserlesen.de. Sofort kommt:

„Sie haben eine neue Nachricht in ihrem Posteingang!"

Ich doppelklicke auf das kleine Briefumschlag-Symbol. Runzele schon beim Lesen die Stirn:

„Liebe Jolyn,

du bist mir von Auserlesen.de vorgeschlagen worden, und tatsächlich scheinen wir sehr viele Übereinstimmungen zu haben. Wir sollten uns näher kennenlernen.

Herzliche Grüße, Lutz"

Ein Standardtext. Man kann sich nicht nur die Absagen, sondern auch die Anfragen von Auserlesen.de vorgeben lassen. Und wie wäre es, sich ein bisschen Mühe zu geben, Herr Lutz? Ein bisschen mehr, als nur den Gruß darunter zu setzen?

Was sagst du dazu, Jolyn?

Sie zieht nur die Schultern hoch. Herrgott, wie Recht sie hat! Das ist unwichtig! Die einen können sowas gut und finden die passenden Worte, die anderen tun sich schwer. Und?

Er ist Arzt. Neunundfünfzig. Hat Interesse an Literatur, Kunst, Musik. Schreibt über sich selbst:

„Wenn ich mir einen Traum erfüllen könnte, dann würde ich immer das können, was ich will oder das wollen, was ich kann."

Das mag ich! Das mag ich sogar sehr!

Ich klicke auf „Antworten".

„Lieber Lutz,

was du über dich schreibst, gefällt mir."

Tja. Auch nichts anderes als ein Standardsatz. Und jetzt?

Weiter unten in seinem Profil schreibt er zu dem angefangenen Satz „Es macht mich glücklich, wenn...":

„... ich tun kann, was ich möchte, und mich dabei lebendig fühle, und wenn ich mich auf jemanden freuen kann."

Gefällt mir auch. Wirklich? Beim Selfmademan ist Musik gewesen. Zwar kein Flamenco, erst recht kein Tango, aber doch handfester Beat. Dies hier dagegen...

Ich lese weiter:

„Unkonventionell und anpassungsfähig, einfühlsam, optimistisch, hilfsbereit, unternehmungslustig... Mir ist wichtig, dass ich meine Partnerin attraktiv finde und dass sie Zärtlichkeiten und Sex genauso mag wie ich."

Meine Finger tippen schon:

„Ich würde gern mehr über dich erfahren."

Ich lösche es sofort wieder. Starre aus dem Fenster. Die Bäume stehen so vollkommen reglos, als warteten sie darauf, dass das Grau da draußen sich in etwas wie ein Weltuntergangs-Gewitter entlädt.

Plötzlich grinse ich. Ein kleiner, frecher, übermütiger Funke ist da. Und das genügt.

„Lieber Lutz,

dein Profil gefällt mir! Um zu sehen, wie es sich in der Realität anfühlt, sollten wir telefonieren und uns auf einen Kaffee verabreden.

Herzliche Grüße, Jolyn"

Ich schicke es ab. Weiß im selben Moment: Der Funke hat nicht genügt. Das ist nicht Jolyn. Das ist Carla, die Jolyn nachahmt.

Immerhin! An einem Tag wie diesem ist das eine Großtat! So, basta!

***

Kapitel 8

Es geht nicht voran. Seit Tagen nicht. Seite für Seite sollte sich füllen mit dem Damals, das nun Jolyn gehört. Nur müsste ich dazu das Tagebuch aufschlagen und die entscheidenden Stellen abtippen. Wenigstens das müsste ich tun. Doch das kommt mir vor wie mich selbst zu erdolchen.

Stattdessen unendlich viel Zeit am Computer mit meinen fünfundsiebzig Männern. Hoffnung. Enttäuschung. Hoffnung. Enttäuschung. Immerzu aufpassen, dass es mich nicht in das Grau zurückstößt. In das Grau, das sich anfühlt wie zäher Klebstoff, aus dem man bei jedem Schritt seinen Fuß herauszerren muss, nur um beim nächsten Schritt gleich wieder darin einzusacken. Und na klar, wer eine solche Stimmung in die Welt hinaussendet, bekommt die entsprechenden Antworten: meistens gar keine.

Aber heute bin ich frei von alldem. Den ganzen Tag. Heute feiern wir meinen Geburtstag.

Als ich vierundfünfzig geworden bin, habe ich es versprochen: Wir feiern meinen Geburtstag nach. Wir machen ein schönes Sommerfest.

Woher habe ich damals den Mut genommen?

Auf jeden Fall war es gut so! Genau richtig! Was ich in den Fokus nehme, das bestimmt das Glück meines Lebens – oder das Unglück. Das habe ich gut gemacht damals! Und genauso mache ich es heute auch!

Heute soll alles hell und sonnig sein! Innen und außen. Heute feiern wir nicht nur meinen Geburtstag. Heute ist der wirkliche Beginn meines neuen Lebensjahres! Damals habe ich es nicht gekonnt. Bin nach ein paar Versuchen doch wieder im Schmerz ertrunken. Lange. Viel zu lange.

Mein neues Lebensjahr. Wirklich neu! Das kann man an jedem Tag beschließen. Also heute! Ein guter Tag dafür: Es ist warm, nicht zu heiß. Ich habe unterm Zeltdach eine Tafel gedeckt und mit Blumen geschmückt. Zwei Fliegenhauben aus weißer Spitze, unter der einen eine Obsttorte, unter der anderen duftet mein berühmter Käsekuchen. So muss er sein: frisch aus dem Ofen, noch warm. Tee und Kaffee in großen Thermoskannen. Alles soll fertig und bereit sein. Ich möchte meine Gäste genießen und nicht ständig bedienen. Muss mir nur noch den

Schweiß abwaschen, zuletzt bin ich doch ins Hetzen geraten. Ein frisches T-Shirt, hellblau wie die Hose. Das weiße Tunika-Oberteil darüber. Einmal mit der Bürste durchs Haar. Sehe ich tatsächlich so blühend aus? Das Weiß steht mir ebenso wie die leicht gebräunte Haut. Und meine Augen leuchten wie die Ostsee an ihren allerbesten Tagen.

Ich bin gerade wieder draußen, da kommen sie schon den Waldpfad hoch. Josepha in ihrem Leuchtblau stapft mit großen Schritten vorneweg, als wenn sie Siebenmeilenstiefel angezogen hätte. Passt nicht ganz zu ihrem schönen Kleid. Schulterfrei mit Spagetti-Trägern. Ein wunderschöner balinesischer Batikstoff mit schwarzen, lustigen Fantasietieren darauf, die in einem kobaltblauen Ozean treiben. Gleich hinterher Marie. Klein und rundlich und mit diesem Gang, als hätte sie statt Beinen Räder. Am Ende der kleinen Prozession Tim. Die Drei sehen aus, als spazierten sie direkt aus einem dieser Gartenidylle-Bilder von Carl Larsson, dem schwedischen Maler der Jahrhundertwende: alle in leichter Sommerkleidung, Marie in langem Kleid und Strohhut, Tim in weißem Hemd mit weiten Ärmeln und bestickter Weste. Wie der Sommer selbst kommen sie den knisternden Pfad durchs trockene Gras zu mir hoch gezogen, ein kleiner Flötenspieler mit einem lustigen hellen Lied könnte voranschreiten. Die Vögel sind für einen Moment stumm, als staunten sie wie ich:

Meine kleine Welt ist doch heil! Ein bisschen jedenfalls...

Das habe ich heute schon ein paar Mal gedacht, beim Backen, beim Tischdecken: eine Frau im Wald mit lieben Freunden ganz nahebei. Eine Frau, die sich um nichts weiter Gedanken macht als um ihren Kuchen, der ihr gelingen soll, und darum, ob das Bad geputzt ist und die Sektgläser glänzen. Wie viel einfacher wäre alles, wenn ich so eine wäre!

Josepha kommt als erste zu mir auf mein kleines Plateau gestiegen.

„Herzlichen Glückwunsch, Engel!“, schnauft sie.

„Mein Geburtstag ist doch schon längst vorbei.“

„Trotzdem!“ Sie drückt mich, hält mich mit ausgestreckten Armen von sich weg. „Mein Geschenk konnte ich leider nicht mitbringen.“ Sie sieht mich mit gespielter Zerknirschtheit an. Zieht die Kunstpause so lang, dass ich schon nach den anderen schiele. Sie grient und hebt erneut an:

„Du darfst dir in meiner Werkstatt ein Ungeheuer aussuchen!"

„Ehrlich?"

Es sind tolle, verrückte Dinger! Josepha stellt sie aus allem her: aus Ton, Holz, knorrigen Baumwurzeln, Schrott, Stoff, Draht, Papier, aus Pappe und Bindfaden, Schuhen, Geschirr, Lampen, Kämmen, Zahnbürsten, Klorollen und wahrscheinlich auch Dingen, von denen man lieber nicht wissen möchte, was es ist. Jedes dieser seltsamen Wesen bekommt einen Namen, besitzt einen eigenen Charakter und eine eigene Lebensgeschichte. Deshalb, sagt Josepha, nur deshalb verkaufe sie sie so gut, wenn sie mit ihnen zu Kunsthandwerkermärkten zieht. Die Geschichten sind es, sagt sie. Das Lachen. Das Staunen. Die Leute kauften sich ein Stück Besonderheit. Ein Stück von ihr. Denn sie glaubten, sie hätte etwas, das ihnen fehlte. Und dafür bezahlten sie einen guten Preis.

Ich kann es verstehen, und wenn ich viel Geld hätte, hätte ich mir auch längst eins gekauft: Diese Ungeheuer sind so unterschiedlich wie genial. So erstaunlich wie anrührend.

„Es wird schwierig werden, eins auszusuchen", stammele ich. Klinge befangen. Bin es auch.

Marie kommt auf mich zu. Breitet die Arme aus. Strahlt. Schön ist sie in ihrem maigrünen Leinenkleid, das mit dem Silber ihrer üppigen Locken um die Wette leuchtet. Sie hat mir ihr Geschenk schon im Februar an meinem wirklichen Geburtstag übergeben: einen Gutschein für eine Reise ans Meer.

„Du weißt ja, nur wir zwei, du und ich", flüstert sie mir mit verruchter Stimme ins Ohr und zwinkert.

Tim drückt mich kurz an sich. Übergibt mir seinen Blumenstrauß. Grinst dabei wie ein Junge, der die Blumen stibitzt hat.

„Schön hast du's hier!", sagt er. Seit er mir die Lampe im Badezimmer angebracht hat, ist er nicht mehr hier gewesen. Inzwischen ist der Sommer hereingeweht. Ich habe gelichtet, gepflanzt, gestrichen, geordnet, gestaltet. Tims Blick geht über das rote Häuschen mit den hellblauen Fensterläden, hinter dem die einzigen Tannen hier im Kiefernwald wie eine schützende Wand aufragen. Vor dem dunklen Tannengrün leuchtet das schwedische Holzhaus-Rot noch roter. Alles hier oben bei mir scheint heil und in Ordnung zu sein. Selbst mir kommt es so vor.

*

Wir sitzen und plaudern. Trinken Kaffee und essen Kuchen. Sonnenschein ruht auf dem Zeltdach über uns und legt sich uns zu Füßen. Mir ist, als hörte ich den kleinen Flötenspieler, den ich mir eben vorgestellt habe, durch den Wald ziehen. Weit weg und doch ganz nah. Wie in Kirchen verteilt sich der Schall zwischen den Säulen der Bäume schnell überall hin.

Ich höre den anderen zu und bin zugleich wie im Traum. Schaue sie mir an, meine kleine Welt. Ich brauche sie. Brauche sie sehr. Auch wenn ich nur Zuschauer zu sein scheine.

Irgendwann beugt Tim sich vor zu mir. Fragt mit gesenkter Stimme die Frage, die ich allzu gut kenne:

„War es dir gar nicht unheimlich, als du noch ganz allein hier im Wald gelebt hast?"

„Und das im Winter!", posaunt Josepha. „Ewig dunkel! Was das hier oben im Wald heißt, wissen wir ja alle: Dunkler als ein Kuhfladen von unten!" Sie prustet los.

Als das Lachen sich gelegt hat, sage ich, was ich immer auf diese Frage sage: „Wer soll sich hierher verirren? Mitten in den Wald, wo es nicht einmal eine richtige Straße gibt?"

Tim zieht eine Braue hoch. „Alle Achtung, als Frau ganz allein, auch nachts und bei Sturm, wenn der Wald rauscht und knackt..."

„Ich liebe Sturm!", falle ich ihm ins Wort. „Dann hört es sich hier an wie früher zu Hause an der See. Die Bäume rauschen wie Brandung. Mit diesem Geräusch bin ich als Kind eingeschlafen und aufgewacht."

Tim schaut mich weiter an mit seinen rehsanften Augen. Sagt:

„Du warst zuerst ganz allein hier, nicht? Vor Marie und Josepha."

Ich nicke mühsam. Was WILL er?

„Mutig. Alle Achtung!"

Ich lache auf. Schrill. Und wie wenn der Wahnsinn mich anspringt, öffne ich den Mund. Sage schon „Na ja..."

Und verstumme.

Früher habe ich es jedes Mal gesagt, wenn diese Frage kam. Gerufen habe ich es:

„Na ja, ich hab ja immer noch die Axt im Schrank! Für alle Fälle!"

Habe ich es doch gesagt? Es tatsächlich ausgesprochen? Oder war der Gedanke daran so intensiv, dass er wie laut gerufen nachklingt?

Tim schaut verwirrt.

Ich müsste es ihm erklären. Ich müsste erzählen, was ich früher immer erzählt habe: Als ich hier eingezogen bin, waren eine Menge Sachen von den Vorbesitzern dageblieben. Sogar Kleidung hing noch in dem Einbauschrank in meinem winzigen Schlafzimmer. Erst beim Ausräumen habe ich sie entdeckt: Unten im Schrank, ganz an der Seite stand eine langstielige Axt. Ist es hier doch nicht geheuer, habe ich mich gefragt. Haben die Vorbesitzer Angst vor Einbrechern gehabt, obwohl sie mir erzählt haben, dass sie sich total sicher und wohl gefühlt hätten? Ich habe die Axt genau dort stehenlassen. Sobald meine Sachen darin hingen, war sie wieder unsichtbar und schnell vergessen. Nur wenn mich jemand gefragt hat, ob ich keine Angst hätte so allein im Wald, habe ich diesen Satz gesagt. Diesen Satz von der Axt im Schrank.

Ich spüre Maries Blick. Besorgt. Krankenschwester-Besorgnis. Habe ich zu beredt geschwiegen? Oder zu lange?

„Ich weiß nicht“, fängt Marie an. „Wenn das Mondlicht zwischen den Stämmen geistert, kann ich mir tausendmal sagen, dass da draußen kein Schatten herumschleicht, dann nützt das wenig.“

Mir fällt nichts mehr ein. Was auch? Halt die Klappe, Marie, bist du nicht mehr richtig? Du weißt, was damals in dieser Vollmondnacht passiert ist!

Aber Marie macht weiter: „Manchmal schrecke ich aus dem Schlaf und merke irgendwann: Da ist gar nichts, ich bin hochgeschreckt, weil es so absolut still ist!“

„So still wird es bei mir nie!“ ruft Josepha, während sie mir ihren leeren Kuchenteller hinhält und beredt mit Augen rollend zum Käsekuchen hin nickt.

Wie ein Roboter greife ich nach dem Tortenheber. Hebe mit der anderen Hand die Fliegenhaube an. Hangele nach einem Tortenstück.

„Ich hab nämlich den lautesten Kühlschrank des ganzen Landkreises“, sagt Josepha.

„Hast du nicht!“, rufe ich. „Den habe ich! Wenn meiner anspringt, schüttelt sich das ganze Haus!“

Gott, bin ich froh, dass es vorbei ist mit dem Mond und der Stille. Und wütend. Ich bin so wütend, dass ich Marie die Torte aufs Kleid schmettern könnte.

„Dann brauchen wir also beide keine Gänsehaut zu kriegen!" Josepha schiebt sich eine Gabel übervoll mit Käsetorte in den Mund.

Ich muss mich in etwas hineinretten. Oder besser aus etwas heraus.

„Doch, die krieg ich trotzdem! Weil *mein* Kühlschrank nämlich ganz ekelhaft scheppert, und wenn er anspringt, klirrt es. Gegen Klirren bin ich allergisch."

Tim sieht mich an mit einem Blick, dass ich seine Gedanken fast hören kann: Gott, bist du empfindlich!

Ja, bin ich.

Überempfindlich. War ich schon immer.

Wie ein kalter Hauch von hinten bekommt es mich zu fassen: dieses Gefühl, fremd zu sein mitten unter meinen Freunden. Alle denken, dass ich kühl bin und verschlossen wie eine Muschel. An manchen Tagen fühle ich mich eher wie eine Qualle. Kühl, ja. Aber wenn man drauf tritt, ist es sofort um sie geschehen.

„Was macht eigentlich deine Recherche, Carlchen?", ruft Josepha. Hält die Hand vor den halbvollen Mund, aus dem ein Kuchenkrümel gehüpft ist. Blinkert mit den Augen ein „Sorry!" zu mir herüber.

Ich bin zusammengeschreckt. Aber wieder zurück in meiner heilen Welt. Nur meine Stimme hat noch etwas an sich, das mich an das Rauschen in meinen Ohren erinnert.

„Ich sehe mir bis zwei Uhr nachts Männer an, die mir von der Partneragentur vorgeschlagen worden sind", sage ich so ungerührt wie möglich.

„Wie im Katalog?", kreischt Josepha. „Mit Fotos?"

„Die bekommst du erst zu sehen, wenn man sich schreibt. Eine einzige Anfrage ist gekommen. Das ist die ganze Ausbeute meiner zweiten Woche."

„War das dieser Lutz?", fragt Marie.

„Ja. Ich hab ihm geantwortet. Ihm mein Foto freigeschaltet. Da kam von ihm nur, dass er gerade beruflich sehr unter Druck sei. Ob ich mich noch ein bisschen gedulden könne, bis wir uns mal sehen."

Tim lacht auf. „Klar, der hat eine andere, die gerade viel interessanter ist. Aber dich will er in der Hinterhand behalten."

Ich nicke. Genau das habe ich mir auch gedacht. Interessant für den Roman. Das passiert wahrscheinlich tausendfach. Also muss es auch Jolyn passieren...

Aber es sticht in *meiner* Brust!

Ich fühle mich doch wohl nicht abgewertet? Von einem Hanswurst, den ich nicht einmal kenne? Das disqualifiziert doch *ihn*, nicht mich.

Aber was ist das für eine Art? Klar wird man in einem solchen Forum dazu verführt: So wie ich fünfundsiebzig Männer habe, hat er natürlich fünfundsiebzig Frauen. Da wird man wählerisch. Jedenfalls wenn man Zuschriften bekommt...

Trotzdem: Ich würde schreiben, dass gerade ein anderer Kontakt im Vordergrund ist. Dass ich erst dem nachgehen möchte und nicht mehreren auf einmal. Wie dumm, so durchschaubare Ausflüchte zu schreiben!

„Neulich habe ich eine Talkshow gesehen", sagt Josepha in meine Gedanken hinein, „Es ging um Süchte. Eine Frau dort war tatsächlich süchtig nach dieser Internet-Partnersuche. Sie war Anfang vierzig. Sehr attraktiv. Und morgens stürzt sie gleich an den PC und guckt, ob jemand geschrieben hat. Wenn nicht, ist der Tag für sie gelaufen. Sie hat immer ein paar Flirts gleichzeitig, geht auch mal mit einem ins Bett, aber was Festes will sie nicht. Das Tolle ist dieser Flash, wenn einer anbeißt, sagt sie. Dieser Kitzel, ob es etwas wird oder nicht. Und sobald es etwas wird, ist es entweder gleich wieder uninteressant – oder aber sie trifft sich sehr schnell mit ihnen. Kein langes Schreiben oder Telefonieren, das sei wichtig."

„Aber du triffst dich nicht gleich mit denen, oder?", fragt Marie.

Josepha schlägt die Augen zum Himmel. „Das gehört doch dazu!"

„Mensch, da sind 'ne Menge schräge Typen dabei", beharrt Marie. „Und du weißt nichts von ihnen!"

„Warum sollte es da anders sein als im richtigen Leben?", grummelt Josepha. „Aber dazwischen ist vielleicht das eine Goldstück!"

„Und im Internet gibt's Suchmaschinen, im wirklichen Leben nicht!", feixt Tim.

„Das einzige Goldstück, das *ich* da finden will, ist eine Story!"

Ich weiß, dass mir das niemand glaubt. Nicht einmal ich selbst.

Aber der Gedanke tut gut. Sehr gut.

*

Wir sind lange spazieren gegangen. Eine plaudernde Sommernachmittagsgesellschaft. Das ist mein Leben? So hell? Wir bringen einen Korb voll trockener Kieferzapfen mit und schichten sie weiter unten auf meiner Lichtung in die Lagerfeuerkuhle. Stopfen Papier dazwischen. Tim und Josepha holen Holz von meinem Holzlager heran. Marie und ich tragen den Gartentisch und die Korbstühle zum Feuerplatz hinunter. Später dann auch Käse, Brot, Rotwein, die Suppe, das Geschirr.

Wir essen. Wir plaudern.

Geschichten von früher. Es ist einer dieser geborgenen Augenblicke dafür, denke ich. Und spüre, dass mein Körper steif wird und die Schultern sich verkrampfen. Sind diese heilen Geschichten nicht wahr? Ist es das? Nichts, was wir erinnern, ist wahr. Alles verklärt sich ins Schöne wie ins Schlimme. Schon im Augenblick, wenn wir es erleben, ist es nicht wahr. Ist es verklärt von meinem Blick. Der nie mehr so klar ist, wie der des kleinen Kindes, das noch voll Staunen ist und ohne all die Striemen und Streifen, die sich in mein Inneres eingegraben haben. Die Peitschenhiebe des Lebens, die wie ein zweites Netz über meiner Netzhaut liegen. Und alles, was ich durch dieses Netz anschaue, bekommt dessen Muster aufgeprägt. Ist es nicht so? Und noch viel wichtiger: Kann ich jemals wieder ohne dieses Netz schauen?

Ich stehe auf. Stochere im Feuer. Lege zwei dicke Scheite nach. Was mache ich, wenn wir wieder bei diesem Thema landen? Bei dieser Vollmondnacht im Februar? Es aussprechen? So, wie es war?

Kann es deshalb nicht Vergangenheit werden? Weil es eingesperrt ist in einem der vielen Zimmer in meinem inneren Haus?

Die anderen sind still. Schon eine kleine Weile. Als warteten sie darauf. Als wüssten sie, was ich denke und warteten, dass ich ihnen endlich, endlich erzähle, wie es war. Wie es wirklich war. Niemand weiß es. Niemand außer mir.

Ich fange an zu sprechen.

Mitten in die Stille hinein.

„Wie die Flammen um sich lecken“, rede ich drauflos und wundere mich und bin zugleich froh. „Besonders, wenn etwas neu anbrennt. Guckt mal, das sieht doch total aus, als würden sie sich ausstrecken, um die nähere Umgebung nach etwas abzusuchen, was sich fressen lässt!“

„Ja“, ruft Josepha. „Sie tasten umher, wie blind. Und finden doch meistens etwas, wo sie reinbeißen können!“

„Als ob sie zwar nichts sehen, aber doch etwas wahrnehmen können“, ergänzt Mari leise.

„Vielleicht haben sie einen ganz eigenen Sinn dafür, nicht sehen, nicht riechen, nicht schmecken – etwas, das wir uns gar nicht vorstellen können.“ Ich stochere ein wenig mit meinem langen Stock, der immer bei der Feuerstelle liegt. Luft kommt unter das Holz. Funken springen hoch. Neue Flammen machen sich auf die Suche nach mehr Futter. Eine leckt ganz gezielt nach oben, wo ein wenig dünnes Geäst liegt. Bekommt es zu fassen. Lässt es aufknistern. Springt im Nu durch das ganze kleine Geäst, dass es an allen Enden zugleich zu brennen beginnt. Nur kurz. Aber die Flamme hat ihren Schmaus gehabt und kaut glimmend noch lange nach.

„Irgendwann entdeckt die Wissenschaft das bestimmt“, sagt Tim mit einer Stimme, als käme er gerade mitten aus einem Traum heraus.

„Genau!“, jodelt Josepha. „Eines Tages wird die Wissenschaft uns mächtig stolz die große Entdeckung mitteilen…“ Sie macht eine weit ausholende Handbewegung. „…dass jede Flamme eine Art Sensor in sich hat, mit der sie Brennbares findet. Dass sie sich, wenn kein Wind da ist, darum so zielsicher in eine bestimmte Richtung reckt, nämlich dahin, wo auch etwas ist.“ Sie fängt an zu lachen. Erzählt laut lachend weiter: „Und dann preisen sie als die neueste Entdeckung an, was schon der Urmensch an seinem Lagerfeuer tagtäglich beobachtet hat. Klar können Flammen das, hätte der gesagt. Sieht man doch. Man braucht doch bloß hinzuschauen.“

Alle sitzen mit heiteren Gesichtern, Josepha weit zurückgelehnt, fast liegend mit ausgestreckten Beinen, die Füße mit den roten Clogs zu beiden Seiten gekippt. Tim ernst und gerade. Mari mit aufgestützten Armen und von der Lehne hängenden Händen weit nach vorn gebeugt. Gebannt studiert sie das Feuer, wie wenn es ihr ganz neu erschiene. Sie zieht einen ihrer langen

Schlürfatemzüge ein. Hält kurz inne, als überlegte sie, ob sie den Atemzug einfach verschluckt oder ihn nutzt, etwas zu sagen.

„Der Urmensch hat daraus den Schluss gezogen, dass alles, auch die Flamme, lebt."

Das klingt sehr bedeutsam, denke ich. Dabei ist es doch banal... Und eigentlich auch nicht. Wir sehen es ja vor uns. Ob das, was die Flammen da machen, leben genannt wird oder anders, etwas geht vor sich, und wir können es nicht erklären...

Kann man Leben erklären?

Kann ich erklären, warum ich über die Lagerfeuerflammen spreche statt über das, was in mir brennt? Es tut mir gut, so leichthin zu plaudern. Es ist, als würde sich ein Löschtuch über den Brand in meinem Inneren legen. Und ich rede weiter. Weiter und weiter.

Vom Wald spreche ich. Vom Wald, der durchgeforstet werden sollte. Um unsere kleine Siedlung herum muss es einen „Brandstreifen" geben, habe ich von einem Bauern aus dem Dorf gehört. Erkläre, wie breit er sein muss und dass nur solche Bäume darin stehenbleiben dürfen, die nicht stark feuergefährdet sind.

Ich spreche vom Jagdpächter, der sehr alt ist und ein bisschen verrückt und den man manchmal morgens findet, eingeschlafen irgendwo. Ich schimpfe über das Jagen. Steigere mich hinein, wie feige ich es finde, den Tieren aufzulauern, mit einem Gewehr mit Infrarot-Zielfernrohr, wie feige und gemein! Soll so einer es doch mal versuchen, Mensch gegen Tier! Soll er es doch *einmal* aufnehmen mit der behänden Schnelligkeit eines Rehs! Mit der Wut eines Keilers! Aber die sitzen da oben auf ihrem Ansitz, behaglich mit Decke über den Knien und einem heißen Tee. Und zielen. Und töten. So herrliche Tiere! Die jeden einzelnen Tag nur überleben, wenn sie ganz und gar wach, ganz und gar auf der Hut sind!

Ich spüre einen Seitenblick von Marie.

Verstumme.

Trinke bloß noch in sehr kleinen Schlucken vom Rotwein.

Unser Plaudern wird spärlicher.

Irgendwann hören wir nur den Nachtigallen zu. Lachen hier und da über Josephas Scherze. Sogar ich mache einen trockenen Witz.

Meine heile Welt wärmt. Wenigstens an der Oberfläche. Innen ist mir jammerkalt.

*

Der Himmel ist noch hell. Ich kann mich nicht sattsehen an dem glimmenden Grauweiß. An dem nebelartigen Schein, den es zwischen die Bäume sendet. Deshalb sitze ich immer noch hier. Allein. Und friere. Am glühenden Feuer friere ich wie ein Nackthund im Schnee.

Was steckt mir da in den Knochen?

Bin ich neidisch? Auf Josepha? Sie lässt keine Gelegenheit aus, zu betonen, wie gut sie es mit Tim getroffen hat.

Igitt, was für Gedanken! Das IST Neid!

Aber kein grüngelber Neid. Er ist weder missgünstig noch gehässig. Es ist nicht zu übersehen, dass beständig ein stiller Strom zwischen Tim und Josepha fließt. Auch nicht, dass die beiden sich mit kaum merklichen Blicken miteinander abgleichen. Wahrscheinlich ist es ihnen selbst gar nicht bewusst. Aber ich sehe es. Ich sehe, wie Tim, der selten mehr als zwei Sätze hintereinander spricht, mit all seiner Aufmerksamkeit an Josephas Lippen hängt, während sie erzählt und Witze macht und mit den Augen rollt und ihr dunkles Lachen durch den Wald kullern lässt. Wieso sollte ich ihnen das missgönnen? Im Gegenteil!

Vielleicht ist es gar kein Neid. Vielleicht ist es – Sehnsucht?

Und? Manchmal sehne ich mich auch nach dem Meer. Oder einem Stück Torte. Aber ich weiß: Das Meer ist zu weit weg und die Torte schädlich für die Hüften.

Mit einem Ruck stehe ich auf. Das Feuer ist so weit niedergebrannt, dass ich es allein lassen kann. Am liebsten würde ich die restliche Glut mitnehmen. Meine Beine fühlen sich wie zwei Eisblöcke an. Im Haus schlinge ich mir eine Wolldecke wie einen langen Rock um die Hüften. Ein paar Stücke Holz liegen noch vom Winter im Korb neben dem Ofen. Ich mache Knüll-Papier aus dem, was der Altpapierkorb hergibt. Lege es in den Ofen. Schichte Pappe und dünneres Holz darauf. Zünde das Papier an. Schiebe nach ein paar Minuten zwei dickere Holzstücke nach. Kuschele mich auf der Couch direkt neben den Ofen, in dem es jetzt knackt und prasselt. Große Flammen fackeln hinter dem Ofenglas. Ich trinke einen winzigen Schluck Rotwein. Nur als Abschluss. Für heute war es längst genug. Ziehe den Laptop vom Couchtisch herüber auf meinen Schoß. Starte ihn. Es ist zur Gewohnheit geworden, dass ich mich in jeder freien Minute bei Auserlesen.de anmelde. Dort in meinen Posteingang schaue. Allerdings: wozu?

Ich fasse es nicht. Da ist eine Nachricht! Und sie lautet:

„...wenn ich dir gefallen sollte, lass es mich wissen... Mike“

Herzklopfen. Sofort.

Wieso? Wegen dieses einen Satzes? Bin ich betrunken?

Ich klicke mich in sein Profil. Lese, was er über sich schreibt: Fünfzig Jahre alt, eins achtzig groß, geschieden. Lebhafte Augen. Sinnlicher Mund. Schlank. Neugierig. Phantasievoll. Zärtlich. Natürlich. Gut aussehend. Einfühlsam.

Hobbies: Sport, Architektur, Kunst, Musik, Fotografie. Theater.

Die Punkte Freizeit, sportliche Aktivitäten, Musikgeschmack überfliege ich nur. Viel interessanter sind die angefangenen Sätze, die man fortsetzt:

Ein Tag ist für mich perfekt, wenn...

...ich neben dir aufwache...und dich fühle...

Drei Dinge, die für mich wichtig sind:

...mein Partner....Zeit....Gesundheit...

Ein Ort, an dem ich mich besonders wohlfühle:

...am Meer.. und vor dem Kamin...

Wenn ich nichts zu tun habe, mache ich Folgendes:

...träume vor mich hin...und genieße...

Ich reagiere allergisch auf...

Unhöflichkeit, Überheblichkeit

Ich wünschte, ich könnte...

... mit dir glücklich werden...

Was meine Partnerin über mich wissen sollte:

... ich mag Frauen auf Augenhöhe...

„Wenn ich dir gefallen sollte, lass es mich wissen...“ Natürlich gefällt er mir. Ich habe noch kein Profil zu sehen bekommen, das mir so zugesagt hat.

„Lieber Mike,

an dem, was du über dich selbst schreibst, gefällt mir besonders, dass du Frauen auf Augenhöhe magst. So geht es mir auch – ich meine natürlich in Bezug auf Männer.“

Wie bitte? Wer soll das geschrieben haben? Jolyn? Noch einmal!

„Hi Mike,
danke für die Zuschrift. Dein Profil gefällt mir! Und ganz besonders: ... ich mag Frauen auf Augenhöhe. Ich mag auch, wie du dein Äußeres beschreibst. Sehen konnte ich nicht viel von dir, aber ein Bild kommt ja vielleicht noch? Ich gebe jetzt mal meine Fotos für dich frei und warte gespannt auf deine Antwort!
Liebe Grüße, Jolyn“

Ich klicke auf Absenden. Sonst ist nichts gekommen, oder? Keine einzige Antwort auf all meine Anfragen. Was um Himmels Willen mache ich falsch?

He! Da steckt doch ein Briefumschlagsymbol im Posteingang!

„...du gefällst mir total... sehr...sehr sympathisch... wo lebst du...? ...würde dich gerne im realen Leben kennen lernen... auf einen Wein... wo bist du jetzt...? Mike“

Ich lese die Mail noch einmal. Ein drittes Mal. Welches Foto er wohl am liebsten mag? Bestimmt das, auf dem ich lache. Und dass er das Wort „sympathisch“ benutzt – weiß der Himmel, warum – ich mag das.

„Wo bist du jetzt?“

Will er mich etwa jetzt sofort treffen?

Und? Was wäre so schlimm daran?

Mit *dem* Herzklopfen, mit *den* kochenden Wangen und dann noch um diese Uhrzeit treffe ich mich bestimmt mit keinem fremden Mann!

Jolyn allerdings...

Meine Finger rennen über die Tastatur:

„Ich sitze am Ofen bei Kerzenschein, schaue in die Flammen, habe Feuer gemacht. Hier ist es heute Abend kalt. Dieses Hier ist mitten im Wald ziemlich weit weg von dir, ich schätze, ungefähr siebzig Kilometer. Wo lebst du genau? Und wo ist dein Foto?“

Ein letzter Wein? Ein viertel Glas nur? Ja! Zum Schlafen bin ich viel zu aufgeregt. Und obwohl der Ofen neben mir sein Lied singt und die rötlichen Flammen hinter der Ofenscheibe tänzeln, werde ich nur vom Wein wirklich warm. Jedenfalls rede ich mir das ein. Ich proste meinem Spiegelbild in der Terrassentür zu.

„Auf dich, Jolyn! Viel Glück!“

Der Rechner piept. Ich ziehe ihn zu mir heran. Stoße dabei beinahe den Tisch um. Das Weinglas schwankt. Ich greife danach, besänftige es, ohne wirklich hinzusehen. Klicke gleichzeitig mit der anderen Hand die Mail auf, sobald sie im Posteingang sichtbar ist.

„...ich lebe am Lütjensee östlich von Hamburg. Es ist dicht am Wald und hier sagen sich die Füchse auch gute Nacht. Mein Bild kann ich dir morgen senden. Siebzig Kilometer von mir... Aber... lächel... mein Navi wird dich finden... hinter dem großen Fliegenpilz... Mike“

Meine Finger springen auf die Tasten. Tippen ganz von selbst:

„Bin nach wie vor gespannt. Gute Nacht, sagt die Füchsin. ...Das woll‘n wir doch mal sehen, denkt der Jäger...

Schlaf schön,

Jolyn“

***

Kapitel 9

Von einem Moment zum anderen bin ich wach. Es ist heller Tag. Ein paar behäbige Wolken, graublau mit rosa Saum, an einem Himmel, der noch nicht in sein tiefes Blau gefunden hat. Ich springe aus dem Bett. Nur ein bisschen Wasser ins Gesicht und Creme. Dann in die Sportsachen. In die Turnschuhe. Im Laufschritt aus der Pforte. Dumpf tönen meine Schritte auf dem warmen Waldweg. Ich überquere ihn und nehme die Abkürzung: Den kleinen Hang direkt hinter meinem Haus hoch. Oben auf dem Plateau steht ein halb verfallener Wohnwagen. Träumt von anderen Zeiten, als darin ein Eremit gelebt hat und der Blick noch nicht über unsere kleine Siedlung ging, sondern nur über Kiefern und Birken und ab und an eine Eiche.

Ich ducke mich unter dem umgestürzten Baum hindurch, dem längst die Rinde fehlt. Ein kleines Stück geht es wieder bergab. Ich bin zu schnell. Mit einem gerade noch aufgefangenen Sprung lande ich auf dem sandigen Hauptweg. Und spurte los. Bergauf. Mein Atem jubelt. Bergauf. Die trockenen Kiefernnadeln knistern. Oben auf dem geraden Stück, wo das Gras grün, nicht vertrocknet ist, werde ich langsam. Verpuste im schnellen Gehen. Und laufe gleich wieder. Bin nach wenigen Minuten hinaus aus dem Wald und zwischen den Feldern.

Der Blick geht weit auf. Auch meine Brust. Weit genug für viel, viel Atem. Ich laufe leicht und kraftvoll wie von den Flügeln meines Atems getragen.

Weiter. Den sandigen Feldweg entlang. Weiter.

Ich tauche in das nächste Stück Wald. Ganz anders: riesige Buchen. Die glatten Stämme wie Säulen. Das Laub weit oben ist frischgrün, der Boden rotbraun vom raschelnden Vorjahreslaub.

Ich bin zu ungeduldig, um dem Weg zu folgen. Klimme den Hang zu meiner Linken hinauf. Zerre mich keuchend an Baumwurzeln hoch. Suche Halt an nachwachsenden Birken. Krieche mehr als dass ich klettere. Taumele oben auf den Weg. Beuge mich vor. Lasse den Oberkörper hängen. Schnaufe. Keuche. Richte mich langsam auf.

Keine Seitenstiche. Nur mein Pferdeschwanz ist vom vielen Wippen nach unten gerutscht. Ich binde ihn wieder hoch. Ziehe das Stirnband ab und stecke es in die Jackentasche.

Ich bin genau an der Stelle auf den oberen Weg gekommen, wo ich es mir gewünscht habe: an der alten Kultstätte. Will mich wie immer für eine Weile auf den großen Findling neben dem Steingrab setzen. Den Atem zur Ruhe kommen lassen. Die Magie spüren, die zwischen den moosbehaarten Stämmen wohnt. Immer noch. Vor mehr als viertausend Jahre haben Menschen hier Unmögliches vollbracht. Mit Fellen bekleidet. Speere und Steinäxte. Nicht einmal Spaten. Und sie bewegen diese Riesensteine hierher. Formen daraus das längliche Grab, das aussieht wie ein Boot. Mitten im Wald und noch dazu auf einem Berg. Es muss ein besonderer Ort für sie gewesen sein.

Ich sehe mich dort sitzen. Mit geschlossenen Augen und die Beine gekreuzt. Selbst wenn ich noch so aufgewühlt hierhergekommen bin, wird es still in meinem Inneren.

Heute rege ich keinen Fuß dorthin. Schaue nur. Habe unbändige Lust weiter zu laufen. Als ob sich etwas in mir austoben muss. Oder aus mir heraus. Ich nehme den längeren Weg zurück. Am Waldrand entlang, wo es den Blick in die Weite zieht. Hügeliges Land. Felder und Wald. Ein Dorf. Roter Backstein. Rote Ziegeldächer. Ich laufe. Laufe.

Es ist, als wollte ich etwas beweisen. Mir selbst, aber auch noch jemand anderem. Als schaute er mir zu. Er, den ich nicht kenne und nicht kennenlernen werde, weil er nicht mehr antworten wird nach meiner letzten Mail. Weil wir beide gestern Abend betrunken waren – oder nur ich. Weil...

Was auch immer. Ich laufe. Laufe wie von Sinnen. Genieße es. Und laufe dennoch auch deshalb so schnell, damit ich endlich zurückkomme von diesem langen Umweg. Das Kribbeln im Bauch ist stärker. Kein noch so schnelles Laufen, kein noch so schnelles Atmen hält es zurück.

Ob er doch geantwortet hat?

Bin ich davor weggelaufen? Vor dem nächsten Nein? Der nächsten Ausflucht? Der nächsten Nicht-Antwort?

Ich laufe, ohne noch einmal zu verschnaufen. Erst unten bei den Pferdeweiden, als ich aus dem Wald herauskomme, wird mir die Luft knapp. Die beiden Braunen von Josepha sehen kurz auf. Zucken mit den Ohren die Fliegen weg. Senken wieder die Hälse zum Grasen.

Ich lege den letzten Spurt hin. Schon eine Minute später klimmt mein Blick die vom Regen ausgewaschenen Fahrspuren empor. Wie zwei trockene Bachbetten, ein Gras- und Blümchenstreifen in der Mitte. Noch nie bin ich den Steilweg zu Maries und meinem Haus so schnell hochgestiegen. An Maries Toreinfahrt vorbei, hinter der ihr gelber, alter Postdiesel steht. Weiter. Japsend öffne ich meine Pforte. Steuere auf das Zeltdach zu. Lasse mich in den Korbsessel fallen. Lichtpunkte tanzen mir vor Augen. Schweiß kitzelt im Gesicht und auf Armen und Beinen.

Neben mir auf dem Gartentisch steht der Laptop. Ich klappe ihn auf. Wecke ihn aus dem Standby. Klicke mich mit zittrigen Fingern in meinen Posteingang bei Auserlesen.de. Mike hat schon vor zwei Stunden geantwortet!

„Guten Morgen liebe Füchsin,

konnte dich leider heute Nacht noch nicht erlegen... lach... Setze meine besten Waffen erst ein, wenn ich dich in meinen Armen spüre: unendlich viele und lange Küsse. Sie werden dir gefallen.

Liebe Grüße, dein Jäger“

Es rieselt mir über die Haut wie frischer Seewind voller Salzkristalle. Du lieber Gott, krieg dich wieder ein, Carla! Wer so etwas schreibt, nach drei Mails hin und her, der...

Was? Ich soll cool bleiben? Eingeschnürt in die Schriftstellerin? Hier ist sie! Die Story, auf die ich gewartet habe!

Und da ist ein Foto! Ich doppelklicke darauf. Zu fahrig. Noch einmal. Wieder nicht. Ein drittes Mal. Jetzt öffnet es sich:

Himmel! Dieser Mund! Der IST sinnlich! Alles an ihm ist sinnlich. Auch sein Blick.

Mein Blut saust mit dreifacher Geschwindigkeit. Noch schneller tippen meine Finger:

„Hey, da ist ja plötzlich ein Foto! Danke! Da kann ich nur mit deinen Worten antworten: Sympathisch, sehr sympathisch! Das mit dem sinnlichen Mund stimmt! Was hast du für eine Augenfarbe? Auf dem Bild sehen sie ganz dunkel aus. Gottogott, wenn ich mich mal bloß nicht vergucke... Und was macht die Jagd, Herr Jäger? Aus dem Fliegenpilz einen lieben Gruß, Jolyn“

Ich schicke die Nachricht ab, ohne noch einmal nachzulesen. Wird schon in Ordnung sein. Jolyn scheint das in die Hand genommen zu haben.

Und die Aufregung im Bauch? Die Kräuselwellen, die mir über den Nacken laufen? Über die Schultern säuseln? Das ist alles nur Jolyn?

***

Kapitel 10

Ich habe geduscht. Mich draußen im Korbsessel zurechtgeruckelt. Die Beine hochgelegt. Ich nehme den Laptop auf den Schoß. Starte ihn. Mikes Bild leuchtet auf. Ich habe es mir kopiert. Die Gartenpforte klappt. Ich drücke sofort den Standby-Knopf. Der Bildschirm wird dunkel.

Marie. Ganz in Orange und Rot. Sie kommt um die Hausecke, hebt ihren knöchellangen Rock und steigt betont vorsichtig über das Abflussrohr der Dachrinne. Man braucht nur leicht dagegen zu stoßen, und das ganze Fallrohr kommt herunter. Auch etwas, das endlich in Ordnung gebracht werden muss...

Ich senke gleich wieder den Kopf zum Laptop. Will beschäftigt aussehen. Bin es ja auch.

„Klopf, klopf!“, ruft Marie.

Ich sehe auf. Lache pflichtschuldig. Antworte:

„Herein!“

Ausgerechnet jetzt, denke ich.

Sie kommt unters Sonnendach. Beugt sich zu mir herunter. „Hey du!“ Nimmt mich in die Arme. Ihr Haar streichelt mir die Wange. Duftet nach Meer. Nach frischem Wind. Nach hellen Möwenschreien.

Ich mag sie. Mag sie viel zu sehr, um muffelig mit ihr zu sein. Mike kann ich später antworten. Ich küsse sie auf die Wange.

„Und? Wie geht es der Schönen vom Berg heute Morgen?“ Marie setzt sich in den anderen Korbsessel und streckt die Füße unter dem Sonnendach hervor in die Morgensonne.

Ich lache leise auf. „Also: Ich hab eine Riesenrunde gejoggt, und gleich schreibe ich eine tolle Szene für meinen Bestseller!“

„Mensch, Carlchen!“ Marie gluckst ihr Sektperlenlachen.

„Und du, hast du schön geschlafen?“

Sie schüttelt den Kopf. „Ich hab wieder stundenlang wach gelegen. Langsam komme ich mir vor wie ein Zombie!“

„Wie bitte?“

„Ja...“ Marie spricht zu den Kiefernwipfeln hoch. Ihre Stimme klingt, als säße ihr das Weinen direkt unterm Kehlkopf.

„Was ist passiert?“ Ich richte mich auf. Sehe sie genauer an.

„Nichts“, murmelt sie. „Aber das ist es ja.“ Sie guckt weg. Als würde es ihren Blick dorthin ziehen, wo das Dach ihres Hauses unterhalb von uns aus dem Grün ragt.

„Komm, erzähl!“, sage ich so sanft ich kann.

„Ach – ich sehne mich so nach Berührung! Nach Nähe! Aber wenn ich mir vorstelle, ich soll mich wieder auf einen Mann einlassen…“ Sie dreht abrupt den Kopf zu mir. „Dann ist da kein einziges Gefühl! Wie abgestorben. Vertrocknet!“ Sie langt sich meinen Becher mit Milchkaffee. Trinkt den Rest mit langem Schluck. „Ich habe so viel geliebt, Carlchen! Zwischen meinen Beziehungen hat es nie lange Zeiten gegeben, ohne dass ich mich wieder neu verliebt hätte. Klar, wenn etwas zu Ende geht, tut es weh. Ich habe oft Liebeskummer gehabt. Trotzdem ist immer etwas Neues aufgeblüht. Aber seit der letzten Trennung bin ich wie tot. Da hab ich mir eine Verletzung eingefangen, über die komme ich nicht weg. Ich hab noch nie so lange ohne mein überströmendes Herz gelebt. Und ohne Erotik.“

„Du arbeitest an deinem Haus, legst dir einen Garten an, ganz nebenbei hast du deinen Job“, zähle ich auf. „Kann es sein, dass du dir erst mal ein Nest baust, in dem du dich sicher fühlen kannst? Solange fließt deine Liebe eben da hin!“

Marie zieht die Schultern hoch. „Das sage ich mir auch immer. Und heute Morgen vorm Spiegel habe ich mir etwas versprochen: Die Liebesaffäre, die jetzt läuft, die habe ich mit mir selbst!“ Sie kreuzt die Arme vor der Brust und umfasst ihre Schultern. Umarmt sich selbst. Beugt sich in dieser Haltung vor und lächelt mich mit geneigtem Kopf an. Mädchenlächeln. Unschuldig. Auch ein wenig verschämt. „Kann man jemand anderen lieben, ohne sich selbst zu lieben? Ab jetzt sage ich mir jeden Tag: Ich bin liebenswert! Und manchmal denke ich sogar etwas ganz Ketzerisches: Ich bin wertvoll!“

„Jaaa!“, rufe ich. „Da mach ich sofort mit! Dieses bescheuerte Wertlosigkeitsgefühl, das sich dauernd einschleicht, vorm Spiegel oder wenn die Typen im Internet nicht antworten oder billige Standardabsagen schicken, das passt doch nicht zu einer reifen Frau!“

„Oh doch! Was bedeutet der Ausdruck reife Frau denn?“, knallt Marie los. „Eine Frau, die alt wird! Eine Frau, die keinen Mann mehr interessiert. Da kann ich noch so viel Selbstannahme üben. Das bleibt eine Tatsache!“

Maries Blick flüchtet in den schmerzhaft blauen Himmel. Das ist es also: die Angst, dass es vorbei ist. Endgültig vorbei. Ich kenne sie. Immer wenn ich in den Spiegel schaue, hockt sie mir auf der Schulter.

Ein Zaunkönig kommt aus dem Ginstergebüsch, das meinen Sitzplatz umschließt. Lässt sich auf dem runden Steinbeet zu unseren Füßen nieder. Trinkt und badet und spritzt in der Wasserschale, ohne sein hochgestelltes Schwänzchen einmal zu senken. Und ohne Gedanken. Er fragt sich nicht, ob ihn noch jemand will oder nicht will. Er ist, wie er ist – und... ist *das* nicht *wirkliche* Selbstannahme? Er plustert sich ein letztes Mal und fliegt davon.

Marie sieht unter halb gesenkten Lidern zu mir herüber. Es scheint, als springe sie plötzlich die Müdigkeit der schlaflosen Nacht an.

„Ausgerechnet heute hab ich Spätschicht“, gähnt sie. Stemmt sich aus dem Korbsessel hoch. „Und vorher hab ich noch eine Menge zu tun. Tschüss, Süße! Hab einen schönen Tag!“

„Du auch! Und hör auf mit dem Quatsch, zu alt zu sein!“

Marie macht eine wegwerfende Handbewegung, ohne sich noch umzusehen.

***

Kapitel 11

Ich fahre mir mit den Fingern durchs Haar. Mit beiden Händen. Von der Stirn zur Kopfmitte und vom Nacken aus auch dorthin. So kräftig, dass ich die Fingerspitzen gut auf der Kopfhaut spüre. Die Haut kribbelt. Der Verstand normalerweise auch. Jetzt nicht. Im Gegenteil. Wo sonst die Gedanken umherflitzen, fühlt es sich dumpf an. Das Einzige, was immer wieder auftaucht, ist dieses unselige Wort:

Wertlosigkeit...

Ragnar hat etwas dazu gesagt. Nicht nur einmal.

„Das ist so klar, dass du die Überzeugung hast, nichts wert zu sein! ICH finde das nicht. Absolut nicht. Aber ich brauche mich im Bett nur auf die andere Seite zu drehen, und du fühlst dich missachtet. Wenn ich mich einmal von dir abwende, ein einziges Mal, dann heißt das doch nicht, dass du mir weniger wert bist! Und schon gar nicht, dass ich dich nicht mehr liebe!"

Ich soll mich darum kümmern, hat er gesagt. Dieses Gefühl in mir, das muss sich ändern, sonst mache ich mir selbst alles kaputt. Und dieses Gefühl komme aus einem Gedanken. Einem uralten Gedanken, den ich wahrscheinlich schon früh in meiner Kindheit gefasst habe. Den ich oft gedacht habe, viele, viele Male. Bis er sich in mich eingefräst hat. Jetzt ist er kein Gedanke mehr. Er ist tiefer gerutscht. Jetzt liegt er in dem dunklen Bereich, in dem sich nur schwer etwas erkennen lässt. Jetzt gehört er zu meinen Überzeugungen.

Ich schüttele mich.

Nie mehr! Sollen. Meine eigenen Gedanken. Mich niederknüppeln!

Das lasse ich nicht zu!

Leicht gesagt...

Ich muss es merken. Das ist unendlich wichtig. Nicht unbewusst drauflos handeln. Ich *kann* es merken!

Wach sein! Hinhören!

Zuhören, was die fiesen Gedanken mir einflüstern. Wirklich hinhören.

Wenn sie nur im Hintergrund tuscheln, wenn ich nicht darauf achte, was sie da sagen, wenn ich nicht prüfe, ob es stimmt – dann habe nicht ich sie: Dann haben sie mich!

*

Ich muss schreiben! Bevor mein Inneres so düster wird, dass auch außen alles grau aussieht. Dann kommt es hochgekrochen. Das, woran ich nicht mehr denken will. Nie mehr. Diese Nacht im Februar. Die kreisenden, kreischenden Gedanken. Dieser Moment. Dieser eine Moment. In dem ich nicht wach war.

Schreiben!

Der einzige Weg raus führt mittendurch.

Aber das lange Laufen hat mich müde gemacht...

Und? Das Schreiben wird mich schon wecken!

Ich fahre noch ein letztes Mal mit allen zehn Fingern von vorn nach hinten über meine Kopfhaut. Ich will heute drei neue Seiten schreiben! Wenn es mehr wird, ist es gut. Aber mindestens drei.

Ich klappe den Laptop auf. Wecke ihn aus dem Standby. Ein leises „Pling". Meine Gedanken erzählen mir sofort, was das bedeutet: Eine E-Mail!

Mit fliegenden Fingern öffne ich mein Postfach bei Auserlesen.de.

„...du lockst mich... komme sofort... Mike"

Ich muss lachen.

Das kann doch nur als Spaß gemeint sein. Oder?

Und warum fängt mein Herz an zu klopfen? Warum braust es mir in den Ohren? Auf was lasse ich mich da ein?

Jolyn lässt sich ein. Sie darf das. Sie muss das.

Meine Finger sind schon auf der Tastatur. Können nicht abwarten, dass meine Antwort gesprudelt kommt. Es kommt etwas anderes: Durch den Wald tönt es, als stapfte ein Riese über trockene Zweige und Tannenzapfen zu mir hoch. Ich drehe mich um. In leuchtend blauem T-Shirt und roter Pumphose kommt Josepha hochgestiegen, einen kleinen Tonkrug in der Hand. Jodelt mit ihrer tiefen Stimme:

„Hallo Carlchen, guten Morgen!"

„Guten Morgen!" Ich stelle den Laptop zurück auf den Tisch. Zum zweiten Mal heute Morgen!

„Hast du ein bisschen Milch für mich?" Josepha bleibt vor mir stehen. Hält mir den Krug entgegen. Dreht die Füße nach innen wie ein Kind. Senkt den Kopf und blinkert bettelnd mit den Augen.

Ich lache. „Ja, hab ich. Den ganzen Krug voll?"

„Wäre schön. Hast du so viel?“

„Ja-ha.“ Ich bin mit einer einzigen Bewegung auf den Füßen. Nehme ihr den Krug aus der Hand. Gehe ins Haus. Josepha folgt mir bis an die Terrassentür. Ruft hinter mir her: „Kannst du nachher rüberkommen?“

„Äh - ... Wieso?“

„Weil du dir dein Ungeheuer aussuchen musst. Nach dem Frühstück packe ich für den Markt am Wochenende. Wer weiß, was noch übrig ist, wenn ich wiederkomme.“

„Ich... bin in einer halben Stunde bei dir, okay?“

„Ja, gut.“

Als ich wiederkomme, steht Josepha unterm Sonnendach. Ihr Blick scheint sich am Laptop-Display festgesaugt zu haben. „Das sieht nach deiner Partnersuche aus! Ähm – sorry, dass ich da so ungefragt drauf gucke.“

Auf dem Display prangt in Vollbildvergrößerung Mikes Foto.

„*Der* hat es nötig, im Internet nach einer Frau zu suchen?“

Ich ziehe die Schultern hoch.

Josepha lacht auf ihre dunkel-melodische Art. „Also – wenn der wirklich so aussieht – und wenn der nicht stottert oder unerträglichen Mundgeruch hat, müssen ihm die Frauen doch *nachlaufen*! Wozu braucht der das Internet? Würde mich nicht wundern, wenn das Foto fake ist!“

„Wie – du meinst, es ist vielleicht gar nicht von ihm?“

Ist mein Gehirn außer Betrieb? Natürlich meint Josepha das!

„Sag bloß, darauf bist du noch nicht gekommen, Carlchen?“

„Doch... Nein. Äh – ich glaube, die Vorstellung ist zu ekelhaft. Stell dir das vor. Mit einem fremden Bild, und dann begegnet man sich!“

„Ich wette, das wird reihenweise gemacht! Auf jeden Fall schicken etliche Bilder, auf denen sie viel jünger sind. Und wer sagt denn, dass der sich wirklich treffen will?“

Josepha steigt schon den Rasen hinunter.

„Warum sollte er denn dann das Geld für die Agentur ausgeben?“, rufe ich hinter ihr her.

Zwischen den Stämmen dreht Josepha sich um und kollert: „Weil flirten schön ist. Besonders, wenn man es völlig stressfrei haben kann. Und völlig unverbindlich!“

***

Kapitel 12

Ich kopiere Mikes Profil und alles, was wir uns bisher geschrieben haben, in eine Datei. Für den Roman.

„...du lockst mich... komme sofort... Mike“

Es läuft mir den Rücken hinunter. Eisig. Ein Flirter also.

Ich habe es mir von Anfang an geschworen: Ich sammele Erfahrungen. Als Jolyn. Aber ich trete sofort auf die Bremse, wenn ich mich selbst verwickele.

Und jetzt bekomme ich zu spüren, was für ein Blödsinn das gewesen ist! In ihre Rolle schlüpfen. Auf die Bremse treten. Blödsinn! Eine Schriftstellerin braucht gar nicht erst die Finger auf die Tastatur zu legen, wenn in ihrer Brust nicht ausschließlich das Herz ihrer Protagonistin schlägt.

Aber dann ist doch alles gut! Meine Reaktionen beweisen es: Ich BIN Jolyn! Und es macht Spaß! Es ist aufregend. Fühlt sich wie verliebt sein an. Bis vorhin jedenfalls. Jetzt allerdings ist da dieses hohle Gefühl.

Weil Josepha das eben gesagt hat? Oder eher, weil ich das selbst die ganze Zeit schon denke? Unterschwellig denke. Jetzt kommt es an die Oberfläche und ruft mir ins Ohr:

Der spielt!

Mir dreht sich der Magen um.

Mir ganz persönlich. Mir, Carla!

Aussteigen! Sofort.

Ach ja? Um bei einem wie diesem Lutz in der Ablage für Dürrezeiten zu vermodern? Bist du verrückt?

Jolyn? Du klingst sauer.

Allerdings!

Dann lies doch das mal!

„...du lockst mich... komme sofort...“

Jolyn lächelt. Ich sehe es. Sehe es deutlich vor mir und spüre es zugleich in meinem eigenen Gesicht. Sind es Jolyns Finger, die schon drauflos tippen?

„Du bist ziemlich direkt! Das mag ich! Das mag ich sehr! Jolyn“

Ein Klick auf „Absenden“, und alles ist anders: Die Luft knistert wie Seeluft vom Salz. Sie schmeckt wie der Wind an einem Schönwettertag, wenn das Herz mit den Möwen aufsteigt und sich zusammen mit ihren Schreien ins Überall verweht.

Gibt es vielleicht gar kein entweder Jolyn oder ich?

Weiter komme ich nicht. „Pling!“ Mikes Antwort:

„Einen lieben Kuss... würde dich gerne mit ganzer Figur sehen... ohne sexistisch zu sein... Mike“

WAS?

Ich muss das noch einmal lesen.

Was bildet der sich ein? Als ob ich eine Ware wäre! Der schreibt reihenweise Frauen an, vergleicht sie und sucht sich die beste aus. Widerlich!

Ja, ja, ja. Auch ich muss das endlich begreifen: Dafür *gibt* es diese Internet-Partnersuchen! Heute kann man alles übers Internet bestellen. Jetzt auch einen Partner. Und natürlich, wenn ich mir einen neuen Pulli im Internet aussuche, schaue ich alle an, einen nach dem anderen, und zum Schluss wähle ich den schicksten.

Aber hier geht es doch um Liebe! Die lässt sich nicht von diesen bescheuerten Selbstauskünften in einem Profil beeindrucken! Von einem Foto! Von ein paar Flirt-Mails!

Ja? Es geht um Liebe? Ist die nicht längst altmodisch geworden?

Ich knalle den Laptop zu.

Hey, das ist doch nur ein Spiel!

Ja, Jolyn, ist es. Aber absolut nicht meins!

***

Kapitel 13

Der Tretpfad von mir zu Josepha schlängelt sich ein Stück durch Maries hinteres Grundstück. Hier hat Marie ihre Wäscheleine um die rötlich braunen Kiefernstämmen kreuz und quer von Stamm zu Stamm gespannt. Rosa Unterhosen. Keine Slips. Wirkliche Unterhosen. Ein Nachthemd! Rot geblümt. Bettwäsche. Weiße Kniestrümpfe. Ich kann nicht anders: ich muss lächeln. Solche Wäsche kann nur Marie haben!

Im nächsten Moment stapfe ich wieder wie Josepha. Wie eine sehr wütende Josepha. Unter meinen Füßen knacken und bersten die Kiefernzapfen.

„...würde dich gern mit ganzer Figur sehen..."

So etwas *darf* ich nicht mitmachen! Und wenn es bisher noch so viel Spaß gebracht hat! An genau diesem Punkt ist Schluss!

Ich stoße die Pforte zu Josephas Grundstück auf. Halte inne. Atme tief ein. Schließe die Augen. Spüre, wie der Atemzug bis in meinen Bauch fließt. Wie ich innerlich weiter werde. Als ich die Augen öffne, bin ich geblendet vom hellen Grün der Buchenhecke, die Maries und Josephas Grundstücke voneinander trennt. Eben war da noch überhaupt keine Hecke, oder?

Langsam steige ich den steilen Pfad zu Josephas Bungalow bergab. Achte gut darauf, wohin ich meine Füße setze. Achte auf die winzigen Blumen zwischen den Gräsern und neben den Trittsteinen. Versuche, ihnen zuzulächeln. Ich will, dass es hell bleibt in meinem Inneren. Dass das Grau sich gar nicht erst anschleicht.

Die Gedanken.

Auf die Gedanken achten.

ACHTEN...

Das Denken lenken!

Hätte ich das nicht gelernt – wo wäre ich?

Ich wäre längst im Strudel drehender Gedanken ertrunken.

Schmerzender Gedanken.

Böser Gedanken.

Tötender Gedanken.

Nie mehr dürfen sie mich kriegen!

Sie versuchen es. Aber ich merke es. Jedenfalls bin ich besser darin geworden es zu merken. Und ich werde noch besser werden! Ich muss!

Josephas Haustür steht offen. Ich trete ein. Der erste Raum ist ihre Werkstatt. Neben mir das große Regal mit Josephas Ungeheuern. Zwei, die mit gespielter Unschuld Wasser in einen Miniteich speien. Andere, die ihre Tentakeln als Kleiderhaken anbieten und dabei aussehen, als würden sie die Kleider auffressen, sobald man ihnen den Rücken kehrt. Ungeheuer als Türklopfer, die unverhohlen das Maul aufreißen, als warteten sie nur darauf, einem die Finger abzubeißen. Ungeheuer als Fußabtreter, als Stiefelknecht, als Seifenablage. Jedes ein Individuum. Jedes auf seine Weise halb witzig, halb gruselig. Aus Stein, aus Holz, aus Wolle, aus Plastik, aus Draht, aus Knöpfen, leeren Zahnpastatuben, aus allem gleichzeitig.

Ich weiß sofort: Wenn ich ins Überlegen komme, bin ich bis zum Abend nicht fertig mit meiner Wahl.

Die Ungeheuer im mittleren Regal scheinen gar keine Dienste anzubieten. Mein Blick ist sofort bei diesem vogelhaften Wesen in Blau. Es ist etwa achtzehn Zentimeter hoch, aus winzigen Zweigabschnitten zusammengesetzt und in dunkel glühenden Ultramarinblau angemalt. Es hockt auf einem kugelrunden Feldstein. Ich greife danach. Der Stein passt genau in die Schale meiner Hand. Liegt gut darin. Ich schütze das blaue Wesen beim Gehen mit der freien Hand wie eine Kerzenflamme, so empfindlich sieht es aus. Drücke mit der Schulter die Tür zur Wohnung auf.

„Josepha? Ich bin's, Carla!“

„Hallo Engel! Komm rein!“

Ich trage mein Ungeheuer durch den knallgelb gestrichenen Flur. Im Wohnzimmer sitzt Josepha mit hochgelegten Beinen im Sessel. Beugt sich etwas vor, um besser sehen zu können, was ich genommen habe. Lacht auf.

„Ah, du hast den Andersvogel!“

„Ist das okay?“

„Klar! Einer, der scheinbar zu nichts zu gebrauchen ist.“

Ich setze mich an die andere Seite des Tischs. Stelle mein Ungeheuer vorsichtig vor mich hin.

„Wieso scheinbar?“

Josepha sieht mich über den Rand ihrer Lesebrille hinweg an. Hebt den rechten Zeigefinger und doziert:

„Das sind die einzigen Ungeheuer, die man wirklich gebrauchen kann.“ Sie grient.

Ich kann kein Auge von dem zarten Wesen vor mir lassen. Es ist in ein silbriges Netzgewebe gehüllt. Wie wenn es einen Schleier umgelegt hätte. Fäden stehen daraus hervor wie wirres Greisenhaar.

„Möchtest du einen Tee?"

Ich nicke.

Josepha schenkt mir aus der bauchigen Kanne, die immer auf einem Stövchen bereitsteht, hellgelben Fencheltee in einen Tonbecher.

„Und wozu kann man diesen – Andersvogel gebrauchen?"

Sie lacht leise. „Na ja – jeder sucht sich das Ungeheuer aus, das mit ihm etwas zu tun hat. Darum haben sie ja alle einen Namen und eine Geschichte. Soll ich dir seine erzählen?"

„Ja, bitte!"

„Der Andersvogel ist in Franziska von Unruh verliebt. Sie steht auf demselben Regal. Die mit dem Reifrock aus verrosteten Nägeln und den Lockenwicklern aus Lakritzrollen. Hast du sie gesehen?"

Ich schüttele den Kopf. „Nein, nicht wirklich. Es sind so viele."

„Sie hat sagenhaft lange Fingernägel aus abgerollten Lakritzschnecken, und die Reste von den Lakritzschnecken sind ihre Haare", grinst Josepha. Sie macht ein bekümmertes Gesicht. „Der Andersvogel würde so gern fliegen können! Er will unbedingt zu Franziska hinüber, die ihn noch nicht ein einziges Mal angesehen hat. Er will sich in die Luft erheben, eine elegante Schleife unter der Werkstattdecke drehen – und Franziska von Unruh soll aufsehen. Soll IHN sehen. Dann will er seine Schleife sacht ausschwingen lassen und genau vor ihr landen." Josepha kollert ihr dröhnendes Lachen.

„Ja. Er strebt nach vorn, als ob er gleich abfliegen will! Aber warum heißt er Andersvogel?"

„Weil er sich unter den anderen immer so fremd fühlt. Er glaubt, dass ihn niemand versteht. Na ja, er ist auch sehr zerbrechlich, das macht einen natürlich vorsichtig."

„Ja, man mag ihn kaum berühren..." Ich lege sacht den Zeigefinger auf die Silbergaze. Sie ist unerwartet fest.

Josepha betrachtet den Andersvogel mit schief gelegtem Kopf. „Trotzdem sieht er energiegeladen aus, nicht? Sogar wild."

„Stimmt. Oder unbezähmbar, das passt besser. Vielleicht, weil er so unbedingt fliegen will."

Josepha sieht mich bedeutsam an. „Ich sag ja, jeder sucht sich das Ungeheuer aus, das mit ihm zu tun hat.“

„Fliegen? Ich? Das mit dem Fremdheitsgefühl, das kommt eher hin.“

Josephas dunkelgraue Augen begegnen meinen und bleiben einen Moment zu lange. Sie nickt. Es scheint eher eine Zustimmung zu ihren eigenen Gedanken zu sein als zu dem, was ich gesagt habe.

Fliegen?

Aus der starren Carla ausbrechen? Aus der, die schon lange nicht mehr richtig gelacht hat. Schon lange nicht mehr getanzt. Schon lange nicht mehr geliebt...

*

Wie ein rohes Ei trage ich das blauschimmernde Ungeheuer den Knisterpfad zwischen den Bäumen entlang zu mir nach Hause. Schiebe mit der freien Hand die Gardine vor der offene Terrassentür beiseite. Wohin mit dem neuen Hausgenossen? Der einzige angemessene Platz scheint mir der Kachelofen. Weiß und rund und hoch und ein bisschen zu groß für mein Häuschen. Solange Sommer ist, kann der Andersvogel darauf stehen. Wenn es ihn überkommt, kann er von dort oben aus gut seine Flugversuche starten.

„Irgendwann schaffst du es“, sage ich zu ihm. „Dann hebst du ab und segelst zu deiner Liebsten, egal wie weit sie weg ist.“

Im nächsten Moment bin ich wieder draußen. Wecke den Laptop aus dem Standby. Öffne mein Postfach. Lese Mikes letzte Nachricht noch einmal.

„...würde dich gerne mit ganzer Figur sehen... ohne sexistisch zu sein...“

Natürlich möchte er das! Ich weiß, dass mein Körper immer noch hübsch ist. Aber das weiß er nicht! Ich möchte auch wissen, ob er einen Bierbauch hat. Hätten wir uns anders kennengelernt, wüssten wir das schon. Hier macht man es nun mal so. Es ist ein Spiel, Carla! Lustig. Lebendig. Frei.

Okay, ist ja schon gut: Er bekommt sein Foto!

Sofort fängt es in mir wieder zu prickeln an. Bis in die Fußnägel. Bis in die Haarspitzen.

***

Kapitel 14

Es ist diese stille Stunde, die wie eine reife Frucht leuchtet, wenn der frühe Nachmittag fast unbemerkt zum Spätnachmittag wird. Ich liege im Liegestuhl, weiter unten im Garten, nicht weit von der Feuerstelle. Oben beim Haus ist es zu heiß. Der Rasen ist hier trocken, spärlich und moosig, weil die hohen Bäume ringsum stets Schatten geben. Dennoch ist auch die Hitze fast zum Ersticken.

So lange habe ich gebraucht? Ich habe sogar vergessen zu Mittag zu essen. Habe offenbar Ewigkeiten damit verbracht, mich selbst zu fotografieren. Mit ganzer Figur, wie gewünscht. Als ich mir die Lippen nachgezogen habe, ist es mir wie ein Fausthieb in den Bauch geschlagen. Sonnenschein, Mittagszeit und auch noch Seitenlicht: Da zieht sich jedes noch so kleine Fältchen wie ein ausgetrocknetes Flussbett durch mein Gesicht.

Ja. Wenn ich mich mit dem Lupenblick der Angst anstarre, dann ja. Wenn ich anders schaue, wenn ich das *Ganze* betrachte, dann steht da auf den Fotos eine hübsche Frau, lächelnd und mit blitzenden Augen.

Die drei Fotos, auf denen ich das Telefon am Ohr habe und rede - Josepha hat zwischendrin angerufen, ich habe trotzdem den Selbstauslöser weiterlaufen lassen - sind am lebendigsten. Kein bisschen gestellt. Falten sind keine zu sehen.

Mike dagegen ist ziemlich angekraust für fünfzig. Vor allem seine Stirn. Er zieht sie leicht zusammen und auch ein bisschen hoch, als hätte er auf dem Foto verführerisch gucken geübt.

Ich bin müde von alldem. Schließe die Augen. Atme den Waldduft ein. Es ist noch stiller als sonst. Sind die Vögel von der Hitze erstarrt? Selbst der Wind hat sein ewiges Flüstern mit den Blättern vergessen. Als wenn alles und jeder lauscht. Sind alle neugierig, wie es weitergeht mit mir hier unten im Moos? Ob ich mich traue, die Bilder abzuschicken an diesen Flirter?

Das Eichhörnchen keckert. Es sitzt ganz nah auf einem langen Zweig einer jungen Kiefer, der sich zu mir herunter biegt. Klimpert mit dem einen Lid. Jedenfalls kommt es mir so vor. Als wollte es sagen: Na? Machst du dir selbst Angst? Oder lässt du dich endlich die sein, die du längst sein willst?

Hier unten weit weg vom Haus gehorcht das Internet nur träge. Es scheint Stunden zu dauern, bis mein Postfach offen ist.

Da ist etwas von Mike! Ein Bild. „Hol mich!“ steht als Titel darunter.

Ich doppelklicke das Foto. Es dauert ewig. Ich rappele mich aus der Saunaliege auf die Füße, trage den Laptop hoch zum Sonnendach. Auf dem Weg hat das Foto sich endlich ganz aufgebaut. Mike mit ganzer Figur. Jedenfalls sieht man ihn bis zu den Oberschenkeln. Hellblaues Sweatshirt. Lächeln. Eine Hand an die Wange gelegt, als würde er sich fragen: Was mach‘ ich hier eigentlich? Offenbar hat er sich auch selbst fotografiert. Er sieht anders aus als auf dem ersten Bild. Muss in ganz anderer Stimmung sein. Wirkt ausgelassen, fast albern. Und: nicht ganz so verführerisch. Aber Gott sei Dank hat er keinen Bierbauch!

Ich klicke auf „Antworten“. Füge mein schönstes Foto mit ganzer Figur als Anlage bei. Sehe erst jetzt, dass ich beinahe in derselben Haltung wie er dastehe, den rechten Arm angewinkelt erhoben, ich, weil ich das Telefon ans Ohr halte, Kopf und Oberkörper leicht zur Kamera hingedreht.

„Hi Mike,

was möchtest du? Ein bisschen tändeln – oder mehr? Dann musst du allerdings wissen: Eine Füchsin ist nicht mit einer Häsin zu vergleichen oder einem Reh. Sie ist zwar auch scheu, das muss sie sein, aber sie ist schlau. Sie zeigt sich nicht gerne, wenn ein Jäger umherpirscht, aber sie spielt gern – und nicht unbedingt bloß Versteck.

Tüscher

P.S.: Weißt du, was ein Tüscher ist?“

***

Kapitel 15

Wie ist dieser Tag bloß umgegangen? Zwanzig Mal habe ich bestimmt nachgeschaut, ob etwas von Mike gekommen ist. Erst im Wald bin ich ruhiger geworden. Habe den Bäumen erzählt, wie verletzlich ich mich fühle. Und gleichzeitig so lebendig.

Ich fasse selbst nicht, wie sehr mich das alles aufwühlt. Ich, Carla, die Schriftstellerin. Die sich alles anschaut. Die eine Geschichte lebt. Nur eine Geschichte...

Ja, ich schreibe „Jolyn" unter meine Mails. Und mir ist klar, dass Jolyn das schöne Spiel des Flirtens spielt und genießt – genau wie Mike.

Aber als ich die Fotos für ihn gemacht habe, ist mir das Jolyn-Gefühl vollkommen abhandengekommen. Und wenn ich mal ganz ehrlich mit mir bin, frage ich mich: Ist es bisher wirklich da gewesen? Ja. Und Nein. Natürlich bin ich selbst berührt! Höchstpersönlich. Selbst wenn dies alles nur eine geschriebene Geschichte wäre, wäre das so. Geschichten berühren nun mal, jedenfalls, wenn sie gut sind.

Es ist Abend geworden. Ich nippe an meinem Glas Wein. Lausche. Die Nachtigallen singen, als gelte es, den voranschreitenden Sommer aufzuhalten.

Und ich denke und denke.

Wenn ich Mike einfach sein lasse, was er ist, meinetwegen ein Flirter, wenn ich mir sage, dass ich mit so jemandem auch nichts anderes will als einen Flirt, ist es sofort ruhig und friedlich in mir.

Es macht sogar Spaß. Riesigen Spaß!

Aber sobald ich anders denke, sobald ich sein Verhalten unredlich finde, sogar gemein, weil ich nämlich finde, dass er mit mir beschäftigt sein sollte, nur mit mir, fühle ich mich jammerelend. Da haben wir es, das alte, gruselige Habenwollen und was es anrichtet!

Da gibt es also nur eins: Mein Denken beobachten.

Und: Die Gedanken lenken. Dahin, wo ICH sie haben will!

Ich bin nicht ihr Spielplatz, auf dem sie sich tummeln können, wie sie wollen! Ganz im Gegenteil. Sie sind dazu da, mir zu dienen!

Nur – das habe ich ihnen nicht beigebracht. Ich habe sie bisher einfach machen lassen. Und wie unerzogene Kinder sehen sie jetzt überhaupt nicht ein, mir zu gehorchen. Das wird nicht leicht! Mit Strenge erreiche ich vermutlich das Gegenteil von dem, was ich will. Also mit sanfter, aber bestimmter Hand lenken und keinen Moment locker lassen. Puh...

Dann los: Mike ist zum Flirten bei Auserlesen.de unterwegs. Ich kann einen Flirt mit ihm haben. Ich kann mich auch verabschieden. Ich habe die Wahl.

Zack! Schon ist in mir aufgeräumt! Ein frischer Luftzug streicht durch meine inneren Räume.

Ich rutsche im Gartenstuhl leicht nach unten und lasse den Kopf nach hinten auf die Lehne sacken. Schaue in den von Wipfeln gerahmten Himmel. Es ist spät. Das Blau dort oben ist schon mehr ins Grau übergegangen. Ein blaues Grau, das mit unglaublicher Intensität glimmt. Jetzt haben die Nachtigallen den großen Konzertsaal nur für sich. Die eine erschafft eine Melodie, die andere antwortet in ihrer eigenen Variation dazu. Ein verspäteter Abendwind wiegt im Vorübergehen einen Wipfel. Nur einen einzigen.

Meine Hand streckt sich von selbst zum Tisch hin. Erfühlt den Knopf, mit dem ich den Laptop aus dem Standby wecke. „Pling!" Eine neue Nachricht! Meine Finger finden sich blind auf den Tasten zurecht. Öffnen mein Postfach.

„...Wenn ich mir diesen kapitalen, herausfordernden, wohlgeformten Fuchs ansehe, möchte ich ihn von oben bis unten abtüschern... lächel"

Und schon knistert meine Haut, wie wenn ich aus dem Meer käme und das Salz darauf und die Kühle des frischen Winds mich kitzelten.

Ich tippe in Gedankengeschwindigkeit:

„Fiiieps! Krieg vor lauter Tüschern keine Luft mehr. Macht aber nichts, macht gar nichts. Doch: macht Spaß!"

Ich lehne mich zurück. Lächele.

So ist es gut!

Jolyns Herz schlägt in meiner Brust.

Es ist *ihre* Aufregung.

Und meine!

Sie glüht vor Freude, und es ist *ihre* Freude.

Und meine!

***

Kapitel 16

Von faserigen Wolken verfolgt, rennt der Mond. Scheint zu rennen. In Wirklichkeit rennen die Wolken, ich weiß. Wie gut, dass das Schlafzimmer so winzig ist. Von allein wäre ich nicht darauf gekommen, aber so kann das Bett nur direkt unterm Fenster stehen. Wenn ich aufwache, ist mein Blick sofort dort oben in dem leuchtendsten, sprühendsten aller Sternenhimmel, die ich je sah. Jetzt sind viele Wolken da, weiße Wolken. Nur wo sie geflockt sind, ist Sterneblinken zu sehen. Der Mond rast, dass mir schwindelig wird.

Etwas ist aus dem Schlaf mit herübergekommen. Eben noch hätte ich es Kribbeln genannt. Jetzt lausche ich genauer in meinen Körper. Spüre mein Becken. Jede Beckenschale scheint eine pulsierende Energiekugel zu beherbergen. Was sie ausstrahlen, flutet in Wellen durch mich hindurch. Und mit jeder Welle wächst meine Sehnsucht nach mehr. Meine Hand liegt auf meinem Unterbauch. Drückt ihn ein wenig. Lässt nach. Drückt wieder. Beginnt abwärts zu wandern. Als würde sie von etwas angezogen, dem sie sich nicht widersetzen kann.

Nicht, Carla! Du wirst Ragnar vor dir sehen! Sein Gesicht. Seine Augen...

Ich sehe ein völlig anderes Gesicht: Die Stirn ist in Falten gezogen. Welpen-Falten. Schwerenöter-Falten. Darunter die Augen eher klein. Dunkel. Fragend. Lockend. Und diese Lippen! Sehr sinnliche Lippen. Ich wäre nie auf dieses Wort gekommen. Nicht für Männerlippen. Wie klug, dass er es in seinem Profil gebraucht hat. Diese Lippen nähern sich. Und mit ihnen ein Geruch. Sein Geruch. Ich mag ihn. Sauge ihn ein. Schmecke ihn mit der Nase. Ein sehr zarter, forschender Kuss tupft sich auf meinen Hals. In mir geht eine Fontäne los. Unsichtbar. Sprüht bis in die Fingerspitzen. Bis in die Zehen. Küsse hüpfen an mir hinunter. Zwischen meinen Brüsten hindurch, die sofort betteln: Berühr uns! Wenigstens seine Wange möchten sie spüren, die vielleicht ein wenig rau ist vom nachwachsenden Bart. Gerade richtig, um sie zu wecken. Zu reizen, ohne zu kratzen. Aber er küsst sich weiter zu meinem Bauch. Lässt seine Zunge in die Höhlung meines Bauchnabels gleiten. Stupst sie leicht hinein. Kreist mit der Zungenspitze darum herum. Stupst wieder hinein. Wieder. Schiebt zugleich seine Hände unter meine Pobacken. Küsst sich noch weiter abwärts. In meinen Hüften brodeln zwei Vulkane. Wellen von Lava fließen von dort nach oben zu meinen Brüsten, nach unten in meine Schenkel. Die sich von selbst noch weiter spreizen.

Er hebt meinen Po an. Senkt seinen Kopf zwischen meine Schenkel. Drückt mit den Schultern meine Beine noch mehr auseinander. Legt seine Lippen sacht auf meine zarteste Stelle. Seine sinnlichen Lippen. Ich zucke. Er löst sich sofort wieder von mir. Nur, um mich erneut zu berühren. Zarter. Feucht und warm begrüßt seine Zunge die kleine Erhöhung, die weiche Brücke zwischen meinen Lustlippen. Beginnt sich zu bewegen. In meiner Feuchte auf und ab. Jeder Widerstand, alle Verletzlichkeit fließt davon. Er hält inne. Löst eine Hand unter meiner Pobacke. Ich winde mich. Stöhne. Flehe ohne Worte: Nicht aufhören! Doch bitte jetzt nicht aufhören. Er richtet sich auf. Beugt sich über mich. Legt zwei Finger auf meinen Mund. Lässt sie hinein gleiten. Zieht sie zurück. Schiebt sie tiefer. Mein Atem geht schnell. Er beugt sich wieder zwischen meine Beine. Legt seine Zunge auf die Mitte meiner Mitte. Lässt sie dort. Lässt sie still liegen, als wollte er das Pulsieren beruhigen. Entfacht es umso mehr. Langsam beginnt seine Zunge sich wieder zu bewegen. Vorsichtig. Wie fragend. Nur ein sanfter Druck. Wieder nachlassend. Wie ich mich auch winde, so sehr mein herausgestoßener Atem auch danach ruft: Er verweigert mir das Schneller. Bleibt in seiner eigenen Frequenz. Drängt mich, ruhiger zu werden. Drängt mich, mit mir geschehen zu lassen. Und es ist eine Milde. Eine Süße. Mit der es sich leise, durchdringend leise ausbreitet wie ein Flächenbrand. Ich lodere. Wimmere. Schreie. Werfe mich zur einen, zur anderen Seite. Höre ein Lied. Mein Lied der Lust. Und breche in wildes Lachen aus. Lache mich zurück hierher. Zurück in mein Bett. Der Vollmond grient breit herein. Ich drehe mich wohlig hin und her wie eine Katze. Streichele sacht über meinen Bauch. Meine Hüften. Meine Oberschenkel. Seufze. Hinter meinen geschlossenen Lidern ist es leuchtend hell.

*

Mit dem Morgenkaffee neben mir logge ich mich bei Auserlesen.de ein. Ich wusste es: Er hat schon geschrieben.

„...werden Füchsinnen auch rollig...?“

Ich fasse es nicht! Das geht eindeutig zu weit! Zwischen „abtüschern“ und „rollig“ liegen Welten: und zwar die des guten Geschmacks!

Ja, Carla...

„Es gibt eine spezielle Art in einem geheimen Wald, die behält sich vor, in dieser Sache nicht auf bestimmte Zeiten festgelegt zu sein.“

Jolyn lacht vor sich hin und schickt die Nachricht ab.

*

Am frühen Abend entdecke ich, was nachmittags gekommen ist:

„Wie lautet deine Nummer bei Auserlesen.de? Sendest du mir ein Bild...?

Mike“

Meine Finger wirbeln.

„Ach, der Jäger kommt mit dem Wild schon durcheinander?“

Er antwortet sofort. Natürlich. Er macht wahrscheinlich nichts anderes, als von morgens bis spätnachts mit seinen fünfundsiebzig Frauen zu flirten.

„Nein... hatte dich nur kurzzeitig verloren...lach“

Witzig. Unendlich witzig!

Ich kann nicht antworten. Kann mich nicht erwehren. Es greift nach mir. Und so verzweifelt ich auch rufe: Nein! Lasst mich! Verschwindet! Sie kommen. Es ist eine Armee. Mit hämmerndem Stahlschritt dröhnen sie heran. Schreien unisono. Brüllen.

„Das sind nur Gedanken!“, ruft ein einzelner, heller Gedanke mir im Vorübersausen ins Ohr.

Wenn er doch bliebe!

***

Kapitel 17

Wenn wenigstens die Sonne schiene! Wenn der Himmel blau wäre, dass ich darin wegschwimmen könnte! Auf und davon.

Aber in dem grauen Licht wirkt selbst das Kieferngrün verwaschen. Bietet den Augen keinen Halt. Und den brauchen sie. Brauchen ihn so sehr.

„Ist doch klar: Der ist in einer Beziehung!", hat Marie gestern Abend gesagt. „Es geht ihm um den Kitzel, und den schöpft er ab, wo er kann!"

Soll mir doch egal sein! Er hat mir eine Story beschert und gut.

Nein. Gar nichts ist gut. Weder auf der einen noch auf der anderen Ebene. Für den Roman ist das, was bisher war, nicht zu gebrauchen. Es war ja allerhöchstens ein Anfang. Noch lange keine Story. Ob das typisch für die Internet-Partnersuche ist? So wie diese Lutz-Typen, die einen in ihrer Reserve-Schublade vergessen? Bestimmt ist es absolut treffend, wenn ich Jolyn das nicht nur einmal, nicht nur dreimal erleben lasse. Treffend im wahrsten Sinn!

Es sticht in der Brust, dass ich schreien möchte. Denn es ist MEINE Brust!

Es muss mir dringend gelingen, wieder die Schriftstellerin zu sein. Nur zu beobachten. Auch den Schmerz wahrzunehmen. Aber nicht davon betroffen zu sein. Stattdessen schreit es unablässig in mir:

Natürlich macht er auch andere Frauen an! Natürlich findet er laufend neue. Interessantere. Hübschere. Jüngere. Marie hat recht: Er spielt. Seinem Leben fehlt ein gewisser Kitzel. Den verschafft er sich. Dafür – und nur dafür bin ich interessant.

Es sticht.

Wie kann man jemanden so intensiv umwerben, aber gleichzeitig auch zig andere? Wie fies, dieses Getue! Nichts ist ernst gemeint gewesen!

Natürlich nicht, würde Josepha sagen. Das muss dir doch klar sein bei der Art, wie er auf dich zugegangen ist.

Ja... Aber selbst wenn man nur flirtet ...

Stopp!

Es sind einzig und allein Gedanken! Je mehr sie zetern, desto mehr schmerzt es.

Andere Gedanken denken! Schnell!

Mein Blick wandert durch die offene Tür hinüber ins Wohnzimmer. Bleibt beim Andersvogel auf dem Ofen stehen. Wie zerbrechlich er aussieht. Und trotzdem strebt er voran, als sei jedes seiner winzigen Einzelteile voll Energie. Diese Silbergaze um ihn herum scheint die geheime Kraft zu sein, die ihn zusammenhält. Und ich? Besitze ich nicht genauso eine Silbergaze? Ich habe es geschafft, meinen ersten Roman zu Ende zu schreiben, als mein Leben aus allen Angeln gerissen war. Und jetzt soll ich bei so einer Kleinigkeit...

Das ist keine Kleinigkeit! Weiß der Himmel, warum. Aber der Riss in meiner Silbergaze ist groß.

Und? Kann man Risse nicht flicken?

Ich schlage die Bettdecke zurück. Bin schon auf den Füßen.

*

Wortlos lasse ich den Kopf auf Maries Schulter fallen. Atme ihren süßen Schweißgeruch ein.

„Mike?“ fragt sie. Legt die Arme um mich und macht einen leisen Summton, wie um ein Kind zu beruhigen.

„Ja“, hauche ich in Maries Haar. Meine Stimme ist wirklich klein wie die eines Kindes.

„Du hast dich ein bisschen verliebt, hm?“

„Weiß nicht. Alles durcheinander.“

„Carlchen, du hast in deinem ersten Roman so leidenschaftlich über den Unterschied zwischen Liebe und Habenwollen geschrieben. Und jetzt tappst du selber in diese Falle?“ Marie lacht und stupst sacht mit der Stirn gegen meinen Kopf, der immer noch auf ihrer Schulter liegt.

„Nicht ich. Jolyn.“

„Sicher?“

„Wer sonst?“ Ich drehe mich weg. Starre zwischen die Stämme, die hier bei Marie bis dicht ans Haus stehen.

„Jolyn darf so sein!“, bricht es aus mir heraus. „Sie darf flirten, dass Carla knallrot wird! Und – und – Jolyn SOLL sich verlieben! Und – sie darf auch eifersüchtig sein! Sie MUSS!“

Bei jedem meiner Sätze nickt Marie. Den letzten spreche ich nicht aus:

Aber *ich* doch nicht! *Ich* bin die Schriftstellerin!

***

Kapitel 18

Der Laptop meldet eine neue Mail in meinem Postfach. Mit unsicheren Fingern starte ich Auserlesen.de. Klicke zittrig auf das Briefumschlagsymbol.

Es ist einer von den Vielen, die ich angeschrieben habe. Immer mit den einleitenden Worten: „Was du über dich schreibst, gefällt mir." Eigentlich war es immer dieselbe Mail, ich habe sie jedes Mal kopiert.

„Liebe Jolyn,

was du über dich schreibst, gefällt mir ebenfalls! Mir gefallen auch deine Fotos (besonders das zweite – keine Ahnung, was das über mich aussagt), und wenn ich ehrlich sein soll, gefällt mir die Tatsache, dass wir vermutlich nicht allzu weit auseinander wohnen. Denn das heißt ja, dass wir, wenn wir denn wollen, uns ohne allzu großen Aufwand treffen könnten.

Zwar habe ich extra Fotos von mir anfertigen lassen, bin mit denen aber so unzufrieden, dass ich sie nicht „eingestellt" habe. Um mich für deine Bilder revanchieren zu können, füge ich dir ein Bild bei, das mein kleiner Sohn gemacht hat, technisch zwar nicht optimal, aber recht treffend.

Für heute herzliche Grüße, Manfred"

Trocken wie eine Scheune voll Heu, würde Josepha sagen.

Aber immerhin schreibt jemand! Journalist ist er. Da könnte er gern ein bisschen lebendiger formulieren. Aber wahrscheinlich könnte ich jetzt auch den besten Schluck Wein meines Lebens trinken und würde ihn fade finden. Meine Gedanken sind grau. Meine Gefühle sind grau. Also ist auch alles, was auf mich zukommt, grau.

Ich klicke doppelt auf Manfreds Foto. Es öffnet sich in voller Größe. Wenig Haare. Kantiges Gesicht. Das Lachen nur angedeutet. Eher fragend. Fast skeptisch. Aber die Augen! Ein unglaubliches Blau, leuchtend wie der Himmel über den Kiefern – bei schönem Wetter.

„Lieber Manfred,

du hast ja unglaublich blaue Augen! Ich mag dein Bild. Ja, mir gefällt natürlich auch, dass wir recht nahe beieinander wohnen. Wenn du magst, schick mir deine Telefonnummer. So viel erst einmal, liebe Grüße, Jolyn"

Ogottogott! Das ist doch nicht von Jolyn!

Zu spät. Die Nachricht ist schon abgesendet. Und meine Finger auf der Tastatur wählen gleich den nächsten Empfänger. Mike. Zuletzt online bei Auserlesen.de: Heute. Aber kein Wort an mich! Es kocht. Es braust wie Sturm. Meine Finger rennen.

„Hi Mike, scheint, du hast vor lauter Jagdfieber die Übersicht verloren! Solche Jäger können mir gestohlen bleiben! Jolyn“

*

Oh, tut Wut gut! Ich putze innerhalb von zehn Minuten das Bad blitzblank. In einer Viertelstunde ist die Küche auf Vordermann. Ich bin so schnell, so effektiv wie nie. Allerdings wäre mein fortwährendes Selbstgespräch nichts für Außenstehende. Allein schon wegen der Lautstärke.

Ich hänge den Putzlappen draußen über die Kiste mit den Sitzkissen. Will einen vertrockneten Blätterstängel aus der Margerite im Staudenbeet zupfen. Habe gleich einen ganzen Zweig in der Hand.

Das Zwitschern in den Bäumen, das leise Rauschen des Windes im Gezweig kommt mir wie spöttisches Lachen vor. Ich wünsche mir mit aller Kraft, dass von oben aus den Zweigen Frieden auf mich niedersinken und sich wie Tau auf meine Stirn legen möge. Auf meine Lider. Damit meine Augen wieder Farben sehen können.

Stattdessen lodert es erneut in mir hoch: Der Jäger hat eine schönere Füchsin gefunden oder auch ein Reh. Und ich sitze mit diesem Manfred da. Was für ein hocherotischer Name!

Aber das ist doch gut! Sehr gut. Jolyns Geschichte braucht Frust. Viel Frust. Nachvollziehbaren Frust.

Schluss! Ich koche mir jetzt einen richtig guten Kaffee. Nehme ihn mit nach draußen. Und den Laptop. Noch ist genug Wut da. Und wenn nicht, brauche ich mir nur Mikes Bild zum wer weiß wievielten Mal anzusehen. Seine süßen Flirtmails zu lesen. Die er auch zahllosen anderen geschrieben hat! Gleichzeitig! Gut so! Auf der Woge dieser herrlichen Wut komme ich im Weitsprung über die Hürde, die mir so riesig erscheint:

Jolyns Vergangenheit. Das erste Treffen mit Ragnar.

Kann ich das wirklich schreiben? Jetzt?

Wann, wenn nicht jetzt?

DIESE Szenen?

Ja! Der einzige Weg raus führt mitten durch!

***

Kapitel 19

Tagebuch, 1. Juni

Wir umarmen uns. Haut an Haut. Es überläuft mich, als stünde ich nackt draußen in der Kühle der Nacht. Wir legen uns nebeneinander. Lächeln uns an. Meine Hände und Füße sind kalt. Ich möchte Ragnar streicheln. Ihn liebkosen. Aber doch nicht mit diesen Eishänden. Seine warmen Finger beginnen mich zu berühren. Gleiten meine Haut entlang, als wollten sie mich schmecken, als wollten sie jeden Millimeter von mir schmecken, wie wenn ich eine Köstlichkeit von so erlesenem Geschmack wäre, dass man nur vorsichtig davon zu kosten wagt. In mir schluchzt es auf. Tief, aber unhörbar. Wie viele Ewigkeiten hat mich kein Mann mehr berührt? Und hat mich je einer – so berührt? Jedes meiner Gänsehaut-Pickelchen stöhnt. Jauchzt. Murmelt Dankesworte.

Wir liegen in enger Umarmung. Spüren uns. Vielleicht bleibt er so vollkommen ruhig, weil ich ihn nicht zurück streichele, weil ich warte, dass meine Hände warm werden. Wir halten uns. Atmen im selben Rhythmus. Schweben auf unserem gemeinsamen Ein- und Ausatmen. Schweben sacht davon. Mein Herzschlag wird ruhiger. Ich kann etwas Helles sehen. Aber nur, wenn ich die Augen geschlossen halte. Weißes Strahlen. Und zugleich viel mehr als nur Strahlen. Ich kann es spüren. Es dringt in mich und durch mich hindurch. Es berührt mich mit etwas, das mich tief, tief einatmen lässt. Und dennoch kann ich es nicht wirklich fassen. Atme mehr. Atme tiefer. Denn was mich berührt, ist so viel. So groß. Es ist pure Güte. Es ist ein Wohlwollen, das nirgends und niemals endet. Und je mehr ich atme, desto mehr durchtränkt es mich. Es ist, als ob ich bade in dem Reinsten, in dem Schönsten, in dem Liebevollsten, was ich je erfahren durfte. Ist es mein Herz? Hat es sich weit aufgetan und umarmt nun alles, auch mich? Ist das die Liebe des Herzens?

Unsere Atemzüge suchen sich. Finden sich. Halten sich an den Händen. Schlafen wir? Dann ist es ein wacher Schlaf. Dann ist es ein Schlaf, der mir dies alles keinen Moment entgehen lässt.

Der Mond steht über dem Haus. Wir sind gleichzeitig aufgewacht. Oder zu uns gekommen? Wir lächeln einander an. „Du bist so weiß“, sagt er. „So schön.“ Ich möchte ihn streicheln. Seinen Rücken. Seinen winzigen Po. Aber meine Hände sind immer noch sehr kalt. Er legt den Arm um mich. Ragnars Mund ist nah an meinem Ohr. Sein Atem ist tief. Dennoch fast geräuschlos. Sein Körper ohne Gewicht.

Einander spüren. Beieinander liegen. Streicheln. Atmen. Langsam, ganz langsam vertraut werden mit dem anderen.

Dass es so sein darf!

Hinter meinen Lidern stehen Tränen der Dankbarkeit.

*

Am Morgen wachen wir wieder gleichzeitig auf. Beim ersten Blinzeln schon lächeln wir einander in die Augen. Draußen blinken die jungen Blätter der Bäume in der Morgensonne. Ragnar streichelt meinen Bauch. Wandert hoch zu meinen Brüsten. Umkreist sie. Ich möchte maunzen wie eine Katze. Aale mich an ihm. Bin warm. Bin bis in die Zehen durchglüht. Streichele seine Seite hinunter. Alles an ihm ist schlank und schön geformt. Halte für einen ewigen Moment in meiner Handmulde das Rundeste von seinem Po. Lasse meine Finger um seine Hüfte kreisen. Wandere sehr langsam in seine Leiste. Atme mit jedem Atemzug tiefer. Schneller. Taste weiter. Finde ihn. Spüre mit den Spitzen meiner Fingerkuppen seine pralle Zartheit. Genieße die unendlich seidige Haut. Streichele um die wunderschöne Kuppel herum. Befühle sie. Befühle ihre höchste Stelle. Er drängt sich an mich. Ich drehe mich noch weiter zu ihm hin. Und diese zarthäutige, glatte, schöne Kuppel schiebt sich an mich. Bleibt in meiner Zartheit liegen. Regt sich nicht.

Bin ich nicht feucht genug? Ist es das, was ihn innehalten lässt? Ich bin fünfzig. Es ist so lange her, das letzte Mal. Ich weiß nicht, wie mein Körper jetzt ist.

Er liegt in seiner ganzen Länge zwischen meinen Lippen. Beginnt sich sacht in ihrer Umarmung zu bewegen. Sie staunen. Wissen nicht, ob sie erschrecken sollen oder froh sein. So froh. Er sucht sich sacht seinen Weg. Ich drehe mich weiter zu ihm hin. Öffne die Schenkel für ihn. Mein Körper hält den Atem an.

Spüre ich ihn deshalb plötzlich nicht mehr? Oder bin ich taub? So wie früher?

Abrupt richtet Ragnar sich auf. Löst sich von mir. Stützt seinen Oberkörper hoch.

„Ich kann so nicht mit dir!“

Ich erstarre. Habe keine Luft mehr in den Lungen. Von einem Moment zum anderen. Nicht für ein einziges Wort.

„Ich kann so nicht in dich hinein!“

Trocken. Aus. Vorbei. Ich wusste es.

Wie gefroren liege ich da.

Er legt sich neben mich. Auf den Rücken. Ohne dass unsere Körper sich berühren. Ein eiskaltes Feuer brennt in mir. Ich presse beide Hände auf mein Herz.

„Es ist, als ob du dich vor mir verschließt!“ Sein Blick ist irgendwo hinten im Raum.

Hat er das wirklich gesagt? Oder höre ich vor lauter Angst die unmöglichsten Dinge?

„Klar, ich könnte ein bisschen drängeln, und es würde gehen.“ Er dreht den Kopf zu mir hin. Sieht mich ernst an mit diesen schrägstehenden Augen. Grün wie junges Eichenlaub. Hebt die Brauen. „Aber ich hatte mal eine Verletzung, weißt du. Seitdem ist meine Vorhaut extrem empfindlich. Es ist zu schmerzhaft für mich, wenn ich nicht ganz leicht in dich hinein komme!“

Das kann er MIR doch nicht zum Vorwurf machen! Andere drängeln eben ein bisschen, und dann geht es irgendwann...

„Du ziehst dich zusammen, sobald du mich spürst. Hast du Angst vor meinem Penis?“

„Angst?“ Meine Stimme ist winzig.

„Hast du das denn mal erlebt, dass ein Mann so mit dir umgegangen ist?“

„Was meinst du?“, bekomme ich mühevoll aus meinen zu Eis gefrorenen Lippen.

„Dass einer in dich eingedrungen ist, ohne dir die Zeit zu lassen, bis du offen für ihn bist?“

Etwas geht durch mich hindurch. Wie wenn ein neuer Wind durch einen Winterwald geht. Ein milder, warmer Hauch. Alle Zweige berührt, dass sie aus der Winterstarre erwachen.

„Ich – hab es nie anders erlebt“, sage ich leise.

„Aber warum sagst du nichts?“

„Ich dachte, es liegt an mir. Ich dachte, ich bin nicht – feucht genug.“

Er lacht auf.

„Natürlich nicht. Wenn du noch nicht so weit bist, bist du auch nicht richtig feucht. Wie sollst du dich dann öffnen? Das tut doch weh, oder?“

„Ja.“

„Aber das ist es nicht. Es ist nicht dieses technische Feuchtsein. Wenn du bereit bist, dann ist es ganz leicht.“

„Ragnar, hör auf!"

„Hey, ich will dich nicht verletzen. Ich wollte nur wissen, was mit dir ist."

Mit mir, mit mir, wieso immer mit mir?

„Es – hat meistens ein bisschen wehgetan." Ich spreche das zum ersten Mal aus. Und gestehe es mir zum allerersten Mal ein! Lahm füge ich hinzu: „Nach einer Weile ist es doch schön geworden."

Wirklich? Schön? Richtig schön? Wer soll das glauben? Ich? Er? Wahrscheinlich weiß ich gar nicht, wie es ist, wenn es wirklich schön ist...

Ragnar küsst mich auf die Augenlider.

„Willst du mich denn?", fragt er sanft.

„Ja!"

„Dann wirst du von selbst immer weicher und offener werden. Wir haben Zeit." Seine Stimme scheint mich leise fächelnd zu streicheln. „Wir haben alle Zeit, die wir brauchen." Auch seine Fingerspitzen beginnen mich zu streicheln.

Ich halte die Augen fest geschlossen. Unter den Lidern weine ich.

***

Kapitel 20

Ich stehe auf. Weiß nicht warum. Setze mich in Bewegung. Weiß nicht wohin. Gehe den Hang hinunter. Zwischen den Ginsterbüschen im unteren Garten hindurch zum kniehohen Zaun. Fühle mich so schwer, dass ich diesmal die beiden Handstöcke, die Marie als Haltegriffe in die Erde gesteckt hat, benutze. Auf der anderen Seite stehen die Bäume dichter, ist es trockener. Der Pfad windet sich zwischen den goldbraunen Stämmen erst auf Maries Schuppen, dann auf ihr Haus zu. Zweiglein knistern unter meinen Sandalen. Marie sitzt auf ihrer Terrasse. Tief hinuntergebeugt pusselt sie an einem Stück bunten Stoff. Hebt erst den Kopf, als ich direkt vor ihr stehe.

„Hey, Carlchen!“

„Hey!“ Ich beuge mich zu ihr hinunter. Lege den Arm um ihre runden Schultern. Drücke meinen Kopf in ihr dichtes Lockenhaar.

„Du siehst mitgenommen aus!“, sagt sie leise.

Weiß ich selber...

Warum bin ich hergekommen? Doch nicht, um über Ragnar zu sprechen!

„Kein Wunder, ich hab auch kaum geschlafen“, murmele ich. „Wenn ich ins Internet gehe und keine Mail da ist, stöbere ich in den Partnervorschlägen herum - und plötzlich ist es drei oder vier Uhr morgens.“

„Weißt du noch, was Josepha erzählt hat? Das wird ganz schnell zur Sucht!“

Ach ja? Spar dir den besorgten Gesichtsausdruck, Marie! Ich bin schon groß, ich weiß, was ich tue. Ich muss ALLES am eigenen Leib erfahren, auch das. Wette, dass es jedem, aber auch jedem so geht. Man sucht und sucht und sucht. Und schon ist es Sucht.

„Wäre das nicht mal ein Tag, um frei zu nehmen?“ Marie legt den Kopf auf die Seite und sieht mich an, wie man ein Kind ansieht, das sich langweilt und dem man einen netten Vorschlag macht. „Etwas ganz anderes machen – oder gar nichts?“

„Frei nehmen wovon?“ Meine Stimme kippelt.

Maries Gluckslachen kollert in ihrer Kehle. Was ist so witzig?

Stopp! Raus aus diesen Gedanken! Sonst gibt es hier gleich eine Katastrophe! An etwas anderes denken. Schnell. An Lachkugeln zum Beispiel. Kleine Kugeln in Maries Hals. Farbe? Durchsichtig. Größe? Etwa wie Perlen.

„Ich mach uns einen Milchkaffee, ja?“ Marie steht auf und geht durch die offene Terrassentür in ihr Wohnzimmer.

Ich sehe ihr fassungslos nach. Als ob ich schiffbrüchig wäre und die Planke, an die ich mich klammere, mir entglitten ist und davontreibt. Folge ihr. Hefte den Blick fest an ihre Fersen. Staune wie immer über ihren Gang. Wie kann sie so ohne jedes Auf und Ab gehen? Weil sie so kleine Schritte macht mit ihren kleinen Füßen? Staunen ist gut. Staunen ist wie Kind sein. Hinter ihr her tippeln ist auch wie Kind sein.

Ich setze mich nicht wie sonst auf die Bank am Tisch. Folge ihr stattdessen bis in die offene Küche. Trete hinter sie. Lege die Stirn an ihren Hinterkopf, während sie Wasser in die Espressokanne lässt. Fange endlich an zu reden.

„Es bringt mich um, über die Zeit mit Ragnar zu schreiben!“

„Das kann ich mir vorstellen, mein Herz“, kommt sanft und warm mehr durch meine Stirn als durch meine Ohren.

Ich drücke meine Nase noch mehr in ihr Kuschelhaar.

„Es ist die beste Hintergrundgeschichte für Jolyn, die es geben kann. Aber um sie zu schreiben, muss ich das alles noch einmal erleben! Ich lese in meinem alten Tagebuch von damals. Wenn ich es dann umschreiben will, *ihre* Geschichte daraus machen will, bleibe ich stecken und bleibe stecken und bleibe stecken! Ich schaffe es nicht, etwas Eigenes daraus zu machen. Ich kann nur von mir selbst abschreiben. Und das kostet mich schon alle Anstrengung, zu der ich überhaupt fähig bin.“

„Carlchen, das ist doch auch kein Wunder: Du hattest damals nur die Kraft für einen Notverband. Die Wunden sind bloß zugekleistert. Jetzt bricht der Schorf auf. Das blutet und tut weh.“

„Ja! Genauso fühlt es sich an. Als wenn etwas aufreißt.“

„Das ist gut so! Jetzt kann es ausbluten und danach endlich sauber verheilen!“

***

Kapitel 21

Die Sonne brennt auf meine ausgestreckten Beine. Es ist mir zu heiß, und es fühlt sich schon wie Sonnenbrand an. Aber ich kann mich nicht bewegen.

Jetzt bricht der Schorf auf und es blutet und tut weh...

Ich höre es fast: Das Blut tropft nicht nur. Es rinnt.

Weiterschreiben. Das Thema Ragnar so schnell es geht zu Ende bringen. Nur noch ein kleines Stück Vergangenheit, dann genügt es für Jolyns Geschichte. Muss genügen. Erst wenn sie ganz in ihre Internetsuche verwickelt ist, wird herauskommen, was damals passiert ist – in jener Nacht im Februar.

Es kann endlich heilen, wenn du es aufschreibst, sagt eine warme Stimme in meinem Ohr. Warm wie Maries Stimme. Nur heller. So könnte Jolyns Stimme klingen. Sie würde zu ihr passen.

Und wenn es noch so wehtut: Ich muss es tun!

Ich ziehe den Laptop vom Tisch auf den Schoß. Das Tagebuch liegt bereit. Ich schlage die Seiten um bis zu der Stelle, an der ich stehengeblieben bin.

Ja. Durch das Schreiben wird es zu einer Geschichte. Und Geschichten haben ein Ende. Man bleibt nicht darin stecken. Irgendwann klappt man das Buch zu.

Und das ist es doch wohl, was ich tun muss, um ein neues Buch aufschlagen zu können, oder? Um mich nicht mehr verstecken zu müssen vor dem, wonach ich mich am meisten sehne.

*

Tagebuch, 2. Juni

Wir gehen lange spazieren. Wir finden Wege, die ich allein nie entdeckt hätte. Ragnar erzählt, dass er mich auf dem Tanzfest sofort attraktiv gefunden hätte, aber dass ich abweisend gewirkt hätte.

„Warum? Was für eine Angst steckt dahinter?“

So fragt er.

„Angst?“

„Hinter Zugeknöpftsein ist Angst, was sonst?“

Ich weiß natürlich, was er meint, aber ein störrischer Gedanke in mir denkt wieder: Wieso Angst?

„Woher weißt du das alles?", frage ich.
„Aus der Psychosomatischen Klinik."
„Warum warst du da?"
„Das ist eine lange Geschichte..."
„Und wenn du es in einem Wort sagen müsstest?"
„Angst! Was sonst?"
Wir lachen. Verstummen. Schauen uns an. Müssen wieder lachen.

*

Als wir zurückkommen, kauert die Dämmerung schon zwischen den Bäumen. Wir stehen nebeneinander an der Terrassentür und blicken hinaus. Überm See ist die Sonne untergegangen. Der Himmel ist von tieforange bis in die hellsten Violett-Töne gefärbt. Ein Rot läuft in das andere. Auf dem Wasser silbern dieselben Töne.
„Wie ein Bild von Nolde!", sagt Ragnar.
„Ich liebe Nolde", rufe ich aus.
Er dreht sich zu mir. Nimmt meine Hände. Sieht mich an mit seinen grünen Wolfsaugen. Sagt leise:
„Und ich liebe dich."
Es ist, als würde ich von etwas getroffen. Wie ein Schmerz fährt es in mich hinein, wie Schmerz tut es weh. Aber das kann doch nicht sein! Vielleicht weiß ich nicht, wohin mit alldem. Vielleicht ist es zu viel. Muss überlaufen...
Ragnar küsst mir die Tränen eine nach der anderen von den Wangen.

*

Der Mond schwebt über dem See. Spiegelt gelbsilbern auf dem Wasser. Wir machen kein Licht. Das Mondlicht beschützt unser Schweigen. Unsere Hände arbeiten in vollkommener Übereinstimmung. Wir klappen die Couch aus. Legen zusammen das Laken auf. Müssen uns anlächeln. Immer wieder. Ziehen einander aus. Er schaut meine Brüste an. Ich lese in seinem Gesicht, dass sie schön sind. Er streichelt mit sachter Hand ihre Rundungen entlang. Es rieselt mir die Seiten hinunter bis ins Becken. Und es ist, wie wenn sich tausende von Halmen aufrichten beim ersten Regen nach langer Dürrezeit. Als ich ihm flüsternd erzähle, wie viele Jahre ich mit keinem Mann zusammen gewesen bin und dass jede seiner Berührungen ist, als würde ich erweckt, als ich ihm anvertraue, dass ich ängstlich bin, als ich bekenne, wie lange ich mich schon sehne, nach Atem auf der Haut, nach dem Klang einer tiefen Stimme im Ohr, lächelt er, berührt mich mit seinem Blick, dass ich froh bin, es gesagt zu haben. Flüstert:

„Ach, darum bist du so jungfräulich!"

Jungfräulich... Das Wort kommt wieder und wieder. Dreht sich wie ein Mantra in mir. Treibt alle Gedanken fort. Wir liegen nebeneinander ohne Decke. Das Mondlicht liebkost uns. Ich bin eine junge Frau, die zum ersten Mal einen Mann neben sich fühlt. Die nicht weiß, wie die Lust ist und dieses Wissen doch in sich trägt. Die zum ersten Mal spürt, wie das Entzücken von einem Körper in den anderen strömt. In ihre Lenden. Um ihre Hüften herum bis hinein in die beiden Grübchen überm Po, wo es tanzt und jauchzt und hoch jagt, den Rücken hinauf und zugleich die Schenkel hinunter. Seine Finger liebkosen meine Haut wie ein leichter Sommerwind. Meine Brüste möchten immerzu von ihm berührt sein. Meine Knospen fahren an seiner Brust entlang. Erspüren jede kleinste Erhebung seiner Haut. Trinken seine Wärme. Seine pralle Lust regt sich an meinem Becken. Ich drehe mich ganz zu ihm hin. Umarme ihn. Lege ein Bein über seine Hüfte. Er kommt näher. Drückt seinen Bauch an meinen. Meine Lenden zittern, als sie seinen Penis spüren. Seine Zunge öffnet meinen Mund. Es ist, als ginge der Atem des Meeres durch mich hindurch, und die Wellen tragen ein Prickeln mit sich bis in meine Brüste. Bis in meinen Bauch. Bis zwischen meine Schenkel. Sein Penis bewegt sich langsam. Stumm flehe ich: Komm, komm in mich hinein.

Und er kommt. Ehrfürchtig wie in einen Tempel kommt er in mich. Alles, was ich bin, strömt ihm entgegen.

Es gibt mich nicht mehr, als Ragnar mich zurück in den Mondschein küsst. Zugleich weiß ich, dass meine Lust eben erst zu erwachen begonnen hat. Dass es weiter gehen wird. Viel weiter.

Mein Blick ist in seinen Augen. Schaut in sie hinein. Schaut durch sie hindurch. Schaut und ahnt, was dahinter ist: wie ein Ozean, weit und schön und herrlich. Und ich weiß es, ich brauche nur zu schauen, und ich weiß, dass es die Liebe ist, und ich weiß auch, dass die Verliebtheit der Fluss ist, auf dem wir dorthin fahren, und wenn wir alle Angst zurückgelassen haben, fahren wir hinaus, weit hinaus auf diesen großen stillen Ozean.

***

Kapitel 22

Unten springt der Motor von Maries Diesel an. Knattert zum Gotterbarmen, während Marie sich ewig lange vor und zurück aus der engen Einfahrt kurbelt. Der alte Golf dröhnt den Hang hinunter. Nimmt auf der schmalen Straße Fahrt auf. Fährt den nächsten Hügel hoch, bis das Motorgeräusch verklingt.

Wie gut sie es hat: Kann zur Arbeit fahren. Einen ganz normalen Alltag leben. Hat irgendwann Feierabend. Ich sitze hier. Starre auf meine Sommersprossenbeine. Bräuchte dringend etwas, das mich ganz in Anspruch nimmt. Schreiben hat mich immer gerettet. Aber dieses letzte Stück, das ich aus dem Tagebuch abgeschrieben habe – das war zu viel. Es wird grau in mir, auch wenn ich den Blick ins rettende Himmelsblau ausschicke, damit er davon trinkt, soviel er nur kann. Er trinkt nicht. Er schaut immer nur zurück in jene Zeit. Immer nur auf das, was vergangen und verloren ist. Nie mehr in Ragnars Augen schauen und dahinter der weiße, weite, gleißende Ozean...

Und ich weiß nicht, ob das andere nicht noch schlimmer ist: zu wissen, dass ich trotz dieser leuchtenden Momente wieder kleinlich und geringschätzend geworden bin.

Das tut so weh.

Carlchen! Das ist menschlich! Es gehört dazu! Das Kleine gehört genauso zum Menschsein wie das Große.

Ja, sicher... Aber die Liebe, die wirkliche Liebe, die ist *nie* klein! Und ich dachte immer, wenn sie einmal da ist, ein einziges Mal hindurchgeleuchtet hat durch alle Schleier, dann kann sie nie wieder hinter ihnen verschwinden! Und ich dachte, dass ich niemals anders als in Liebe an Ragnar denken könnte! Und dann...

Es wird noch grauer in mir. Undurchdringlich grau. Vielleicht ist das Weh zu groß. Vielleicht deckt das Grau alles zu, damit ich nichts mehr fühle. Und vielleicht ist das für den Moment auch gut so.

Nein! Nicht taub werden! Lieber Schmerz als das!

Irgendetwas tun, sonst...

Ich muss in den Wald!

In die Joggingschuhe. Und los.

Bin zu lahm, die Haustür abzuschließen. Dann eben nicht.

Aus der Pforte und jetzt: laufen! Bitte!

Meine Füße wachen tatsächlich auf. Wenigstens die. Setzen sich in leichten Trab. Der Rest von mir lässt sich von ihnen mitnehmen. Den Sandweg hoch. Bergan, bergan. Immer weiter bergan. Halb stolpernd. Wie besinnungslos. Und ich spüre dennoch, dass der Wald mich begrüßt. Mich umfängt mit seiner Stille. Die zugleich Güte ist. Und Nachsicht. Oben an der Gabelung nach links. Wo der Boden anders ist. Der Weg feuchter. Grasbewachsen. Grün. Mein Blick begrüßt jeden Baum. Kenne so viele schon. Die geraden und die verwachsenen. Die abgestorbenen dazwischen, von den anderen gehalten oder am Boden liegend. Die schrundigen und die glatten. Die Stelle, wo einer vom Blitz getroffen zur Hälfte umgeknickt und abgestorben ist, schwarz, aber zu seinen Füßen das Grün so milde, dass man sich hineinlegen möchte. Dann die andere Stelle, wo der Wildpfad kreuzt, den einmal ein Keiler entlanggedonnert kam, dass der Boden bebte. Und noch ein Stück weiter, wo es ein bisschen lichter ist und wo so oft der junge Rehbock steht. Den Kopf hebt, wenn er mich hört. Nicht glauben zu können scheint, dass er sieht, was er sieht. Sich irgendwann doch in Bewegung setzt, als sagte eine Stimme in ihm: He, das ist nichts zum Staunen, das ist etwas, wovor man weglaufen muss!

Mein Wald.

Nimmt mich auf.

Damit ich frei sein kann. Wovon? Vielleicht von dem, was das Menschsein so anders macht als das Baumsein. Der Wald weiß darum. Beruhigt mich. Ich muss nur laufen. Bis mein T-Shirt nass ist. Atmen. Bis ich nach Luft ringe. Weiter. Ich stolpere hinaus zwischen die Felder, knicke um auf dem unebenen, sandigen Weg. Weiter. Schwere Beine. Die Knöchel weich. Und es geschieht. Ein langes seufzendes Stöhnen. Die Schwere verliert sich. Oder ich spüre sie nicht mehr. Spüre gar nichts. Weiß nur, dass meine Beine rennen. Weiter rennen. Und der Atem um sich selbst ringt. Ich habe nichts damit zu tun. Vielleicht schwebe ich in Wahrheit ein Stück weiter oben. Schaue mir von dort aus alles an. Carla, die läuft und läuft. Und schaut und schaut.

Hügelige Felder, rings von Wald umschlossen, in der Morgensonne schimmernd. Das Getreide wird gelb. Duftet schon nach Sommer. Ein leichter Wind bewegt es. Streichelt meine nackten Arme. In meinem Kopf ist es still.

Laufend kehre ich ein in den Buchenwald. Wie eine Kathedrale ist er, die glatten Stämme wie zahllose Säulen. Ich raschele absichtlich neben dem Weg her im roten Vorjahreslaub. Damit es nicht so heilig, so erhaben sei. Damit ich klein sein kann. Laufe schneller, damit ich nicht zu klein, zu traurig bin. Bergab. Bergab. Muss zu meiner geheimen Stelle. Muss dort sitzen. Meinen rennenden Atem zu Ende rennen lassen. Lauschen. In der Tiefe des Waldes. Im Mittendrin.

Mein Tal. Es ist wie nach Hause kommen. Jedes Mal wieder. Ich setze mich zwei Schritte vom Weg ab ins hohe Moos. Mit dem Rücken an dem Baumstamm, der mich hält, wenn ich es brauche. Ruckele mich an seiner welligen Kiefernrinde zurecht, bis ich meinen Sitz gefunden habe. Gerade. Gehalten. Die langgestreckten Beine versunken im Moos.

Und weiß es sofort: Es ist gar nicht die Erinnerung an Ragnar! Es ist nicht die Szene, die ich geschrieben oder vielmehr abgeschrieben habe. Diese Traurigkeit, dieses Brennen in der Kehle, das kommt aus dem Jetzt. Das kommt aus dem vergeblichen Warten. Aus dem Hoffen und Bangen. Aus dem Offensein für einen Menschen. Vorbehaltlos sein. Bereit sein zu spielen. Das ist viel! Das ist mutig! Und dann eine solche Mail: *„Wie lautet deine Nummer bei Auserlesen.de? Sendest du mir ein Bild...?“*

Das sollte mich nicht berühren! So war es abgemacht! Jolyn kann in ihren Gefühlen davon fließen. Aber ich doch nicht! Ich recherchiere und sonst nichts!

Ach ja? Und das soll gehen? Gehört das nicht dazu? Traurig sein, genervt sein, womöglich sogar ausflippen – ist das nicht Recherche in reinster Form? Genauso, wie sie sein muss? Nicht bloß beobachten, was geschieht und mich dabei in Jolyn versetzen und ihre Gefühle nachzuempfinden versuchen. Nein. Am eigenen Leib erfahren. Vereinnahmt sein. Berührt sein. Warum sonst mache ich dies alles? Ich will nichts schreiben, was ich nicht auch persönlich bezeugen kann. Allerdings: beobachten muss ich trotzdem...

Puh!

Ja, es ist viel. Und vielleicht geht nicht alles gleichzeitig. Aber eins ist klar: Es geht um beides! Erleben *und* beobachten. Und nicht nur für den Roman! Ich möchte es doch selbst! Ich möchte beides. Und es geschieht eigentlich von ganz allein, oder? Es gibt etwas in uns, heißt es, das in der Stille unseres inneren

Zentrums wohnt und in großer Gelassenheit allem zuschaut. Ohne je etwas zu beurteilten. Ohne je etwas zu verurteilen. Der Beobachter. Der stille Zeuge. Der ist da. Immer.

Kann ich dieser Zeuge sein? Willentlich, während mich gleichzeitig das Leben beutelt?

Zumindest gibt es einen Ort, wo es so ist. Und dieser Ort ist hier. Hier in meinem Tal.

Weil es so still ist?

Nein, das ist es nicht allein.

Hier sagt jeder Baum, jedes Mooskissen, jeder Grashalm zu mir: Komm! Setz dich her. Wie du auch gerade bist, was du auch gerade in dir trägst: Du bist willkommen.

Sei traurig, sei wütend, sei ängstlich, sei verwirrt, sei erschöpft und überdrüssig, sei unruhig und gejagt, sei voller Scham und Schande: Komm, setz dich zu uns. Weine oder schimpfe oder sei still. Sei, wie du bist. Wir verstehen dich. Wir sind da für dich.

Ich lehne auch noch den Kopf gegen die Baumrinde und schlinge die Arme nach hinten um den Stamm, soweit es geht. Mir laufen die Tränen.

Und der Wald hält mich im Arm. Und alle, die hier in ihrer großen Stille um mich sind, sagen: Bleib, solange du möchtest. Wir sind da. Setz dich hierher. Setz dich mitten hinein ins Herz des Waldes. Es ist dein.

Das ist es...

Jetzt verstehe ich...

Ich habe es immer nur mit mir geschehen lassen, ohne zu fragen. Wenn ich wie gereinigt und heil aus dem Wald nach Hause komme, sage ich Danke. Spätestens die letzten Schritte sind mein Dankesgebet. Die Bäume verlangen das nicht. Sie brauchen es auch nicht. Mir scheint, *ich* brauche es.

Und jetzt begreife ich:

Das Herz des Waldes.

Oh, ich verstehe...

Die Bäume holen mich heim. Holen mich dahin, wo ich wirklich, wirklich zu Hause bin. In das Herz des Waldes. Und das ist zugleich mein eigenes Herz...

Und heißt das nicht...

Ja. Das bedeutet: Wo immer ich bin, so wie hier in mein Tal kann ich auch in mein Herz eintauchen. Und es wird sagen:

Komm zu mir, komm ganz zu mir herein. Komm, wie du gerade bist. Bring mit, was schwer ist. Lass es mich umarmen mit meiner Wärme. Mit meinem Licht.

Danke!

Danke dir, lieber Wald.

Ich verstehe.

All die Abenteuer, all die Geschichten sind wichtig und haben ihre Bedeutung. Aber was dabei mit mir passiert, ist sehr viel wichtiger. Die Carla, die sich verwickelt und von ihren Gefühlen gebeutelt und ihrem Schmerz zerrissen wird, braucht, dass ich Ja sage zu ihr. Ja, so bist du. Und auch die Carla, die zuschaut, alles beobachtet und zu einer Geschichte zusammenreimt, auch sie braucht es. Und all die anderen Carla-Facetten, die auftauchen, manche aus der Vergangenheit. Alle brauchen mein Herz. Möchten dort geborgen sein. Und es ist ganz einfach. Es ist nur ein Gedanke: Ich umarme dich.

Ich lache leise auf.

Hoffentlich schnappe ich am Ende nicht über ...

Nein! Am Ende werde ich die Kunst beherrschen:

Mein Denken zu lenken!

Und du, mein Herz, wirst Kapitän sein auf meinem Lebensschiff. Zusammen werden wir es dahin steuern, wohin ich *wirklich* will.

Trotzdem habe ich die Wahl, das weiß ich. Ich kann den Kurs immer ändern. Sogar in einer Meeresenge. Ich kann zur Not sogar umkehren. Ich kann mich aber auch entscheiden, weiterzufahren, selbst wenn es rau oder gar gefährlich wird. Ich kann mich entscheiden zu vertrauen.

DAFÜR habe ich mein Denken!

Und zum Verstehen, mein Herz, zum wirklichen Verstehen habe ich dich.

***

Kapitel 23

Frisch und neu bin ich zurück bei meinem roten Haus mit den hellblauen Fensterläden. Gefühle, Gedanken, Erinnerungen sind im Wald zurückgeblieben. Hängen in den Bäumen. Wie auf einer Wäscheleine, von Wipfel zu Wipfel gespannt, unzählige Fähnchen. Steingraue Fähnchen. Aber wenn ich aus dem Wald hinauslaufe, sie dort zurücklasse, bewegt der Wind die langen Wäscheleinen. Dann kehren die alten Farben zurück. Die, die einmal zu ihnen gehört haben. Dort in der obersten Waldetage, wo die Vögel wohnen, hängen viele solche Leinen voll mit meinen Fähnchen. Jedes steht für einen Tag, der schwierig begonnen hat, und der, als ich aus dem Wald auf meine Lichtung gekommen bin, ganz anders weitergegangen ist. Die Bäume schenken mir meine Helligkeit zurück. Mein Farbenleuchten.

Was für wunderbare Freunde! Wahre Freunde, denn sie singen mir das Lied meines Herzens, wenn ich es einmal vergessen habe.

Aber – ist das ein Ort für Jolyn? Die Stille. Freundschaften mit Bäumen. Passt das zu ihr?

Ach – darüber denke ich ein andermal nach...

Der Laptop hat mich irgendwie dazu gebracht, dass ich ihn aufgeklappt und gestartet habe. Ich jedenfalls kann mich nicht erinnern, dass ich das entschieden habe!

Na ja, manchmal ist viel auf einmal in meinen Gedanken. Die haben schon gelernt, alles gleichzeitig zu machen. Nur ich habe noch nicht gelernt, sie alle gleichzeitig im Auge zu haben...

Mein Zeigefinger zuckt zurück, als hätte ich auf einen Dorn gedrückt. Will ich mir das zumuten? Der Laptop hat mit dem typischen Piepton eine Nachricht gemeldet. Ich weiß auch, von wem. Ich schüttele mich. Mache den Rücken gerade. Tippe mein Kennwort. Mein Postfach bei Auserlesen.de öffnet sich.

„...Liebling,

ich küsse dich... guten Morgen... du liebe Füchsin... war gestern und vorgestern den ganzen Tag bei Kunden... möchte dich heute wieder streicheln und liebkosen... und dich in deinem Bau besuchen... dir zeigen, wie zahm ich bin... ich umarme dich... Mike“

Ich fasse es nicht!

Lässt mich ohne ein Wort! Und kommt mir dann so!

Und ich? Ich freue mich auch noch?

Dabei tut mir die Brust weh, als würde ein Messer hineingerammt. Wie wenn der Schmerz noch einmal auflodern würde. Ist das normal, dass es so sticht? Ist es normal, dass mir seine letzte Mail Ewigkeiten her vorkommt – und dabei waren es nur zwei Tage?

Ist das Jolyn? Die schneller vom Jauchzen in den Jammer fällt als sie sich eine Haarsträhne aus dem Gesicht streichen kann? So habe ich sie mir ausgedacht – aber das sind *meine* Gefühle! Ich bin es, die getroffen ist und im nächsten Moment jubelt, als hätte ich auch den Verstand im Wald zurückgelassen!

Ach Gott, Carlchen! Hast du es schon vergessen? Es *muss* dich berühren! Und genauso berührt es Jolyn. Auch wenn sie weiß, dass das mit Mike ein Spiel ist. Sie spielt es mit großem Ernst, so wie Kinder es tun. Nur dann kann ein Spiel fesseln. Natürlich, sie fällt auf seinen Spruch herein und lächelt dabei, auch wenn sie auf einer anderen Ebene ganz genau weiß, was sie davon zu halten hat. Denn sie versteht es, dieses leichte, seichte Spiel zu spielen.

Ich dagegen ...

... ja, ich würde manchmal gern in Jolyns Haut stecken! Meine eigene ist für so etwas zu eng.

Ich schließe die Augen. Atme tief ein. So tief, dass es weit wird in mir. Fühle mein Herz. Jolyns Herz. Unser Herz. Ein Wort ist dort:

„...Liebling“

Wie zartes Streicheln. Im Nacken. Die Wirbelsäule hinunter auf nackter Haut.

„...dich in deinem Bau besuchen...“

Meine Finger setzen sich von selbst in Bewegung.

„Hi Mike,

Füchse sind manchmal ängstlich, vor allem, wenn sie sich mit einem Jäger treffen wollen, von dem sie abgeknallt werden könnten... Ja, ich möchte dich auch gerne kennen lernen. Wenn du magst, können wir etwas verabreden. Füchse begegnen dem Jäger lieber auf der Flur als gleich in ihrem Bau...

...mit einem Tüscher wünsch ich dir einen wunderschönen Tag“

Ich habe die Nachricht kaum abgesendet, da kommt schon die Antwort:

„Ich knalle nicht ab...ich küsse dich lieber ins Koma...“

Ein warmer Hauch weht über meine Haut. Meine Knospen sind wie kleine rosa Muscheln. Empfindsam wie das Muschelinnere. In meinem Becken kribbelt ein Schwarm Krabben.

Ich öffne die Augen und lese weiter.

„...Du kleine süße Füchsin... sendest du mir noch ein Bild...? Möchte die Fuchsform gerne sehen...“

Das steht da? Wirklich? Ich will ihn treffen - und DAS antwortet er? Ich habe ihm Fotos geschickt! Auf denen bin ich ganz zu sehen! Will er Nacktfotos? Oder flirtet er mit so vielen, dass er meine Bilder längst vergessen hat?

Ich springe auf. Laufe nach unten zu meinen Gemüsebeeten. Starre auf die Erdbeerpflanzen. Schüttele mich. Zwei Tage beim Kunden! Ich stoße ein Lachen aus, das wie aus einem Blecheimer kommt. Spurte zurück ins Haus. Setze Wasser auf. Einen Kaffee. Einen zum Umfallen. Einen, den ich gar nicht werde trinken können. Danach werde ich ihm eine Antwort schreiben! Die Fuchsform sehen! So ist das: hat man einmal seinen Stolz beiseite getan...

Was rege ich mich auf? Ich antworte gar nicht mehr!

*

Es muss weit nach Mitternacht sein. Mir flimmert es vor Augen, als hätte ich literweise Kaffee getrunken. Ich habe mich durch alle, wirklich alle Partnervorschläge geblättert. Habe etliche gelöscht. Nur so bekommt man neue nachgereicht. Es ist langweilig und es ist aufregend. All die Stunden hab ich mich nicht entscheiden können, was es nun ist. Langweilig, weil das, was ich da in all den Profilen lese, immer ähnlicher zu werden scheint. Aber manches Mal, wenn ich ein neues Profil doppelt klicke und es sich öffnet, springt mein Herz hoch: Das ist er! Das ist der Treffer! Dann lese ich, lese immer schneller, immer flüchtiger, gar nicht mehr bis zum Ende – und klicke auf „Löschen“. Für einen winzigen Moment durchflutet mich so etwas wie Genugtuung. Aber zu lasch, als dass ich es wirklich ein Gefühl nennen könnte. Irgendwann ist das Ganze nur noch wie eine Art Trance.

Ich gähne. Schmecke den faden Geschmack von Frustration im Mund. Schaffe es trotzdem nur mit äußerster Selbstdisziplin, mich endlich bei Auserlesen.de auszuloggen.

Herr im Himmel, das *hat* Suchtpotential!

Ich klappe den Laptop zu.

„Ich knalle nicht ab, ich küsse dich lieber ins Koma..."

Muss ich erst ohnmächtig werden, um diesen virtuellen Supererotiker zu vergessen?

Oder muss ich dazu den Faden zu ihm kappen?

Hm... Ich habe etwas vergessen, scheint mir: Beobachten.

Was geht da mit mir vor?

Ist doch egal jetzt! Der will sich verabreden, und im nächsten Moment tut er so, als lernten wir uns gerade erst kennen! Hin, her, hin, her!

Ich klappe den Laptop wieder auf. Formuliere innerlich schon, während das Display hell wird. Öffne Mikes Email von vorhin. Klicke auf „Antworten". Meine Finger hämmern drauflos, dass ein Klaviervirtuose neidisch wäre.

„Du kannst meinetwegen noch fünfhundert weitere Fotos haben. Aber was willst du damit? Wenn du prüfen möchtest, ob ein guter Wein dir wirklich schmeckt, würdest du dir dann ein Foto von der Flasche schicken lassen? Und noch eins von hinten und eins von der Seite und eins mit und eins ohne Etikett und eins auf dem Kopf stehend und eins liegend und eins... Kann es sein, dass der Jäger viel ängstlicher ist als der Fuchs? Hat er kalte Füße? Oder will er nichts anderes als diese Flirt-Ebene? Dann sollte er endlich ehrlich damit sein!"

Plötzlich muss ich lachen. So sehr, dass das Glas der Ofentür klirrt. Es hört sich an wie Maries Sektperlenlachen, nur dass die Perlen nicht bloß im Hals auf und ab kullern. Meine steigen bis in den Mund. Zerplatzen darin. Vergehen zu nichts. Ich weiß nicht, worüber ich lache. Und weiß es doch. Es passt nur gerade nicht, Worte dafür zu suchen. Es fühlt sich so gut an!

***

Kapitel 24

Nachschauen muss ich wenigstens. Schließlich bezahle ich bei Auserlesen.de jeden Monat eine stattliche Summe. Und natürlich! Wenn man es eher fürchtet, genau dann ist ein Briefumschlag-Symbol im Posteingang! Aber nicht von Mike. Den habe ich mit meiner Weinflaschen-Mail wohl endgültig zum Schweigen gebracht.

Eben noch sein „Liebling", sein „Küsse und umarme dich... du süße Füchsin..." – und jetzt nichts mehr. Das Leben musste mir wohl noch mal mit allem Nachdruck klarmachen, was andere sofort kapiert hätten: Es war nichts als hohles Zeug!

Ach, ich sollte mich lieber freuen. Das mit Mike ist genau die richtige Story für den Roman! Wenn ich das später zu einer Geschichte mache, wird Jolyn daran ausrasten. *Sie* ist ja diejenige, deren Innenleben hin und her schwappt wie das Wasser in einer Badewanne. So habe ich es mir jedenfalls gedacht. Allerdings muss ich mich kein bisschen in sie hineinversetzen, um diese Wut zu fühlen. Diesen maßlosen Zorn. Und die unendliche Traurigkeit über die Vergeblichkeit, in einer solchen Welt nach der wirklichen Liebe zu suchen.

Stimmt etwas nicht mit mir, dass ich mich so darüber aufrege?

Das schaue ich mir später an...

Jetzt ist da die neue E-Mail im Posteingang. Sie ist von Manfred, dem Journalisten. Wir haben gestern telefoniert. Ich habe von mir erzählt, er hat von sich erzählt. Mir war die ganze Zeit, als würde nicht ich, sondern jemand ganz anderes, nicht mal Jolyn, mit ihm sprechen. Das mit Mike hat mich taub gemacht. Taub und hohl.

Hoffentlich ist das jetzt ausgestanden! Dafür zumindest ist Wut gut! Ist sie nicht das Gegenteil von Taubheit?

Ich spüre ein kleines Grinsen in mir hochziehen. Vielleicht ist es nicht von außen zu sehen, aber immerhin. Und ich weiß schon vorher, dass ich es gebrauchen kann für die Mail von Manfred.

Liebe Jolyn,

jetzt, da bei uns sozusagen der nächste Kennenlern-Schritt anzustehen scheint ...

SOZUSAGEN...

Anzustehen SCHEINT…

Herrgott!

Kann der Mann nicht einfach sagen, was ist?

Carla! Hör auf damit! Lies. Und sonst nichts!

Liebe Jolyn,

jetzt, da bei uns sozusagen der nächste Kennenlern-Schritt anzustehen scheint, habe ich mir, einer undeutlichen Erinnerung folgend, noch einmal dein Profil angeschaut und auch sonst ein wenig recherchiert und bin dabei über dein Buch gestolpert. Du machst davon in deinen Selbstauskünften wenig Aufhebens, und so habe ich im Internet recherchiert und mir die Buchbeschreibung und die vorhandenen Rezensionen angesehen. Du scheinst das Thema Liebesbeziehung darin sehr hoch anzusiedeln und die (wahre) Liebe sozusagen als spirituelle Erfahrung. Ich weiß nicht, welche Rolle das in deinem Leben letzten Endes spielt, aber ich fühle mich verpflichtet, dich – gewissermaßen warnend – darauf hinzuweisen, dass ich nicht an die Möglichkeit einer dauerhaften selbstlosen Liebe glaube. Die ist im wirklichen Leben, glaube ich, (leider) so gut wie nicht zu verwirklichen.

Nun gut, ich denke, das musste ich dir sagen, um dir die Möglichkeit zu geben, dich dazu zu verhalten.

Herzlichen Gruß, Manfred

Wenn ich ein Fell hätte, würde mein Nackenhaar wie das eines zähnefletschenden Köters hochstehen. Das hört sich nach Rückzieher an! Aber darüber wäre ich gar nicht so wütend. Nicht bei dem staubtrockenen Schlaumeier. Nein, das andere: Liest mein Buch nicht, erlaubt sich aber ein Urteil! „Wahre Liebe“! Als hätte ich einen Groschenroman geschrieben! Niemals würde ich diesen abgedroschenen, millionenfach missbrauchten Begriff benutzen!

Und dann dieser Satz: „Aber die ist im wirklichen Leben leider so gut wie nicht zu verwirklichen.“

Natürlich nicht, wenn man so denkt! Das ist die einfachste Methode: Ein solcher Spruch, und man braucht es gar nicht erst zu versuchen! Was denken die Menschen? *Begreift* denn niemand das Allereinfachste? *Sieht* denn niemand das Offensichtliche? Woran ich nicht glaube, das wird sich auch nicht einfinden! Weil ich dem Leben ganz klar damit sage, dass ich es gar nicht will! *„Dass ich nicht an die Möglichkeit einer dauerhaften selbstlosen Liebe glaube…“* Wenn ich das Leben wäre, würde ich sagen: dann bekommst du sie auch nicht. Vor lauter Unglauben würdest du sie ja noch nicht mal erkennen. Und wenn, dann würdest du vor lauter Angst vor ihr zurückrennen in deine fade Welt flacher Liebesgeschichten!

Ach, was gebe ich mich überhaupt damit ab!

Aber meine Hände stehen schon in Flammen. Sie tippen die Antwort ganz von selbst.

„Lieber Manfred,

du scheinst davon auszugehen, dass ich in meinem Roman Klischees bediene. Aber ich habe nicht über die sogenannte „wahre" Liebe geschrieben. Die kenne ich aus Liebesromanen, in denen sich nach vielen Irrungen und Wirrungen zwei am Ende doch kriegen. Damit hören diese Romane dann meistens auf. Der Gipfel der Verliebtheit ist erreicht und nun wird alles gut. Denkt man. Wie wir aber alle wissen, ist das meist ganz anders. Doch den schönen Glauben daran wollen wir nicht lassen, und darum ist für mich die sogenannte wahre Liebe pure Romantik. Und das ist noch freundlich ausgedrückt.

Ich aber habe über die wirkliche Liebe geschrieben. Manchmal nenne ich sie auch die Liebe des Herzens.

Selbstlose Liebe, wie du es nennst, ist nach meiner Ansicht nicht die wirkliche Liebe. Denn ohne Selbst kann Liebe nicht gedeihen. Im Gegenteil, sie braucht sehr viel Selbst. Nämlich Selbstannahme – statt die Annahme beim anderen zu suchen. Und wirkliche Liebe braucht Selbstliebe. Wem die fehlt, der liebt, um geliebt zu werden. Das ist Bedürftigkeit, die sich als Liebe tarnt.

Ein starkes Selbst hat den Mut, sich der Herausforderung der Liebe hinzugeben. Denn die Liebe des Herzens schleift alles ab, was an uns nicht echt ist, was nicht unserer tiefsten Wahrheit entspricht.

Hast du aber vielleicht auch nicht selbstlose Liebe gemeint, sondern bedingungslose Liebe? Mir ist dieser Begriff zu einseitig, aber er kommt der Liebe des Herzens sehr nahe.

Die Liebe des Herzens liebt, weil es ihre Natur ist, nicht, weil der andere so sinnliche Lippen hat oder weil er wichtige Bedürfnisse erfüllt. Sie verlangt keine Gegenliebe, aber sie ist glücklich darüber, weil sie weiß, dass der andere glücklich ist, wenn er liebt. Die Liebe des Herzens verbindet zutiefst, doch sie ist niemals Fessel. Vor allem aber kannst du sie nicht geben und du kannst sie nicht bekommen. Du kannst sie teilen. Und ihr Wunder ist, dass sie vom Teilen mehr wird, so wie auch Freude vom Teilen wächst.

Ich weiß, dass es diese Liebe im ganz normalen Leben gibt. Ich habe es selbst erlebt. Und ich weiß, dass jeder von uns, jeder einzelne dazu fähig ist. Ich glaube sogar, dass wir genau darum hier sind, auf dieser Erde, wo fressen und gefressen werden vor gar nicht so langer Zeit das wesentliche Thema war und eigentlich auch noch immer ist. Schau dir an, wie viel Liebe trotzdem in der Welt ist! Ja, es wird getötet und sonstiges Schlimmes getan. Aber schau dir an, was die Nachrichten dir vorenthalten: Im selben Moment, in dem ein Mord geschieht oder ein Krieg tobt, bringen Millionen und Abermillionen von liebevollen Eltern mit einem Streicheln, einem Kuss, einer Gute-Nacht-Geschichte ihr Kind ins Bett! Und vielleicht sagen sie ihm sogar: „Ich liebe dich!“ Schau dir an, wie viele Liebestaten jeden Tag und immerzu getan werden! Von Ärzten, Pflegenden, Beschützenden, Lehrenden, von Menschen wie du und ich. Auch sie alle verschließen ihr Herz mal aus Angst oder Erschöpfung oder sonst etwas, aber immer wieder finden sie zurück dorthin. Denn sie WOLLEN es. Sie wollen liebende Menschen sein. Du willst das doch auch. Du traust es dir vielleicht nicht zu, aber du wünschst es dir, oder? Und im Grunde deines Herzens weißt du, dass ich Recht habe:

Wirkliche Liebe IST uns möglich.

Wir sind nie bedingungslos geliebt worden, darum können wir es uns so schwer vorstellen. Und doch, trotz aller Zweifel, wissen wir genau, dass es eine solche Liebe gibt. Auch du weißt das, sonst könntest du ja nicht davon sprechen.

Mir ist klar, dass ich hier ein hohes Ideal der Liebe verkünde. Aber Ideale werden gebraucht, damit man auf dem Weg zu ihnen sein kann. So wie zuerst die Idee da ist, dann eine Zeichnung – und eines Tages überspannt eine Brücke den Wasserlauf.

Liebe Grüße, Jolyn“

Mein Ausatmen hört sich wie Fauchen an. Nein, ich bin nicht böse, auch wenn es sich in mir sehr nach Zorn anfühlt. Vielleicht ist es das, was man heiligen Zorn nennt. Er zielt auf niemanden. Er hat mich innerlich durchgespühlt. Selbst das mit Mike ist nur noch am Rande von Belang.

Von Manfred wird wohl nichts mehr kommen…

***

Kapitel 25

Ich wache auf und schaue wie immer zuallererst nach draußen. Der Himmel wird gerade erst hell. Die drei Gürtelsterne des Schützen sind noch zu erkennen und weiter oben zwei andere, von denen einer ein Schulterstern sein könnte. Jede Nacht freue ich mich an ihrem Blinken. Diesmal sind sie einfach nur da, sind auch die drei einzelnen, bizarren Kiefernwipfel in meinem Blickfeld nur da. Was ist mit mir?

Traurigkeit.

So tief? So sehr? Warum? Ist es die Mail, die ich gestern an Manfred geschrieben habe? Sie wird ihn wohl verscheuchen. Aber das ist nicht der Grund, warum ich weine. Und Mike ist nicht der Grund, warum ich manchmal so wütend geworden bin. Und so verletzt war.

Carlchen, dies alles spült dich hierhin und dahin, und manchmal wirst du wie ein Sandkorn von den Wogen mitgerissen und fortgeschleudert. Es sind Momente. Das Leben, das sind sich ständig verabschiedende Momente...

Ja, ich weiß. Und trotzdem: Übernehme ich mich mit alldem? Bin ich noch gar nicht wieder fähig, mich solchen Herausforderungen zu stellen?

Doch! Ich bin bei Kräften! Wenn ich durch den Wald laufe, spüre ich es: Ich habe Kraft! Ich habe viel Kraft!

Am Himmel vergehen ganz langsam die Gürtelsterne. Ebenso langsam zieht das Blau in das weite Stück freien Himmels ein. Und es ist, als wenn es auch in mich einzieht. In meine Brust. Sie wird weiter. Aber sie beginnt noch mehr zu schmerzen. Wie von Sehnsucht. Wie von Wehmut.

Sind es meine eigenen Worte über die wirkliche Liebe, die mich so aufwühlen? Bin ich mir plötzlich nicht mehr sicher? Hat sich Manfreds Sichtweise doch in mich hinein gefräst? Ist nicht all mein tiefinneres Wissen und Glauben vergeblich? Weil wir es nicht schaffen im Leben? Weil es zu schwer ist?

Das ist zumindest die Geschichte, die ich schreiben will: Die Geschichte der Vergeblichkeit der Liebe. Jener Liebe jedenfalls, die Jolyn zulässt oder zuzulassen bereit ist. Sie wird es merken in meiner Geschichte und sie wird irgendwann bereit sein, weiter zu gehen und tiefer. Da aber wird sie merken, dass sie für ein solch ernstes Spiel niemanden findet, dort wo sie sucht.

Ich höre meine Gedanken. Mein Mund bleibt offen stehen. Ich liege wie erstarrt.

Vergeblichkeit...

Ja, ich will sie in meinem Buch als Gegebenheit hinstellen. Aber ich will auch zeigen, dass es nur deshalb so ist, weil wir daran glauben! Und nicht an die Liebe.

Und nun habe ich selbst damit zu kämpfen.

Denn ist es nicht das, was mich so sehr angreift, wenn Mike seine Spiele spielt? Oder vielmehr: wenn ich Spiele spiele, die nicht zu mir passen? Die allem widersprechen, woran ich glaube und was ich will! Ich weiß doch, dass es nicht um den Kitzel geht. Um den Höhenflug. Ja, ich lasse mich darauf ein, weil es zu Jolyns Geschichte gehört. Aber so etwas kann ich mir ausdenken! Dazu muss ich mich nicht tatsächlich in ein so unwürdiges Spiel verwickeln. Mir selbst damit wehtun. Und natürlich tut es weh! Weil ich verrate, was mir heilig ist!

Und was ist das?

Ich möchte in meinem Herzen zu Hause sein. Aus meinem Herz heraus möchte ich schauen. Aus meinem Herz heraus möchte ich sprechen. Aus meinem Herz heraus schreiben.

Ich wünsche mir so sehr, dass die Liebe in mir größer wäre. Nicht so klein, wie sie manchmal zu sein scheint. Oder vielleicht ist es einfach der Mut, der größer sein müsste. Der Mut, meine Herztür weit offen zu halten, damit die Liebe des Herzens ungehindert ein und aus kann.

***

Kapitel 26

Du und deine hohen Ideale, Carlchen!

Ja. Und meine dunklen Tiefen. Da ist etwas in mir, das absolut nicht heil und gesund ist. Und dieses Etwas macht es mir unmöglich, verspielt zu sein wie du, Jolyn. Mit Mike zu flirten, wie es mir gefällt, aber ihn auch lassen zu können!

Ich bin plötzlich so schwer, als sei mein Brustraum mit Blei ausgegossen. Schiebe die Decke von mir. Stelle mich mühsam auf die Füße.

Und nun?

Aufs Klo natürlich. Pinkeln natürlich. Das Gesicht kalt waschen natürlich.

Ich tue all das. Es ändert nichts.

Raus! Ich muss in den Wald!

Ich werfe mir die Sportsachen über. Trinke ein Glas Wasser in einem Zug leer. Und aus dem Haus. Aus der Pforte. Hoch in den Wald. Ich keuche den steilen Weg bergauf. Versuche, bis oben nicht an Schnelligkeit zu verlieren.

Werde ich verrückt?

Das ist ja auch zum Verrücktwerden! Wie gehen die mit mir um in diesem Internetportal! Vor allem Mike! Was für eine bodenlose Schweinerei! Rührt erst all das an – und keiner soll mir erzählen, dass er nicht wissen kann, was für Gefühle dadurch entstehen – und dann, aus heiterem Himmel, schwupp, ist er weg! Und das macht nicht nur er! Bei ihm ist es krasser als bei den anderen, aber die vielen, die einfach nicht antworten, wenn ich sie anschreibe, machen die etwas anderes? Oder dieser Lutz: Wie viele Male habe ich nachgehakt! Und immer nur Larifari. Ich bin gerade so eingespannt... ich bin dies, ich bin das... Was für eine Feigheit! Oder dieser Spruch von Mike neulich: Hab dich bloß verloren... Was denken die? Dass man ihnen das abnimmt? Gott, ist das eine mühsame, Nerv tötende und wer weiß was noch alles tötende Art, einen Partner zu suchen!

Ruhe! Ich will keine Gedanken, die mich quälen!

Spurten. Den ganzen langen Steilweg hoch. Die Stimme in meinem Kopf macht weiter. Erst die letzten drei Meter falle ich ins Schritt-Tempo. Seitenstiche. Atemnot. Heiße Haut und kalter Schweiß. Die Stimme ist immer noch da. Ich gehe so schnell ich kann. Schwenke die Arme. Den Feldweg am Korn entlang.

Es ist so schön hier. Aber mich berührt keine Schönheit, nicht der Streichelwind, nicht der Kornfeldduft. Ich laufe. Komme durch das Stück Buchenwald. Bergab. Bergab. Und endlich liegt mein Tal vor mir. Der schönste Ort der Welt. Vollkommen still. Nur die Vögel und der leichte Wind in den Wipfeln. Ich setze mich. Ein Polster aus Moos ist mein Sitz, der Kiefernstamm meine Rückenlehne. Die Ameisen halten freundlich Abstand.

Die Gräser blühen, manche mit tiefroten Rispen, andere in goldenem Gelb. Fein wie Staub, der ins Sonnenlicht aufsteigt. Die Strahlen kommen schräg wie gerichtete Scheinwerfer zwischen die Stämme. Legen hellgrüne Flecken auf die Kissen aus Gras und Moos. Lassen das Tiefrot und Goldgelb der Gräserblüten glühen. Lassen die tanzenden Insekten leuchten, als trügen sie festlichen Strass.

Ich kann nicht genug schauen. Als ob meine Augen all das trinken möchten. Und während sie das tun, während sie nun endlich doch die Schönheit in mich hineinnehmen, mich anfüllen mit ihr, kommt langsam Frieden in mich.

Danke, lieber Wald!

Ja, es hat seinen Grund, dass ich hier fast allein in der Natur lebe. Ja, ich verstecke mich. Wie schon einmal in meinem Leben. Weil ich die wirkliche Liebe nicht leben kann. Und die andere will ich nicht.

Hey, was hast du an Manfred geschrieben? Von einer solchen Liebe? Wäre sie die Liebe des Herzens, wenn sie Unterschiede machte?

Die lange Sonnenbahn, die mich berührt, flüstert es mir zu. Die Rinde der Kiefer kitzelt es in meinen Rücken hinein:

Es gibt nicht die eine und die andere Liebe. Es gibt nur die eine. Und alles, auch die Verliebtheit, ist Liebe.

Und du, liebe Carla, du vergisst manchmal eine ganz wichtige Art der Liebe: die zu dir selbst! Du klebst nächtelang am Bildschirm, laugst dich körperlich und psychisch damit aus, und wenn du am nächsten Tag bei jeder Kleinigkeit hochgehst – kannst du dann nicht wenigstens mal merken, dass du bis zum Letzten ausgepowert bist? Wie willst du da spielerisch, leicht, locker sein, wie willst du über den Dingen stehen?

Ich lege den Kopf so weit nach hinten, dass auch er gegen den Baumstamm lehnt. Schließe die Augen. Atme die Waldluft ein.

Nichts sonst. Nur tief, tief atmen. Atme die Stille. Die freundliche Gegenwart der Bäume.

Ein Entschluss geht in mir auf. Klar und unverrückbar:

Ich will meine Gedanken lenken. Das ist klug. Aber das Wichtigste bei den Gedanken, die mich quälen, ist nicht, andere Gedanken zu denken. Das ist ja, wie wenn mein Kind mich an der Hand zupft und ruft und weint, aber ich höre ganz absichtlich weg.

Nein, so geht das nicht!

Das Wichtigste ist, dieses Kind anzuschauen! Mich ihm zuzuwenden! Es *hören*. Es verstehen! Es in den Arm nehmen! DAS braucht ein verletztes oder verstörtes Kind! Dann kann es sich beruhigen. Dann kann es wieder spielen gehen.

Mit den nervenden Gedanken ist es doch nicht anders: Sie sind da, weil irgendetwas wehtut. Und das ist nicht außen. Es ist nicht Mike. Es sind nicht die Gepflogenheiten im Netz. Davon wäre ich niemals derartig aufgewühlt. Ich würde mich darauf nicht mehr einlassen – und gut. Aber hier meldet sich etwas, das verstanden und getröstet sein möchte. Etwas, das Mitgefühl braucht!

Aber – was ist es?

***

Kapitel 27

Ich bin zurück. Meine Beine sind noch zittrig vom langen Laufen. Ich schlendere im Garten umher, um sie zu beruhigen. Gieße die neu gepflanzte Blume mit dem bezaubernden Namen „Elfenspiegel“, deren lachsrosa Blüten mir eher wie kleine Gesichter, nicht wie Spiegel vorkommen. Sie alle schauen mich an, als wollten sie sagen:

Und? Wirst du deinen Entschluss und dein neues Wissen auch nicht gleich wieder vergessen?

Es kann sein, ja. Ich kenne das. In Momenten, in denen ich sie am meisten brauche, sind all die so mühsam erworbenen Lebensweisheiten oft wie auf und davon geweht...

Zwei Dinge habe ich auf dem Rückweg wieder und wieder zu mir gesagt: Du musst besser auf dich achten! Fürsorglich mit dir sein. Schlafen, essen, Freude haben – das ist wichtig! Alles andere kommt erst danach!

Und: Wenn die Quälgedanken kommen, dann frag!

Frag: Wer seid ihr? Woher kommt ihr? Was möchtet ihr?

„Seltsam“, sage ich zu den Elfenspiegel-Gesichtchen, „es ist, als hätten die Bäume oder irgendetwas dort in meinem Tal mir dieses neue Wissen geschenkt. Ich bete darum, dass es mir einfällt, wenn ich es brauche!

Nein! Es *wird* mir einfallen, wenn ich es brauche!

Die Elfenspiegel-Gesichter lachen vor Freude. Sie rufen:

„Sag schon! Was wirst du als nächstes machen?“

Als ich zurückgekommen bin, habe ich aus purer Gewohnheit den Laptop gestartet. Ich habe gesehen, dass eine Antwort von Manfred da ist. Mehr nicht. Ich bin noch nicht offen für die nächste Herausforderung gewesen.

Jetzt gehe ich langsam die paar Schritte zurück unters Sonnendach. Bin ich bereit? Ist alles gut und in Ordnung in mir? Ja. Ich öffne die Nachricht und lese:

Liebe Jolyn,

als ich dir die letzte Mail schickte, habe ich, offen gestanden, gedacht: „Das wird es wohl gewesen sein.“ Deine überaus ernsthafte, offene und differenzierte Antwort beschämt mich geradezu und belehrt mich eines Besseren. Nicht, dass meine Skepsis (oder wertfreier: Vorsicht) weggewischt wäre, aber wenn ich meine Regungen richtig interpretiere, dann möchte ich mich der Möglich-

keit, mich auf diesem Niveau mit einer Frau auszutauschen, nicht voreilig und womöglich aus reiner Kleinmütigkeit berauben.

Will ich mich auf einen doch sehr speziellen Menschen wie dich einlassen? Wenn ich es herausfinden will, denke ich, muss ich's darauf ankommen lassen. Wir werden schlicht und einfach ausprobieren müssen, ob es nicht nur eine „geistig-seelische" (entschuldige die Anführungsstriche, aber ich habe das Gefühl, dass das nur ein Hilfswort sein kann), sondern auch eine körperliche Anziehung gibt. Was meinst du dazu?

Mit herzlichen Grüßen,

Manfred

Was soll ich denn nun damit machen? „Mich der Möglichkeit nicht berauben!" Herrgott! „Wenn ich meine Regung richtig interpretiere" Hilfe!

Ja, ja, ja... Das sind alles Dinge, über die ich mich noch bis heute Abend aufregen kann, und es wird mich keinen Schritt weitergebracht haben.

Das andere ist wichtig. Sehr wichtig. Das, was ich längst weiß. Und doch zum ersten Mal von jemandem gesagt bekomme:

Will ich mich auf einen doch sehr speziellen Menschen wie dich einlassen?

Ein sehr spezieller Mensch...

Ist es das? Lesen die, die ich anschreibe und die nicht antworten, das aus meinem Profil heraus? Den Andersvogel, der ich bin?

Ja – aus einem gewissen Blickwinkel gesehen, passe ich nicht dahin, wo alle anderen hinpassen. Passe ich nicht in eine solche Partnersuche. Passe auch nicht in eine normale Paar-Beziehung...

Einmal dachte ich, jemanden gefunden zu haben, der zu mir passt. Das war Ragnar.

Ist das geschehen, was geschehen ist, weil ich ein so spezieller Mensch bin?

Das hört sich anders an, aber es widerspricht nicht dem, was ich mir schon so oft selbst gesagt habe:

Ich habe etwas in mir, das mir das, was ich mir am meisten wünsche, unmöglich macht. Und ich weiß nicht, was es ist!

***

Kapitel 28

„Marie? Willst du hören, wie es mit Manfred gewesen ist?", rufe ich in die offene Terrassentür und lasse mich in einen der Gartenstühle fallen. Ich *muss* das erzählen, sonst glaube ich, dass es ein seltsamer Traum gewesen ist.

„Bin gleich da!", kommt von drinnen. „Ich hab aber nur eine Viertelstunde, ich muss gleich zu meinen Kindern."

Ich stutze. Langsam, als sei mein Gehirn von dichtem Nebel durchdrungen, verstehe ich, was ich eigentlich weiß: Marie fährt nicht arbeiten und auch nicht zur Kinderstation; sie fährt zu „ihren" Kindern.

Von hingen beugt sie sich über mich. Legt die Arme um mich und drückt mich. Wie immer duftet ihre Haut, ihr Haar, wie wenn sie den ganzen Morgen am Meer gewesen und von frischem Seewind durchweht worden wäre.

„Ich bin neugierig", haucht sie direkt in mein Ohr. Und dann, mit ernsterer Stimme: „Manchmal denke ich schon, dass ich eine Trittbrettfahrerin bin, die auf dein Leben aufgesprungen ist und sich davon durch die Welt kurven lässt!"

„Was?"

„Ja. Wenn ich mal einen Tag keine neue Geschichte von dir höre, kommt ein ganz komisches Gefühl in mir hoch. Wie von allem abgeschnitten."

„Du? Du bist doch diejenige, die ständig unterwegs ist und so viele Kontakte hat!"

Ich halte inne. Heißt das etwa, dass meine virtuellen Kontakte, von denen fast nichts im wirklichen Leben stattfindet – abgesehen von diesem Treffen gestern – interessanter sind als das wirkliche Leben?

Marie löst die Arme von mir und setzt sich mir schräg gegenüber. Ich kann trotz aller Fragezeichen nicht mehr an mich halten und sprudele los:

„Kannst du dir vorstellen, wie das ist, wenn du die Tür aufmachst, und vor dir steht ein Fremder, der dein Liebster werden könnte?"

„Sag ich doch! Das ist einfach keine natürliche Art, sich kennen zu lernen. So funktionieren wir nicht!"

Ich rolle die Augen hoch. Und entscheide mich im selben Moment, schlicht bei der Sache zu bleiben. Schon allein, damit ich mir selbst zuhören kann. Damit ich in meinem eigenen Erzählen Klarheit finde.

Mit belegter Stimme hebe ich an:

„Als ich dieses Zucken auf seiner Wange gesehen habe, vom Mundwinkel aufwärts, hätte ich am liebsten die Tür gleich wieder zu geschlagen. Wie ein Blitz über den Himmel zickzackt, nur von unten nach oben, von seinem Kinn zur Schläfe. Im ersten Moment war es wie im Gruselfilm: Unbekannter klingelt, hat schon ein verdächtiges Zucken im Gesicht... Ach, er ist nur nervös, habe ich mir schnell eingeredet. Als nächstes blieb mein Blick an seinen Augen hängen. Erinnerst du dich an sein Foto? Die schönwetterblauen Augen? Die hatte er zu Hause vergessen! Stattdessen hatte er welche mit, die grau waren und wachsam wie die von einem achtzigjährigen Kettenhund."

„Also war dir gleich klar, dass er nichts für dich ist, oder?"

Ich nicke. „Ja. Wenn ich ganz ehrlich bin, sogar schon, bevor er gekommen ist. Aber das sind doch alles Urteile im Vorhinein. Vorurteile also. Man muss doch schauen, wie es sich wirklich anfühlt."

„Ich weiß nicht. Im richtigen Leben gehe ich doch auch nicht auf jemanden zu, der keine Anziehung auf mich ausübt. Aber klar, ihn gleich nach Hause zu schicken wäre schon extrem rigoros. Darum hab ich ja gesagt: Triff dich woanders, nicht hier! Und wie ging es weiter?"

„Na ja... Hallo, komm rein, möchtest du einen Tee? Er war so was von verspannt! Aber womöglich habe ich ihn bloß mit meiner Nervosität angesteckt oder wir uns gegenseitig. Wir haben miteinander gesprochen, als ob wir in einem Wettbewerb für gewähltes Sichausdrücken wären. Ich habe ihn über seinen Job ausgefragt, und schon hatten wir ein gemeinsames Thema: Schreiben. Ich glaube, das könnte ich nicht, Kolumnen über eine missglückte Übung der Freiwilligen Feuerwehr oder über die letzte Gemeinderatssitzung schreiben, habe ich gesagt, und er hat gekontert, er könne wohl keinen Liebesroman schreiben. Und ich habe schon wieder so etwas wie Groschenroman rausklingen hören, aber ich wollte das nicht vertiefen, und ich sagte mir, dass ich nach seinem letzten Brief keinen Grund hätte, so zu denken.

Vielleicht hätte das der Moment sein können, in das Thema einzusteigen, über das wir uns zuletzt geschrieben hatten. Aber ich habe es gar nicht erst versucht. Da war noch viel zu viel Anspannung. Raus in den Wald! Manfred war einverstanden. Wir hatten es ja quasi schon vorher abgemacht, als ich ihm gesagt hatte, er solle feste Schuhe mitbringen. Er holte seine Wanderschuhe aus dem Auto. Die waren so sauber, als hätte er sie noch nie angehabt. Neu, fragte ich. Nein, sagte er in einem Ton, als sei das doch auch deutlich zu sehen. Sein Auto war auch nicht neu. Aber es sah so aus. Im Kofferraum nichts, nur die Tüte mit den Schuhen. Kein einziges Stäubchen. Mir lief es über den Rücken. Plötzlich fand ich es gar nicht mehr schlau, ihn zu mir eingeladen zu haben."

Marie hebt die Brauen. „Na endlich! Hab ich doch gesagt: Sucht euch einen neutralen Ort!"

„Ach, das macht doch alles noch steifer. Jedenfalls: Auf dem Spaziergang wurde das Gespräch nicht viel besser. Wie war deine letzte Beziehung, warum habt ihr euch getrennt und das alles. Und dazu das Zucken in seinem Gesicht. Ich hab's nicht mal fertiggebracht, mit ihm richtig tief in den Wald zu gehen. An meine geheimen Stellen. Als wir zurückgekommen sind, hab ich ihn zum Abendessen eingeladen."

„WAS?"

„Sollte ich sagen: Fahr jetzt lieber? Klar, Jolyn hätte es gesagt. Aber die hat mich hängen lassen. Erst als er neben meinen Stuhl in die Knie ging, als wollte er mir einen Heiratsantrag machen, und mir erzählte, wie wohl er sich bei mir fühle, als er offensichtlich zum Angriff übergehen wollte, die erste Berührung und so, hab ich endlich geschafft ehrlich zu sein. Bei mir ist leider nicht so große Anziehung, habe ich gemurmelt. Ich konnte zusehen, wie in seinem Gesicht der Vorhang fiel. Sofort war es wieder so steif wie am Anfang. Bei mir ist schon Anziehung, viel Anziehung, betonte er noch mal. Ich hab nicht reagiert. Als er sagte: Dann geh ich wohl jetzt besser, klang er beleidigt."

„Na ja, er war enttäuscht." Marie sieht mit gesenkter Stirn herüber.

„Meinst du, er dachte, bei Gefallen kann er gleich über Nacht bleiben?"

„Klar!" Marie grinst. „Das signalisiert eine Frau doch, die den Mann zu sich einlädt."

Ich finde das nicht. Aber ich bin ja auch sehr speziell. Andersvogel eben...

„Dann hat er seine Wanderschuhe wieder eingepackt. Wir waren den Weg gegangen, den die Wildschweine immer durchwühlen, und seine Schuhe waren – sauber! Wie hast du das denn hingekriegt, habe ich gefragt. Er hat nur mit den Schultern gezuckt und endlich den Kofferraum zugeschlagen. Jetzt steigt er ein und fährt, habe ich gehofft. Nein. Er steht vor mir. Sieht mich an und sieht doch an mir vorbei. Lässt sich tausendundeine Abschiedsfloskel einfallen. Als sei das ein Wundermittel: den Abschied möglichst lange hinauszuzögern. Ich hab mich gefühlt wie eingeschnürt. Eine wie Jolyn hätte das natürlich nicht mit sich machen lassen. Ich war wie gelähmt. Habe irgendwann nichts mehr geantwortet. Ich glaube, das war das tiefste Aufatmen meines Lebens, als er endlich eingestiegen und den Berg runter gefahren ist!“

„Und euer Gespräch über die Liebe? Ist da gar nichts mehr gekommen, auch beim Abendessen nicht?“

„Es gab ein paar Worte darüber. So hoch wie ich von der Liebe denke, könne ich stattdessen genauso das Wort Gott gebrauchen, hat er gesagt. Gott IST Liebe, konnte ich mir nicht verkneifen zu sagen. Da kam sofort: Und was ist Gott? Gibt es einen Gott?“

Marie nickt.

„Nein, es war nicht, was du denkst. Natürlich hätte es ein schönes und tiefes Gespräch werden können. Auch wenn er aus einer Haltung des Zweifels oder sogar der Provokation heraus gefragt hat. Aber etwas war im Weg.“

„Versteh ich nicht.“

„Ich hab’s auch nicht verstanden. Vielleicht, weil er mir immer wieder damit kam, was *die Meisten* denken oder glauben. Wenn ich ihn nach *seiner* Sicht gefragt habe, kamen nur Zweifel. Das ist ja okay, aber ich kann sie ihm nicht nehmen. Ich bin, was die Liebe angeht, ganz und gar sicher, das hatte ich ihm ja schon geschrieben. Hätte er mehr darüber wissen wollen, hätte er gefragt. Aber er hat immer nur neue Zweifel und jede Menge Allgemeinplätze ausgekippt – und auf solch eine Weise rede ich nicht über Gott und nicht über die Liebe! Nein, was ich suche, ist...“

Ich halte inne. Hebe die Handflächen zu einer Geste der Hilflosigkeit. Der Satz geht nur in meinem Inneren weiter: ...einen, dem klar ist, dass es etwas gibt, das größer ist als wir.

Etwas, von dem wir nicht verschieden sind, sondern eins. Ich suche einen, der bereit ist, seine Zweifel und seine Ängste zu überwinden. Einen, der...

Stopp! Was denke ich da? Ich suche einen? Ich?

„Aber du machst weiter, oder?“ Marie hängt an meinen Lippen.

„Na klar. Ich brauche Erfahrungen für den Roman!“

„Deshalb?“

Ich lege den Kopf in den Nacken. Schließe die Augen.

Ach, was weiß ich...

***

Kapitel 29

Ich bin zeitig aufgestanden. Frühstücke unterm Pavillondach, die Füße aus dem Schatten herausgestreckt. Die Sonne kitzelt immer neue Sommersprossen auf meine Beine. Wenn es genug sind, sehen sie vielleicht auch so glatt und braun aus wie die von Josepha. Aber wirklich genug werden es wohl nie. Zwischen ihnen gibt es schneeweiße Flecken, die sich nicht überzeugen lassen, auch braun zu werden. Sie haben ihre eigenen Ideale.

Ach, ich kann mir noch so lustige Gedanken machen: Das mit Mike lässt mich doch nicht wirklich los. Er hat etwas in mir berührt, er als einziger bisher. Ja, ich sehne mich danach, wieder zu lieben. Ich kann das nicht mehr leugnen. Aber kann ich deshalb nicht trotzdem cool bleiben und Mike einfach sein lassen, was er ist: ein Gigolo?

Jolyn würde anders damit umgehen. Ganz anders. Bei ihr würde er vielleicht auch gar nicht immer wieder abschweifen. Sie wüsste ihn zu fesseln!

Ich betrachte meine bunten Beine. Versuche, sie sogar schöner als die von Josepha zu finden. Lebendiger jedenfalls sind sie mit all den Punkten und Flecken! Es hilft nicht. Ich muss etwas tun. Mich todesmutig bei Auserlesen.de einloggen und mein leeres Postfach bestaunen?

Der Laptop ist hochgefahren. Mein Zeigefinger klickt wie nebenher mein Postfach auf. Ich fasse es nicht: Eine neue Nachricht! Und am Betreff erkenne ich schon: *Keine Absage*!

Ich erinnere mich gleich bei seinen ersten Worten an ihn. Ich hatte ihn angeschrieben, obwohl er in seinem Profil so gut wie nichts über sich preisgegeben hat. Nur, dass er blond und stattlich sei. Und diesen einen Satz:

„Das Besondere an mir ist meine Zärtlichkeit und die Liebe, die ich schenke."

Ohne lange zu überlegen, habe ich ihm geschrieben:

„Schade, dass du in deinem Profil so wenig über dich zeigst! Mich zumindest würde es interessieren. Verrätst du mir mehr über dich? Liebe Grüße, Jolyn"

Es ist schon ein paar Tage her. Jetzt hat er geantwortet.

„Liebe Jolyn,

natürlich verrate ich alles, was es Wissenswertes gibt. Ich bin erst ganz kurz bei Auserlesen.de und hatte noch nicht die Zeit, weitere Infos einzugeben, zumal ich diese Art der Informationsverbreitung für viel zu unpersönlich halte. Besser kann man Details am Telefon besprechen oder direkt bei einem Treffen. Ich finde, die Stimme eines Menschen kann schon einiges aussagen.

Kleinigkeiten über mich: Wie du gelesen hast, bin ich fünfundfünfzig und eins neunzig hoch. Freunde behaupten, ich sei stattlich. Ich bin ziemlich verschmust und verehre die Frau oder, wenn du willst, das Weibliche. (Leider betrachten viele meiner Geschlechtsgenossen eine Frau lediglich als Objekt.)

Ich hätte noch vieles zu sagen, aber bitte persönlich, mindestens in einem Telefonat. Wenn du möchtest, melde dich doch einfach bei mir, unten findest du die Handynummer, oder SMS. Ich rufe zurück. Liebe Grüße, Harald"

Ich schließe die Augen. Stelle mir Jolyn vor, wie sie statt meiner hier sitzt und diese Mail liest. Jolyn gefällt, was er schreibt. Mir auch! Aber genau wie ich stolpert sie über den Satz „*Leider betrachten viele meiner Geschlechtsgenossen eine Frau lediglich als Objekt*". Er kommt ihr anbiedernd vor. Mir auch. Jolyn lächelt. „Er wäre kein Mann, wenn er nicht versuchen würde, andere auszustechen", sagt sie. Ich sehe ihr Gesicht vor mir: ihr nachsichtiges und zugleich bewunderndes Lächeln.

Ich möchte erst ein Foto sehen, bevor ich entscheide, sagt sie.

DAS soll ich ihm schreiben? Wie peinlich!

Wieso? Die Männer wollen auch erst sehen, mit was sie es zu tun haben.

Mit wem!

Nein, mit WAS! Sie wollen das Äußere sehen.

Stimmt. Und wenn du ihn nicht leiden magst? Oder ich oder wir beide?

Dann bekommt er eine nette Absage, und gut.

Puh, das ist nicht meine Welt...

Ach Carlchen! Wenn du ein klein wenig von deiner Schwere loslässt, kannst auch du die Spiele mitmachen, die alle anderen spielen.

Mag sein. Aber sie reizen mich nicht.

Findest du nicht, dass das ein bisschen voreilig ist?

Ich ziehe die Schultern hoch, als wenn Jolyn tatsächlich da wäre und mich sehen könnte. Lache laut auf. Was für ein schönes, helles, glasklares Lachen!

***

Kapitel 30

Eine einzige entgegenkommende Reaktion bei Auserlesen.de, und ich habe plötzlich einen derartigen Schwung, dass ich mich traue, mein Tagebuch zu holen. Die richtige Stelle aufzuschlagen. Kurz hinein zu lesen. Ich halte inne. Horche auf mein Herz. Fürchte, dass es auf und davon rast. Bin zugleich sicher, dass es das nicht tun wird. Dazu ist es zu hell und zu weit vor Freude. Den Moment nutze ich! Jolyn *braucht* ihre Vergangenheit!

Tagebuch, 8. Juni

Wir gehen am Kanal spazieren. Der Weg läuft schnurgerade an der breiten Wasserstraße entlang. Plötzlich ist Ragnars Stimme unterlegt. Etwas schwingt mit, warm und doch melancholisch wie eine Bratsche. Wir gehen Hand in Hand. Und während sich die Heckwellen eines hochbordigen Containerschiffs an den Ufersteinen zu Tode rennen, erzählt er mir die Geschichte, die sein Leben bestimmt hat:

„Fünfeinhalb bin ich gewesen. Ich habe gesehen, wie sie sie hinausgetragen haben. Ihre Beine festgeschnallt auf der Trage. Auch oben um ihre Brust ein Riemen. Ihre eine Hand hing herunter. Ich wusste noch nicht, dass sie mir nie mehr über den Kopf streichen würde. Und ich wusste es doch. Sonst hätte ich nach ihr gegriffen. Aber dieses weiße, schlaffe Ding, das war nicht ihre Hand. Ihre Augen waren geschlossen – und auf eine Art geschlossen ... Vielleicht hatte ich sie einfach nie schlafend gesehen. Aber sie sah nicht wie schlafend aus. Ich hab meinen Teddy vor mich gehalten und mich in die Ecke im Flur gedrückt.“

„Was war passiert?“

„Meine Mutter hatte versucht, sich das Leben zu nehmen.“

„Warum?“

„Weil mein Vater sich scheiden lassen wollte. Damals wurde man noch schuldig gesprochen. Und er hat es so gedreht, dass sie schuldig war. Sie hat als Krankenschwester gearbeitet. Im Nachtdienst. Sie hätte mit verschiedenen Ärzten was gehabt, hat er behauptet. Sie durfte ihre Kinder nie wieder sehen.“

„Was? Das geht doch nicht! Man hat Besuchsrecht!“

„Sie hatte keins. Das war damals so.“

„Du hast deine Mutter seitdem nie mehr...“

„Doch. Einmal. Wir drei, mein Bruder, meine Schwester und ich. Wir gingen Hand in Hand die Straße entlang. Da stand sie

plötzlich vor uns. ‚Meine Kinder!‘, hat sie ausgerufen und die Hände vor den Mund geschlagen.“

„Und ihr?“

„Wir haben dagestanden wie Statuen. Wir durften nicht mit ihr sprechen, er hatte es verboten. Danach bin ich krank geworden. Todkrank. Er hat mich mit seinen Erdbeeren gepäppelt. Vielleicht haben sie mich gerettet.“

„Und er hat euch alleine groß gezogen?“

„Ja. Er bekam eine Rente. Kriegsinvalide. Sie hatten ihm den Unterkiefer weggeschossen. Er sah aus wie Frankensteins Gesellenstück. Und er sah nicht nur so aus. Vor ein paar Jahren war ich in der Straße, in der wir aufgewachsen sind. Die Nachbarn haben gesagt, sie hätten manches Mal das Jugendamt verständigen wollen. Wir hätten hinter den verschlossenen Fenstern oft so furchtbar geschrien.“

„Hat er dich...“

„Bis aufs Blut.“

*

Etwas kommt in mir hoch. Im Hals steigt es auf. Der Magen hebt sich an, wie wenn ich seekrank würde.

Ich hätte es wissen können! Wissen *müssen*! Dass *dies* der Grund ist für all das, was ich an ihm nicht verstanden habe! Warum ich zuletzt...

Nicht denken! Nicht das! Bitte nicht! Es ist nicht mehr zu ändern. Müssen, können, hätte – das sind Worte, die wehtun, Carlchen!

Schreib weiter! Schreib einfach weiter.

Tagebuch, 9. Juni

Wir gehen Hand in Hand. Ich höre ihm zu. In mir tauchen Bilder auf: Der kleine Ragnar, wie er in seinem Bett liegt. Niemand kommt mehr, um ihm Gute Nacht zu sagen. Ihm über den Kopf zu streichen, wie seine Mutter es getan hat. Ihm ist, als wenn in ihm ein Feuer ausgebrochen wäre. Ein kaltes Feuer. Eiskalt. Er schlingt die Decke eng um sich. Dreht sich zur Wand. Macht sich steif gegen die Kälte. Zieht die Wangen nach innen. Beißt fest darauf. Damit er nicht weint. Sich nicht mehr in den Schlaf weint. Wenn er weint, gibt es Schläge. Und am Tag aufpassen. Nicht fragen: Wo ist Mutti? Wann kommt sie? Nie wieder fragen.

„Warst du deshalb in der Reha-Klinik?“, habe ich ihn gefragt.

„Nein, Sucht. Wer nie satt geworden ist, wird süchtig.“

„Wonach?“ Ich gebe mir Mühe, dass mein Schreck nicht herausklingt.

Er sieht mich an. Ein langer Blick, als müsste ich jetzt ganz tapfer sein. „Als ich merkte, dass ich mit dem Marihuana rauchen nicht mehr aufhören konnte, hat es noch zwei Jahre gedauert, bis ich in die Klinik gegangen bin.“

„Und jetzt?“

„Ich bin seit drei Jahren clean.“

Wir nehmen uns wieder an der Hand. Gehen weiter. Nach einer kleinen Weile drücke ich seine ein wenig. Er bleibt stehen. Schaut mich an.

„Hat dir das eben Angst gemacht?“

Ich nicke. Und dann liegen wir uns in den Armen. Küssen uns.

„Du küsst so unendlich vorsichtig“, flüstert er in mein Haar, und das Staunen in seiner Stimme streichelt meinen Hals.

***

Kapitel 31

Haralds Lachen dröhnt, dass ich den Hörer ein Stück vom Ohr weghalte. Aber sofort lache ich mit! Seine Späße sind launig, und er ist sehr nett. Hat er gemerkt, wie befangen ich bin? Versucht er, mir darüber hinweg zu helfen? Es fällt mir leicht, darauf einzusteigen. Ich witzele über seine Selbstbeschreibung bei Auserlesen.de, in der so gut wie nichts steht.

„Hast du trotzdem Zuschriften bekommen?“

„Nein. Bis jetzt noch nicht. Deine reicht doch!“

„Ja? Willst du nicht lieber die Wahl haben?“

„Nein.“ Es klingt wie: Frag nicht so, das ist doch klar.

„Wieso nicht?“

„Na hör mal - willst *du* das?“

„Keine Ahnung. Mir würde schon genügen, wenn ab und zu mal einer antwortete von denen, die ich angeschrieben habe.“

Plötzlich muss ich über mich selbst lachen. Ein Lachen, das mich wie ein kecker Wind umweht. Und eine Menge wegbläst: Frust, Kränkung...

„Sag ich doch! Meine Geschlechtsgenossen gehen nicht immer so mit euch Frauen um, wie sie es tun sollten!“

„Ist das ein Versprechen?“

„Dass ich das nicht so mache? Jaa!“

„Hoffentlich kein Werbeversprechen!“

„Do-hoch!“ Der Telefonhörer kann sein Lachen nicht halten. Es birst heraus. Rennt rund um mich herum. Hopst sich schüttelnd durch den Garten.

Ich höre einen Moment lang nur zu. Lasse meinen Gedanken Raum. Auch sie bersten nur so heraus. Wie ich mit ihm spreche! Als ob er mein großer Bruder wäre. Flapsig. Sogar frech. Wie viel wir lachen! Wie leicht mir ist! Es macht *Spaß* mit ihm!

„Und ich habe mich gefragt, wie das mit dem Telefonieren gehen soll!“, lache ich. „Mit einem völlig Fremden, und dann vielleicht dauernd peinliche Momente, in denen man nicht weiter weiß. Du dich nicht?“

„Nein! Ich kenn‘ mich ja. Hahaha!“

„Bist du immer so? Oder ist das jetzt Aufregung?“

„Klar ist da jetzt ein ziemliches Kribbeln im Bauch. Aber fröhlich bin ich fast immer. Nur in letzter Zeit nicht so. Da ging es mir nicht gut.“

„Einsam?“

„Nein. Aber immer gespannte Stimmung zu Hause. Das Gefühl, nicht willkommen zu sein. Besser, ich wäre gar nicht da. Leider bin ich nun mal da. Ich wohne noch mit der Frau zusammen, mit der ich fünf Jahre lang eine Beziehung hatte. Also – nicht richtig zusammen, sie wohnt unten im Haus, ich oben. Trotzdem zu nah, als dass es spannungsfrei sein könnte. Zumal ich zu Hause arbeite. Sobald ich weg kann, mach‘ ich mich aus dem Staub. Manchmal bin ich den ganzen Tag bei Freunden.“

„Wird denen das nicht zu viel?“

„Nein. Da bin ich sehr willkommen.“

„Du hast in deinem Profil geschrieben: Ich verehre die Frau. Was heißt das für dich?“

Er lacht auf. „Für mich ist eine Frau etwas Besonderes.“ Das Lachen ist noch in seiner Stimme, und dennoch klingt, was er sagt, sehr ernst. „Jede Frau“, betont er. „Und die Frau, die ich liebe, ist meine Prinzessin. Ich bin ihr Ritter. Altmodisch, aber so ist es. Das heißt nicht, dass ich bevormunden will. Überhaupt nicht. Ich wünsche mir eine selbständige und selbstbewusste Frau. Das heißt aber, dass ich sie achte und respektiere. Dass ich so unmoderne Dinge liebe wie ihr die Tür aufzuhalten. Natürlich setzt sie sich zuerst, wenn wir in ein Restaurant gehen. Und natürlich gehe ich auch wieder mit ihr zusammen hinaus und renne nicht voraus, wie so viele Männer das machen.“

„Bist du in einer adligen Familie aufgewachsen“, gluckse ich.

„Nein! Reihenhaus im Kohlenpott. Mein Vater ist Bergmann gewesen.“

„Oh...“

„Bist du enttäuscht?“

„Nein ... Ich ... Ich glaube, ich hab ein bisschen zu sehr rumgeflachst. Das geht mir jetzt selbst gegen den Strich.“

„Wieso? Ist doch okay!“

Noch ja. Aber ich muss aufpassen. Dieses Großer-Bruder-Gefühl ist dabei, mich zu Respektlosigkeit zu verleiten. Oder meine Aufregung. Oder beides.

„Was hast du für einen Beruf? In deinem Profil bei Auserlesen.de steht nur selbstständig.“

Puh, jetzt frage ich genau wie dieser Manfred! In Wahrheit interessieren mich doch ganz andere Dinge!

„Software-Trainer.“

„Wirklich? Was für Software?“

„Datenbanken. Genauer gesagt, eine bestimmte Datenbank. Aber das wird dir nichts sagen.“

„Das glaube ich aber doch. Als ich noch im Job war, hab ich ein sehr spezielles Softwareprogramm promotet. Habe Infos und Unterstützung gegeben. Letztendlich ist das auch eine Datenbank gewesen. Fürs Finanzmanagement.“

„Da können wir uns ja zusammentun!“ Er lacht.

„Nein. Können wir nicht. Ich bin raus aus dem Job. Irgendwann war alles zu Ende. Karriere, Beziehung. Als auch noch das Haus verkauft werden musste, ein Haus, das du dir nicht schöner wünschen kannst, direkt am See, da dachte ich, mein Leben ist vorbei. Und trotzdem musste ich raus aus meiner damaligen Ehe, in der alles eingeschlafen war. Ich dachte, ich kann an keinem Fleck der Welt mehr glücklich werden, weil es keinen solchen Fleck noch einmal gibt. Und doch bin ich hier gelandet, wo ich jetzt lebe. Mitten im Wald. Und staune jeden Tag darüber, wie dieser Ort mich trägt. Die Bäume, die Stille, alles. “

„Und wie bist du da hingekommen? Das hat einen Grund gehabt, oder?“

„Ja. Die Liebe. Ich hab mich neu verliebt damals und bin zu meinem Liebsten gezogen.“

„Ich bin auch zu meiner Liebsten gezogen. Fünfhundert Kilometer weit weg. Für meinen Job war das gar nicht gut.“

„Dann bist du genau wie ich in den luftleeren Raum gesprungen: Keine Freunde, kein Fundament, nur die eine Person, und dann auch noch der Job weg?“

„Nicht ganz so. Ich hatte in dieser Gegend jahrelang meinen Sommerurlaub verbracht. Ich hatte Freunde dort. Und du?“

„Zuerst bin ich zu Ragnar gezogen. In sein Haus. Das war eine neue Welt für mich. Faszinierend, wie er lebte. Mit wie wenig Geld. Und trotzdem hat er sich Sachen ermöglicht, dass ich nur staunen konnte. Seminare. Bücher. Da habe ich erst wirklich gemerkt, dass ich mein Leben schon lange ändern wollte. Mich nur nicht getraut hatte.“

„Ist doch auch klar! Wer schmeißt schon freiwillig alles hin, was ihm eben noch das Wichtigste war?“

„Ich musste alles hinschmeißen. Das war noch in meiner Ehe. Ich habe nichts mehr auf die Reihe gekriegt.“

„Burnout?"

„Ja, kann man so sagen. Aber der Zusammenbruch hat den Boden bereitet, endlich das tun zu können, wonach ich mich schon so lange sehnte."

„Und das ist?"

„Schreiben. Ich habe immer geschrieben, ob Tagebuch, Gedanken oder Geschichten. Es war mein Halt. Leider musste ich mir jede Minute dafür abringen. Bei *dem* Job hast du kaum Kraft übrig. Dann war plötzlich Zeit da. Ich konnte erst gar nichts damit anfangen. War viel zu durcheinander. Und zu erschöpft. Zum Glück hatte ich schon viele Puzzleteile beisammen. Kurzgeschichten. Tagebuch. Plötzlich habe ich angefangen: Ich habe das Buch geschrieben, von dem ich schon lange geträumt hatte."

„Worüber?"

„Eine Geschichte über wirkliche Liebe, um es ganz kurz zu sagen. In Romanform. Versteh mich nicht falsch: Ich meine damit nicht die sogenannte wahre Liebe."

„Hmhm. Klingt sehr interessant. Aber erst mal interessiert mich mehr, was aus deiner Beziehung geworden ist. Du hast gesagt, du bist wegen eines Mannes dorthin gezogen, wo du jetzt wohnst. Woran seid ihr gescheitert? Also – äh – ich gehe davon aus, dass die Beziehung vorbei ist."

„Ja. Ist sie. Das alternative Leben war es nicht. Ich lebe ja immer noch so. Habe meine eigenen Gemüsebeete, ganz klein. Trotzdem kann ich mir jeden Tag einen Teil meines Essen dort ernten."

„Also habt ihr euch getrennt, und du bist ausgezogen?"

„Nein. Ich bin ausgezogen, lange bevor wir uns getrennt haben."

„Aha. Und das – war nicht gut?"

„Zuerst war es gut, sehr gut..."

„Du hörst dich plötzlich anders an. Rücke ich dir mit meinen Fragen zu sehr auf die Pelle?"

„Ja, jetzt wird es mir ehrlich gesagt zu privat."

„Siehst du, hab ich doch gemerkt." Diesmal ist sein Lachen sanft, fast vorsichtig. „Wie findest du das Foto, das ich dir geschickt habe? Könntest du dir vorstellen, dich mit dem Kerl darauf zu treffen?"

„Foto? Hab ich noch gar nicht gesehen."

Er lacht. „Dann sieh es dir doch jetzt an."

„Beim Telefonieren?"

„Klar."

„Okay..."

Mir ist nicht wohl damit. Was sage ich, wenn er mir nicht gefällt? Meine Finger haben schon alles erledigt. Sie haben den Laptop aus dem Standby gestartet. Den Posteingang von Auserlesen.de geöffnet. Das Foto doppelt geklickt. Da ist er. Blond. Wind in den Haaren. Und ein Lachen im Gesicht, das man fast hört. Aber nicht mein Typ. Überhaupt nicht.

Zeit gewinnen...

„Ah...", mache ich. „Ist das am Strand aufgenommen? Hinter dir, das sind doch Wellen, oder? Das sieht nach viel Wind aus."

Im Kopf rattert es weiter: Und was soll das heißen, nicht mein Typ? Dass er mir nicht gefällt? So wenig, dass ich ihn nicht treffen will?

„Ja. Ich lebe ja an der Nordsee."

Er möchte es wissen, ich spüre es. Er möchte wissen, wie ich ihn finde.

„Nett", sage ich. „Sieht nett aus, dein Bild."

Genau. Ein netter Kerl. Einer, mit dem man lachen kann. Einer zum Gernhaben. Aber zum Lieben?

Kann man das sehen? An einem einzigen Foto? Kann man das wissen? Nach ein bisschen Telefonieren?

***

Kapitel 32

Ich sitze draußen. Die Nachmittagssonne hat fast die Stelle erreicht, wo sie es nicht mehr bis über die hohen Bäume schafft. Dann wird es bald kühl werden. Also schnell jetzt...

Ich bin mit Harald verabredet. Übermorgen. Es scheint so nah, als wenn es in wenigen Stunden wäre. Und das macht mir eine Unruhe, eine Eile, als müsste ich bis dahin etwas Wichtiges geschafft haben.

Es ist es gut, dieses Gefühl von Zeitdruck. Es spornt mich an.

Ich staune immer noch, dass ich mit Harald so leicht über Ragnar und mich sprechen konnte. Immerhin bis zu dem Punkt, über den ich mit niemandem spreche und auch nie sprechen werde. Und mit all dem Lachen, das jetzt noch in mir ist, kommt es mir beinahe leicht vor, weiter an Jolyns Vergangenheit zu schreiben. Das muss ich ausnutzen! Es ist doch alles schon da, das Meiste brauche ich nur vom handgeschriebenen Tagebuch in den Laptop zu übertragen.

Na ja... Das Schreiben ist es ja nicht. Dass ich alles noch einmal erlebe. Noch einmal sehe, noch einmal fühle. Vor den Gefühlen habe ich Angst. Und die ist berechtigt, denn es werden keine einfachen Gefühle sein.

Stopp! Keine solchen Gedanken. Die tun nicht gut.

Aber ich kann es auch wie in einem Film ansehen, und zwar mit Jolyn sehen statt meiner als Hauptdarstellerin! Dann sind es *ihre* Gefühle. Ob das geht?

Schon sehe ich Jolyn vor mir, wie sie ins Auto steigt, um zu Ragnar zu fahren...

Aber – das ist ja, wie wenn ich... Das ist *mein* Leben! *Meine* Vergangenheit! Das kann doch niemand anderes...

Ich sinke zurück. Mein Kopf fällt nach hinten. Und dort oben bei den Wolken wird mein Blick weit. Und mit meinem Blick auch mein Herz.

Unwillkürlich ziehe ich einen langen Atemzug ein. Mein mein Brustkorb weitet sich. Ich fühle mich sofort wohler. Also los, ich lasse Jolyn die nächste Ragnar-Szene erleben. Ich habe Jolyn vor Augen. Erst mal nur das. Jolyn steigt ins Auto. Dort auf der Auffahrt zu dem Haus am See. Sie hat sich im letzten Moment noch umgezogen. Sie wollte schön sein für ihn, aber auch nicht zu edel gekleidet. Das passt vielleicht nicht dorthin in die ländliche Gegend und zu seinem alternativen Lebensstil, hat sie gedacht, es könnte Abstand schaffen zwischen ihm und ihr. Also lieber doch den Baumwollpulli und die weite Leinenhose.

Welche Farbe? Trägt Jolyn auch blau und Türkis wie ich? Nein. Der Pulli ist zart fliederfarben, die Hose etwas dunkler lila.

Meine Finger fiebern schon. Ich schaue nur ganz kurz in das alte Tagebuch. Tippe sofort los:

Tagebuch, 21. Juni

Herzklopfen. Im Bauch ein Vogelschwarm. Ich hätte auch zu Ragnar fliegen können, mit meinen eigenen Flügeln. Sie hätten nur ein klein wenig wirklicher sein müssen.

Meine Wangen glühen...

*

Weiter komme ich nicht. Mein Herz brennt, dass es bis in den Hals schmerzt. Mein Blick rennt hoch in die Wipfel. Hoch ins Himmelsblau. Aber der Rest von mir ist viel zu schwer, als dass ich mich im Blau verlieren könnte. Tonnen drücken auf meine Brust. Es geht nicht! Ich kann nicht über damals schreiben. Auch wenn ich mir dabei Jolyn vor Augen hole.

Carla! Du weißt, was Gedanken anrichten können: Je öfter du dir sagst, es ist schwer, desto mehr fürchtest du dich. Je mehr du dich fürchtest, desto schwerer wird es.

Ja. Ich weiß!

Warum schwächst du dich dann selbst, statt dir Kraft zu geben? Warum sagst du dir nicht: Das schaffe ich! Weiß der Himmel, wie. Aber ich schaffe es!

Ich kann mich doch nicht selbst anlügen! Es IST nicht leicht!

Ja, das stimmt! Es *ist* nicht leicht. Aber du schaffst es! Und vielleicht könnte es leichter werden... Wer oder was hat solche Angst vor dem, was damals war? Es ist eigentlich eine schöne Szene. Wunderschön.

Ja. Und trotzdem...

Was ist es? Bestimmt nicht diese hoffnungsvolle Carla von damals, die vor Liebe geleuchtet hat und die in ihrer Vorfreude so aufgeregt war, oder? Hast du jetzt schon Angst vor dem, was später kam? Was an dieser Stelle noch gar nicht relevant ist?

Ja, natürlich...

Hey! Es ist einer von vielen Momenten. Sie kommen und gehen. Jeder hat seine eigene Farbe, seinen eigenen Geruch, seine eigene Musik. Und kein späterer Moment kann etwas daran ändern! Warum ihn also nicht genießen?

Ich setze die Finger auf die Tastatur. Sie sind so treue, so gute Freunde. Beginnen zu tippen, als sei es das Schönste, das Allerschönste für sie.

*

Als ich endlich in seinem Dorf ankomme, auf sein großes Grundstück einbiege, steht er schon da. Sein Lächeln ist vorsichtig. Sofort bin ich auch schüchtern. Wir umarmen uns so flüchtig wie noch nie vorher. Und schauen uns an. Brauchen nichts zu sagen. Wissen beide, was mit uns ist. Er drückt es mit einem leichten Verziehen der Mine aus, ich damit, dass ich die Hände hebe und schief grinse: So ist es nun mal, wir sind unsicher. Wir sind vorsichtig. Wir sind zarte, empfindsame Menschen.

Er nimmt mir die Reisetasche ab, das schwarze, schwere Ungetüm. Ich habe mich nicht entscheiden können, was ich alles brauche – also brauchte ich plötzlich alles…

Mit seinem lockeren Schritt geht er vor mir her. Schlank. Ockerfarben gekleidet, fast im selben Ton wie der Lehmputz zwischen den schwarzen Eichenbalken des langgestreckten Fachwerkhauses. Sein langer Pferdeschwanz ist um einige Nuancen dunkler. Er hält mir die alte Eichentür auf, unter der er sich ein wenig bücken muss. Laut schlägt sie hinter uns zu. „Hier ist alles ganz anders als bei dir. Viel alternativer." Ragnar hört sich entschuldigend an.

Ich atme ein. Es ist kein Geruch, den ich wahrnehme. Eher der Atem des Hauses, das Alter des Hauses, die unendlich vielen Erfahrungen des Hauses. Wir stehen in einem kleinen Vorflur. Ich lasse den Blick die Wände hochklettern. Spüre mehr, als dass ich sehe, was das Hinzugefügte und was das Alte ist.

Ragnar hat mir längst erzählt, dass er ein großes Fachwerkhaus in alter Baukunst neu aufgebaut hat. Auch, dass es innen teilweise künstlerisch ist. Ich bin trotzdem überrascht. Und fasziniert: Hier ist der Lehm zwischen den schwarzen Fachwerkbalken gelber als draußen. Und in einer Ecke reckt sich das Relief eines Drachens bis unter die Decke. Sein wachsames Drachengesicht mit weiten Nüstern schaut auf uns herab. Die Flügel sind nur angedeutet. Ich zeige darauf. Gluckse:

„Und damit kann er fliegen?"

„Ja! So sind Drachenflügel", grinst Ragnar, „zum Einklappen."

„Sicher?“

Er nickt, und wir gackern wie zwei Kinder, die mit ihrem Lachen auch ihre Furcht ausschütten wollen. Warum sind wir hier bei ihm so befangen? Bei mir war das anders. Ist er ängstlich, dass ich sein Haus nicht mögen könnte? Wir sind beide ängstlich, jeder aus einem anderen Grund. Ich fühle mich plötzlich mit meinem geordneten bürgerlichen Zuhause, als hätte ich etwas nicht geschafft. Was das ist, sehe ich hier vor mir: etwas ganz und gar Eigenes....

Er öffnet die Innentür des Flurs. Wir treten in eine große Tenne. Auch innen Fachwerkwände, nur ist das Mauerwerk hier weiß getüncht. Er stellt meine Ungetüm-Tasche ab und führt mich durchs Haus. Überall lehmverputzte Wände, mal in der natürlichen Farbe, mal weiß gestrichen. Ein toller Baustoff, schwärmt Ragnar. Sehr gut formbar! An Wänden und Decken ranken pflanzenhafte Reliefs. In einem der Zimmer öffnete sich in einer Nische zwischen Balkenwerk und Stein ein Schrein, in dem eine kleine Frauenstatue mit weit geöffneten Armen steht. Hinter dem Ofen in der Küche ein großes Relief: ein Drache im Abflug, so lebendig, dass ich den raschelnden Flügelschlag zu hören meine und das Klack-Klack-Klack der Krallen auf dem Fußboden.

Aus der Küchentür treten wir hinaus in den Garten. Es hat inzwischen einen Regenschauer gegeben. Gerade kommt die Sonne wieder hervor. Tropfen glitzern im Gras und in dem riesigen Rosenstrauch neben der Tür. Ein üppiger Bauerngarten liegt blinkend vor uns, als hätte das Paradies selbst uns seine Pforten aufgetan.

Später gehen wir durchs Dorf. Große Niedersachsenhöfe. Auf der Straße Erdbatzen, aus den Profilen von Traktorreifen gefallen. Feuchte hebt sich aus den Wiesen. Wir streben auf den Wald zu.

„So möchte ich auch leben!“, sage ich leise.

„Wie?“

„Bescheiden. Und dafür das Kostbarste überhaupt haben: Zeit! Für das, was mir wirklich am Herzen liegt.“

„Und? Verrätst du mir, was das ist?“

„Schreiben, hätte ich vor kurzem gesagt. Jetzt ist es am zweitwichtigsten. Das Wichtigste ist die Liebe.“

„Damit kann man sich aber nicht von morgens bis abends beschäftigen!“

„Nicht?“ Ich lache.

Er bleibt ernst.

*

Wir sind lange gelaufen. Ich schließe diese Landschaft sofort ins Herz: große Wiesen, auf denen Heidschnucken erstaunt die Köpfe heben und Ewigkeiten hinter uns her schauen. Immer wieder Wälder. An deren Rändern Ginsterbüsche, Gräser mit langen Rispen, sandige Wege. In der Ferne die roten Dächer anderer Dörfer.

Wir stehen in der Küche. Etwas unschlüssig. Die Befangenheit sieht ihre Chance und schleicht sich wieder an.

„Hunger?“, fragt Ragnar

Ich ergreife die Flucht nach vorn und flüstere:

„Ja. Aber nicht auf Essen.“

Er lächelt mir in die Augen. Bückt sich plötzlich. Hebt mich hoch. Schiebt die Schlafzimmertür mit der Schulter auf. Legt mich aufs Bett. Küsst mich. Aber er weiß doch, was seine Küsse mit mir machen! Er weiß doch, dass es zu brausen anfängt, in den Ohren, in den Adern, dass es ist, als rolle das Meer durch mich hindurch. Ich möchte ihn am liebsten festhalten, als er aufsteht und zwei Kerzen anzündet und Musik auflegt. Er kommt zurück. Setzt sich zu mir aufs Bett. Wir schauen uns an. Berühren einander mit einer Vorsicht, als hätten wir uns noch nie gestreichelt. Alles scheint neu, als sei in der anderen Umgebung auch zwischen uns alles anders. Wir beginnen, einander auszuziehen. Seine Finger sind wie Sommerwind, der die Haut liebkost. Sie aufweckt, ganz langsam, als hätte ich im Dornröschenschlaf gelegen. Wir legen uns aneinander. Haut an Haut. Mein Körper jubelt auf. Strömt Ragnar entgegen. Umarmt ihn. Öffnet sich für ihn. Und es ist da. Was immer ES ist. Es ist da als eine Süße, die mich lächeln macht. Es ist da als ein Zutrauen, das mir die Hingabe schenkt, in der ich mich verströme und zugleich ein Gefäß bin.

Wie auf geheime Verabredung schauen wir uns in die Augen. Ich tauche in Ragnars grünen Wolfsblick ein. Mein Geist formt mir ein Bild. Es ist dieser stille, weite, herrliche Ozean. Er glitzert, wie wenn er von der Sonne angeleuchtet würde. Leuchtet auf mich. In mich. Durch mich hindurch. Und dieses Leuchten durchtränkt mich mit etwas, für das es keine Worte gibt. Sie formen sich dennoch in meinem Geist. Worte wie Güte. Wohlwollen. Tiefes Glück. Formen sich und verwehen. Eins bleibt:

Liebe.

Längst schluchze ich. Wir liegen uns in den Armen. Halten uns. Nur scheinbar tun das unsere Körper. Das Eigentliche können wir nur geschehen lassen.

Und der Ozean nimmt uns in sich auf.

*

So bin ich gestern bei Ragnar angekommen. Jetzt sitze ich hier in seinem Bett. Höre ihn nebenan unser Frühstück machen. Wenn meine schreibenden Finger zwischendrin still stehen, betrachte ich die lehmgelbe Wand gegenüber. Sie ist unregelmäßig von schwarzen Eichenvierecken unterteilt und in einem dieser Fächer mit einem kleinen Widderkopf-Relief verziert. Ich verliere mich in diesem Schauen, wie ich es immer tue, wenn ich beim Schreiben nach Worten suche. Doch diesmal horche ich nicht, ob mir Worte zufallen wollen. Ich horche und spüre in meine Brust.

Dort bin ich wie verwundet. Unsere Umarmung gestern hat etwas sehr Weiches wie einen zarten Schmerz in mich gelegt. Einen kostbaren Schmerz.

Ich wünsche mir, dass er nie vergeht.

Es erscheinen Worte. Sie genügen nicht. Ich schaue und horche, ob nicht bessere kommen.

Nein. Und selbst wenn sie kämen, ich würde sie ziehen lassen.

Was gestern Abend in Ragnars Armen mit mir geschehen ist, lässt sich nicht in Worte sperren.

***

Kapitel 33

Hat Harald mich mit seinem Lachen, mit dieser leichten, lebendigen Fröhlichkeit schon gekriegt? Ist dies Flattern in meinem Herz mehr als nur Aufregung? Ich bin in Hamburg. Habe mir auf dem Hotelparkplatz eine Ecke ganz weit hinten gesucht. Sitze schon eine kleine Weile im Auto. Atme. Höre mir zu beim Atmen, damit es ruhiger, damit es langsamer wird. Höre mir zu beim Denken. Damit es – ja, was? Klar wird?

Wer bin ich? Carla, die sich als Jolyn mit Harald trifft. Gehört diese fröhliche Aufgeregtheit zu Jolyn?

Ist das ein Gedanke, der mich schützen soll?

Das ist so durchschaubar, Carla, dass du besser gleich damit aufhörst, statt dir selbst etwas vorzumachen. Du bist es, Carla, niemand sonst, die gerade auf das Hotel zugeht! Die große Glastür aufdrückt. Ihn dort in der Halle schon stehen sieht...

Es zuckt in mir. Cool tun? Ein Flattern fährt mir in die Hände. In die Knie. Ein Satz entfaltet sich wie ein Rettungsschirm:

Wir kennen uns doch schon!

Er ist sehr groß. Dunkelbraune Lederjacke. Beige-farbige Hose. Fragendes Lächeln in einem freundlichen Gesicht. Blondgelockte Tarzan-Frisur, an der irgendetwas unecht wirkt. Aus dem offenen Hemd quellen Brusthaare, geziert von einem dicken Goldkettchen.

Das Wort „Selfmademan“ rast mir durch den Geist.

Harald hebt die Brauen. Sein Lächeln sagt: „Ich weiß, dass du es bist, und wenn du es nicht sein solltest, dann wünschte ich, du wärest es.“

„Jolyn?“, fragt er trotzdem.

Ich nicke. „Hallo Harald.“

Wir geben einander die Hand. Lächeln. Dahinter verstecken wir beide, was unter der Freude noch in uns umher wuselt. In mir jedenfalls. Vorsicht. Neugier. Ernst. Aufregung. Fluchtimpulse. Und zugleich: Abenteuerlust!

Es ist derart viel los in mir, dass ich nur vage wahrnehme, was noch da ist: Auch wenn er nett ist, sympathisch, auch wenn das Goldkettchen und die Tarzanfrisur nicht wichtig sind: Zwischen uns passt es nicht. Das spüre ich. Und weiß es längst vom Telefon her. Nur ist es jetzt plötzlich glasklar, wie wenn es in Laufbuchstaben über seine Stirn rennen würde. Doch ich könnte beim besten Willen nicht sagen, woran ich das festmache.

„Möchtest du etwas trinken?“ Er nickt zur Bar hinüber.

„Mut antrinken?“, grinse ich. „Nein.“

Wir sind nahe an der Elbe. Es gibt dort einen großen Park. Wir können spazieren gehen. Stundenlang, wenn es sein muss. Das war die Abmachung.

„Ich brauche Bewegung“, wiederhole ich, was ich schon am Telefon gesagt habe. „Irgendwo muss ich hin mit all der Aufregung!“

„Aufgeregt?“, fragt er und zieht die Brauen über der Nasenwurzel nach oben. Guckt aus seiner eins neunzig-Höhe auf mich herab, als wollte er sagen: Aber das ist doch nicht nötig, Kleines!

Ja, aufgeregt, habe ich doch gerade gesagt, oder?

Ich beiße mir auf die Zunge. Drehe mich um und marschiere in Richtung Tür. Er ist trotzdem eher da als ich. Hält sie mir lächelnd auf. Ich stutze. Will es erst albern, dann übertrieben finden. Entscheide mich im nächsten Moment, es einfach zu genießen. Und siehe da: Es ist schön!

Draußen fangen wir sofort an zu reden. Ich habe tausend Fragen. Natürlich. Ich recherchiere ja. Und deine vorherige Freundin? Wie ist sie? Wie sieht sie aus? Wie zu Ende ist es wirklich mit euch? Plötzlich hat Harald eine andere Stimme. Ein anderes Lachen. Er zeichnet mir mit wenigen Sätzen das Bild einer unangenehmen, egoistischen Person. Die sich von ihm nicht in die Erziehung ihrer Tochter hineinpfuschen lassen wollte.

„Also zu viel Selbstbestimmtheit?“, frage ich.

„Nein, das nicht – oder doch. Wenn sie alles allein machen will, mich nicht dazu hören will, wer bin ich denn dann neben ihr?“

Ich kann ihn verstehen. Pflichte ihm sogar bei. Und sage im nächsten Moment, er würde für mein Empfinden ziemlich in der Opferrolle stecken.

„Kann sein“, sagt er, „ich hab noch nicht genug Abstand. Aber der kommt.“

Später sage ich ihm, dass ich den Begriff „stattlich“ für seine Statur etwas geschönt finde. Er hat einen ziemlichen Bauch.

„Magst du das nicht?“

„Nein."

„Das wird weniger. Jede Woche. Ganz von selbst."

Ich muss grinsen. Gefällt es mir, den stattlichen Mann zu verunsichern? Oder greife ich an, um ihn auf Abstand zu halten?

Ich kenne mich so nicht. Frech. Aufmüpfig. Dann wieder verspielt. Necken, Wortspiele, leichte Ironie. Er hat offensichtlich Spaß daran. Ich glaube, es sind die Fluchtimpulse in mir, mit denen ich irgendwo hin muss. Ich sage mir, dass ich den Eindruck vom allerersten Moment vorläufig vergessen sollte. Entweder lerne ich ihn jetzt kennen, oder ich hätte gleich gehen sollen. Kaum habe ich das beschlossen, werden wir wieder entspannter. Lachen nun fröhlich und ausgelassen miteinander. Schließlich sitzen wir nebeneinander auf einer Bank und schauen hinunter auf die Elbe. Zum ersten Mal schweigen wir. Ich komme mir vor, als wäre ich ein wenig aus mir selbst herausgerückt. Vielleicht ist es nur ein halber Zentimeter. Es genügt, dass ich mir mit einem leichten Kopfschütteln, aber doch vergnügt und auch ein klein wenig staunend anschaue, was wir drei hier tun, Harald, Jolyn und ich. Und plötzlich mag ich sie, diese drei.

***

Kapitel 34

Der Laptop ist aufgeklappt. Ich will schreiben. Genau aufschreiben, wie es war mit Harald. Tippe stattdessen mit halb geschlossenen Augen:

„Jolyn? Ich hätte dich gestern bei dem Treffen so gebrauchen können. Erst zum Schluss hab ich dich gespürt. Wo warst du die ganze Zeit?"

Meine Finger schreiben weiter, ohne mir eine Denkpause zu lassen:

„Unter deinem Wortschwall erdrückt. Bevor ich Luft holen konnte, hast du schon geredet. Wenn du meinst, gut funktionieren zu müssen, hämmern die Worte aus dir heraus wie die Töne aus einem elektrischen Klavier."

Ich erschrecke. Ich dachte, das ist vorbei. Früher im Job war ich so, ja. Und *wie* ich funktioniert habe! Wenn ich unsere Software vorgestellt habe, vor zwanzig, dreißig Kunden, Fragen beantwortet, geredet, geredet, hab ich erst gemerkt, wenn alle aus dem Raum waren, wie dringend ich auf die Toilette musste. Wie schlecht die Luft war. Manchmal war mir schwindelig, so nötig brauchte ich Sauerstoff. So nötig brauchte ich eine Pause. Ich kann prima funktionieren. Wie eine Maschine. Aber Maschinen gehen irgendwann kaputt...

Ich schließe die Augen. Meine Finger liegen auf der Laptoptastatur. Machen weiter, als hätten sie ihr eigenes Leben.

„Ich fand mich übermütig. Irgendwie neben mir – aber funktionieren?"

„Du warst unsicher und wolltest es nicht zeigen. Du warst ängstlich, dass Harald dir zu nahe kommt. Also hast du schon von vornherein für Abstand gesorgt."

„Ja, stimmt. Du wärest viel souveräner. Was muss ich tun, damit du bei so einem Treffen dabei bist?"

„Nichts. Ich werde mich schon zu Wort melden."

„Das kann aber schwierig werden!"

„Da hab ich gleich einen Tipp für dich: Lass mich mit deinen abwertenden Gedanken in Ruhe! Ich will mir nicht dauernd anhören, wie du dich im Stillen über Haralds Goldkettchen, über seine blondierten Haare, über sein zu weit offenes Hemd aufregst!"

Hab ich das? Ich dachte...

Sie hat Recht!

„Jolyn?"

„Ja?"

„Dich hat bisher nur Mike interessiert, oder?"

„Wundert dich das? Wer hat diesem Manfred und den anderen denn geschrieben? Ich?"

„Okay, bei Manfred gebe ich dir Recht."

„Und wer sucht sie aus? Gestern diesen Kinderarzt zum Beispiel?"

„Der, dem es am wichtigsten ist, grenzenlose Liebe zu geben? Ich hab gedacht, du wünschst dir genau das."

„Du hast *gedacht*, genau! Der eine Satz klingt schön, ja. Aber wenn ich den Rest lese, sehe ich doch sofort, wie der in Filzlatschen und Hosenträgern durch die Wohnung schlappt! Bestimmt hat er ein Riesenherz. Und eine Halbglatze und die Resthaare einen halben Meter lang gezüchtet, um sie drüber kämmen zu können. Bei Wind wehen sie dann wie eine Fahne zur Seite weg... Liebenswert. Natürlich! Aber wie kannst du jemals auch nur in Erwägung ziehen, dass so einer mich begeistern könnte? Und Begeisterung ist das Allermindeste! Verstehst du? Ich will hin und weg sein! Ich will Herzklopfen haben, dass ich ohnmächtig werde. Ich will alles das, was mit Mike ist – und noch viel mehr!"

„Ich dachte...", fange ich mühsam an zu tippen. In meinem Kopf schießt alles durcheinander.

„Du dachtest, ich suche die große Liebe. Ja, das stimmt. Aber du handelst, als würde mein Herz Unterschlupf suchen. Willst es bei einem netten, anständigen Daddy in Obhut geben. Das hat mein Herz nicht nötig, verstehst du? Niemandes Herz. Und kein Herz *will* das. Weil es unfair ist. Unfair gegenüber dem netten Daddy und total unfair gegenüber der Liebe!"

„Und Harald? Ist der ein Unterschlupf?"

„Frag dich selbst!"

„Aber ich will doch gar nichts..."

„Ja, ja, du willst gar nichts von ihm. Und dein Herz? Hörst du nicht, wie es die ganze Zeit schreit: Lass mich endlich frei!"

***

Kapitel 35

„Liebe Jolyn,

nun haben wir uns tatsächlich persönlich kennengelernt. War doch ein harmonischer Nachmittag und Abend. Was ist denn deine Meinung über uns?

Liebe Grüße, Harald"

*

„Lieber Harald,

der Spaziergang, das Abendessen – es war schön. Verliebt haben wir uns scheinbar nicht.

Ich habe keine Ahnung, was für eine Meinung ich über uns haben soll. Du? Es hat sich schnell vertraut mit dir angefühlt. Aber mir ist ständig die Frage im Kopf herumgegeistert, ob du wirklich der sein könntest, der... Das macht aus einem gemeinsamen Nachmittag einen Testlauf. Ich weiß nicht, ob ich mit dieser Art der Kontaktaufnahme umgehen kann. Statt dass das Gefühl mich zu jemandem hinzieht, macht es der Verstand – und das Gefühl soll nachkommen. Geht das überhaupt?

Liebe Grüße, Jolyn"

*

„Meine liebe Jolyn,

zunächst einmal danke für deine schnelle Antwort.

Du irrst dich, wenn du glaubst, es wären zwischen uns keine Gefühle aufgekommen. Ich jedenfalls befürchte, dass ich mich tatsächlich in dich verliebt habe. Du entsprichst dem Bild der Frau, die ich suche. Du bist charmant, hübsch, zugänglich, gebildet, du hast eine tolle Figur und du hast Stil.

Ich hoffe – so interpretiere ich deine E-Mail jedenfalls –, ich habe keinen zu abweisenden Eindruck bei dir hinterlassen. Aber wie ich schon erwähnte, ist eine Frau für mich immer noch etwas Besonderes. Ich bin nicht der Typ, der dich an sich reißt und dich gleich knutschen und womöglich ins Bett schleppen will. Wenn du so einen Mann suchst, dann suche bitte weiter.

Bei mir ist der Funke übergesprungen. Ich möchte dich erleben, ich möchte dich erforschen, langsam und total. Ich möchte dich küssen, ich möchte dich streicheln, so dass du fühlst, wie meine Zärtlichkeit dich nach und nach in den Bann zieht. Und bitte: Ist ein Restaurant dafür das Richtige?

‚Liebe auf den ersten Blick' halte ich für eine Phrase, denn in der Realität ist das eher selten. In jungen Jahren kann es vorkommen. Aber du bist vierundfünfzig und ich fünfundfünfzig Jahre alt. Viel Zeit bleibt uns nicht mehr, und die sollten wir nutzen. Deshalb: Wenn dir an mir etwas liegt, dann möchte ich gerne, dass wir das nächste Wochenende miteinander verbringen.

Schau bitte in dich und frage dein Herz, wie es zu mir steht. Ich bitte dich um möglichst baldige Antwort, da ich dann noch einige Vorbereitungen zu treffen habe. Bis dahin (zart verliebt), Harald"

*

Das sind Gründe, sich zu verlieben?

Du bist mein Traummann, denn du bist charmant, gutaussehend und du hast Stil? Keine Sekunde habe ich solche Gedanken gehabt, als Ragnar mir begegnet ist! Seine Stimme ist in mich hinein geflossen und augenblicklich ist alles in mir weich und glatt und rund geworden. So wie das Meer Steine glättet und rundet, nur ist das nicht in Jahrmillionen, sondern in einer Sekunde passiert. Ich habe seinen Blick in meinen gelassen, und nichts ist mehr da gewesen, kein Gedanke, kein Wollen, kein Wissen – nur dieses große „Wer bist du, dass du mich so berührst? Bis dorthin, wo ich mich selbst nie habe spüren können, bis dorthin gelangst du mit deinem Blick, so mühelos, als seist du in mir zu Hause."

O Gott, was habe ich da aufgerührt! Es reißt in meiner Brust, dass ich nicht atmen kann.

Vielleicht bin ich ungerecht mit Harald. Bestimmt bin ich es. Das mit Ragnar war etwas Besonderes.

Aber dieser Satz: Ich *befürchte*, dass ich mich tatsächlich in dich verliebt habe! Wie kann man das so schreiben? Herr im Himmel, ich...

Und am Ende schreibt er, dass er Liebe auf den ersten Blick für eine Phrase hält. Was denn nun? Das war doch sein erster Blick auf mich!

Stopp, Carla!

Jolyn? Wie ist seine E-Mail für dich?

Ich freue mich darüber.

Und wie findest du ihn?

Liebenswert! Ich mag seine Fröhlichkeit. Und seine herzliche Freundlichkeit.

Ja. Wir lachen viel zusammen...

Aber ich sehe ihn auch als Mann, Carlchen. Seine männliche Energie tut mir gut. Ich mag die männliche Stimme. Ich mag *seine* Stimme. Ich kann nicht umhin mir vorzustellen, wie seine Zärtlichkeit wohl sein mag. Wie sein „zart verliebt" sich anfühlt. Ich habe Lust darauf! Aber das ist auch alles.

Aha. Und wie soll es weitergehen?

So ehrlich wie möglich. Und vergiss nicht: Er will es probieren.

Du doch auch!

Klar. Ich mag ihn. Verliebt bin ich nicht. Aber es interessiert mich brennend, ob das geht: dass man sich mehr und mehr kennenlernt, und die Liebe kommt irgendwann ganz von selbst dazu.

Glaubst du, dass das geht?

Ja!

*

Ich bin immer noch aufgewühlt. Brauche eine neutrale Stimme dazu. Ich klemme den Laptop unter den Arm. Steige die Rasenstufen hinunter. Folge meinen eigenen Spuren, die im hohen Gras und zwischen den Farnen schon einen Pfad angelegt haben.

Spricht Jolyn aus, was auch *ich* will? Es ausprobieren? Ich glaube nicht, dass es mit Harald passen wird. Sollte ich ihm das nicht von vornherein sagen?

Und wie wäre es, mal all die Zweifel sein zu lassen und so neutral wie möglich auf ihn zuzugehen?

Ein gutes Stück bergab auf Maries weitläufigem Grundstück schwebt ihr hellgrauer Lockenkopf über einem ihrer Beete.

„Marie? Hast du mal einen Augenblick?", rufe ich.

Sie schaut auf, immer noch gebückt. Schon auf dem Weg zu ihr hin fange ich an zu erzählen:

„Harald hat geschrieben!"

Sie guckt mich an, als erwarte sie eine Katastrophen-Nachricht.

„Wir wollten uns nach dem Treffen lieber schreiben. Es ist schwierig genug, dem anderen sein Urteil sagen zu müssen. Dann wenigstens nicht auch noch mit belegter Stimme, flatterndem Herz und tausend „Ähs" am Telefon. Und jetzt hat er geschrieben, dass er... Ich muss dir das vorlesen! Und hören, was du dazu sagst."

Marie hat sich inzwischen ganz aufgerichtet. Hat sich die Hände an der Hose abgewischt und mich dabei angeschaut und mir zugehört. Hat die Arme ausgebreitet, mich an sich gedrückt und „Hallo Süße“ in mein Haar geschnurrt. Wir steigen den Gartenpfad hoch zu ihrer Terrasse. Ich komme mir vor wie ein Entlein, das unter den Flügel seiner Mutter kriechen möchte. Wir setzen uns in die Gartenstühle. Der Laptop ist schnell bereit. Marie beugt sich vor. Die Locken auf ihrer Stirn berühren fast das Display. Unerträglich langsam geht ihr Kopf beim Lesen hin und her.

„Wenn du so einen Mann suchst, dann suche bitte weiter“, wiederholt sie laut. Lacht ihr Sektperlenlachen. Lehnt sich zurück. Fasst mich ins Auge. „Der meint es ernst, Carlchen!

„Glaubst du?“

„Du nicht?“ Es klingt wie: Na hör mal, das ist doch klar, auf welchem Stern lebst du, dass du das nicht merkst? Oder nicht merken willst!

Auf dem Carla-Stern, wo sonst? Und wenn ich schon so außerirdisch bin, dann will ich wenigstens ab und zu mal in meiner Weise reden! „Er schreibt, was die meisten Frauen hören wollen, ja“, lege ich los. „Aber wenn er so sehr betonen muss, dass er dieser Typ Mann nicht ist, der einen gleich abknutscht - dann...“

„Carlchen!“ Marie hebt die Brauen, dass ihre großen Augen riesig werden.

„Aber guck doch mal hin, Marie! Weiter unten fällt er mit dem gemeinsamen Wochenende dann doch mit der Tür ins Haus!“

„Ach, davor hast du Angst!“

„Angst?“

„Vor diesem Wochenende, hm? Du kannst ihm doch sagen, dass dir das zu schnell geht. Oder wenn, dann in einem Hotel und mit getrennten Zimmern.“

Ach du je – das ist es! Marie hat es mal wieder zielsicher getroffen. Vor Harald habe ich gar keine Angst. Vor dem Ganzen. Vor der Dynamik, die jetzt schon da ist und die sich verstärken wird. Vor dem Nein, das ich immer schwerer werde aussprechen können, wenn die Geschichte über einen bestimmten Punkt hinaus ist. Das hätte ich viel früher sagen müssen, werde ich denken. All das eben. Was für hirnrissige Gedanken! Angstgedanken. Natürlich kann ich ihm zu jedem Zeitpunkt sagen, dass es nicht hinhaut mit uns. Aber die Angst lügt mir vor, dass das irgendwann nicht mehr geht! Sie will mich schützen, klar. Sie glaubt, dass ich dem nicht gewachsen bin. Dass ich der Liebe nicht gewachsen bin! Und wenn ich nicht höllisch aufpasse, dann nehme ich das irgendwann als die Wahrheit hin.

Marie sieht mich an. Ihr Blick verschleiert sich. Schweift ab ins Irgendwo. „Zart verliebt“, wiederholt sie mit sanfter Flüsterstimme. Und plötzlich, als sei sie aus einer Träumerei aufgewacht: „Und? Machst du es?“

Das ist die Frage. Die entscheidende Frage. Darum bin ich hier bei ihr. Und es war gut, dass ich gekommen bin:

Wie schön wäre es, endlich wieder zärtlich berührt zu werden! Wie wunderschön! Ich muss ihn doch deshalb nicht gleich heiraten.

Ich klappe den Laptop zu. Stehe auf. Lächele Marie an. Murmele, schon halb im Gehen: „Na klar!“ Rufe, als ich an der Hausecke bin:

„Danke Süße! Du bist mein Engel!“

„Und du meiner!“ Sie lacht und wirft mir einen Luft-Kuss zu.

***

Kapitel 36

Die Bäume atmen das Himmelsblau ein und den Waldfrieden aus. Gott sei Dank tun sie das. Es bringt mich zur Ruhe. Mir ist, als würde ich mich selbst nicht mehr kennen.

Und gleichzeitig bin ich noch nie so sehr ich selbst gewesen!

Ich öffne den Laptop. Der Deckel erscheint mir tonnenschwer. Ich muss Harald antworten. Er möchte ein Wochenende mit mir. Ich möchte auch. Fröhlichkeit. Lachen. Nähe. Wärme. Zärtlichkeit. Gibt es ein Verbot, sich auf einer der vielen Ebenen zu begegnen, die zwischen Menschen möglich sind, ohne dass es gleich ein tonnenschweres Versprechen beinhalten muss? Er mag ja zart verliebt sein – aber er muss unser Miteinander genauso ausprobieren wie ich! Wie kann es also gehen? Ein Hotel. Jeder sein eigenes Zimmer. Und mit dem Auto anreisen. Ich muss nicht nur jederzeit meine Zimmertür hinter mir zumachen, sondern auch jederzeit wieder fahren können.

Plötzlich weiß ich es. Weiß, wie es schön werden kann: die Ostsee! Wie lange schon will ich wieder dorthin! Sofort ruft alles in mir: JAAA! Meine Finger tippen flott drauflos:

„Ja, wir können dieses Wochenende miteinander verbringen."

Ich hebe den Blick. Der Himmel so blau, dass es fast schmerzt. Die seltsam geformten Wipfel der Kiefern davor sind wie zu festen Körpern gewordene Rufe. Laute, helle Rufe, die nach Freiheit klingen. So wird es auch am Meer sein. Und jemand wird neben mir sitzen oder gehen oder – liegen...

Aber wir fahren nicht dahin, wo ich aufgewachsen bin. Dass ist mein Strand. Irgendwo anders an die Ostsee. Ein altes Strandbad. Am liebsten ein Hotel aus dem letzten Jahrhundert. Heckenrosen auf der Steilküste. So wie zu Hause. Jetzt ist die Zeit. Jetzt müssten sie blühen. Ich will die Möwen hören, wenn ich aufwache. Den Singsang sachter Wellen oder das Rauschen, wenn Brandung ist.

All das schreibe ich in meine Antwort an ihn. Lese es noch einmal durch. Es klingt nach Sand zwischen den Zehen und Kinderkreischen in der Brandung. Nach gebratener Scholle mit Kartoffelsalat unterm Sonnenschirm. Nach Wind in den Haaren und sich jung fühlen. Nach lachen, einander die schönen Dinge zeigen und Hand in Hand am Wellensaum entlang gehen.

***

Kapitel 37

Ein schläfriger Wind streicht durch die Bäume. Längst nistet die Dämmerung zwischen den Stämmen. Fällt mir kühl auf die Schultern. Ich mag trotzdem nicht nach drinnen gehen. Der Himmel ist immer noch hell, obwohl es schon gegen elf sein muss. Ich liebe dieses Weißgrau da oben, das zu glimmen scheint wie weiße, noch heiße Asche. Ich nippe am Rotwein. Unten prasselt Maries Lagerfeuer. Zwischen den Stämmen flackert der rote Schein. Funken stieben hoch. Sie muss Holz nachgelegt haben. Sie hat mich vorhin eingeladen. Ein Glas Wein am Feuer. Ich bringe es nicht fertig, vom Stuhl aufzustehen. Kann jetzt mit niemandem sein, nicht einmal mit Marie.

Was ist bloß los? Habe ich den Andersvogel-Blues? Das Gefühl, nirgendwo hin zu gehören? Anders zu sein, überall fremd?

Es ist schlimmer. Ich fühle mich alt. Hässlich. Fade. Nur weil ich in den Tagebüchern von damals gelesen habe? Vorhin, als ich die E-Mail an Harald abgeschickt hatte, war ich voller Vorfreude. Da bin ich leichtsinnig geworden. Habe doch noch einmal nachgeschaut, ob in meinen alten Tagebüchern etwas Wichtiges zu finden ist, das ich vielleicht vergessen habe. Und bin auf dies gestoßen:

Tagebuch 3. Juli

Seit Ragnar in meinem Leben ist, kommen mir viele Szenen aus der Kindheit in Erinnerung. Ich erzähle ihm oft davon. Vielleicht versteht er dann besser, warum ich so leicht verletzt bin. Manchmal wegen – ja, gestern wegen eines einzigen Blicks. Es war nur ein Streifblick, aber da war etwas darin, dass ich mich gefühlt habe, als hätte ich ungewaschene Haare und fahle Haut. Fahl wie Käse. Und als würde ich auch wie Käse riechen. Ich musste mich zusammennehmen, sonst hätte ich geweint. Nein, noch schlimmer: Wenn ich ehrlich bin, hab ich mich für einen Moment gefragt, ob ich dieses Leben noch ertragen kann. Wegen dieses einen Blicks!

Später habe ich es Ragnar erzählt. „Bin ich verrückt?“

„Nein, verliebt! Das macht einen verletzlich wie ein Ei ohne Schale.“

Ich fühle mich eher wie eine gehäutete Schlange, so neu und empfindlich. Und es ist schlimmer geworden, viel schlimmer, seit ich hier bei Ragnar wohne. Sicher, das ist kein Wunder. Ein völlig neues, völlig anderes Leben...

„Hast du dich früher auch schon wie alter Käse gefühlt?", fragt er.

„Ja, oft. Als junges Mädchen, als die anderen anfingen mit den Jungs."

„Hast du mal in den Spiegel gesehen?"

„Weißt du, er hat manchmal so ausgesehen, als ob er sich vor mir ekelt!"

„Der Spiegel?"

„Nein. Mein Vater."

*

Tagebuch, 10. Juli

Es ist so viel Liebe!

Es sind so tiefe Gespräche.

Gehört beides zusammen? Beschenkt und befruchtet eins das andere?

Ragnar und ich erzählen uns unsere innersten Gedanken. Auch die, die uns peinlich sind. Ich beobachte, dass ich eifersüchtig werde, wenn er etwas anderes möchte als mit mir zu sein. Wenn er sagt: So, jetzt muss ich in den Garten. WAS? Das ist ihm wichtiger? So denke ich. Wirklich! Und auch wenn ich den Gedanken dumm finde, kommt dieses Gefühl. Es ist wie ein Schlag in den Bauch. Nicht wirklich schlimm, nur gerade stark genug, dass es unangenehm ist. Ich erzähle Ragnar davon. Er lacht und sagt: „Ich hab auch blöde Gedanken. Weißt du doch." Ja, weiß ich. Und ich bin immer wieder perplex, dass er darüber spricht, als sei es ganz leicht. Gestern zum Beispiel hat er mir erzählt, wie gebauchpinselt er sich fühlt, wenn er von irgendwoher ein Lob bekommt. Und dass er sich im nächsten Moment vorkommt wie ein kleiner Junge, der nach einem guten Wort lechzt wie nach einem Almosen.

„Ich hab das sehr bewundert, dass du mir das erzählt hast. Und mich selbst gebauchpinselt gefühlt, weil du mir so vertraust."

„Ist das nicht total schön", sagt Ragnar leise, „wenn man auch mal blöd sein darf?"

„Ja... Sehr, sehr schön."

„Wenn ich es dir erzählen kann, ohne dass es schlimm ist, im Gegenteil, du freust dich über meine Offenheit, dann denke ich

plötzlich anders über mich. Und weg sind sie, die blöden Gefühle, die mit den blöden Gedanken gekommen waren.“

„Sag das mal den Gedanken, dass sie sich ändern sollen!“

„Hm – ja.... Aber man kann an etwas anderes denken! Je intensiver, desto besser. Und nicht mehr drauf achten, was sonst noch im Kopf herum plappert. Was keine Aufmerksamkeit bekommt, hat auch keine große Wirkung.“

Vielleicht sollte ich das üben. Vielleicht hilft es mir...

Der Gedanke, den ich möchte, der heißt: Ich will mich nicht an Ragnar klammern. Ich will frei sein und frei lassen!

So will ich lieben!

Diese Art Gedanken lade ich ein zu mir!

*

Die Nachtigallen schlafen. Nur Maries Feuer knackt. Es ist, als würde ich direkt daneben sitzen. Hier im Wald hallt jedes Geräusch wie in einer Säulenhalle. Und auch manche Gedanken. So wie dieser eine. Hallt und hallt:

Ich wünsche mir so sehr, dass ich das ganze Habenwollen endlich hinter mir lasse. Dass meine Gedanken frei davon werden, irgendjemand sei zuständig für mein Wohlbefinden. Auch nicht der Mensch, für den ich alles tun würde. Wie ist das bloß in mich gekommen? Ich bin sicher, dass ich so nicht geboren bin. Sondern rein und klar wie ein Kristall.

***

Kapitel 38

Die Laptop-Tasten haben heute vergeblich auf die Berührungen meiner Fingerspitzen gewartet. Kein einziges Wort ist seit dem Frühstück in meinen Text geflossen. Jolyns Vergangenheit besteht bisher aus mageren acht Seiten. Der Rest sind Notizen und Versuche. Und die Aufzeichnungen, die ich mir von jedem Kontakt gemacht habe. Jede E-Mail, die Fotos, alles.

Mein Blick hängt sich zwischen den Bäumen fest, verliert sich begierig im Spiel von Grün und Grün. Aber die Gedanken holen mich ein.

Mike war schon früh heute Morgen online bei Auserlesen.de. Warum sehe ich nach? Wie eine Spionin. Immer noch gibt es mir jedes Mal einen Stich. Also hänge ich weiter in den Klauen der Begierde, die so tut, als ob sie Liebe wäre oder zumindest Verliebtheit. Ich will so nicht sein. Aber je mehr einer sich entzieht, desto stärker wird das Verlangen ...

Das Telefon klingelt. Ich habe es drinnen vergessen. Stelle den Laptop auf den Tisch, schlüpfe in die Schuhe, bekomme den einen Fuß nur halb hinein, humpele so schnell ich kann ins Haus.

„Carla Engel?“, sage ich atemlos.

„Engel heißt du? Wirklich Engel?“ Harald ruft und lacht so laut, dass ich den Hörer von mir halte.

„Ja, so heiße ich.“ Auch aus mir sprudelt eine Lachfontäne.

„Hast du eben Carla gesagt? Heißt du gar nicht Jolyn?“

„Nein. Also – ja. Aber nicht wirklich. Ich mag meinen Namen nicht besonders, weißt du. Carla ist so hart. Dagegen Jolyn – das hat Musik...“

„Es klingt gut, ja.“ Er lacht hell. „Das hört sich nach einem neu angefangenen Leben an.“

„Blödsinn!“, ranze ich. Lache schnell, um das grobe Wort zu übertönen. „Ich wollte bei Auserlesen.de nicht gleich alles preisgeben. Und dann hab ich gemerkt, dass mir der Name Jolyn viel besser gefällt.“

„Ist doch okay! Wenn es dich freier macht. Ich mag Jolyn auch lieber. Du, ich wollte mich bedanken, deswegen ruf ich an. Da ist mir eine Mail zu steif. Ich freue mich total, dass du Ja gesagt hast! Muss es die Ostsee sein? Ich wohne doch dicht an der Nordsee, ich könnte uns auch etwas in Sankt Peter suchen.“

„Nein. Das sind nicht meine Orte. Ich dachte an Boltenhagen. Kühlungsborn. So in der Art, aber kleiner.“

„Okay...“ Er klingt zögerlich.

„Ist es dir zu weit?“

Diesmal liegt sein Lachen genau zwischen hell und dröhnend. Es holt ihn hierher. Hier neben mich. Mit seinem stattlichen Körper. Seinem netten Gesicht. Seiner Jungenhaftigkeit, die ab und an hindurch blitzt.

„Falls du dir einfallen lässt, dass wir unser Wochenende in Österreich verbringen, DAS wäre mir zu weit. Hahahahaa! Aber an die Ostsee komme ich gerne. Wenn es dir da gefällt.“

„Dir nicht?“

„Keine Ahnung. Besorgst du ein Hotel?“

„Ja, ich guck gleich im Internet.“

„Super! Ich muss weiterarbeiten. Freu mich auf dich!“

„Tschüss Harald!“

„Einen schönen Tag dir, Jolyn.“ Er spricht „Jolyn“ aus, als ob das Wort ein Bonbon wäre, das ihm beim Sprechen vorne auf die Zunge gekommen ist. „Tschüss!“

Ojeoje, was soll das werden? Er ist Feuer und Flamme! Und ich weiß nicht mal, ob ich mich mehr auf die Ostsee freue oder auf ihn...

Hey! Mach dir keine Vorstellungen, okay? Es wird, wie es wird.

Jolyn?

Klar. Wer sonst? Und gewöhn dir ab, dauernd dazwischen zu denken, wenn ich mit ihm spreche. Ist seine Fröhlichkeit echt? Oder produziert er sie? Mich stört das! Merkst du nicht selbst, wie das alles ins Stocken bringt?

Jetzt, wo du es sagst...

Lass mich endlich machen! Alleine!

Okay. Leicht wird das nicht. Aber ich gebe mir alle Mühe. Versprochen!

***

Kapitel 39

Ich schiebe den Einkaufswagen am Brot, am Kaffee, am Gemüse vorbei. Bleibe stehen. Greife nach einer Sechserpackung Eier. Öffne den Deckel. Alle heil. Lege die Schachtel in den Wagen. Steuere ihn in Richtung Käse. Heute brauche ich irgendetwas Besonderes. Vielleicht diesen unendlich köstlichen Rohmilchkäse aus Husum! Der leider auch unendlich teuer ist...

Und dann noch eine tolle Flasche Wein. Für ein Genießer-Abendbrot. Vielleicht ein kleines Brötchen dazu. Und nicht an die Zweifel denken. Aber auch nicht daran, dass ich alleine auf der Terrasse sitzen, alleine den Nachtigallen zuhören werde.

Ich komme an den Grabbeltischen mit den Non-food-Artikeln vorbei. Gar nicht hingucken. Ich brauche nichts.

Aber diese Söckchen... Rosa-weiß geringelt.

Das ist nicht wahr, oder?

Doch. Ich will sie!

Ich glaub das nicht!

Sie sind entzückend!

Ich sehe Bilder aus den sechziger Jahren vor mir. Petticoats, Ballerinas - und Ringelsöckchen. Aber ich trage keine Röcke. Und keine...

Ich möchte sie! Ich möchte sie unbedingt. Sie sind bezaubernd.

Ich stehe da wie ein kleines Mädchen. Die Söckchen schon in der Hand. Schließe die Augen. Schüttele den Kopf.

Kannst du mir mal ein bisschen Freude gönnen? Drei Euro werden dich nicht in den Ruin stürzen.

Ach du, Jolyn!

Ich muss lächeln. Schiebe weiter in Richtung Weinregal. Mein Blick mag gar nicht mehr weg von den rosa-weißen Ringelsöckchen im Einkaufswagen. So schnell ist man verliebt!

„Di-da-did-did-didi-da-did-did“

Das Handy. In der Handtasche. Eine SMS.

„...DARF ICH DIE FÜCHSIN HEUTE NACHT IN IHRER HÖHLE BESUCHEN...? ...HÄTTE DICH GERNE GESTREICHELT... UND LIEBKOST... MIKE“

Wie kommt der an meine Handy-Nummer? Ich habe sie ihm nie gegeben! Hat er mich ausspioniert? Was weiß er noch über mich? Und woher?

Mein Herz rast, dass mir übel wird.

Atmen! Tief ein und aus. Drei Mal. Fünf Mal. Nochmal!
Mein Daumen fliegt über die Handy-Tasten.

„DER JÄGER AUF DIESER FREQUENZ? WOHER HAST DU MEINE HANDY-NUMMER?“

Ich schiebe den Einkaufswagen weiter. Wo wollte ich hin?
„Di-da-did-did-didi-da-did-did!“

„...DIE HAST DU MIR IM RAUSCHE DEINER SINNLICHKEIT GEGEBEN...“

Ich bin schon bei den Spirituosen. Greife meinen Lieblingswein. Stelle mich in die Schlange an der Kasse. Tippe:

„NEIN! HABE ICH NICHT!“

Packe die Sachen aufs Laufband.
Nach Hause. Schnell. Nachsehen, ob ich nicht doch Dinge in einer Mail geschrieben habe, von denen ich nichts mehr weiß.
Das kann nicht sein!
Aber warum sollte er lügen?
Weil... Keine Ahnung. Wenn ich ihm keine Nummer gegeben habe, dann spioniert er hinter mir her! Dann kann er genauso jetzt an meiner Haustür stehen. Oder irgendwo im Wald stecken und kommen, wenn ich am wenigsten damit rechne!
Aber wie soll er mir nachspionieren? Für ihn bin ich Jolyn.
Die E-Mail-Adresse! Wir hatten zuletzt unsere richtigen E-Mail-Adressen ausgetauscht, damit wir nicht mehr über Auserlesen.de kommunizieren müssen.
„Di-da-did-did-didi-da-did-did!”

„...WOHIN MUSS ICH FAHREN...?“

Ich halte der Kassiererin das Geld hin. Schiebe meine Sachen mit dem Unterarm vom Kassentisch in den Einkaufswagen.
Ins Auto, die Tür zu. Das Handy auf den Beifahrersitz. Ich starte den Motor. Nach Hause! Nachsehen, ob ich ihm nicht doch die Handynummer gegeben habe...
Nein, habe ich nicht!
Ich atme durch den offenen Mund. Atme, als würde ich rennen. Muss viel zu schnell gefahren sein. Bin schon an den Serpentinen. Runter mit dem Tempo, sonst geht das nicht gut!
An den Straßenrand fahren? Eine Antwort tippen?
Nein, jetzt bin ich fast da. Keine zwei Minuten mehr. Nur noch die gerade Strecke durch die Felder, durchs Dorf, dahinter den Waldweg hoch zu meinem Haus.

Etwas passiert mit meinem Becken. Oder ist es längst passiert und ich merke es erst jetzt? Wie ein Schwarm Krabben. So kribbelt es. Süßes Kribbeln. Schwärmt in alle Richtungen. Quirlt bis in die Zehen. Bis in die Fingerspitzen. Bis in die Haarwurzeln.

Es wird dauern, bis er hier ist. Ich habe genug Zeit, etwas zu essen. Zu duschen. Die Flasche Rotwein zu öffnen. Zwei Gläser bereitzustellen... Würde Jolyn ihn umarmen? Gleich an der Tür? Oder nimmt sie ihn nur bei den Händen. Flüstert mit rauchiger Stimme „Hey, da bist du ja! Komm rein!".

Ich bin verrückt! Vollkommen übergeschnappt!

Der Mann hat mich ausspioniert! Und angelogen! Verfolgt mich!

Zum zweiten Mal fällt mir der Schlüssel aus der Hand. Ich bücke mich. Bekomme ihn endlich ins Schlüsselloch.

Starte sofort den Laptop. Fliege durch die Mails, die ich an Mike geschrieben habe. Nichts.

Woher um alles in der Welt hat er meine Handy-Nummer?

Atmen. Ruhig werden.

Nicht kriegen lassen...

Nichts ist los! Er steht nicht an meiner Tür. Alles nur Gedanken. Atmen.

Meine zittrigen Finger verhaspeln sich immer wieder auf den winzigen Handy-Tasten. Meine Gedanken sind klar.

„WENN ICH IN MEINEM FUCHSBAU MENSCHEN EMPFANGE UND VOR ALLEM JÄGER, MUSS ICH SIE VORHER KENNEN GELERNT HABEN..."

Ich stehe auf. Die Krabben kribbeln immer noch in meinem Becken. Ich fange an, den Korb mit den eingekauften Sachen auszupacken. Die Milchtüte fällt mir aus den Händen. Zum Glück nicht auf den Boden, nur in den Korb zurück. Und als wäre ich aufgewacht, weiß ich es im selben Moment: Ich habe Angst! Ganz ehrlich betrachtet ist es nicht nur Aufregung, sondern Angst. Und gar nicht so sehr vor ihm...

„Di-da-did-did-didi-da-did-did '!"

„...LERNE MICH IN DEINEM BAU KENNEN... ICH BRINGE KEINE WAFFEN MIT...DU SÜßE FÜCHSIN... DIE MIR DEN VERSTAND RAUBT..."

Ich sehe sein Bild vor mir. Das erste Foto. Das sinnliche, sanfte. Es rieselt durch mich hindurch. Wie Fingerspitzen, die mich streicheln. Wie Haut an Haut mit einem männlichen Körper, der mich mit jedem Härchen, mit jeder Unebenheit liebkost. Wie das dunkel vibrierende Kitzeln einer männlichen Stimme im Ohr, und von dort aus rinnt sie in Wellen durch mich hindurch, bringt jede meiner Zellen zum Jauchzen...

Ruhiger. Langsamer. Atmen. Zu viel Sauerstoff wirkt wie eine Droge.

Der ist doch nur geil! Das ist alles! Kein Wunder, wenn man ständig flirtet! Aber mit *mir* hat das herzlich wenig zu tun!

Ich laufe umher, wie ich es sonst oft beim Telefonieren tue. Bleibe vorm Ofen stehen. Sage zum Andersvogel: „So seid ihr Männer, hm?“ Ich streiche mit dem Finger unter der Silbergaze über die Rindenstückchen, aus denen er zusammengesetzt ist. Sie fühlen sich seidig an. Unendlich zart. Sei vorsichtig, sagt es in mir. Pass auf, dass du nicht verletzt wirst. Aber pass genauso auf, dass du niemanden verletzt!

„Danke!“, flüstere ich.

Drehe mich um. Gehe sehr langsam die paar Schritte zum Esstisch. Beklommen und zugleich unsagbar erleichtert. Nehme das Handy hoch.

„DAZU, LIEBER JÄGER, LEBEN FREI LEBENDE FÜCHSE VIEL ZU GEFÄHRLICH!“

Keine Minute vergeht.

„...STIMMT... ICH HÄTTE DICH ZU TODE GEKÜSST...“

Ich lache auf. Noch ist Zeit einzulenken...

Meine Hände schwitzen. Ich reibe sie aneinander, als würden sie davon kühl. Meine Beine fühlen sich wie aus Gummi an. Ich packe die eingekauften Sachen zu Ende aus. Eier, Milch, Butter, den besonderen Wein. Den Rohmilch-Käse habe ich vergessen.

Es geht nur um Lust. Um seine.

Nein! Auch um meine! Und was ist daran schlimm?

„Der ist doch gestört, der kann sich nicht einlassen“, hat Marie neulich gesagt. Ja. Er bricht immer wieder den Kontakt ab. Ruft nie an. Wir haben noch kein einziges Wort miteinander gesprochen. Nur geschrieben. Es ist offensichtlich: Wenn er vom vielen Flirten aufgeheizt ist, wenn ihn womöglich alle abblitzen lassen haben, fällt ihm die Füchsin ein.

Und trotzdem sind alle meine Adern zu elektrischen Leitungen geworden. Darin fließt Hochspannungsstrom. Ich laufe ins Bad. Schaue mich im Spiegel an. Ich habe es gespürt: Da ist ein neues Lächeln in meinem Gesicht. Ein Abenteuerlächeln. Auch ein bisschen frivol.

Ja, es ist klug, ihn nicht hierher kommen zu lassen. Aber es ist genauso klug, das, was das Leben mir schenkt, auch anzunehmen!

Ich greife nach dem Handy. Tippe langsam. Unschlüssig.

„GUT PARIERT, LIEBER JÄGER! WUSSTE ICH'S DOCH, DU SELBST BIST DIE WAFFE…"

Ich muss in den Wald! Binde mir die Haare zum Pferdeschwanz. Ziehe die Laufschuhe an. Spurte im nächsten Moment schon den Waldweg hoch. Was für ein Glück, dass es abends noch so lange hell ist!

Und was für ein Glück, dass der Andersvogel mich eben an etwas erinnert hat: Der andere ist der andere! Alles, was ich auf ihn werfe, hat mit ihm nicht viel zu tun. Dafür umso mehr mit mir! Und jetzt sehe ich es klar und deutlich: Ich habe Angst! Ja. Ich laufe weg! Ja. Laufe vor dem Handy weg. Habe es auf dem Schuhschränkchen im Flur liegen lassen. Absichtlich. Weil ich nicht weiß, wie ich antworten werde, wenn Mike weiter fragt…

Ich komme in mein Tal. Lächele die Bäume an. Die Blaubeersträucher. Das Gras, dessen feine Rispen wie zarte Goldschleier über dem Moos schweben. Erzähle den braunschuppigen Kiefernstämmen von einer Fuchsjagd. Einer ganz besonderen. Erzähle dem Korn davon, als ich wieder aus dem Wald herausgerannt komme. Vom leichten Wind bewegt sehen die Felder aus wie ein Meer. Das Korn ist schon mehr gelb als grün. Duftet nach Reife. Ein wenig wie Heu. Wie schnell alles vergeht…

Viel zu schnell, um ein Geschenk nicht sofort zu ergreifen!

***

Kapitel 40

Die Autos dröhnen und heulen vorüber. Jeder Luftsog erschüttert meinen Wagen. Der Mann vom Autoclub ist gerade anderswo im Einsatz. Es kann dauern, bis er kommt. Mir klingt das dumpfe Husten des Auspuffs noch im Ohr.

Wie gelassen ich reagiert habe!

Als das Gasgeben plötzlich wirkungslos gewesen ist, bin ich mit dem letzten Schwung über drei Spuren auf den Standstreifen gewechselt. Motor aus. Handbremse ziehen. Autoclub anrufen. Warndreieck aufstellen. So ruhig, als wäre in einer halben Stunde alles wieder okay.

Und wenn der Motor kaputt ist? An ein neues Auto ist nicht zu denken!

Wahnsinn, ein Buch schreiben zu wollen! Verrückt! Wenn das erste ein Erfolg wäre, ja dann... Einen Job hätte ich mir besorgen müssen! Das wäre das einzig Vernünftige.

Tue ich in letzter Zeit noch irgendetwas Vernünftiges? Fahre zu einem Wochenende mit einem Mann, der „zart verliebt“ ist. Den ich aber nur einmal getroffen habe. Ich? Oder eine quirlige Vierundfünfzigjährige namens Jolyn, die vor lauter Lebenslust und Aufregung glüht?

Ich betrachte die Silhouette von Hamburg. Mein Blick braucht etwas, an das er sich halten kann. Etwas, das Wirklichkeit besitzt. Kräne ragen in den durchsonnten Himmel wie die langen Hälse von Sauriern mit winzigen Köpfen. Ein Flugzeug im Sinkflug steht fast in der Luft, umgeben von einem Trupp Plusterwolken, der genauso unbeweglich ist. Alles scheint plötzlich in Zeitlupe zu geschehen.

So viel zu dem Wort „Wirklichkeit“...

Ich muss lächeln.

Gut, dass du deinen Humor hast, Carla!

Ja! Und wie es so ist mit den Gedanken: Kaum ist ein fröhlicher da, kommt gleich noch einer. Die Ostsee! Ich habe genau das richtige Hotel gefunden. Zwei Tage Sand und Möwenschrei und Meeresrauschen und vielleicht auch...

Und wenn das Auto nicht so schnell zu reparieren ist? Oder gar nicht? Dann kann Harald mich vielleicht ja abholen.

Nein. Ich muss jederzeit wegfahren können! Kein Treffen ohne Auto. Auf keinen Fall!

Das Handy schrillt sein SMS-Piepsen:

Harald...

„...GUTEN MORGEN LIEBE FÜCHSIN...KOMME JETZT UNTER DEINE DECKE... MÖCHTE DICH IN DIE ARME NEHMEN... DICH AUS DEM HALBSCHLAF VERFÜHREN... MIKE“

Hitze schießt mir in die Wangen.

„Nichts als ein Flirt!“, warnt ein Gedanke.

Ja, Carla...

Ich liege sofort im Bett. Auf der Seite. Er ist hinter mir und an mir. Küsst meine Schultern. Die empfindsame Haut in meinem Nacken beginnt zu lächeln. Das Lächeln läuft meine Schultern hinunter. Schlüpft in meinen BH. Kitzelt. Rieselt mir über den Bauch. In die Lenden. Wie Sand, den man aus der offenen Hand über die Haut fließen lässt.

„GUTEN MORGEN, LIEBER JÄGER, HAST DU SCHÖN GESCHLAFEN?“

„Di-da-did-did-didi-da-did-did!”

„...BIN LUSTVOLL AUFGEWACHT... LÄCHEL... MIT GEDANKEN AN DICH... HALTE DICH SANFT IN MEINEN ARMEN...“

„BIN AUCH VOLLER LUST AUFGEWACHT... SCHICKE DIR EINEN KUSS.“

„...WÜRDE GERNE DEINE LUST IN EINEN RAUSCH VERWANDELN... IMMER WIEDER... SO WIE DU ES MAGST... AN DEINEN RÜCKEN GEKUSCHELT... WANN DARF ICH DICH VERZAUBERN?“

Einen Rausch. Ja. An den Rücken gekuschelt. Ich liebe das! Ich möchte...

Puh, was geht hier vor? Gut, dass ich Harald zugesagt habe! Er kommt mir plötzlich vor wie ein sicherer Hafen.

Ja. Genauso langweilig.

Nimm dich zusammen, Jolyn!

Warum? Du wartest auf den Mechaniker, der dir vielleicht den Tod deines Autos verkünden wird, und deine Wangen glühen, als seist du gerade aus einer wundervollen Nacht aufgewacht. Du spürst einen warmen Körper an deinem Rücken, spürst den Nachklang einer Lust, die sich schon aufs Neue entfaltet. Was für ein Geschenk! Du hast selbst beschlossen, keine Geschenke mehr auszuschlagen...

Du bist verrückt!

Wenn das verrückt ist, dann bin ich es gerne!

Ich schüttele den Kopf. Und muss Jolyn doch Recht geben. Einerseits. Aber es gibt nicht nur dies Einerseits...

Sondern auch das wirkliche Leben. Und das ermächtigt sich meiner Finger und tippt:

„ICH WERDE GLEICH ABGESCHLEPPT ZUR WERKSTATT, BIN MIT DEM AUTO LIEGENGEBLIEBEN."

Ich habe höchstens zwei Mal geatmet, da kommt schon die Antwort:

„...WO HAST DU DICH AUFGEHALTEN...? ...DU ARME... DAS TUT MIR LEID... KANN ICH DIR HELFEN?"

Ich halte inne. Lese noch einmal. Spüre, wie die Worte in mich einsinken.

Im Rückspiegel ein gelbes Auto mit schwarzer Aufschrift. Es blinkt rechts. Biegt vor mir auf den Standstreifen. Setzt ein Stück zurück und bleibt direkt vor mir stehen.

Als der Autoclub-Mechaniker aussteigt, bin ich schon bei ihm. Reiche ihm die Clubkarte. Schildere, was gewesen ist.

„Dann entriegeln sie mal die Motorhaube", sagt er.

Ich setze mich zurück ins Auto. Entriegele. Schaue die offene Motorhaube an. Atme tief. Atme mich aus Mikes Umarmung heraus, so gut es geht ohne das Lächeln im Körper wegzuschicken.

Der Kopf des Mechanikers erscheint im Beifahrerfenster. „Starten Sie mal den Motor."

Meine Hand zittert. Ich starte, als ob ich im Fahrschulwagen sitze und es zum allerersten Mal tue. Er springt an! Und er läuft! Kein Motorschaden! Jedenfalls kein Vollschaden.

Der Mechaniker ist wieder hinter der Motorhaube verschwunden. Lässt den Motor aufheulen. Klappert da vorne herum. Ich nehme das Handy.

„AUF DER BAB KURZ VOR HAMBURG. SEHE SCHON DIE KRÄNE."

„WAS IST MIT DEINEM AUTO?"

Der Mann vom Autoclub öffnet die Beifahrertür und setzt sich neben mich.

„Da kann ich nichts machen. Ich vermute, der Katalysator hat sich dichtgesetzt. Dann brauchen Sie einen neuen. Auf jeden Fall müssen Sie damit in die Werkstatt. Ich rufe gleich den Abschleppwagen."

Er füllt Papiere aus.

„Bekommen die das heute noch hin?“ Meine Stimme passt nicht zu meinen Worten: Sie ist furchtlos. Sogar freudig.

„Wahrscheinlich nicht. Sie werden Ersatzteile brauchen, und die müssen bestellt werden und ob die heute noch kommen?“ Er sieht zu mir herüber, als müsste mir klar sein, dass das gar nicht geht. „Rechnen Sie mal lieber mit Montag, das ist realistisch.“

Das war's also. Aus mit der Verabredung!

Seltsam! Ich lächele!

„Wollen Sie einen Leihwagen oder möchten Sie in ein Hotel in der Nähe?“

„Hotel wird auch bezahlt?“

Ein Gedanke zuckt durch mein Hirn wie ein Kugelblitz. So geheim, so verwegen, dass ich tue, als wäre er gar nicht da gewesen.

„Bis zu vier Nächte.“

„Dann nehme ich das!“

Eine Hitzewelle huscht mir über die Haut. Hey! Ich bin mit Harald verabredet! Ich muss ein Leihauto nehmen und zu ihm fahren!

Immer mit der Ruhe. Es ist doch noch gar nicht klar, dass ich nicht mehr weiterfahren kann!

„Hier unten bitte noch unterschreiben.“ Der Autoclub-Mann hält mir seinen Block hin. Meine Finger greifen den Kugelschreiber. Unterschreiben. Der Mann telefoniert.

„Der Abschleppwagen ist in zwei Minuten da!“, sagt er. „War zufällig in der Nähe.“ Er öffnet die Autotür.

„Und wie – käme ich in ein Hotel?“

„Die bringen Sie von der Werkstatt aus hin.“

Er verabschiedet sich. Steigt aus.

Ich greife sofort nach dem Handy.

„KONNTE DER MECHANIKER NICHT SAGEN. GROßES FUCHSDANKE FÜR DEIN HILFEANGEBOT! ALLES GUT JETZT. ICH SCHLAFE HEUTE NACHT IM HOTEL. KÖNNTE SEIN, DASS FÜCHSE DA LEICHTER ZU ERLEGEN SIND.“

Mikes Antwort kommt rasant schnell.

„…IN WELCHEM HOTEL?…VON WANN BIS WANN.?.. IN WELCHER STADT?…“

„Vorsicht, auch wenn die Füchsin nicht in ihrem Bau ist, ganz so einfach ist sie trotzdem nicht zu kriegen!“

„Manche Füchse jagen den Jäger... und verschlingen ihn mit Haut und Haar... und er lässt es mit sich geschehen... hat sogar Spaß daran... In welcher Gegend muss er sich besonders vorsehen...?“

Mein Herz fängt an zu hämmern. Ich spüre es bis unter die Zunge.

„Der Abschleppwagen ist da. Melde mich später.“

*

Der Werkstatt-Meister ist auf väterliche Weise freundlich. Er könne heute nichts anderes tun, als einen neuen Kat zu bestellen, sagt er. Der alte hätte sich innerlich vollkommen zerlegt. Der Mann zieht die Schultern hoch: „Das kommt vor.“

Er lädt meinen Koffer und meine beiden Taschen in sein Auto um. Mir ist, als ob das Schicksal persönlich dies alles inszeniert und ich nichts anderes tun kann, als mich hinein zu geben. Ich habe Harald schon eine SMS geschickt. Er soll nicht losfahren. Ich kann nicht. Melde mich später. Habe auch schon das Hotel an der Ostsee storniert.

Wir fahren Richtung Stade. Ich glaube, der Meister hat mir einen sehr schönen Ort empfohlen. Mein Zimmer ist gebucht. Da kann ich dann allerdings nicht weg, was auch passiert.

Ich greife mein Handy. Tippe:

„Vor den Toren von Hamburg. Richtung Stade.“

„...wohin genau wird er gelockt...?

„Werde gerade zum Hotel „Waldesruh“ gefahren. Das passt doch!“

„Wo liegt es?“

„Schicke dir nachher mehr. Komme eben erst dort an.“

Wie eine eingesperrte Tigerin laufe ich im Hotelzimmer auf und ab. Sacke zum wer weiß wievielten Mal in einen der beiden Sessel. Springe wieder auf. Ich habe gelogen! Es geht mir nicht gut, die lange Fahrt kann ich mir nicht zumuten. Bei unserem ersten richtigen Treffen will ich fit sein. Das ist mir so flüssig über die Lippen gekommen, dass Harald anscheinend nichts gemerkt hat.

„Di-da-did-did-didi-da-did-did!"

„... WÜRDE DICH JETZT GERNE MASSIEREN... MIKE"

Ich lache auf.

„DAS KÖNNTE ICH SEHR GUT GEBRAUCHEN!"

„... MÖCHTE DEINE KÜSSE... MÖCHTE DICH... WANN HAST DU ZEIT FÜR MICH...?"

„KOMM!"

„MUSS NOCH EIN ANGEBOT SCHREIBEN... MELDE MICH, SOBALD ICH FERTIG BIN..."

Mein Körper glüht. Ich brauche einen Waldlauf, sonst vergehe ich. Das Schicksal hat mich offenbar nicht ohne Grund von einem Wald in den nächsten befördert.

Ich bleibe im Sessel sitzen, als wäre ich festgewachsen. Mein Blick geht im Hotelzimmer umher. Schön ist es. Orangetöne und dazu dunkelrote Sessel und Vorhänge...

Das mit Harald... Das ist nicht in Ordnung!

Wozu solche Gedanken? Mein Körper sagt mir, was richtig ist. Meine Haut fühlt sich an, wie sie sich seit Ewigkeiten nicht angefühlt hat. Vielleicht noch nie. Es ist ein bisschen wie Sonnenbrand. Aber eine sehr schöne Form von Sonnenbrand. Und mein Herz spricht laut und deutlich. Hoffentlich werde ich vor Herzklopfen nicht ohnmächtig!

„Di-da-did-did-didi-da-did-did!"

„IST 20 UHR OKAY? MIKE"

„JA. HABE HERZKLOPFEN. SEHR!"

„... MIT VERBUNDENEN AUGEN WÄRE ES EINFACHER...."

Das steht da nicht wirklich, oder?

Ich lese noch einmal. Denke trotzdem:

Das steht da nicht!

Langsam, Pünktchen für Pünktchen, Buchstabenweise für Buchstabe, kommt es doch bei mir an. Und zugleich gelangt auch der restliche Wahnsinn, den ich hier mache, in den Teil meines Gehirns, der nicht vollkommen von dichtem, rosa Nebel durchschwadet ist.

„... mit verbundenen Augen..."

Ich muss in den Wald!

***

Kapitel 41

Ich bin bis zur letzten Reserve gejoggt. Der Wald ist anders als der zu Hause. Dichter. Dunkler. Weniger Grün und keine Blaubeerbüsche am Waldboden. Kann ich trotzdem auch hier eine Wäscheleine von Wipfel zu Wipfel spannen? Alle Gedanken daran aufhängen, die mich schwer machen?

Ich komme an einen kleinen See. Stehe minutenlang da, Beine gegrätscht, Oberkörper nach unten hängend. Atme. Setze mich auf die Bank, die dort wartet. Oder besser: liege fast. Wie Josepha sich immer hingefläzt, der Körper auf der Bank so weit nach unten, wie es geht. Die Beine lang ausgestreckt. Der See ist von Wald umgeben. Das macht ihn dunkel und still.

Ich strecke Arme und Beine von mir. Wünsche mir, dass die Stille des Sees sich von meinen geöffneten Armen willkommen geheißen fühlt. In mich hinein fließt. Mich auch still macht.

Ich werde ruhiger. Und zugleich traurig. Es geht nicht. Nicht nach dem, was Mike da vorgeschlagen hat.

Natürlich kann er kein notorischer Frauenkiller sein, dann würde er sich kein Hotel als Tatort aussuchen. Aber das ist es nicht. Ich bin traurig, und gleichzeitig rattert mein Herz wie ein wild gewordener Klopfgeist. Was Mike da vorschlägt, wie immer es läuft, ist genau die Art von Story, die ich suche. Mein Herz rast noch schneller. Aber es geht nicht. Ich kann mich so nicht mit ihm treffen. Und das schreibe ich ihm jetzt!

Hat mein Handy hier Empfang? Ja.

„MEIN HERZ RAST, DASS ICH ES FESTHALTEN MUSS!"

Ich will weiterschreiben. Plötzlich ist die SMS weg. Versehentlich abgeschickt. Ich fange eine neue an, tippe weiter:

„Es ist abenteuerlich, aber..."

„Di-da-did-did-didi-da-did-did!"

„....DER VORSCHLAG MIT DEN VERBUNDENEN AUGEN...DER BEWEGT DICH SO...?

„JA!"

„...ES WÄRE FÜR DAS ERSTE MAL LEICHTER ... NUR FÜHLEN... UNS BESCHNUPPERN..."

Es ist, als würde in meiner Gedankenwelt ein Schalter umgelegt. Ich höre fast das Klicken. Er hat Recht! Ich weiß ja, wie es ist, wenn man sich gegenüber steht. Schon so viel ausgetauscht hat. Und gerade wir. Das war alles sehr speziell. Und plötzlich schauen sich die beiden echten Menschen ins Gesicht. Müssen erst Fantasie und Wirklichkeit zusammenfinden lassen. Wie viel einfacher, wenn man sich ganz aufs Fühlen einlässt und sonst nichts...

Nein! Ich denke mir das schön!

Aber... Für den ersten Moment? Für die allerersten Worte? Könnte es... da nicht wirklich – hilfreich sein?

Der Wald, der See, die Blässhühner weit draußen, alle sind still. Als wollten sie sagen: Jetzt bist du gefragt. Ganz alleine du.

„Di-da-did-did-didi-da-did-did!"

„...HEY DU KLEINE FÜCHSIN... WIE KÖNNTE ES FUNKTIONIEREN...? ...MÜSSEN DEN WEIN DANN ZUSAMMEN AUS DER FLASCHE TRINKEN...LACH...WENN ICH KLOPFE, MUSST DU DIR DIE AUGEN VERBINDEN UND ICH AUCH... NICHT, DASS ICH DANN ALS EINZIGER DIE AUGEN VERBUNDEN HABE...UND DU LACHST DICH KAPUTT..."

„ICH LACHE DICH NICHT AUS, HOFFENTLICH NIE UND SCHON GAR NICHT IN SO EINEM MOMENT."

„... WOLLEN WIR ES SO MACHEN...?"

„OKAY."

Habe ich das wirklich getippt? Okay? Und abgeschickt? Ich bin verrückt!

Ja. Bist du. Endlich! Herzlichen Glückwunsch!

*

Neunzehn Uhr zwei:

„...KLOPFE IN EINER STUNDE AN DEINE TÜR..."

Neunzehn Uhr drei:

„WO BIST DU?"

Neunzehn Uhr fünf:

„ELBBRÜCKEN..."

Neunzehn Uhr sieben:

„BIN NOCH IM RESTAURANT UND ESSE. SCHICK MIR EINE SMS, BEVOR DU DA BIST, JA?"

Neunzehn Uhr zehn:

„...OK..."

*

Ich bin längst zurück im Zimmer. Habe den Wein geöffnet. Zwei Gläser bereitgestellt. Die beiden Kerzen, die ich für das Treffen mit Harald mitgenommen habe, angezündet. Kann nicht stillsitzen. Kann gar nicht sitzen. Stehe an der Glastür. Hinter dem Hotel liegt eine Wiese, umgeben vom Wald. Schafe grasen in einer Ruhe, die mich noch kribbeliger macht. Das Handy in meiner Hand zuckt. „Di-da..."

Neunzehn Uhr achtundvierzig:

„....BIST DU AUF DEINEM ZIMMER.?... WELCHE NUMMER..?"

Neunzehn Uhr neunundvierzig:

„NR. 109 IM ERSTEN STOCK. WIRKLICH MIT VERBUNDENEN AUGEN?"

Neunzehn Uhr sechsundfünfzig:

„JA!... WERDE MEINEN SCHAL UMBINDEN... OHNE SCHUMMELN... VERSPROCHEN?"

Neunzehn Uhr siebenundfünfzig:

„VERSPROCHEN!"

*

Ich atme, als ob es mir verordnet worden wäre. Ein. Aus. Tiefer. Noch tiefer. Atme gegen das Herzwummern an. Sitze auf dem Bett. Mit verbundenen Augen. Verloren in die Schwärze. Habe geduscht. Mich eingecremt. Leicht geschminkt. Die Haare locker geföhnt. Sogar die Lippen nachgezogen. Die verbundenen Augen werden ja nicht verbunden bleiben...

Wenn du noch einen letzten Rest Verstand hast, dann brichst du das Ganze sofort ab! Sitzt hier wie ein Opferlamm! Ja, du: Carla Engel! Um ein billiges Abenteuer zu erhaschen...

Ich tue es für den Roman! Es kommt wie gerufen. Eine bessere Einstiegsstory kann es nicht geben!

Ach ja? Du meinst eine banalere! Und obendrein auch noch gefährlich! Brandgefährlich!

Quatsch! Doch nicht in einem Hotel.

Ach nein? Meinst du, Wahnsinn hat immer noch einen Rest von Verstand? Wenn du diesen Wahnsinn mitmachst, Carla Engel, dann solltest du dich anschließend gleich einweisen lassen! Wenn du dann noch lebst!

Ruhe! Wie soll man denken, wenn ihr Gedanken alle durcheinander schreit? Wie ein Schwarm Krähen!

Atmen. Tiefer. Noch tiefer.

Der meint es nicht gut und freundlich! Das ist eine Finte. Du fällst schon die ganze Zeit auf ihn herein. Ist dein Gehirn auf Erbsengröße geschrumpft, als du sein Foto gesehen hast? Glaubst du nicht, dass genau das sein Plan war?

Etwas anderes denken! Sofort!

Werde ich sein Klopfen hören? So laut, wie das Blut in meinen Schläfen pocht?

Wie kann man so dumm sein? So willfährig!

Ich atme. Atme Kraft. Atme Mut. Die Aufregung lässt sich nicht weg atmen. Plötzlich ist sie verwegen. Ist lebendig. Ist, wie wenn ich gleich abhebe, um zu fliegen. Ich stehe auf. Taste mich mit verbundenen Augen zur Tür. Stelle mir vor, dass er gerade die Treppe nimmt. Immer zwei Stufen auf einmal. Presse die Hand auf mein wildes Herz.

Ein Geräusch. Auf der anderen Seite der Tür. Als ob sich Stoff bewegt.

„Bist du das?“ Mein Flüstern klingt ruhig.

„Ja“, sagt es draußen.

Mein Herz rennt auf und davon. Ich werde trotzdem funktionieren. Ja, das kann ich. Funktionieren...

Ich taste nach dem Türknopf. Drehe ihn. Öffne langsam die Tür.

„Hast du auch wirklich die Augen verbunden?“ Seine Stimme ist heiser und wie im Stimmbruch so hell. Wie kalter Novemberwind weht seine Aufgeregtheit vor ihm her. Zusammen mit süßlichem Rasierwassergeruch. Ich sehe ganz kurz hin. Nehme nur seine Gestalt war. Sehe sofort, dass es ihm wie mir geht: aufgeregt, etwas ängstlich, voller Lust.

„Ja. Komm rein.“ Ich ziehe das Tuch wieder herunter.

„Nicht dass ich hier jetzt stehe und du lachst dich tot!“

„Ich hab doch gesagt, dass ich die Augen verbunden habe!“

„Mensch, ist das irre. So was hab ich noch nie gemacht! Du?“

„Nein, noch nie.“

Ich finde seine Hände. Sie sind eisig. Ziehe ihn sacht daran zu mir in den Flur. Mache die Zimmertür zu.

„Ich bin zwei Mal geblitzt worden!“

Sein Lachen keucht. Er atmet, als sei er mehr als nur das eine Stockwerk hochgerannt. „Verrücktes Gefühl! Ich habe keine Ahnung, wo ich bin.“

Ich halte immer noch seine kalten Hände.

„Hast du wirklich deine Augen verbunden?“ Seine Stimme schwirrt.

„Ja. Mit meinem Seidentuch“, flüstere ich. Bin ruhig. Vollkommen ruhig. Oder?

„Ich habe meinen Schal genommen.“ Er lacht leise. Es klingt gezwungen.

„Komm! Wir gehen ins Zimmer. Da gibt es zwei Sessel und auf dem Tisch steht Rotwein.“ Warum spreche ich Flüsterton?

„Gehst du vor? Ich hab überhaupt keine Orientierung“, flüstert er.

„Es ist ein Hotelzimmer wie alle: Ein Flur, links das Bad und geradeaus das Zimmer. Ich führe dich, warte einen Moment, muss mich erst orientieren.“

Ich gehe einen Schritt vor, strecke die Arme aus und taste nach den Wänden, um die richtige Richtung zu finden. Drehe mich dorthin. „Okay, ich glaube, ich weiß jetzt, wo es lang geht. Gib mir deine Hand.“ Ich reiche ihm meine nach hinten.

„Ich halte mich lieber an dir fest.“

Seine Hände legen sich kühl auf meine Schultern. Meine rechte Hand lasse ich an der Wand entlang fahren. Mike ist nah an meinem Rücken. Ich spüre seinen Atem in meinem Nackenhaar. Ein knisterndes Kitzeln steckt alle anderen Härchen meine Wirbelsäule abwärts an. Mein Fuß stößt gegen etwas. Ich taste nach unten. Es ist einer der Sessel. Ich bleibe stehen und dirigiere Mike dorthin. Er setzt sich. Ich strecke die Hand suchend aus. Schiebe einen Fuß vor den nächsten, bis ich den zweiten Sessel berühre und mich setzen kann.

„Möchtest du ein Glas Wein?“ Ich flüstere immer noch.

„Ich mag deine Stimme“, gibt er im Flüsterton zurück.

„Deine war mir im ersten Moment zu hoch.“ Wie leicht es fällt, das auszusprechen! Würde ich das ohne die verbundenen Augen tun? „Aber ich mag, dass sie so heiser ist.“

„Ich hab ganz kalte Hände.“ Sein Flüstern klingt, als ob er grinst.

„Und mir klopft das Herz wie verrückt. Vielleicht hilft der Wein.“

„Bestimmt. Hast du schon eingeschenkt?“

„Ja, aber nur wenig, damit wir nichts verschütten.“

Ich strecke die Hand dahin, wo der Tisch sein muss. Sehr vorsichtig. Berühre eines der Gläser.

„Hier ist das Glas."
„Wo?"
„Hier. Hast du es?"
„Ja."
„Dann muss ich nur noch das andere finden. Ups..."
„Umgekippt?"
„Ist gerade noch gut gegangen. Komm, wir stoßen an."
Er lacht auf. „Wie das?"
„Heb' dein Glas in meine Richtung, ganz vorsichtig natürlich. Wir werden uns schon treffen."
Ich bewege das Glas hierhin und dahin.
„Das können wir noch die ganze Nacht so machen!"
Im selben Moment stößt mein Glas sanft gegen seins. Ich kichere.
„Warum flüstern wir eigentlich die ganze Zeit?", sage ich in normaler Stimmlage. Merke es sofort: Weil es zu laut ist. Zu nüchtern klingt. Vielleicht auch zu absichtlich locker.
„Weil es schön ist." Er lacht in sich hinein.
„Ja."
„Magst du ein bisschen näher kommen?" Sein Flüstern ist sanft. „Setz dich vor mir auf den Boden, dann kannst du dich an meine Beine lehnen."
„Und du kannst ein bisschen schnuppern, hm?"
„Hab ich schon."
„Und?"
„Schön. Ich mag deine Stimme. Ich mag deinen zarten Duft."
Ich gleite vom Sessel, krabbele zu ihm und setze mich mit dem Rücken gegen seine Beine.
„Darf ich dich berühren?"
„Ja, darfst du."
Seine Hände flattern wie zwei Fledermäuse auf meinen Kopf. Lassen sich nieder. Bleiben liegen, als müssten sie sich beruhigen. Streichen dann sacht über mein Haar. Jetzt sind es keine Fledermäuse mehr. Sondern Männerhände. Behutsam. Leicht.
„Fühlt sich blond an."
„Du bist sehr feinfühlig!"
Er betastet den Seidenschal um meine Augen.
„Nimmst du ihn mir ab?"
„Nein! Wir wollen uns ganz langsam erforschen. Riechen, fühlen, hören."

„Meinst du, wenn wir uns sehen, verdirbt alles?"

„Nein!" Er lacht auf, als sei der Gedanke absurd. „Wir haben uns ungewöhnlich kennen gelernt, wir müssen auch ungewöhnlich weitermachen." Seine Hände tappen auf meine Schultern. Beginnen zu streicheln. Aufregend kühl. Aufregend zärtlich. Ich trage nur ein Top mit Spaghettiträgern. Gänsehaut prickelt mir die Arme entlang. Gleichzeitig fliegt mir Hitze ins Gesicht. Er lehnt seine Stirn gegen meinen Hinterkopf. Streicht mit den Fingerspitzen meine Oberarme entlang. Es ist, als liefen unzählige kühle Füßchen über meine Haut. Kitzelten auf meinen Schulterblättern. Liefen meine Seiten hinunter bis in die Lenden.

„Ich glaube, ich brauche noch ein Glas", murmele ich.

„Magst du nicht, wenn ich dich streichele?"

„Doch. Aber ich werde immer aufgeregter davon."

Er beugt sich vor. Ich spüre seine Wange an meiner. Weich und sehr glatt rasiert. Ich ziehe die Luft ein. Sein Rasierwasser riecht geheimnisvoll. Der Ledergeruch seiner Jacke macht meinen Atem schneller. Ein leises Zittern überläuft mich. Mike tastet mit seiner Hand meinen Arm hinunter. Es kitzelt, dass ich kichere. Unbeirrt streichelt er meine Finger entlang, einen nach dem anderen. Verlässt meine Hände. Erforscht meinen Bauch. An seine Beine gelehnt berühre ich seinen Arm. Weiches Leder, nicht mehr so kühl wie vorhin. Wandere daran aufwärts. Taste dort oben nach seiner Wange. Wage kurz mit der Zeigefingerspitze seine Lippen zu begrüßen. Ertaste weiter aufwärts den Schal, der fast bis zu seiner Nasenspitze zu reichen scheint.

„Vorsichtig!"

„Okay, okay."

„Ich mag nicht im Gesicht berührt werden." Er lacht. Es klingt gezwungen.

Ich wandere mit den Fingerspitzen nach hinten in sein Haar.

„Wie weich deine Haare sind... Lockig, oder?"

„Hmhm, ein bisschen."

„Und braun?"

„Ja."

Es ist so viel einfacher mit verbunden Augen! Wie hätten wir das sonst machen sollen? Geredet hätten wir. Geredet und geredet. Oder wir wären uns in die Arme gesunken, hätten zu schnell zu viel gewagt. Seine Finger zeichnen Spuren auf meinen

Bauch. Bahnen von Gänsehaut, die sich kreuzen. Sich selbständig machen und mir den Rücken hochsausen.

„Wie lange bist du noch hier im Hotel?“, flüstert er in mein Ohr. Zupft mit weichen Lippen an meinem Ohrläppchen.

Die Heiserkeit seiner Stimme prickelt mir den Rücken hinunter bis in die beiden Grübchen überm Po, wo sie wie knisternde Feuer aufflackern.

„Bis Montag wahrscheinlich.“ Ich höre mich auch heiser an.

„Gut...“

„Wieso?“

„Ich muss gleich weg, wir drucken heute Nacht noch.“

„Was?“

„Deswegen bin ich ja so gerast hierher. Ich müsste eigentlich die ganze Zeit dabei sein. Darf ich wiederkommen?“

„Ja!“

*

Ich stehe im Bad vorm Spiegel. Grelle Frontalbeleuchtung dröhnt mir aus vier Halogenlampen entgegen. Träume ich? Ein solcher Lichtbeschuss, und was ich sehe, ist – eine Frau völlig ohne Alter. Sie glüht. Sie lächelt. Sie ist schön.

***

Kapitel 42

Ich liege seit kurz vor sechs Uhr wach. Lächele vor mich hin. Habe anscheinend die ganze Nacht gelächelt. So fühlt sich mein Gesicht zumindest an. Mein Herz klopft, als wäre es schon Abend und Mike an der Tür.

Wie kann ich derartig aufgeregt sein? Wegen eines harmlosen Spiels? Bei dem es nur um Sex geht?

Nur? Gibt es etwas, das einen mehr aufregen kann? Außer in Lebensgefahr zu geraten?

Irgendwo muss ich hin mit all dem Kribbeln, sonst platze ich. Marie anrufen? Ihr von dem „harmlosen Spiel" erzählen? Ich höre sie schon: Mit verbundenen Augen? Bist du wahnsinnig?

Dann lieber raus in den Wald. Bis zum Umfallen joggen.

„Di-da-did-did-didi-da-did-did!"

Sieben Uhr fünf:

„...GUTEN MORGEN... MÖCHTE DICH LIEBKOSEN... DICH SPÜREN... DEINE LIPPEN... DEINE BRÜSTE BERÜHREN... WAS MACHST DU GERADE? ...MIKE"

Ich lache auf. Lache den Schrecken weg. Warum hat es mich erschreckt?

Sieben Uhr sieben:

„HEY, DA BIST DU JA SCHON! LIEGE NOCH IM BETT MIT HERZKLOPFEN, DASS MIR SCHWINDELIG IST."

Sieben Uhr neun:

„...HAB AUCH KAUM GESCHLAFEN... MUSS GLEICH IN DIE DRUCKEREI... WÄRE SONST SCHON UNTERWEGS ZU DIR..."

Ich schlage die Decke zurück. Unter die Dusche und in den Tag! Eigentlich brauche ich gar nicht zu duschen: Auf meiner Haut ist ein kühles Brennen, als würde ich nackt am Wellensaum entlang laufen, so schnell, dass eine Fontäne silberner Wasserperlen um mich gischtet.

Ich lächele mir im Spiegel selbst zu. In meinen Augen sprüht es. Wie bringe ich den Tag nur herum bis endlich wieder Abend ist?

Zuerst ein tolles Hotelfrühstück: Ich werde jedes Krümelchen genießen. Danach in den Wald. Und dann: schreiben! Weiterschreiben an Jolyns Vergangenheit. An so einem Tag ist *nichts* schwierig!

*

Ich lächele noch immer. Den ganzen langen Spaziergang habe ich es gespürt. Es ist, wie wenn ich ein neues Gesicht bekommen hätte. Vielleicht ist es auch eher eine heitere Miene, sonst müsste ich längst Muskelkater um den Mund herum haben. Auch mein Atmen ist neu. Die Luft schmeckt. Nicht nur im Wald, auch hier im Zimmer. Nach Zimt, nach Honig und einer Prise Pfefferminz.

Und jetzt an den Laptop! Es wird leicht sein! So leicht wie ich gerade bin.

Das Zimmer hat einen kleinen Balkon mit zwei gepolsterten Gartenstühlen, einem Tischchen und sogar einem Fußhocker. Da sitze ich, die Beine hochgelegt, den Laptop auf dem Schoß. Während er startet, schaue ich über die Wiese zu meinen Füßen, die sich weit ausbreitet und von riesigen Eichen umfriedet ist. Die frisch geschorenen Schafe dort sehen aus wie in beigeweiße Schlafanzüge gesteckt. Nur die halbwüchsigen Lämmer haben ihre Wolle noch. Sie ist kurz und lockig. Gestrickte Schlafanzüge. Sie tollen umher, flitzen unvermittelt los, stehen still, jagen wieder auf und davon, zu zweit, zu dritt, führen zwischendrin tollkühne Bocksprünge auf.

Ihre Fröhlichkeit steckt an. Ich nehme mir davon so viel, wie in mich hineinpasst. Flimmere vielversprechend mit den Fingern. Also dann!

Vielleicht nur das Allernötigste über die Zeit, bevor ich zu Ragnar gezogen bin? Über die Zeit, als ich nicht mehr fähig war, in meinem Job zu arbeiten. Burnout. Aber ist es nicht eher so gewesen, dass diese Art zu leben eine zu eng gewordene Haut war? Schrie nicht alles in mir danach, endlich ich selbst zu sein? Nicht mehr jemand, der vor allem funktioniert. Darum auch das Schreiben. Wie besessen manchmal. Stunde um Stunde versunken im ersten Roman. Und abends Ragnar am Telefon. Die Tage sind mit der Arbeit am Buch mehr als ausgefüllt gewesen. Die Abende mit seiner Stimme. Und die Wochenenden. Die vielen glücklichen Wochenenden miteinander. Dann der Umzug zu ihm in sein Haus...

Tagebuch, 11. Oktober

Gestern, als ich endlich auch die letzte Umzugskiste ausgepackt hatte, hat er es mir gesagt. Wie hat er es gesagt? Ich weiß es nicht mehr. Ich weiß nur, wie sehr es mich getroffen hat. Ich hab es nicht glauben können. Hab ihn gefragt, ob das wahr ist. Ob er das wirklich ernst meint.

Dann sein Blick.

Was hab ich getan, dass er mich so ansieht?

Er hat nicht geantwortet. Nur dieser Blick.

Jetzt liege ich hier in meinem neuen Zimmer im Hochbett. Bin in alle meine Decken gehüllt und schlottere trotzdem wie ein Kettenhund auf gefrorenem Boden.

Ich bleibe nicht hier! Nicht bei einem, der das mit mir macht!

*

Ich lese es. Schreibe es ab. Die Kälte von damals ist wieder in meinen Knochen. Und dieses Gefühl: Verlassen. Nein. Verraten! Das ist es. Verraten von dem Menschen, der mir am nächsten ist.

Carla! Das sind nur Gedanken, die dieses Gefühl wachrufen! Das ist Vergangenheit! In Wahrheit sitze ich hier in der Sonne. Habe ein tolles Hotelzimmer. Schaue auf eine Wiese voller Schafe im Schlafanzug. Und heute Abend kommt mein Liebhaber zu mir!

Andere Gedanken – und sofort sind andere Gefühle da. Es knistert unter meiner Haut. In meiner Mitte jubelt die Lust – sehr fein und umso durchdringender.

Manchmal genügt es. Manchmal braucht man wirklich nur an etwas anderes zu denken. Ob es hilft, ist sofort spürbar.

Weiter! Ich muss mich nicht kriegen lassen! Ich schreibe. Ich schreibe es einfach ab, ohne mich berühren zu lassen. Und freue mich auf Mike!

*

Tagebuch, 13. Oktober

Früher in meinem Haus habe ich auf den See gesehen. Hier steht ein verfallener Schuppen vor meinem Fenster. Es ist kalt. Die Heizung schafft es nicht bis hierher, oder Ragnar ist zu geizig, mehr einzuheizen. Wenn wenigstens ein Ofen in diesem Zimmer wäre. Ich kann nicht schlafen, so friere ich.

Natürlich versuche ich, mit ihm zu reden. Wieder und wieder.

„Ragnar, was ist los? Warum darf ich plötzlich nicht mehr bei dir schlafen?"

„Mir geht es nicht gut, das hab ich dir doch gesagt!"

„Dir geht es nur nachts nicht gut?"

„Mein Bett ist zu schmal für zwei!"
„Als ich noch nicht hier gewohnt habe, war es nie zu schmal!"
„Wenn du mir nicht glaubst, kann ich nichts machen."
„Willst du mich nicht mehr?"
„Natürlich will ich dich. Du machst ein Drama aus nichts!"
„Wie war das denn in deiner vorherigen Beziehung?"
„Okay."
„Und was heißt das?"
„Man muss nicht jede Nacht zusammen in einem Bett schlafen."
„Nicht jede Nacht, nein, natürlich nicht. Aber keine mehr?"
„Das stimmt doch gar nicht!"
Ich glaube, mir ist der Mund offengeblieben. Das stimmt nicht? Leben wir plötzlich in zwei verschiedenen Wirklichkeiten? Seit mein Zimmer fertig ist, schlafe ich Nacht für Nacht alleine!

*

Tagebuch, 15. Oktober

Alpträume! Mein Bett dreht sich nachts. Es gibt nur noch eins: Weg! Auch wenn ich nicht weiß, wohin: Ich muss weg hier!

*

Tagebuch, 21. Oktober

Seit ich die Immobilienseiten der Zeitung studiere, durchs Land fahre und mir Wohnungen und Häuser ansehe, geht es besser mit Ragnar und mir. Wir sind sehr vorsichtig miteinander. Wir wollen das zarte Pflänzchen unserer Verbindung, das wieder aufzuleben beginnt, auf keinen Fall stören. Es tut uns eben nicht gut, miteinander unter einem Dach zu leben, sagt er. Oder habe ich es gesagt? Es wird einen besseren Weg geben. Mein eigenes Reich und Ragnar ganz in der Nähe. Ich bin traurig, dass wir es anders nicht hinkriegen. Und zugleich befreit. Vor kurzem schien es noch das Ende, und jetzt ist es eine gute Lösung. Ich freue mich so, dass wir wieder näher miteinander sind.

Ragnar verbringt sogar manchmal eine halbe Nacht mit mir. Zu ihm in sein Bett zu gehen traue ich mich nicht. Wenn ich daran denke, wie unbeschwert, wie innig es vorher zwischen uns war, frage ich mich, was passiert sein mag. Fühlt er sich eingeengt und kann es nicht sagen? Klammere ich und will es mir nicht eingestehen? Schade, dass wir darüber nicht mehr offen mitei-

nander reden können. Nicht mehr können? Was wir können, können wir – und irgendwann werden wir es uns auch wieder trauen!

*

Tagebuch, 4. Dezember

Ich habe ein kleines Holzhaus mitten im Wald entdeckt. Es hat ein geräumiges Wohnzimmer, zwei winzige Schlafkammern und einen großen Kachelofen mit Glastür. Lässt man die Schlafzimmertür offen, kann man vom Bett aus ins Feuer schauen. Ich hab sofort gewusst, dass das ein Platz ist, an dem ich mich wohl fühlen kann. Aber ganz allein in den Wald? Ist das nicht Irrsinn?

Ragnar redet mir zu. Ich hab ihn gefragt, ob er froh ist, wenn ich gehe.

„Es ist besser für uns, wenn wir weiter auseinander sind."

„Also bist du froh?"

„Da kannst du schreiben, da hast du wieder dein eigenes Reich! Und ich bin ja nicht weit weg..."

*

Ich schaue auf. Die Schatten der Baumriesen rund um die Schafweide sind länger geworden. Die Farben satter.

Es ist gut, an diesem Punkt innezuhalten. Noch einmal zurückzuschauen und dabei Gedanken zu denken, die mir wohltun. Da ist schon einer:

Als ich bei Ragnar ausgezogen bin, ist alles anders geworden. Aber dieses „Ende" war unser Anfang!

***

Kapitel 43

Neunzehn Uhr drei:

„Mike? Kommst du doch nicht?“

Neunzehn Uhr zehn:

„...bin noch in der Druckerei...“

Neunzehn Uhr elf:

„Und was HEISST das?“

Neunzehn Uhr vierzehn:

„...mach den Wein auf... trink ein Glas auf uns... ich melde mich dann...“

Dann? Macht er das mit Absicht? Will er mich zappeln lassen? Es ist spät! Will er sich elegant aus der Affäre ziehen, weil eine andere sich von ihm „erlegen“ lassen hat? Oder ist es das, was Marie glaubt: Muss er nach Hause zu seiner Frau?

Hilfe! Diese Gedanken sind pures Gift!

Ob wir uns diesmal küssen? Nicht nur zum Abschied auf die Wange?

Ich muss ins Bad. Muss mich im Spiegel ansehen. Womöglich schaut mir ein Gesicht entgegen, das ich bislang nur aus der Vorstellung kenne: Tiefblaue Augen mit dunklen Wimpern, die Lider ein wenig gesenkt, hohe Wangenknochen, geschwungener Mund. Jolyns Gesicht.

Die Frau in Spiegel bin immer noch ich. Aber meine Augen glühen grünblau wie das Meer in tiefem Nachmittagslicht. Um meine Lippen tänzelt ein Lächeln, das ich noch nie an mir gesehen habe.

Ist das möglich? Kann es sein, dass ich – verspielt bin?

Kann es sein, dass ich gar nicht mehr aufhören möchte mit diesem Spiel?

Dass mir alles andere egal ist? Harald zum Beispiel!

*

Neunzehn Uhr vierundfünfzig:

„...hat der Wein geholfen?...“

Das ist doch nicht zum Aushalten! Was macht der mit mir?

Ruhe!

Neunzehn Uhr sechsundfünfzig:

„WOBEI?“

Neunzehn Uhr achtundfünfzig:

„...DASS DEINE AUFREGUNG SICH IN VORFREUDE VERWANDELT... BIN IN EINER HALBEN STUNDE BEI DIR... UND DENK DRAN... MIT VERBUNDENEN AUGEN...“

Zwanzig Uhr drei:

„WAS? IMMER NOCH?“

Zwanzig Uhr fünf:

„LIEBLING... DOCH NICHT OHNE... NACHDEM WIR UNS NOCH GAR NICHT GESEHEN HABEN... UND DIESMAL WILL ICH DICH AUCH SCHMECKEN...“

Zwanzig Uhr sechs:

„FUCHSBRATEN? SCHMECKT DAS?“

Zwanzig Uhr elf:

„...ICH GLAUBE SEHR... SEHR...GUT...“

*

Ich stehe an der Tür. Atme gegen das Herzklopfen an. Mein Herz versucht, alles Blut dahin zu pumpen, wo es gerade am meisten gebraucht wird: in meine Gummiknie. Aber dort kommt nichts an. Das Blut fühlt sich in meinen Lenden wohler. Lodert. Und wie Hitzewellen breitet es sich aus von dort...

Liegt das an den verbundenen Augen? Sprudelt deshalb jedes Gefühl wie ein Wildbach in mir los? Und höre ich auch um das Zehnfache besser? So wie jetzt das leise Rascheln von Kleidung. Etwas bewegt sich auf der anderen Seite der Tür. Im selben Moment klopft es. Flüstert:

„Jolyn?“

„Mike?“

„Ja! Hast du die Augen verbunden?“

„Ja. Du auch?“

„Tu ich gerade.“

Langsam drehe ich den Türknopf. Öffne. Unsere Hände finden sich, als hätten sie ihre eigenen Augen. Seine sind nicht ganz so kühl wie gestern.

„Komm“, flüstere ich. Ziehe ihn herein.

Er ist dicht neben mir. Haucht einen Kuss in mein Haar. Seine Lederjacke fühlt sich kalt an.

„Ziehst du die Jacke aus?“

„Da ist eine Flasche drin."

„Gibst du sie mir? Ich stell sie ab."

„Aber sei vorsichtig, der Korken steckt nur drauf."

Ich ertaste die Flasche und ziehe sie aus seiner Tasche. Zu kalt für Rotwein. Und der Korken ist zu dick.

„Sekt?"

„Ja. Ich will mit dir anstoßen."

„Worauf?"

„Auf... Das sag ich dir nachher."

Seine Stimme ist heiser. Geht mir das Rückgrat entlang, wie wenn eine warmfeuchte Zunge mich lecken würde.

Er lässt seine Jacke hinuntergleiten und auf den Boden fallen. Legt die Hände um meine Hüften. Gibt mir einen Drehimpuls, und ich drehe mich von selbst weiter bis in die Richtung, in der ich den Tisch und die Sessel vermute. Er schmiegt sich von hinten an mich. Eine Hitzewelle steigt in mir hoch. Zugleich scheint sich jedes Härchen mit einem Knistern aufzurichten, als sei es eben noch gefroren gewesen. Heiß und kalt in einem, und doch ist es weder das eine noch das andere...

„Willst du wieder auf dem Sessel sitzen?", flüstert er nah an meinem Ohr.

„Du nicht?" Auch ich bleibe im Flüsterton.

„Lieber auf dem Fußboden. Möchte mit dir auf gleicher Höhe sein."

Ich stoße mit dem Fuß gegen den ersten Sessel.

„Da sind wir. Ich muss erst den Sekt abstellen." Ich lache leise auf. „Wenn ich den Tisch finde."

„Nein, behalte ihn. Wir brauchen auch die Gläser."

Er lässt mich los. Ich höre, dass er sich auf den Boden setzt.

„Nimmst du mir die Flasche ab?" Ich halte sie in die Richtung, in der ich ihn vermute. Seine Hand ertastet erst meinen Oberschenkel, dann streift sie seitlich mein herabgebeugtes Gesicht. Bleibt dort. Tätschelt tapsig meine Wange. Ich kichere. Er erspürt die Flasche und nimmt sie mir ab.

„Hier ist dein Glas", gluckse ich.

Reiche es ihm. Wieder berührt er, während er danach sucht, meine Beine, diesmal die Innenseite meines Oberschenkels.

„Hast du schon was getrunken?", höre ich mich rufen. Ich erschrecke. Komme mir selbst fremd vor. Ein wenig, als sei dies ein Theaterstück und ich gerade aus meiner Rolle gefallen.

„Nein! Aber das hole ich jetzt nach!“ Mikes Stimme klingt tiefer. Als wollte sie mir Halt geben. Mich zurückholen in unser gemeinsames Spiel, das ernster, viel ernster als ein Theaterstück ist. Und zugleich leicht und fein wie ein Spinnengewebe.

Es kann zerreißen, denke ich. Ganz schnell. Fast hätte ich es schon zerrissen. Und kichere aus lauter Scham wie eine Dreizehnjährige. Carla! Warum? Es ist alles gut, wie es ist. Vor allem du! Das Kichern verwandelt sich sofort in perlendes Lachen. Mike nimmt sein Glas entgegen. Ich lasse mich neben ihm auf dem Boden nieder.

„Du klingst schön“, flüstert er.

Seine Stimme ist nah. Ich spüre seinen Atemhauch auf meiner Wange. Plötzlich sind seine Lippen an meiner Schläfe. Berühren mich sacht. Küssen das Seidentuch, mit dem ich meine Augen verbunden habe. Wandern abwärts. Tippen auf meine Nasenspitze. Gleiten hinunter. Tasten. Suchen. Legen sich zart wie Schmetterlingsflügel auf meinen Mund. Nur ein leichter Druck, der wieder nachlässt. Sacht öffnet seine Zungenspitze meine Lippen. Vorsichtig, zart kommt seine Zunge in mich hinein. Begegnet meiner. Die sie freudig begrüßt. Ein erstes Stupsen. Er dringt weiter vor. Forscht. Liebkost. Kostet.

Zum ohnmächtig werden, flüstert es in mir.

Ein Gurren kommt aus meinem Hals. Mein Kopf sinkt nach hinten. Meine Lippen werden weich. Öffnen sich noch mehr für ihn. Von selbst heben sich meine Hände. Berühren sein Hemd. Knöpfen es auf. Zwei Knöpfe nur. Sehr glatte Haut. Leise lacht er in meinen Mund hinein. Was für ein Kuss! Er soll nie aufhören... Ich fasse in sein Hemd. Umgreife die Muskeln seiner Schultern. Seiner Oberarme. Seine Brustwarzen fühlen sich wie Kirschkerne an. Sein Atem ist schnell. Endlich erinnert er sich, dass er auch Hände hat. Legt sie in mein Kreuz. Schmiegsame Hände. Immer noch kühl. Mich schauert es bis in die Haaransätze.Seine Lippen verlassen meine.

„Wir müssen anstoßen!“, japst er.

„Worauf?“

„Auf den ersten Kuss!“

Ich lache. Es klingt hell. Ich spüre die Feuchte unter meinen Armen, als ich nach den Gläsern taste. Wir haben sie irgendwo neben uns abgestellt. Ich meines jedenfalls. Eins spüre ich. Halte es in seine Richtung. Seine suchende Hand findet es.

„Und wie kriegen wir da jetzt den Sekt heil rein?", flüstert er.
„Indem wir einmal kurz unter der Augenbinde durchschielen."

„Nein!" Es kommt heraus wie ein Kreischen. „Das kriegen wir auch so hin", schiebt er sanfter hinterher. „Du hast doch Sportgeist, oder?"

Ich spüre meine Schultern. Sie haben sich hochgezogen, als wenn ich in Deckung gehen wollte. Ich lasse sie abrupt fallen, wie um etwas abzuschütteln.

„Dann gib mir die Sektflasche", sage ich mit normaler Stimme.

Sofort ist alles anders. Mit dem Flüstern ist auch der Zauber verflogen. Und ohne die Augenbinden? Was wäre dann?

Still, Carla!

Das Einschenken ist leichter, als ich gedacht habe. Nur die Menge abzuschätzen nicht. Ich spüre die kalte Flüssigkeit auf meine Hose tröpfeln.

„Auf den ersten Kuss", flüstert er. „Trink es ganz aus, dann macht es nichts, falls es umkippt." Er muss nah an mich herangekommen sein. Seine Stimme streichelt über meine Schultern, als wehte ein Seidentuch darüber.

„Ja... Auf den ersten Kuss", flüstere ich. Und er ist sofort wieder da, der Zauber. Zusammen mit dem tiefen Ernst des Spiels.

Der Sekt läuft meine Kehle hinunter wie eine kühle Flamme. Sie züngelt in mir, als wollte sie mich wachlecken.

Nah an meinem Haar haucht Mike: „Darf ich dir dein T-Shirt ausziehen?"

„Ja..."

Er fasst es ganz unten. Streicht, während er es hochschiebt, mit beiden Händen meine Seiten aufwärts. Forschend. Zugleich behutsam, als wäre ich eine kostbare Statue. Hinter seinen streichenden Händen her läuft eine Gänsehaut-Welle. Knisternd vor Elektrik.

Ich taste mich näher zu Mike hin. Meine Brüste berühren sein kühles Hemd. Ich streife es ihm nach hinten über die Schultern. Streiche es an seinen Armen hinab, bis seine Hände aus den kurzen Ärmeln befreit sind. Wir umarmen uns mit einer Intensität, dass ich aufstöhne. Arm in Arm sinken wir rücklings auf den Teppich.

*

Bevor unser zweiter Kuss ganz zu Ende ist, sind wir nackt. Liegen Haut an Haut. Halten uns. Pressen uns aneinander wie zwei Verliebte, die sich verloren geglaubt hatten. Mein Körper hat sich bei jeder E-Mail, bei jeder SMS mit Spannung und mein Herz mit Sehnsucht aufgeladen. Ich möchte Mike anschauen. Möchte in seine Augen sehen. Berühre seinen Schal, mit dem er sie verbunden hat. Ziehe ihn sacht nach oben. Seine Hände springen hoch. Halten meine Handgelenke fest.

„Nicht! Lass uns vorsichtig damit sein, ja?“ Sein Griff um meine Handgelenke fühlt sich nicht vorsichtig an. Aber sein Flüstern ist weich, sogar bittend.

„Okay...“

Er zieht meine Hände ein wenig nach unten. Küsst sie sacht. Umschließt meine Fingerspitzen mit seinen weichen, feuchten Lippen. Ich stöhne leise auf.

Trotz der Kühle seiner Haut strahlt sein Körper Hitzewellen aus. Ich aale mich darin. Sein Atem streichelt meine Wange. Mein Ohr. Er knabbert mit den Lippen an meinem Ohrläppchen. Von da gibt es neuerdings eine direkte Verbindung zu meinen Lenden. Sie entzünden sich an all der Wonne. Mein Becken beginnt zu tanzen. Mikes Atem fließt an meinem Hals hinunter. Er atmet schnell. Atmet tief. Zieht meinen Duft in sich hinein. Küsst meinen Hals, dass ich erschauere. Meinen Nacken, dass es mir die Seiten hinunter jubelt. Plötzlich halten wir inne. Liegen eng aneinander. Bewegungslos. Spüren das Knistern. Im Bauch. Im Becken. Überall, wo wir uns berühren. Beginnen, einander streichelnd zu ertasten. Was für eine glatte Haut! Und seine Hände. Behutsam. Zart. Wissend. Keinen Moment will ich mehr ohne diese Berührungen sein. Wie kann er sich so genau in mich einfühlen? Bin ich ohnmächtig? Fantasiere ich das nur? Aber ich bewege mich. Ich kann nicht ohnmächtig sein.

ES bewegt mich.

Und wie von selbst finden wir einander. Ohne Worte. Ohne einander zu sehen. Und es ist gut so. Ist wie ertrinken. Im Schmecken, im Riechen, im Zittern, im Stöhnen. In diesem sanften Gleiten. In diesem immer neuen Finden. In diesem Feuchten. Heißen. In diesem Fremdsein und doch verschmolzen. In diesem Küssen mit dem ganzen Körper.

Als es sich anbahnt, als es mich hochschleudert weit ins All, als mich Milliarden winziger Feuerblitze überschwemmen und zugleich durchdringen, kann ich nicht anders. Jauchze laut. Wie die Möwen, wenn sie sich vom Aufwind der Steilküste hochschleudern lassen und hell hinausschreien in den Sturm. Vor Lust. Vor lauter Lust am Leben.

Seine Stimme summt in mein Ohr wie fernes Brandungsgrollen. Er lacht. Rollt sich zur Seite. Lacht wie toll. Ich stimme mit ein. In dieses herzzerreißend irre Lachen.

„Jetzt schauen wir uns an, ja?", japse ich

„Nein!" Er flüstert. Und doch klingt es wie ein Schrei.

„Warum nicht?"

Ich spüre, dass er sich aufrichtet. Sich über mich beugt. Er küsst mich zwischen die Brüste. Auf den Bauch. Weiter abwärts bis unter den Nabel.

„Mike! Sag etwas!"

„Ich muss leider los. Wir können das nicht mal eben auf die Schnelle machen. Wir brauchen dafür Zeit. Es wird ein ganz besonderer Moment."

„Musst du – in die Druckerei?"

Ich sage das, als wäre es ein Scherz. Aber das Gift des Zweifels klingt heraus.

„Die drucken das ganze Wochenende, ja, und ich muss kontrollieren. Hilfst du mir, meine Sachen zu suchen?" Er klingt wie ein Junge, der längst hätte zu Hause sein müssen. „Ich bin zwischendurch hergekommen, hätte ich gar nicht gedurft, das weißt du doch."

Nichts weiß ich. Aber es ist okay. Schön sogar. Schön, dass ich alles so lassen kann, wie es ist. Ohne Ärger. Ohne Angst.

Lächelnd helfe ich ihm in sein Oberhemd. Finde seine Hose, in der noch die Unterhose steckt. Seine Socken. Seine Schuhe. Wir tasten uns Hand in Hand an die Tür. Ich berühre am Boden etwas mit dem Fuß. Weiß sofort, dass es seine Lederjacke ist. Bücke mich. Hebe sie auf. Helfe ihm hinein.

„Danke!", flüstert er. Nimmt mein Gesicht in seine Hände. Küsst mich. Aber jetzt ist seine Zunge wie eine kühle Schlange, die sich meiner im Nu bemächtigen will. Und im nächsten Moment schon über alle Berge.

„Es war schön mit dir!" Seine Stimme ist heiser.

Er ist aus der Tür.

Ich schließe sie. Tappe zurück ins Zimmer. Immer noch mit dem Tuch um die Augen. Bleibe stehen und schaue ins Schwarze. Sehe Mike vor mir. Sehe, wie er sich draußen im Flur den Schal abbindet. Versuche, sein Gesicht zu erkennen. Doch er dreht sich schon weg und strebt mit hastigen Schritten zum Treppenhaus.

***

Kapitel 44

Ist schon Morgen? Ich drehe mich zum Fenster. Ja. Wohl sehr früh, aber hell. Auf dem Tischchen stehen unsere beiden Gläser. Auf dem Fußboden die Sektflasche. Fast noch voll.

Was sollte das? Hierher zu kommen, so weit zu gehen – und gleich wieder zu verschwinden?

Und was soll dieser Gedanke?

Es ist, wie es ist, egal, wie ich darüber denke!

Ich räkele mich. Und wie wenn Mike noch da wäre, beginnt mein Körper sich erneut zu aalen. Aalt sich in der Erinnerung an die Lust. Weckt sie sacht wieder auf. Wie seltsam, wie anders es war... Dieses Losgelöstsein – und zugleich innig verbunden ...

„Mit verbunden Augen!“, flüstere ich. Und plötzlich: „Das erste Mal! Es war das erste Mal seit Ragnar!“

Ich horche den Worten hinterher. Sie laufen in meinem Inneren durch alle Flure. Rufen in alle Räume: „Das erste Mal!“

Waren die verbundenen Augen gerade deshalb nicht das Allerbeste? Hätte ich sonst so frei sein können, losgelöst von allem Vergangenen?

Was auch immer – ich muss dringen aufs Klo!

Ich werfe die Bettdecke von mir. Tappe ins Bad. Zartrosa Fliesen, leicht grau meliert. Erinnern an Marmor. Was für ein Luxushotel! Während es angenehm und leicht aus mir herausfließt, rieselt es mir über den Rücken. Lächele ich. Lache.

Carlchen! Was machst du für Sachen? Und es ist gut so! Gut!

Ich krabbele wieder ins Bett. Stelle das Kissen auf. Lege mich so, dass ich halb sitze. Noch einen Moment die Augen schließen. Zu gestern zurückkehren. Spüren. Es ist neu, dieses Spüren in die vollkommene Dunkelheit zurück. Ohne Bilder von ihm. Von uns. Es ist wie von Wellen durchströmt zu werden. Wieder und wieder. Meine linke Hand liegt auf meinem Bauch. Die andere auf meinem Busen. Beide Rundungen übertragen geheimnisvolle Morsezeichen in die Schalen meiner Hände. Von da wandern sie hoch ins Gehirn. Breiten sich aus wie ein Gewässer, das über die Ufer geht. Wellen von Entzücken. So wie gestern Abend. Als die Hand um meinen Busen seine war. Auch die auf meinem Bauch. Was für eine Nacht!

War es nicht auch – schräg?

Ja.

Stopp!

Keine solchen Gedanken. Es ist dies, es ist das.

Ich liege wie eine Prinzessin in der knisternden Frische der Bettwäsche. Ein tolles Frühstück wartet auf mich. Der blauer werdende Himmel verspricht einen schönen Tag. Draußen ist ein Wald. Und heute Abend...

Ich rekele mich. Strecke die Füße. Mein Körper ergeht sich in immer neuen Erinnerungen. Fühlt sie. Genießt sie. All die Lust. Ganz nebenbei greife ich nach dem Handy.

Sechs Uhr siebenundfünfzig:

„GEHT ES DIR GUT, MEIN GEJAGTER JÄGER?“

Sechs Uhr eins:

„....JA...MEINE LIEBE...ES WAR WAHNSINNIG SCHÖN HEUTE NACHT...MELDE MICH...“

Das klingt wie in Eile. Ich will ohnehin jetzt duschen. Und dann gehe ich frisch und duftend und mit prickelnder Haut zum Frühstück!

*

Was mache ich mit diesem Tag? Es ist so schön hier. Auf jeden Fall zuerst ausgiebig spazieren gehen...

„Di-da-did-did-didi-da-did-did“

Was? Schon wieder? Lächelnd greife ich nach dem Handy.

„LIEBE JOLYN, GEHT ES DIR WIEDER BESSER? KÖNNEN WIR UNS HEUTE VIELLEICHT SEHEN? ALLES GUTE DIR, HARALD.“

Ups...

Harald habe ich schlichtweg vergessen! Aber es war doch auch klar, ich hatte das Wochenende abgesagt!

Wie gut, dass ich eine Ausrede habe: Ohne Auto geht gar nichts.

„GUTEN MORGEN LIEBER HARALD. JA, ES GEHT MIR BESSER. ABER ICH HABE KEIN AUTO, ICH KANN MICH LEIDER NICHT MIT DIR TREFFEN. LIEBE GRÜßE, JOLYN“

Stopp! Das kann ich nicht abschicken. Das passt nicht zu der Geschichte, die ich ihm aufgetischt habe. Wenn man erst einmal anfängt zu lügen...

Was sage ich?

Bevor die Gedanken so weit sind, hat mein Daumen die erste SMS gelöscht und schon eine neue getippt:

„TUT MIR LEID, SO FIT FÜHLE ICH MICH NOCH NICHT.“

Ich bin herzlos! Gemein. Ich muss mich nicht wundern, wenn ...

Ja ja, Carla! Vor allem musst du dich bei solchen Gedanken nicht wundern, wenn du schlechte Laune bekommst!

Stimmt! Danke, Jolyn!

*

Auf jedem Blatt, auf jedem Grashalm blinken Tauperlen. Zwischen Baumriesen schaut ein Rehbock auf. Beäugt mich. Folgt mir lange mit dem Blick. Etwas später führt der Weg aus dem Eichenwäldchen hinaus und an der Wiese entlang, die ich vom Balkon aus sehen kann. Die Schafe sind vom zarten Nebel aufsteigender Feuchte umhüllt. Sie schauen mir mit großem Blick und zugleich völlig ungerührt entgegen. Die Großen bewegen die Unterkiefer, dieses eigenartige Kauen nach rechts und links. Zwei von den Kleinen in den Strickanzügen stieben mit hohen Bocksprüngen davon.

Ich schreite aus wie ein junges Mädchen. Schwinge die Arme. Lasse meine Hüften schaukeln. Lächele. Erzähle der Luft, den Bäumen, dem Weg, wie die Fuchsjagd heute Nacht geendet ist: Die Füchsin hat tatsächlich den Jäger erlegt – aber der Jäger auch den Fuchs. Ich erzähle den Bienen, den trällernden Lerchen hier draußen auf dem Feld, dass so viel in mir nachklingt. Unser Lachen. Unser Streicheln. Unsere Lust.

Ich falle ins Laufen. Bin so voll, so übervoll. Ein Gefühl jagt das nächste. So schnell, dass ich sie gar nicht auseinanderhalten kann. Erwartungsfreude. Lust. Ängstlichkeit...

Ja. In all dem Tumult, in all der Lebendigkeit ist auch eine Prise Angst.

Ich komme an den stillen See. Stütze mich mit ausgestreckten Armen auf der Rückenlehne der Bank ab, beuge mich leicht vor, lasse meinen rasenden Atem langsamer werden. Soll ich mich hinsetzen? Die Stille des Ortes in mich einsinken lassen, bis ich wieder ich bin und nicht mehr dieser aufgeregte Teenager?

Das geht besser, wenn all das Gewusel in mir mit meinen heißen Atemzügen, mit meinen hämmernden Laufschritten aus mir heraus kann. Ruhe kommt, wenn ich mich gleich auf den

Balkon setze. Die Beine auf dem Hocker. Den Laptop auf dem Schoß.

*

Geduscht. Davon und vom tiefen, schnellen Atmen, vom heroischen Kampf der Muskeln gegen die Schwerkraft und die Bequemlichkeit, bin ich wie geläutert. Was für ein Wohlgefühl! Und in mir: Stille. Als wäre alles herausgeatmet aus mir. Alle Leitungen sind wieder frei.

Ich schaue über die weiß gestrichene Balustrade hinunter und in die Ferne zur Eichen-umstandenen Wiese mit den Schafen. Ein einziger Gedanke ist nur noch da: Ich muss das aufschreiben! Jede noch so kleine Facette von dem, was vorgestern und gestern Abend geschehen ist. Jetzt sofort. Frisch, wie es ist. So schreiben, dass man es fühlen kann. Schmecken kann. Einatmen kann. Ein Stück Roman. Das Leben hat es mir geschenkt. Genau wie die alten Szenen im Tagebuch brauche ich es nur abzuschreiben.

Dies jedoch, obwohl es im Dunkel der verbundenen Augen geschehen ist, fühlt sich hell und leicht an. Und es hat etwas in mir zurückgelassen. Fein. Zart. Zerbrechlich. Etwas wie Zuversicht. Und eine leise und dennoch unbändige Sehnsucht, wie sie im Herzen aufbricht, wenn ein kristallklarer Morgen einen besonderen Tag verspricht.

*

Der Nachmittag färbt sich golden. Ich muss noch einmal in den Wald. Laufen. Schnell laufen. Es ist alles herausgeschrieben aus mir. Alles Erlebte und viele, viele Gedanken. Danach habe ich lange still dagesessen. Habe nur gespürt. Und die Freude ist aufgestiegen und aufgestiegen. Und mit ihr ist das Kribbeln wieder erwacht. Erst oben im Bauch und ums Herz herum. Nun beginnt es leise und umso intensiver in den Lenden zu ziehen.

Ich muss aufpassen. Sehr aufpassen auf mich. Noch ist das mit Mike nur eine Geschichte. Aber es fängt schon an, sich wie eine neue Wirklichkeit anzufühlen. Eine, die nicht zu dem passt, was ich vorher mit ihm erlebt habe. Und die nicht zu mir passt...

Das bin doch nicht ich!

Das ist doch Jolyn!

Ich laufe schneller. Noch schneller. Aber ich kann dem Durcheinander in meinem Inneren nicht weglaufen. Es folgt mir wie ein Schwarm Bremsen. Bis an den kleinen See. Eben noch spiegelt sich das schwindende Nachmittagsgold darin. Doch es wird schon kühler, und dem Himmel geht langsam das Gold aus.

So still es hier ist – in meinem Kopf schreien und scheppern die Gedanken, dass es wehtut. Immer lauter, immer schriller die Frage:

„Wieso meldet Mike sich nicht?"

Kann ich nicht mein eigenes Leben weiterleben? *Obwohl* es dieses Abenteuer gibt? Muss ich mein Wohlergehen gleich wieder von etwas und jemandem abhängig machen?

Wie soll es anders sein? Kaum schließe ich die Augen, spüre ich seinen Atem auf meiner Haut. Tausend winzige Füße jagen mir über den Rücken. Freigesetzt von seinen streichelnden Fingern, die meinen Bauchnabel umkreisen. Sich kreisend auf den Weg machen. Über meinen unteren Bauch tanzen. Und weiter hinunter...

Und wenn Mike mich gerade jetzt zu erreichen versucht? Hier draußen ist der Handyempfang sehr schlecht. Wahrscheinlich zu schlecht. Bestimmt hat er sich längst gemeldet! Außerdem habe ich einen Riesenhunger!

Ich spurte zurück zum Hotel.

Schon auf dem Parkplatz lasse ich meine Beine auslaufen. Ziehe das Handy aus der Hosentasche.

Achtzehn Uhr einunddreißig:

„Wo bist du?"

Komische Frage! Aber schon abgeschickt. Was ich wissen wollte, ist doch: Wann bist du hier? Habe ich noch Zeit zum Essen? Aber ja. Habe ich. Er ist doch sonst auch deutlich später gekommen.

*

Auf dem Tischchen zwischen den beiden Sesseln steht der Rotwein bereit. Ich schenke mir ein halbes Glas voll. Gehe weiter auf und ab. Trinke dabei ein paar Schlucke. Der Wein schmeckt fade.

Hey, was wird das hier? Bin ich ein kleines Mädchen, das hilflos dahockt und wartet? Dessen Gedanken schwarz und immer schwärzer werden? Bis es zuletzt nur noch Anklagen herausbringt oder sich hinter stechendem Sarkasmus versteckt? Es ist keine Antwort gekommen. Aber was heißt das? Erst einmal nichts! Kann ich nicht einfach schreiben, was ich mir wünsche?

Zwanzig Uhr vier:

„ICH SEHNE MICH NACH DIR!“

Ich schließe die Augen. Horche auf meinen Herzschlag. Er wird ruhiger.

Gut, dass ich das getan habe!

Ich? So etwas kann Carla nicht schreiben. Dazu ist sie zu stolz. Oder zu verschlossen. Oder was auch immer sie ist.

Ängstlich?

Kann das sein? Carla, die allein im Wald lebt, die einen Roman schreibt, statt sich einen Job zu suchen – diese Carla und Angst? Unsinn! Wovor denn auch?

Davor, dass er nicht antwortet natürlich. Davor, dass er ein hässliches Spiel mit ihr spielt. Davor, dass es wehtun wird. Sehr weh.

Unsinn. Gleich kommt Antwort.

Ein fieses Gefühl setzt sich in meinen Nacken. Als würde jemand hinter mir stehen. Eine alte Frau. Hager. Hochgewachsen. Steif wie eine Eisenstange. „Der kommt nicht, der hat was Besseres zu tun“, zischelt sie mir von hinten zu. Wie grobes Schleifpapier kratzt ihre Stimme meinen Nacken. „Du weißt, wie oft er bei Auserlesen.de eingeloggt war und kein Wort an dich! Das macht er jetzt genauso.“

Ruhe! Er ist in der Druckerei und bis über beide Ohren beschäftigt.

„Ach ja? Hat nicht mal die eine Minute zum Antworten? Gestern hatte er die!“

***

Kapitel 45

Nicht einmal eine SMS!

Mir ist, als hätte dieser Satz die ganze Nacht in meinem Kopf gedröhnt. Langsam öffne ich die Augen. Das Dröhnen hinter meiner Stirn donnert. Ich muss gestern Abend zu viel Wein getrunken haben.

Wie weit ist es mit mir gekommen, dass ich einen ganzen Abend damit verbringe, auf eine Antwort zu warten? Mich zuletzt beherrschen muss, das Handy nicht gegen die Wand zu schleudern!

„Der kann mich mal!"

Ich wälze mich herum. Aufs Klo und dann unter die Dusche. Unterm Wasserstrahl stehen, bis alles weggespült ist, auch die letzte Erinnerung an ihn.

Ich schrecke von dem schrill-lauten „Di-da-did-did-didi-da-did-did!" zusammen, als klirrte neben mir eine Schaufensterscheibe zu Boden.

„.... WÜRDE DICH JETZT GERNE GANZ VORSICHTIG .... DURCHVÖGELN...."

WAS? Dieses Arschloch!

Luft!!

Die Terrassentür auf!

Ich atme, als hätte man mich bis kurz vorm Ersticken gewürgt.

Und wenn er dreihundert andere hat! Und wenn er mit einer davon die Nacht verbracht hat! Das ist mir egal! Jawohl, egal! Aber dass er mir so eine SMS schreibt! Wie einem Hündchen, dem er schnell mal über den Kopf streichelt!

Ich tippe die Antwort sehr langsam.

„WÜRDE DIR JETZT GERNE.... EINE KLEBEN!!!"

Ich drücke auf „Senden". Schleudere das Handy aufs Bett. Laufe im Sturmschritt ins Bad. Knalle die Tür zu. Drehe die Dusche so weit auf wie es geht. Wie Hagel prasselt es auf mich herunter.

*

Das Handy muss schon mehrmals geklingelt haben. „Drei entgangene Anrufe" lese ich, während ich es ans Ohr hebe. Was auch immer er jetzt sagt, ich werde...

„Ja?"

„Autohaus Ruhland. Frau Engel?“

„Ja-a...“

„Ah! Ich dachte schon, ich erreiche sie gar nicht mehr.“

„Tut mir leid, ich war im Bad.“

„Der Kat ist da, wir haben ihren Wagen schon auf der Bühne. Wenn alles klar geht, ist er mittags fertig. Sollen wir ihn ins Hotel bringen?“

„Ja, bitte.“

Noch während ich spreche, piepen die SMS-Töne des Handys. Es sticht wie ein Messer in meinen schmerzenden Kopf.

„...BIST DU SO VERRÜCKT NACH MIR...?“

„DAS IST NICHT WITZIG!“

„...FINDE ICH AUCH NICHT...“

Nicht ein einziges Wort, warum er nicht gekommen ist!

Genug jetzt!

Endgültig!

***

Kapitel 46

Der Andersvogel thront auf dem Kachelofen wie ein surrealistischer Adler.

„Wieso gehen Menschen so miteinander um?“, frage ich ihn. Die ganze lange Heimfahrt über ist das in mir umgegangen.

„Wie denn“, fragt er zurück.

„Unverbindlich. Nur auf Lust ausgerichtet. Jetzt auch ich. Obwohl ich doch weiß, wie Erotik sein kann, wenn sie mit tiefer Liebe einhergeht. Ich weiß das! Und lasse mich auf billige Abenteuer ein wie das mit Mike! Rede mich damit heraus, dass Leichtigkeit, Freude und Spielen genauso zur Liebe gehören. Dass ich das lernen kann mit Mike. Und durch Jolyn. Aber in Wahrheit habe ich zu hoffen begonnen, dass es nach diesen Treffen mehr zwischen uns sein würde! Mehr Verbindung. Und mehr Verbindlichkeit.“

„Aber Jolyn und du, ihr tut etwas Wichtiges!“, sagt der Andersvogel. „Es ist ein Forschungsprojekt! Und schau: Eben noch wolltest du Leichtigkeit und Freiheit. Jetzt schon fängst du an, der Liebe deine Bedingungen aufzubürden!“

„Weil ich mir mehr Verbindung gewünscht habe? Das heißt doch nicht gleich Fessel! Noch nicht mal Bindung muss das heißen.“

„Und doch musst du aufpassen. Dies ist einer der heiklen Moment, in denen das Habenwollen allzu gern sein klebriges Netz auswirft, und als erstes verfängst du dich selbst darin. Der andere hält etwas zurück. Vielleicht wolltest du es vorher gar nicht, aber jetzt, da er es dir nicht geben will, scheint es das Wichtigste auf der Welt, es zu bekommen.“

„Ja! Ogottogott, ja! Es ist so nötig, aufzupassen. Wirklich hinzuschauen, was passiert! Und selbst dann kriegt es mich oft genug. Wider besseres Wissen!“

„Du musst deshalb nicht traurig werden, Carlchen! Wie willst du forschen, wenn du nicht alles selbst erfährst? Zuschauen reicht nicht! Wie willst du dich selbst lieben lernen, wenn du nicht alles sein darfst, was du bist.“

„Ja...“

Ich stecke den Zeigefinger unter die Silbergaze, in die der Andersvogel eingehüllt ist. Streichele mit allergrößter Vorsicht über die zahllosen Zweigstückchen, die von weitem wie Gefieder aussehen. Ich dachte, Josepha hätte jedes einzelne mit der Pinzette angefasst, um sie alle nach und nach zusammenzuleimen. „Die Geduld traust du mir zu?“, hat sie gelacht. „Ich hab die Holzteilchen genommen und Leim und Farbe zusammengemischt – und herausgekommen ist das.“

So frei zu arbeiten, das ist die Kunst! Ganz und gar sich selbst ausdrücken. Gar nicht auf die Idee kommen, dass sich die Ungeheuer vielleicht besser verkaufen ließen, wenn dies oder das an ihnen anders wäre. Wer so hinter dem steht, was er tut, den macht sein Tun zufrieden.

Ich dagegen... Um zu wissen, wie es ist, lasse ich mich auf Erfahrungen wie die mit Mike ein. Und dann erzähle ich mir auf der Heimfahrt, eine „richtige“ Schriftstellerin denkt sich so was aus. Lässt sich nicht beschädigen, ist nicht gezwungen, sich selbst wieder zusammen zu setzen. Und das ist nur eine Facette des Spektrums. Die andere ist Harald. Ich bin mit ihm umgegangen, wie Mike mit mir. Und *ich* kann mich nun wirklich nicht damit herausreden, dass das eben passiert bei solchen Kontakten übers Internet! Ich erwarte es von anderen und weiß es selbst ganz genau: Es liegt in meiner eigenen Hand, wie respektvoll, wie mitfühlend, wie taktvoll ich bin!

„Hallihallo!“, tönt es von draußen.

Ich zucke zusammen. Habe absolut keine Lust auf Besuch. Nicht jetzt. Wende mich halb zur offenen Terrassentür um. Doch bevor ich reagieren kann, schiebt Marie die Gardine beiseite und tritt ins Zimmer.

„Na Süße, wie war's an der Ostsee?“

Etwas hält mich hier fest. Genau in dieser Stellung. Als sei ich am Boden angeklebt. Ich kann mich nicht einmal ganz zu ihr umdrehen. Klein steht sie vor mir. Die Stirn leicht gekraust. Den Blick zu mir erhoben. Darin die Frage: „Bist du nicht gut drauf oder was ist los?“.

„Ich war gar nicht da“, sage ich wie beiläufig. Umarme Marie ebenso beiläufig. „Bin mit dem Auto liegengeblieben. Der Autoclub hat mir ein Hotel bezahlt.“

„Und dann habt ihr euch da getroffen?“

„Nein.“

„Aha.“ Marie gluckst leise. Klar, sie denkt, gleich fange ich an zu lachen und erzähle ihr alles. Stattdessen grummele ich:

„Sorry, ich hab keine besonders gute Laune.“

Mehr noch. Ich möchte, dass sie geht. Möchte alleine sein. Habe nicht die leiseste Lust, auch nur ein Wort über Mike zu erzählen. Und nicht den Mut, ihr das offen zu sagen.

„Was ist denn passiert? Konnten sie das Auto nicht mehr reparieren?“

„Doch.“ Ich drehe mich wieder weg von ihr. Tue so, als würde ich an dem Andersvogel etwas richten. Murmele: „Ich stecke mit dem Schreiben fest, und das ist nicht lustig.“

„Mensch, Carlchen! Gib dir einen Ruck! Nimm endlich diese letzte Hürde!“

„Welche Hürde?“

„Das mit Ragnar zu Ende zu schreiben. Dafür gibt es drei gute Gründe.“ Sie lacht auf, als wäre das witzig.

„Da bin ich aber gespannt.“

Ja, ich bin bockig. Ja, ich müsste mich dafür entschuldigen.

Marie hebt den Finger. Nicht zu fassen. Hat sie gedacht, ich mache auch Spaß? Kennt sie mich so wenig?

„Der erste ist: Du bist es dann endlich los! Diese Szenen drücken dich seit Wochen!“

„Und der zweite?“, frage ich lauernd.

„Dadurch bekommt es wahrscheinlich eine andere Bedeutung für dich.“

„Ja, kann sein...“

„Und drittens: Wenn du es ein Stück von dir weg hast, dann bist du auch wieder offen für etwas Neues. Ich meine: nicht bloß für E-Mail-Flirts.“

„Kannst du mich endlich damit in Ruhe lassen? Ich sage das jetzt zum letzten Mal!“

***

Kapitel 47

Der Weg bergauf in den Wald knistert vor Trockenheit. Mein Atem faucht wie eine Dampflok. Eben noch aus Ärger. Jetzt, weil der Steilweg wirklich steil ist. Und weil es in mir schmerzt, als hätte ich einen Stein im Bauch. Wie soll ich Marie je wieder unter die Augen treten? Ja, ich habe eine Entschuldigung gemurmelt. Aber die ist wahrscheinlich kaum zu verstehen gewesen. Mit den Worten „Ich muss in den Wald“ bin ich an ihr vorbei und aus der Tür.

Warum fängt sie auch immer wieder davon an? Sie muss doch merken, dass sie in meinem wunden Punkt herumstochert! Macht ihr das Spaß?

Ich bin oben. Laufe wie meistens nach links. Laufe in der Mitte des Wegs im frischen Gras. Aus irgendeinem Grund ist es hier oben feucht, bei Regen matschig. Vielleicht, weil die Erde hier tiefschwarz ist. Sonst ist sie sandig. Ich komme aus dem Wald heraus auf den unebenen Sandweg zwischen den Feldern. Bin immer noch im strengen Tempo. Schwinge zackig die Arme. Atme wie ein Drache.

Was geht Marie das an? Es ist *mein* Leben! Sie kann froh sein, dass sie all diese Stories von mir bekommt. Aber mitreden wollen – das geht zu weit!

Ich bin schnell. Zwischen den Feldern halb stolpernd, halb strauchelnd im zügigen Joggingschritt. Nun die kleine Wiese bergab. Und ich trete ein zwischen die Säulenstämme des Buchenwalds, wo der rotbraune Teppich des Vorjahreslaubs unter einzelnen Sonnenstrahlen aufglüht. Und wo sofort alles anders ist. Der Buchenwald ist meine Kathedrale. Ein heiliger Ort. Alles Schimpfen verliert sich. Jetzt spüre ich den Schmerz, der unter meinem Ärger verborgen gewesen ist. Ich bin sehr, sehr traurig. Wäre ich doch anders zu Marie gewesen! Statt sie so weit von mir wegzuschieben. Wieviel lieber hätte ich mit ihr geteilt wie sonst auch. So habe ich eine Wand hochgezogen, und nun sitze ich dahinter und fühle mich einsam und elend. Aber am schlimmsten fühlt sich an, dass ich ihr wehgetan habe...

Ich gehe den ausgespülten Weg langsam hinunter. Bin nun dort, wo er übergeht in die ersten Anfänge von meinem Tal. Ich verlasse den Weg. Egal, ob das niedrige Gebüsch an meiner Hose zerrt und mir die Knöchel zerkratzt: Ich nehme die Abkürzung. Hier wachsen nur noch jüngere Buchen, mehr und mehr auch Birken, dann die ersten Kiefern. Und vor mir öffnet sich die Lichtung. Wäre am anderen Ende nicht dieser Hochsitz und würden meine Gedanken nicht sofort darüber schimpfen, dass der Jäger hier Futter für die Wildschweine auslegt, um sie von dort oben in aller Ruhe abzuknallen, loderte der Zorn in mir nicht gleich wieder heiß und wild auf, wäre dies die schönste Lichtung der Welt.

In Wahrheit ist sie es auch: eine Wiese, in ihrer Abgeschiedenheit wie unberührt, von licht bewaldeten Hängen wie in den Schalen zweier schützender Hände gehalten, im hellgrünen Sprenkellicht der Sonnenstrahlen, die oben in den Birkenwipfeln von Millionen herzförmigen Birkenblättern zart gekitzelt worden sind.

Ich gehe andächtig. Gehe seitlich an der Lichtung entlang durchs hohe Gras. Bis hierher in mein stilles Tal. Sinke neben einem Stamm in die Hocke. Drücke den Rücken gegen ihn. Schließe die Augen. Bitte darum, dass der Ort seinen Zauber tun möge. Immer hat er mich herausgeholt aus meinen Löchern. Mich gestärkt. Mir Frieden geschenkt. Immer bin ich anders zurückgegangen als ich hergekommen bin.

Allmählich atme ich ruhiger.

Und im nächsten Moment ist der Satz da:

„Nicht bloß für E-Mail-Flirts!“

Ein Stich. Da, wo der Hals in den Brustkorb übergeht. Da, wo weggedrücktes Weinen sich niedergelassen hat und brennt und brennt.

Warum sagt Marie so etwas? Sie weiß, dass das wehtut!

Stopp! Das ist nicht die richtige Frage!

Sondern?

WAS tut weh? Ist ein E-Mail-Flirt eine Schande? Und es ist doch gar kein E-Mail-Flirt mehr! Seit vorgestern Nacht. Wir haben ein neues Band geknüpft. Ist es das, was wehtut? Dass dieses Band uns nicht verbindet, sondern sich wie mit einem Angelhaken in meinem Herz verankert hat? Das andere Ende hat Mike. Und zieht daran. So seltsam es ist: Indem er in die Unverbindlichkeit zurückfällt, zieht sich das Band fester. Und das tut weh.

Machen Männer das mit Absicht? Ob bewusst oder nicht bewusst? Ist es ein Schachzug, wenn sie eine Frau gewonnen haben, auf Abstand zu gehen? Um sie unsicher werden zu lassen und damit umso mehr zu binden?

Auch das ist nicht die Frage, Carla!

Sondern?

Warum lässt du dich davon kriegen?

Ich reiße die Augen auf.

Schlank und braunrot stehen die Kiefernstämme im lockeren Abstand um mich her. Gute alte Freunde. Weiter oben, kurz bevor die ersten Äste anfangen, sind sie heller: rötlich golden, wie wenn jeder einzelne angeleuchtet würde. Dicht über dem Boden schimmert das gelbweiße Sonnenlicht wie aus Glas. Insekten wimmeln darin. Summen und knistern, tuscheln und tanzen. Sind überall und halten sich doch achtungsvoll von mir fern. In den grünen Matten zwischen den Stämmen glitzert Tau. Sinkt der Fuß ins Weiche. Werden die Blaubeeren blau.

Ich schaue den Insekten zu, wie sie die Gräser besuchen. Ich höre der Stille zu. Nur ein sehr feines Knistern im Gras und unter der Rinde, an der ich lehne. Nur ein leises Singen, wo ein Wind die Wipfel streichelt. Nur ein feines Meisenzirpen.

Und ein Seufzen. Keins, das aus mir heraus kommt. Es seufzt überall. Seufzt durch mich hindurch. Seufzt tief. Ist es die Stille, die zu mir spricht? Sie nimmt meinen Geist ganz zu sich. Berührt all mein vieles Denken. Bringt es sacht zur Ruhe. Und flüstert kaum hörbar diesen einen Satz:

Niemand macht etwas!

Die Worte durchfahren mich wie Hitze. So leise sie sind, so eindringlich.

„Das weiß ich“, flüstere ich. „Habe einen hohen Preis für dieses Wissen bezahlt! Und es vergessen!“

Carla! Nicht schimpfen. Es ist okay! Menschen vergessen Dinge.

Und wieder:

Niemand macht etwas!

Plötzlich kommt mir der Satz doch irrwitzig vor. Wie konnte ich eben noch glauben, das sei so und ich wisse es schon lange?

Aber Carla! Schau! Hier ist niemand außer dir. Und trotzdem scheint etwas zu geschehen. Du bist zornig. Du bist traurig. Du bedauerst...

Du denkst über Marie. Du denkst über den Jäger. Du fühlst Zorn. Du fühlst Traurigkeit. Hier *ist* niemand, und doch ist in dir eine Menge. Wer also „macht“ das? Greift Marie dich an? Nein. Sie ist nicht einmal hier. Aber du hast Gefühle, als würde sie dich angreifen.

Ja, das stimmt... ich bin ganz allein. Niemand tut etwas, nur ich. Ich denke. Ich muss das tun. Es ist wie verdauen. Mit dem Denken verarbeite ich meine Wahrnehmungen. Ja – und da ist er! Da ist der Dreh- und Angelpunkt: Was ich auf diese oder jene Weise für wahr erkläre, macht mir Gefühle!

Es lag nicht an Ragnar, wenn ich in Gedanken wahnsinnig über ihn geworden bin. So oft hat er das gesagt! Liebevoll, ungeduldig, zornig – je nachdem. Ich habe es begriffen. Und es immer wieder vergessen!

Marie. Ihr verletzter Blick...

Ich werde wütend, wenn ich sie so sehe. Ich werde manchmal auch wütend über ihren Krankenschwesterblick. Und ein andermal hüllt er mich ein wie ein aufgewärmtes Badetuch...

Das eine nehme ich wahr. Das andere nehme ich wahr.

Der eine Gedanken trägt mich. Der andere drückt mich.

Wo wäre ich ohne Marie? Die bei mir war? Damals im Februar. Die meinen Ofen geheizt, mir Essen gebracht hat. So viele Gespräche auf dem Bett liegend Arm in Arm. Sie war da, als mein Leben in Millionen Scherben auseinandergefallen ist. Sie hat mich gehalten.

Und wie oft sehe ich sie an und denke: Ach, Marie, kannst du dich nicht ein bisschen vorteilhafter kleiden? Finde sie ungeschickt. Finde sie langsam. Warum muss ich so auf sie schauen? So lieblos! So undankbar!

Weil es dir in den Momenten nicht gut geht, Carlchen. Weil du dich selbst nicht magst. Weil du manchmal jemanden brauchst, an dem du das auslassen kannst.

Ich *will* das nicht! Ich will nie wieder so über sie denken! Andere Gedanken! Sofort!

Carla! Du weißt doch, es hilft nicht, diese Gedanken wegzujagen. Du weißt doch, dass sie wie Kinder sind. Sie wollen nichts Böses: Ihnen *fehlt* etwas. Und was ihnen fehlt, das hast du. Nur du. Und nur du kannst es ihnen geben!

Ja. Ich kann ihnen mein Verstehen schenken.

Und dein Mitgefühl, Carlchen. Und noch viel mehr.

Ja. Das kann ich. Weil dieser Ort es kann. Dieses Stück Wald, wo der Boden übervoll mit Blaubeersträuchern ist und das Gras weich und fedrig. Hier, wo rund um mich meine Freunde sind. Deren Rinde duftet, dass es mich wärmt. Die mich daran erinnern, dass etwas in mir schmerzt, wenn mich bestimmte Gedanken quälen. Die liebevoll mit mir sind und verstehen.

Und ist es nicht seltsam, große kleine Carla, dass die Bäume dies für dich tun, wo du doch auch selbst ein Herz hast, das liebt und versteht? Können nur sie sehen, dass etwas in dir immer noch klein ist? Klein und zart und sehr verletzt. Und wenn es weint, weil Mike sich nicht meldet, was hilft es diesem kleinen Wesen dann, wenn du gegen Mike wütest?

Ja...

Ich sehe sie, die Kleine, die ich einmal war. Sie steht nicht weit in einem schräg hereinfallenden Sonnenstrahl. Ihr rötliches Haar leuchtet darin wie eine Haube aus Gold. Ihr zartes Sommersprossengesicht ist nach unten geneigt. Sie betrachtet die im Licht tanzenden Insekten. Sie sieht Schönheit. Sie freut sich daran. Aber zugleich ist sie zutiefst traurig.

„Komm“, sage ich leise. „Komm, setz dich her.“

Sie schaut auf. Kommt zögernd zu mir.

„Komm her auf meinen Schoß.“

Sie kommt. Ihr feines Gesicht schaut zu mir auf. Für einen Moment steht eine Frage darin.

„Ich bin bei dir“, flüstere ich.

Sie schließt die Augen und legt den Kopf an meine Schulter.

Ich streichele sacht ihr Haar.

***

Kapitel 48

Im stillen Gartenfrieden, unter dem Sonnendach, steht der Laptop auf dem Tisch und wartet auf mich. Ich strecke schon die Hand aus, um ihn aus dem Standby hochzufahren. Und klappe den Deckel gleich wieder zu.

Ich sehe Maries grüngraue Augen vor mir, wie sie sich vorhin verdunkelt haben. Soll ich ihr das von Mike doch erzählen? Damit sie verstehen kann, warum ich so aufgewühlt gewesen bin? Nein, das beunruhigt sie nur noch mehr. Ich muss ihr bloß sagen, dass es mir Leid tut!

Ich schiebe die nackten Füße in die Gartenlatschen. Steige die Rasenstufen hinunter. Unten in meinem Gemüsegärtchen lassen die frisch gepflanzten Kohlrabis ihre Blätter hängen. Ich nehme beide Gießkannen. Gehe die paar Schritte bis zur Regentonne wieder hoch. Fülle beide. Gieße die Pflänzchen und auch gleich die jungen Buschbohnen, die Blumenkohlpflanzen, die Petersilie, die Zucchinis und die Gurken. Die Erdbeeren auch noch? Nein, das hat Zeit bis heute Abend.

Zurück auf dem Trampelpfad zum Zaun weiß ich, dass es gut war, vom Weg abzukommen, nicht nur für die Pflanzen. Beim Gießen ist etwas mit mir passiert. Der letzte Rest von der Mauer, die ich vorhin hochgezogen habe, ist nun abgetragen. Ich atme tief ein. Halte den Atem einen Moment an. Und es wird weit in mir. Weit und hell. Leicht wie ein Zaunkönig steige ich zwischen den beiden Handstöcken über den niedrigen Zaun. Durch die Bäume hindurch sehe ich Marie auf ihrer Terrasse sitzen und mit tief gesenktem Kopf Erbsen puhlen. Sie scheint einer anderen Zeit anzugehören, eine Magd auf einem Burghof oder die Frau eines Köhlers im Wald...

Ich gehe vor ihrem Stuhl in die Hocke und lege ihr meine Hand aufs Knie. „Es tut mir leid, dass ich vorhin so hässlich zu dir war. Entschuldige bitte!“

„Ist schon okay“, sagt sie. Aber die Verletzung ist noch da. In ihren Augen. In ihrer Stimme.

Nein, es ist nicht okay, will ich sagen. Und schlucke es herunter. Ich muss mir kein Büßergewand überhängen, das macht nichts besser.

„Ich hätte dir sagen sollen, dass ich gerade nicht für dich da sein konnte“, murmele ich.

„Ja, das wäre gut gewesen. Du bist manchmal aber auch störrisch wie eine alte Mauleselin!“ Sie versucht ein humorvolles Glucksen zwischen ihre Worte zu bekommen.

„Könnte es eventuell bitte nur eine Mauleselin sein? Nicht auch noch eine *alte*?“ Ich griene Marie von unten her an.

„Na gut“, sagt sie. Ihre Stimme ist gepresst, aber um ihren Mund kräuselt ein Lächeln.

Sie müht sich ab, das Ganze lustig zu nehmen. Und ich mühe mich ab, Worte zu finden, die das Gegenteil machen: es ernst nehmen. Was genau hat mich vorhin so gestört? Bei all ihrer Anteilnahme, etwas ist daran zu viel. Oder der Ton stimmt nicht. Ich weiß es nicht. Und was ich nicht genau weiß, kann ich nicht sagen, und dann ist es nicht geklärt…

Jolyn könnte es.

Und warum?

Es ist nicht schwer! Wenn ich es mir nicht schwer *mache* mit all den Gedanken, mit all dem Hin und Her!

Ich komme aus der Hocke hoch. Beuge mich über Marie. Lege den Arm um sie und drücke ihr einen Kuss auf die Locken.

„Ich möchte meine Eierschalen selber aufpicken“, höre ich mich sagen.

Staune. Verstehe, was ich meine. Füge hinzu:

„So schnell oder so langsam, wie *ich* es kann!“

Ich biege den Oberkörper zurück und schaue sie an.

Marie blinkert mit den Augen. Als ob ein Schleier darauf gelegen hätte. Ihr Blick ist wieder ganz da. Trifft direkt in meinen. Sie nickt.

„Ja. Ich muss das achten.“

Wir fassen uns an den Händen und drücken sie einander sacht.

Ich nicke ihr noch einmal zu und laufe zurück nach oben zu mir. Sehe im Vorbeigehen, dass zwei der Kohlrabi-Pflänzchen sich schon aufgerichtet haben.

**

Ich räume den Laptop vom Gartentisch. So weit kommt es noch, dass ich auch beim Essen im Internet herumsause! Eine frische Tischdecke, die blau und grün gestreifte. Die Vase mit den Ringelblumen und den Kornblumen wieder in die Mitte. Das Tablett aus der Küche holen. Die Gemüselasagne duftet, dass ich mich nur bremsen kann, weil ich mir sonst den Mund verbrennen würde.

„Di-da-did-did-didi-da-did-did!"

Es schrillt so laut, dass das Vogelkonzert rund um mich her verstummt. Das Handy-Display zeigt Mikes Namen an. Von dem lasse ich mich nicht beim Essen stören!

Meine Finger sind anderer Meinung. Ein Tastendruck, und sein SMS leuchtet mir entgegen.

„…KLEINE FÜCHSIN, BIST DU WIRKLICH SO WÜTEND, WIE DU KLINGST…? HÄTTE DICH GESTERN GERN WIEDER IN MEINEN ARMEN GEHALTEN…"

„ACH JA? UND WIESO HAST DU VORGESTERN ABEND NICHT GEANTWORTET? KOMMST EINFACH NICHT WIEDER, UND DAS WAR'S?"

„…LIEBLING, UND DESHALB DIE OHRFEIGE…? HABE NICHTS BEKOMMEN…"

„WAAAS? UND WIESO HAST DU NICHT WENIGSTENS ABGESAGT, WENN DU SCHON NICHT KOMMST?"

„WIR HATTEN NICHTS VERABREDET… SONNTAG WAR MEINE TOCHTER BEI MIR…UND DANN IST HANDY-FREIE ZEIT…"

Oh, verdammt! Habe ich nur geglaubt, dass er kommt? Mir war es so selbstverständlich… Aber – ja, es stimmt, verabredet hatten wir nichts!

„SORRY!"

Stimmt das, was ich da getippt habe? Ja. Es tut mir wirklich leid. Sehr sogar. Und es erschreckt mich. Dieses Überreagieren… Viel zu schnell Schlüsse ziehen… Mir absolut sicher sein, dass es so ist, wie ich glaube… Der andere hat mir etwas angetan… Hat mich verlassen… Hat mich verraten…

Mikes Antwort ist einen Lasagne-Bissen später da:

„…WANN SEHEN WIR UNS WIEDER…?"

Mein Blut verwandelt sich von einem Moment zum anderen in puren Sekt. Prickelt und knistert und lässt mein Herz sich überschlagen. Und *ich* glaube, dass Jolyn diejenige ist, die von ihren Gefühlen hierhin und dahin geweht wird!

Am nächsten Wochenende treffe ich mich mit Harald an der Ostsee. Und ich werde ihm diesmal nicht absagen! Auch nicht für das tollste Abenteuer der Welt. Aber bis zum Wochenende ist es noch lange hin.

Ich bin vorsichtig. Tippe:

„Sehen kann man das nicht nennen…"

„… Ich habe mehr von dir gesehen, als du ahnst… mit meinen Händen… mit meinen Lippen…

„Ja, ich auch von dir. Ich hab die ganze Woche bis Freitag Zeit. Am Wochenende nicht. Wann kannst du?"

*

Mike hat einen unsäglichen Hang, mich auf die wirklich wichtigen Antworten warten zu lassen!

Ich liege im Liegestuhl. Nach dem Essen brauche ich immer einen kurzen Schlaf, um wieder frisch zu sein. Heute wird nichts daraus werden. Es knistert und krisselt in mir, wie wenn Mike da wäre, wie wenn er mich berührte. Ob es jemals wieder passieren wird? Oder ob er doch nur…

Lass das! Mach es nicht so wie mit Ragnar damals!

Nein, mache ich nicht. Versprochen! Vielleicht ist er im Job oder anderswo und etwas Wichtiges ist dazwischen gekommen. Bestimmt sogar. Er wird sich schon melden. Und bis dahin kann ich üben, mich nicht kriegen zu lassen! Ich nehme die Herausforderung an!

Wohl ist mir nicht. Etwas sitzt in meinem Bauch. Ein leises Steingefühl. Angst? Nicht wirklich. Und doch… Der Moment vorhin in meinem Tal ist wieder da. Die Kleine, die im Lichtstrahl steht. Ja, natürlich! Sie ist es. Sie hat Angst…

Ich gehe zu ihr. Lege die Arme um sie und halte sie einen Moment. Drücke sie ganz leicht an meinen Bauch.

Mein Atem wird tiefer. Und erhebt sich zugleich. Fühlt sich weit an.

Wovor hast du Angst, meine Kleine, flüstere ich.

Dass er weggeht. Einfach weggeht.

Aber *ich* bin da. Ich bin immer für dich da. Auch wenn er weggeht. Dann erst recht.

Sie hebt den Kopf, lächelt mich an und läuft hinaus auf den Rasen, der bei mir eher wie eine Waldwiese aussieht. Hockt sich ins hohe Gras und beginnt, lange Grasrispen und zarte Wildblumen zu pflücken.

Ich stehe auf. Hole den Laptop vom Tisch. Kippe den Liegestuhl wieder zurück in die Saunaliegenstellung. Nehme den Laptop auf die Oberschenkel. Ich will den kleinen SMS-Austausch von eben in meine Aufzeichnungen über die seltsame

Fuchsjagd aufnehmen. Schaue in die Bäume. Einen winzigen Moment lang – oder Stunden? Irgendwann schreibe ich. Schreibe etwas ganz anderes. Etwas, wofür ich allen Mut zu brauchen geglaubt hatte. Jetzt geschieht es ganz von allein.

Tagebuch, 18. Dezember

Ragnar hat so recht gehabt: Mein Haus im Wald ist meine Geborgenheit. Die Sonne scheint den ganzen Tag herein, die Bäume rundum behüten mich. Die Stille hält mich im Arm.

„Ich kann wieder mit mir alleine und trotzdem glücklich sein!“, habe ich ihm gestern Abend am Telefon gesagt.

Ich habe an seinem Atem, an seiner veränderten Stimme gehört, wie erleichtert er war. Und zum ersten Mal auch gespürt, wie schwer es für ihn gewesen ist, mich in meinem Schmerz zu ertragen. Das hat uns noch weiter auseinander gebracht. Wie kann es sein, dass ich so abhängig geworden bin, als ich bei ihm gelebt habe? Nie vorher bin ich so gewesen.

Aber ich habe auch nie vorher so sehr geliebt...

Kann es sein, dass meine Liebe jetzt rein wird? Ohne Abhängigkeit. Ohne Habenwollen.

Jetzt endlich bin ich wirklich bereit, denn ich weiß, worum es geht. Ich weiß, dass ich mir selbst wehtue, wenn ich sein Verhalten so oder so deute. Oft hat er nicht das Geringste von dem, was ich darin gesehen habe, beabsichtigt.

Das sind alte Verletzungen, hat er gesagt. Sobald dich eine Situation daran erinnert, fängst du an, alles misszuverstehen. Wie ein Automat läufst du plötzlich in deinen alten Schienen. Unterstellst mir Dinge, die nie in meinen Gedanken gewesen sind. Ich löse nur etwas aus bei dir. Auf dieses Etwas solltest du schauen, nicht auf mich. Nur da findest du Erlösung!

Ich weiß, er hat Recht. Ich habe viel gelesen, seit ich allein in meinem Häuschen bin. Ich beginne zu verstehen. Werde ruhiger. Vertraue ihm wieder. Es tut mir leid. All das Streiten tut mir so leid.

Nun ist es fast wie in unserer Anfangszeit: Wir telefonieren Stunden. Wir haben uns so viel zu erzählen.

Wenn er zu mir kommt, wenn ich mich schon nach ihm sehne und er endlich kommt, dann ist mein Häuschen unser Liebespalast. Er tritt nie von sich aus ein. Er wartet, bis ich aufmache. Dann geht dieses Lächeln in seinem Gesicht auf. Das, zu dem der warme Ton in seiner Stimme gehört. Ich hatte beides schon verloren geglaubt. Seine Hände kommen meinen entgegen. Wir berühren uns nur mit den Fingern. Erst im Zimmer umarmen wir uns. Stehen lange fest umschlungen. Unsere Herzen spüren einander. Wecken einander. Auch unsere Körper begrüßen sich. Zelle um Zelle scheinen sie aufzuwachen und einander zuzujubeln. Es ist so ein Wonnegefühl! Wir treten ein wenig auseinander. Schauen uns an. Können gar nicht aufhören, uns in die Augen zu sehen. Sein Blick ist wie von weit her, aus einer friedvollen Wildnis mit gläserner Luft, wo er auf klarblauen Bergseen zu ruhen pflegt. Wenn ich in diesen Blick eintauche, steigen mir Tränen auf. Still stehen wir beieinander, spüren den anderen, ohne ihn zu berühren, lauschen in unsere Herzen und lachen immer wieder leise auf. Es ist, als ob es heller würde im Zimmer.

Dann sitzen wir einander gegenüber und trinken Tee. Ich habe alles schon vorbereitet. Jede gemeinsame Minute ist kostbar; ich will sie mit nichts verschwenden. Wir schauen uns an und lächeln.

Später gehen wir in den Wald. Gehen schweigend Hand in Hand. Zeigen einander den Eichelhäher. Die rotgoldenen Schleier blühender Gräser. Zeigen einander die kühne Kiefer, die schräg und dann im Winkel nach oben über den Rand des Hangs hinauswächst. Wenn wir zurückkommen, koche ich fertig, was ich vorbereitet habe. Er zündet viele Kerzen an. Sucht Musik aus. Nach dem Essen tanzen wir. Jeder für sich, als wollten wir uns im freien Schweben mit uns selbst vereinen. Aber bald zieht es uns zueinander. Meine Hüften, mein Becken, meine Brüste spüren ihn, ehe wir uns berühren. Brennen vor Sehnsucht nach seiner Berührung. Vor Sehnsucht, ihn in mir zu spüren. Wir lächeln uns an. Helfen uns aus den Kleidern. Seine Stimme vibriert durch meinen Körper, als würden mich winzige Finger betrommeln.

Wenn ich endlich seine Haut an meiner fühle, will ich nur noch in diesem Moment der ersten Berührung existieren. Dennoch ziehe ich ihn mit mir ins Bett, das aufgeschlagen wartet, den ganzen Tag, viele Tage.

Und wir versinken ineinander.

Tagebuch, 3. Januar

Der Wald liegt in tiefem Schnee. Es ist still. Mir ist, als wäre ich noch nirgendwo so zu Hause gewesen.

Bin ich endlich angekommen? Bei mir?

Es stimmt, ich wollte Ragnar verändern. Ich wollte, dass er immerzu mit mir sein will. Sonst ist es keine Liebe, dachte ich. Aber die Liebe des Herzens lacht darüber. Lasst einander frei, ruft sie, sonst erstickt ihr mein Feuer!

Manchmal habe ich Angst, dass ich das wieder vergessen werde. Dass es mich doch wieder wie ein Faustschlag ins Sonnengeflecht trifft, wenn er so unnahbar scheint. Ich bete, dass ich ihn dann nehmen kann, wie er ist, ohne eine böse Absicht darin zu sehen. Dass ich mich dann erinnere, wie verletzt er ist und dass er trotzdem den Mut hat, sich mir zu öffnen. Dass ihn vielleicht gerade seine Wunden zu dem einfühlsamen Mann gemacht haben, den ich liebe.

So wie meine Verletzungen mich zu der gemacht haben, die er liebt.

Das sagt er mir oft. Ich beginne es zu glauben.

*

Mein Blick schreckt hoch. Das alles schreibt sich, liest sich wie ein Traum. Und ist es nicht auch so? Hatten wir nicht die allerbesten Voraussetzungen? Die Liebe war an unserer Seite. Sie hat uns geholfen, einander zu verstehen. Sie hat uns in allem geholfen. Nur muss man Hilfe annehmen können...

Ich habe gebetet damals. So viel gebetet. Aber da ist etwas in mir, das kann so schmerzen, dass kein Platz mehr für Verständnis, für Wohlwollen, für Liebe ist. Es hat sich damals zwischen mich und die Liebe gestellt. Und es ist immer noch da. Ich kann es wegdrängen. So tun, als stünde ich darüber. Selbst wenn ich mich um die verletzte Kleine in mir kümmere, ändert es sich nicht wirklich. Denn inzwischen frage ich mich immerzu nur noch dies Eine:

Wie kann Mike das tun? Einfach nicht antworten?

Und in meiner Brust sticht es so sehr, dass mir das Atmen schwerfällt.

***

Kapitel 49

Im Wachwerden geht meine Hand wie von selbst hinüber auf die leere Bettseite neben mir. Tastet nach dem Handy. Schaltet es ein. Mein Blick klebt am leeren Display. Mühsam lenke ich ihn nach draußen. Statt sich wie sonst zum Himmel zu heben, bleibt er matt in einem der Büsche hängen. Warte, Carlchen. Du brauchst nicht jetzt schon so enttäuscht zu sein. Es dauert manchmal ein, zwei Minuten, bis Nachrichten auf das Handy heruntergeladen sind.

Und wenn meine Nachricht von gestern gar nicht bei ihm angekommen ist?

Das habe ich schon hundert Mal gedacht. Und mir immer dieselbe Antwort gegeben: Er könnte nachhaken! Er müsste nachhaken, wenn nicht alles andere, was er davor geschrieben hat, gelogen ist.

Ich starte den Laptop. Auserlesen.de wird von selbst aktiviert. Das „Pling" hört nur mein inneres Ohr, das verheißungsvoll hereinsegelnde Briefumschlagsymbol sehe ich nur mit den Augen der Fantasie. Ich schaue trotzdem in den Posteingang. Klicke auf Mikes letzte Mail. Sie öffnet sich. Im Kopfbereich wird automatisch eine kleine Version seines Fotos eingeblendet. Und das Wort „online"!

Er ist also nicht gestorben! Und auch nicht schwerkrank! Ganz und gar nicht. Er ist fleißig bei Auserlesen.de aktiv!

Ich spüre, dass ich grinse. Komme mir vor wie eine Ehefrau, die endlich den Beweis hat, dass ihr Mann fremdgeht. Und genauso fühle ich mich. Zuerst ist es ein Faustschlag in den Magen. Dann kommt die Wut. Und diese Wut grinst, so eigenartig das ist. Weil sie immer noch besser ist, als diese Ungewissheit? Ja! Jetzt kann ich frei atmen! Auch wenn es Wutschnauben ist.

Was macht dieses miese Schwein mit mir? Gut, ich bin auf einen Flirt eingegangen. Habe geglaubt, ich kann üben, dieses elende Habenwollen hinter mir zu lassen. Ja, natürlich, der größere Teil des Problems liegt bei mir. *Ich* erwarte zu viel. Oder vielmehr muss ich doch längst gemerkt haben, dass da nichts zu erwarten ist! Auch nicht zu erhoffen! Da spielt jemand ein Spiel, dessen Regeln ich nicht begreife, vielleicht auch, weil er sie ständig ändert. Ich versuche mitzuspielen, aber ohne die Regeln zu kennen, kann ich nur verlieren! Ich nehme es als

Übung, zu mir zu stehen. Stehe ein Stück weit darüber. Die Wahrheit aber ist: Mir schmerzt das Herz, als hätte er mir ein Messer hinein gestoßen.

Wie soll ich da üben? WAS soll ich da üben?

Ich kann Mike aus meinem Postfach löschen und meines Weges ziehen. Es gibt Harald. Es wird andere geben.

Und da fängt mein wirkliches Drama an:

Ich hänge an der Geschichte fest, wie man kleben bleibt, wenn man mit nackter Hand gefrorenen Stahl anfasst! Es ist unmöglich, sich loszureißen.

Ich habe mit Mike ein Spiel gespielt. Das war die ganze Zeit klar. Meinem Verstand jedenfalls. Aber in Wahrheit...

Ich schrecke zusammen. Das Festnetz-Telefon schrillt wie eine Alarmsirene. Ich muss erst tief atmen. Einmal. Und noch einmal.

„Einen wunderschönen guten Morgen!" Haralds Stimme tönt aus dem Hörer, als hätte er bis eben laut gesungen. „Ist das nicht ein tolles Wetter? Jedenfalls bei uns im Norden hier. Bei dir auch?"

In mir legt sich ein Schalter um. Ich kann das leise „Klick" fast hören. Sofort bin ich angesteckt von seiner Fröhlichkeit. Will es sein. Schaue zum ersten Mal so nach draußen, dass ich auch etwas wahrnehme.

„Ja, Sonne und leichter Wind und ein paar Schönwetterwolken!", rufe ich.

Ich höre mich gut an. So, wie es richtig ist.

„Hier auch! Mehr Wind wahrscheinlich." Er lacht auf.

Was ist daran witzig?

O Gott, Carla! Hör auf!

„Wie geht es dir, Jolyn?" Wieder spricht er „Jolyn" aus, als sei es ein süßer Geschmack auf seiner Zunge, dem er möglichst lange nachschmecken will.

„Ich – bin aufgeregt wegen des Wochenendes."

„Ja?" Er lacht leise.

„Warum lachst du?"

„Na ja – deine Aufregung zeigt etwas, oder?"

„Aha. Und was?"

„Dass es dir – sagen wir: wichtig ist?"

„Würde ich mich sonst mit dir treffen?"

„Was macht dich aufgeregt."

„Hmm... Ich glaub, das ist mir zu peinlich..."
„Was?" Sein Lachen schallt, dass ich den Hörer vom Ohr weghalte.
„Du nimmst mich nicht ernst!"
„Doch!" Er gluckst.
„Harald!"
„Wirst du jetzt böse? Du, das musst du nicht so streng sehen, ich fand dich eben einfach süß. Hast du denn vor irgendetwas Angst?"
„Na ja..."
„Was na ja?"
„Irgendwie fühle ich mich – verpflichtet. Du hast mir geschrieben, dass du zart verliebt bist, und jetzt glaube ich, dass ich nachziehen müsste!"
„Gar nichts musst du!"
„Das sag ich mir auch. Aber ich werde das nicht los. Als ob ich in einer Zwangsjacke stecke."
„Jolyn, was immer das mit uns wird: Lass es uns einfach genießen."
Ich stutze. Seufze leise auf. Genau das habe ich mir vor kurzem selbst gesagt!
„Sehr gute Idee! So machen wir's!"
Eins weiß ich immerhin: Dass die Liebe nichts dagegen hat, auszuprobieren, wie weit sie sich zwischen mir und Harald entfalten kann. Im Gegenteil.
„Bleibt es bei Übermorgen?", fragt er.
„Ja, am Samstag um vier. Wenn mein Auto nicht liegenbleibt."
Ich kichere. Fühle mich plötzlich, als käme ich aus dem Wald und hätte alle unguten Gedanken in den Bäumen aufgehängt.
„Du meinst, wenn die Angst nicht doch stärker ist als die Neugier, hm?" Er lacht leise. Ich höre, dass dieses Lachen aus einem großen Brustkorb kommt. An den man auch mal den Kopf anlehnen kann.
„Küsschen!", ruft er.
Sofort fühle ich mich wieder in die Zwangsjacke gesteckt.
„Tschüss!" Meine Stimme knistert vor Sprödigkeit.
Hey! Er will mich gewinnen. Das ist nur natürlich!!
Ja. Und was ist an *meiner* Situation natürlich?

***

Kapitel 50

Schreibe ich Mike? Frage ihn, was ist?

Wozu? Um vergeblich auf eine Antwort zu warten? Ich sehe doch, dass er andere Liebschaften sucht. Warum sonst ist er bei Auserlesen.de online?

Und warum bin *ich* online?

Weil mir eben eine Mail in meinem privaten Postfach gemeldet hat, dass dort bei Auserlesen.de eine Kontaktanfrage für mich ist.

Nein, das ist Selbstbetrug! Ich war schon vorher da, und ich habe mich dort eingeloggt, weil ich schauen wollte, ob Mike angemeldet ist. Weil ich es erwartet habe. Und weil ich es zum Anlass nehmen wollte, mir seinen Angelhaken endgültig aus dem Fleisch zu ziehen!

Aber erst mal die neue Mail...

„Grüße an die Schriftstellerin von Jao. Wenn Sie wollen, schalten Sie mir doch Ihr Foto frei? Alles Gute bei Auserlesen.de!"

Schriftstellerin... Ich habe ganz vergessen, dass das in meinem Profil steht. Bin ich das wirklich? Nach nur einem Buch? Von dem ich nicht mal leben kann?

Carla! Davon leben können oder nicht: Du hast es *geschrieben*! Mit allergrößter Sorgfalt! Du hast dein Herzblut hineingegeben und es ist kein Groschenheft, es ist ein wirklicher, reifer Roman! Ob es sich verkauft oder nicht – was sagt das über dieses Buch aus? Und vor allem: was sagt es über dich?

Ja...

Ich stelle den Laptop neben mir auf den Tisch. Drücke mich aus dem Korbstuhl hoch. Sprinte nach drinnen und ins Bad. Stelle mich vor den Spiegel. Versuche mich anzulächeln. Es geht nicht.

Hey, Engel! Du stolperst immer wieder in deine dunklen Löcher, das stimmt. Aber du kommst jedes Mal da raus! Manchmal bist du traurig. Manchmal versteckst du all dein Fühlen und deine Fülle hinter deinem Verstand und redest hochintellektuell daher. Und dann wieder kannst du so lustig sein. So lieb. So frech. So albern. So weichherzig und warm und fürsorglich. Du kannst auch eine Kratzbürste sein, klar. Aber du gibst dir Mühe, viel Mühe, liebevoll zu anderen zu sein. Du gibst dir Mühe, anderen möglichst nicht wehzutun. Viel lieber schenkst du ihnen Freude. Verschenkst du deine Lebendigkeit. Deinen Einfallsreichtum.

Ein kleines Lächeln beginnt um meinen Mund zu spielen. Ich schaue mir selbst in die Augen.

„Hey, Süße!"

Die Augen im Spiegel werden ein wenig lebendiger. Ich gebe mir einen Luftkuss. Und noch einen. Ein Lächeln erscheint in dem Gesicht mir gegenüber. Unschuldig und trotzdem spitzbübisch. Wie das wohl ist für einen wie Harald? Diese Frau dort kennen zu lernen? Wie es wohl ist mit ihr?

*

Ich nehme mir ein großes Glas Wasser mit nach draußen. Stehe oben am Hang. Da unten warten meine drei winzigen Gemüsebeete. Möchten gegossen werden. Später, sage ich im Stillen zu ihnen. Noch liegt ihr zu sehr in der Sonne. In vielen kleinen Schlucken trinke ich das Glas leer. Lege den Kopf in den Nacken. Schlürfe mit dem Blick einen langen Schluck Himmelsblau hinterher. Schlendere die paar Schritte zu meinem Arbeitsplatz unterm Sonnendach und ziehe den Laptop zu mir hin.

„Grüße an die Schriftstellerin..."

Jetzt lese ich den Satz anders. Es klingt nicht mehr fremd, als meinte er eine andere. Ich fühle mich beinahe geehrt. Auf jeden Fall höflich angesprochen.

Es ist so einfach! Ändere ich meine Blickrichtung, ändern sich meine Gedanken. Und mit den Gedanken mein Fühlen. Aus dem Fühlen heraus kreiert sich wiederum mein nächster Gedanke. Und klar, düstere Gefühle erzeugen dunkle Gedanken und die erzeugen noch dunklere Gefühle – und so fort. Wie gut, das Denken im Blick zu haben! Wie wichtig zu wissen:

Ich *habe* Gedanken, aber ich *bin* sie nicht! Ich kann sie ändern!

Warum lernt man das nicht in der Schule? Es ist so offensichtlich, aber niemand unterrichtet einen darin! Wie wichtig wäre das gewesen! Wie anders hätte ich leben können...

Hätte...

Wenn...

Das Leben spielt sich nicht in Wennhätten ab! Sondern hier und jetzt! Und da ist eine neue Anfrage, Carla! Willst du sie dir nicht endlich mal ansehen?

Ich öffne Jaos Profil.

62 Jahre alt. Abitur, Studium, Ingenieur und Politikwissenschaftler, promoviert. Er hat sogar schon sein Bild für mich freigeschaltet. In dieser Größe ist es zu winzig, um viel zu erkennen. Ich doppelklicke darauf. Es öffnet sich im Großformat.

Das kann doch nicht *aktuell* sein! Er sieht allerhöchstens wie fünfzig aus. Jungenhaft. Amerikanisch. Vielleicht wegen der John F. Kennedy-Tolle. Oder weil er wie ein Elitestudent wirkt. Ja, das ist es, was es irgendwie befremdlich macht: Es ist nicht das Foto eines jungen Mannes, und dennoch sieht er aus wie einer, der noch nicht fertig ist. Beinahe maskenhaft glatt, als hätte ihn das Leben überhaupt nicht berührt. Ein feines, aber nichtssagendes Foto-Lächeln. Weißes Hemd. Dunkler Schlips. Augenfarbe blau. Haarfarbe braun. Sehr akkurater, gerader, fast eckiger Haarschnitt mit Stirnwelle.

Niemals ist das ein Mann für mich!

Ja, Carla! Geht es auch mal ohne deine Blitzurteile?

Mein Blick wandert zu den vorgegebenen Satzanfängen, die man fortsetzen kann, um etwas von sich zu berichten:

Mein Lieblingsbuch ist...

„... nicht nur eines! Ich mag viele Bücher, so u. a. Bücher über die gehobene Erotik.“

Aha... Nein, nichts dazu denken! Einfach lesen. Nur die reine Information: Erotik ist noch ein Thema für ihn.

Mein Traum ist,....

„... dass zumindest die Kinder anfangen, das merkwürdige, noch sehr unterentwickelte Leben zu begreifen und verbessern zu helfen, so dass es zum wirklich großen Aufschwung kommt. Die heutigen „Erwachsenen“ haben bislang die Chancen, die wir als Politikfachleute anboten, restlos verpasst!!“

Am wichtigsten im Leben ist mir,....

„... mitzuwirken, dass die Fähigeren sich endlich vor allem in der Politik durchsetzen.“

Ich klicke auf „Antworten“.

„Hallo Jao,

vielen Dank für die nette Zuschrift. Ich habe meine Fotos für dich frei geschaltet und bin gespannt auf deine Antwort.

Liebe Grüße, Jolyn“

Das ist nicht von Jolyn. So schreibt sie nicht.

Genau, Carlchen, so schreibe ich nicht. Ich hätte auch diesen Mann nicht angeschrieben. Und das weißt du.

Du bist frech! Immerhin bin ich deine Schöpferin.

Da sollte ich Respekt haben, hm? Habe ich auch. Trotzdem, Carla: Warum schaust du nicht, was *du* willst? Was *dich* anzieht? Statt all das, wozu du nicht stehen magst, *mir* zuzuschreiben?

***

Kapitel 51

Die Ostsee!

Zwischen Häusern und Büschen blinkt schon das tiefe Grünblau. Weiße Segeldreiecke schaukeln. Am sonnigen Himmel kreisen Möwen. Ich lasse die Fensterscheibe hinunter. Brandungsbrausen und Möwenschrei: Das ist meine Musik! Damit bin ich als Kind aufgewacht. Und eingeschlafen mit den langgezogenen Knarrtönen schläfriger Möwen und ihrem nie endenden Nachtgeplänkel.

Ich biege um die letzte Kurve. Das Hotel! Genau wie unser altes Strandhotel früher zu Hause: Langgestreckt, mit hohen Fenstern, die weiße Farbe angegriffen von unzähligen Stürmen und vom Salz. Zwei weiße Säulen rechts und links des Eingangs tragen ein herausgezogenes Gauben-Vordach. Eine glattgeschorene Rasenfläche davor. Darauf weiß gestrichene Stühle und Tische aus Holz. Ein niedriger Heckenrosenwall zum Strand hin. Und die Rosen blühen! Dunkelrot und weiß. Ich rieche den Duft schon. Oder ahne ihn.

Beim zweiten Hinsehen merke ich: Vorm Haupteingang im Schatten des Vordachs steht Harald. Ein leichtes Jackett und eine sommerliche Hose in hellem Beige. Ich winke ihm aus dem offenen Autofenster zu. Er hebt als Geste des Erkennens das Kinn. Einen Wimpernschlag später springt ein Lachen in sein Gesicht. Ich rolle in Richtung Parkplatz weiter. Er setzt sich sofort in Bewegung. Ich stoße die Tür auf. Steige aus. Schließe die Augen. Ziehe den Seeluft-Rosenduft in mich hinein.

„Lass uns zuerst an den Strand, ja?“, rufe ich Harald entgegen.

Er lächelt breit. Bewegt den Kopf in einem Nicken zur Seite hin. „Wenn du möchtest“, scheint das zu bedeuten. Er möchte etwas anderes. Auch das ist in seinem Nicken.

„Hallo Jolyn!“, lacht er.

„Hi Harald!“

Wir stehen voreinander. Mögen uns nicht die Hand geben. Das ist zu förmlich. Ich grinse zu ihm hoch. Er nimmt mich in den Arm. Küsst mich seitlich aufs Haar. Lässt mich gleich wieder los.

Ich deute mit dem Kopf zum Meer hin. Ziehe noch einmal fragend die Augenbrauen hoch. Er nickt. Wir gehen über den Rasen. Und dann ist es nur noch ein schmaler Durchgang zwischen den Heckenrosen hindurch, und wir sind am Strand. Ich bleibe stehen. Atme tief ein.

„Das ist der Duft, mit dem ich aufgewachsen bin", sage ich mit einer Andacht, dass es mich überrieselt.

Ich bin versucht, Haralds Hand zu nehmen. Es würde ihn sicher freuen. Aber es setzt ein Zeichen, das er anders deuten würde, als ich es meine. Befangenheit kriecht in mich hinein.

Bitte, Jolyn, gib mir zumindest etwas von deiner Unbefangenheit ab!

Ich spüre den Sand durch die Sandalen. Bücke mich und ziehe sie aus. Harald will es mir nachtun und beginnt, sich etwas umständlich von seinen hellbraunen Sommerschuhen zu befreien.

„Ich warte am Wasser auf dich!", rufe ich und laufe los. Renne mit fliegendem Rock in den Wind hinein. Ich sehe die Szene wie von weitem: die laufende Frau ist kleiner als ich. Ihre Figur weiblicher. Ihre Haut gebräunt. Ihr Haar braun. Lapislazuliblaue Augen, weit offen. Sie läuft mit einem Lachen im Gesicht, übermütig, aber auch siegessicher. Sie will, dass sie verfolgt und eingeholt wird.

Ja, so wäre es, wäre ich Jolyn. Und wäre dies hier Wennhätten…

Am Wellensaum bleibe ich stehen. Schaue hinaus. Die Ostsee leckt zur Begrüßung an meinen Zehen, dass es kitzelt. Harald tritt seitlich hinter mich.

„An dem Blau könnte ich mich betrinken!", sage ich nach vorne zum Meer hin.

„Und ich mich an dir!" Er beugt sich über mich. Küsst mich weich auf die Wange. Sieht mich an, als wollte er fragen: Na, willst du mehr?

„Dass ich das schaffe, mitten im Wald zu leben!", sage ich schnell.

Und es ist sonnenklar: Das sind Carlas Füße im Sand. Carlas Sommersprossen-gepunktete Beine. Hier ist weit und breit keine Jolyn.

„Wahrscheinlich, weil das Rauschen der Bäume mich an die Brandung erinnert. Das hab ich früher Tag für Tag im Ohr gehabt."

Carla.

„Aber im Sommer war es nicht nur das Rauschen. Da ist das Juchzen der Badenden dazu gekommen. Genauso wie hier."

Schon nicht mehr ganz so Carla.

„Und *ich* frage mich, ob du mir wohl irgendwann dein Wald-Paradies zeigst?" Haralds Worte sind von einem Lachen unterlegt. Sein Gesicht bleibt ernst.

Mein Paradies? Das ist hier, denke ich. Das Meer! Der Strand! Strandkörbe. Sonnenschirme. Ein aufgeblasener Wasserball, der vorm Wind her kullert. Duft nach Sonnenöl. Nach Seetang. Rechts, vielleicht zweihundert oder dreihundert Meter weiter, erhebt sich die Steilküste. Wilder als die zu Hause. Ich deute mit dem Kopf dorthin. Hebe fragend die Brauen. Harald macht eine zustimmende Kopfbewegung. Nebeneinander her gehen wir am Wellensaum entlang, die Schuhe in der Hand.

„Bekommst du viele Zuschriften bei Auserlesen.de?"

Carla. Steif und unecht wie der Journalist neulich. Kann ich nicht einfach still sein?

„Ja – da kommt so einiges. Und du?"

„Kaum."

„Tatsächlich?" Er hebt die Brauen. „Na ja, die meisten Männer in unserem Alter fliegen auf deutlich jüngere Frauen, wenn sie die Wahl haben."

„Und die haben sie!"

„Jolyn, wer dein Foto sieht und liest, was du über dich schreibst, muss schon ziemlich plump sein, wenn er sich am Alter festbeißt."

„Sie sehen das Foto doch erst, wenn sie mich angeschrieben haben."

„Ach ja, stimmt."

„Aber danke für das Kompliment! Du machst gern welche, hm?"

Er lacht hell auf. „Ja!"

„Das ist schön! Machst du sie auch noch nach vier oder nach sieben Jahren?"

„Natürlich! Du siehst auch in sieben Jahren noch sehr schön aus in diesem Kleid!"

Ich habe es mir schon gedacht: Die helle Fliederfarbe steht mir. Ich hebe den Rocksaum und mache ein paar Hüpfer in eine auslaufende Welle hinein. Seine hochgekrempelte Hose ist im nächsten Moment mit Spritzern gesprenkelt.

Ich grinse ihn an. „Und du? Gehörst du auch zu denen, die nicht einmal antworten, wenn ihm eine nicht gefällt?"

„Na ja..." Er wendet mir das Gesicht zu. Seine Stirn spannt sich in Richtung Steilfalte. „Kannst du auf mehreren Hochzeiten tanzen? Ich nicht!"

„Och, ich tanze sehr gern."

Ich griene in mich hinein.

Haralds Blick geht auf Abstand.

„Hey, das war Spaß", sage ich schnell. „Aber ich antworte, wenn ich angeschrieben werde."

„Das mache ich auch!"

Ich schaue zu ihm hinüber. Er sieht ernst aus. Ich höre jetzt augenblicklich auf, vor lauter Unsicherheit so zickig zu sein! Dann lieber gar nichts sagen!

Je weiter wir gehen, desto leerer ist der Strand. Keine Strandkörbe mehr. Nur noch vereinzelt einige wenige Menschen. Ein älteres Paar in Shorts spielt mit sehr ruhigen Bewegungen Kricket miteinander. Möwen segeln über der See. Lassen sich auf dem Wasser nieder. Falten ihre Flügel zusammen. Öffnen sie wieder und rütteln damit. Falten sie noch mal und noch mal, bis ihnen ihr Gefieder ordentlich genug sitzt. Sie schaukeln auf den kleinen Wellen und schauen zu uns herüber, als wären wir eine Attraktion, die sie sich gern in Ruhe ansehen wollen.

Meine Füße plitschen im feuchten Sand. Es fühlt sich gut an, neben Harald zu gehen. Nur ansehen darf ich ihn nicht. Jedenfalls nicht mit Carlas Blick. Sie findet seinen Mund zu gespitzt. Seine Nase zu flach. Seine Wangen zu rund. Sein Haar zu fesch und zu blond gefärbt. Sein Goldkettchen zu aufdringlich. Und seinen Bauch viel zu dick.

Die Liebe tippt sich an die Stirn.

Ja, ich weiß, aus ihren Augen geschaut geht neben mir ein wunderbarer Mann. Einer, dem ich vertrauen kann. Der mich verehrt. Der Freude an mir hat. Und mich nie, nie, nie so behandeln würde wie Mike! Aber auf Mike fliege ich – und das kann doch nicht heil und gesund sein!

***

Kapitel 52

Wahnsinn!

Wahnsinnig schön, sich auf dem Laken zu rekeln und Haralds nackte Haut am Rücken zu spüren. Seinen Atem an meinem Ohr. Das beschützende Gewicht seines Arms auf mir. Und seine Finger, die meine rechte Brust leise streicheln.

Genau! Nicht ich bin verrückt, meine Brüste sind es. Verrückt nach Berührung. Jede Regung senden sie sofort in mein Becken. Wo es glüht, wie wenn ein Schwelbrand dort ausgebrochen wäre. Ich strecke meinen Po so weit nach hinten, dass er sich in Haralds Lenden schmiegt. Sein Körper strahlt Stärke aus. Der Bauch allerdings liegt wie ein Kissen zwischen uns.

„Immer noch nicht erschöpft?“, murmelt er.

„Du denn?“, flüstere ich über die Schulter.

„Du gibst ganz schön Gas!“ Er lacht.

„Findest du?“

Ich klinge gereizt. Ich *bin* gereizt! Der Satz eben hat mir doch seinen Tadel auf dem Silbertablett präsentiert! Genauso hätte er sagen können: Sorry, du scheinst nymphoman zu sein, das ist nichts für mich...

Carla! Kann es sein, dass du dich gerade wieder selbst fertig machst?

Ach ja – und wieso?

DU denkst doch, dass du nicht in Ordnung bist!

Ich?

Du denkst, dass er es denkt! Gesagt hat er nichts dergleichen.

Stimmt... Ich denke, dass er es denkt... Und die Wahrheit ist... dass ich es denke! ... Wenn ich wissen will, ob er es denkt, muss ich ihn fragen!

„Ist dir mein Gasgeben zu viel?“, flüstere ich mit nach hinten gedrehtem Kopf.

Harald lacht leise. Brummt: „Na warte!“ in mein Ohr. „Das wird sich noch zeigen, wem es zuerst zu viel wird...“

Das tiefe Vibrieren in seiner Stimme läuft mir in Wellen in den Nacken. Ich seufze leise. Liege nur da. Spüre ihn. Genieße es. Flüstere:

„Hast du eigentlich einen Spitznamen? So was wie Harry?“

Sein Atem geht gleichmäßig und tief. Ich drücke meinen Po noch mehr gegen ihn. Er reagiert nicht mehr.

Wie lange habe ich das vermisst! Den anderen spüren. Im Arm gehalten sein und sanft einschlafen. Oder ihn im Arm zu halten. All die Jahre der Ehe – und selbst mit Ragnar habe ich es vermisst. Eben waren wir noch innig miteinander. Plötzlich sein Rücken. Und jetzt hält Harald mich im Arm. Seine Hand streichelt mit ihrem leisen Zucken meinen Busen. Wenn ich schnurren könnte, ich würde mich anhören wie eine ganze Katzenfamilie.

*

Im Aufwachen schon habe ich seine Hand an meiner allerempfindlichsten Stelle gespürt. Dann seine Küsse, seine Zunge...

Jetzt liegen wir nebeneinander. Mein Kopf ruht auf seinem ausgestreckten Arm. Unsere Körper brennen.

„Meine Güte, bist du ungestüm!" Er küsst mich, während er über mich hinweg aus dem Bett klettert. Vor sich hin lachend geht er ins Bad.

Ich schaue ihm nach. Von hinten sieht sein Körper aus, als hätte ein Bildhauer bislang nur die grobe Gestalt erschaffen und alle Feinheiten für später aufgehoben. Er ist nicht plump, aber mir fehlen die genauen Linien und Konturen eines schönen männlichen Körpers wie Ragnars. Es gibt keine wirkliche Taille, sein Becken ist nicht wirklich schmaler als die Schultern, dazu leichte X-Beine, die sein Gehen ungelenk erscheinen lassen. Und beim Penis hat der Bildhauer versehentlich etwas zu wenig Material eingeplant – jedenfalls im Ruhezustand.

Was meint er mit ungestüm? Dass ich mich beim Sex bewege?

Oder doch, dass ich nicht genug bekommen kann?

Verwöhnt er mich so, weil er *das* befürchtet? Oder liebt er es wirklich, mich zuerst lange zu liebkosen? Bis in den Himmel und noch darüber hinaus! Nur macht ein Klitoris-Orgasmus doch erst richtig Appetit...

Und wie wär's, ihm das zu sagen? Statt hier zu liegen und in Gedanken über ihn herzuziehen?

Ja, Jolyn. Und wie wär's, wenn du hier an meine Stelle kämst? Dann kannst du alles richtig machen und mich in Ruhe lassen!

Carlchen, schau hin! Du hörst ganz schnell Tadel heraus. Kann es sein, dass etwas in dir ist, das ängstlich wird, wenn du vor Erotik sprühst? Ist es dir deshalb lieber, wenn *ich* diesen Part übernehme? Harald ist aber nichts für mich, das weißt du!

*

Der Sonnenschirm über uns flattert leise. Es klingt wie ein in der Ferne killendes Segel.

Ich klopfe mein Frühstücksei auf. Puhle die Schale auf meinen Teller. Steche es mit dem Eierlöffel an.

„Genau richtig! Und das im Hotel!"

„Ich kann auch ziemlich gut Frühstück machen!", tönt Harald.

„Als ich noch einen Fernseher hatte, habe ich beim Werbeblock immer den Ton abgeschaltet", grinse ich.

Er zieht die Brauen hoch. Dann dröhnt sein Lachen, dass die See sich kräuselt. Nein, natürlich ist das da draußen ein Fischschwarm. Oder die Stelle ist von einer einzelnen Bö aufgewühlt. Ansonsten liegt die Ostsee vollkommen still da. Das gelbe Seidentuch der Sonne blinkt darauf, als sei es mit unzähligen Diamanten bestickt.

„Ich konnte schon schwimmen und sogar segeln, bevor ich Radfahren gelernt habe", erzähle ich. „Und bei uns zu Hause hieß es nicht „mach die Tür zu". Mein Vater war Kapitän, wir sagten: „Mach das Schott dicht", und wenn du morgens deine Augen noch nicht richtig aufbekamst, dann wurdest du mit dem Spruch „wasch dir mal die Klüsen!" ins Bad geschickt."

Harald legt die Hand auf meine. „Klingt nach Heimweh", sagt er sanft.

„Nein! So schlimm ist es auch wieder nicht. Baden wir nachher?"

„Muss ich?"

Ich griene so breit ich kann. Stupse seinen Oberarm an. „Dir ist dein Bauch peinlich, gib's zu!"

„Der wird jeden Tag weniger, da kannst du zugucken! Ein bis zwei Kilo in der Woche, ohne dass ich etwas machen muss."

„Schon wieder Werbestunde?"

„Di-da-did-did-didi-da-did-did!", piept mein Handy dazwischen.

„…HEIß… HEIßER…DU…. GUTEN MORGEN, LIEBE FÜCHSIN… EINEN KUSS AUF DEINE KNOSPEN.. DEIN JÄGER…."

Mir schießt Röte ins Gesicht.

Harald hebt die Brauen und linst herüber. „Na, wer stört da?"
Geht ihn das etwas an? Kann er mich nicht in Ruhe lassen?
„Meine Freundin. Sie will wissen, ob es mir gut geht."
„Und?"
Ich fange an zu tippen. Hebe den Kopf wieder. „Es ist toll hier, schreibe ich, aber Harald ist mir zu neugierig."
Er zieht in gespielter Reue den Kopf leicht ein und macht ein „Aha"-Gesicht. Ich tippe emsig weiter, aber es sind nur irgendwelche Buchstaben. Zu *der* SMS fällt mir nichts ein! Ich tue, als schickte ich eine Nachricht ab. Schenke Harald ein Lächeln. Mache das Handy aus.
Und mit einem Schlag bin ich traurig. Könnte fast weinen. Schaue vorsichtshalber hinunter auf meinen Teller, damit Harald nicht sieht, dass meine Augen feucht sind.
Wegen Mike? Lasse ich mich so von dieser hohlen Nummer treffen?
Nein. Weil dieser kleine Urlaub am Meer plötzlich etwas – beinahe Hässliches hat. Etwas ist zwischen uns gekommen. Und das liegt nicht an der SMS. Wenn ich ganz ehrlich bin, liegt es auch nicht – an Harald...
Bleibt nicht viel übrig...
Bleibe nur ich übrig.
Ich bin es, die hier scherzt und neckt. Und wäre es nett und harmlos und lustig, dann wäre ich jetzt nicht traurig. Dann wäre ich fröhlich, und auch Haralds Fröhlichkeit hätte sich nicht auf ein Minimum reduziert.
Ich bin aber nicht nett zu ihm. Klar, es ist alles auf einmal: zickig und kühl und fröhlich und witzig und verspielt. Aber in allem, was ich ihm sage, steckt eine winzige Portion Gift.
Ich versuche doch nur, Jolyn nachzumachen...
Unsinn! Jolyn ist nicht zickig. Wenn etwas ist, sagt sie es so klar sie kann, statt versteckt hinter Ironie oder vagen Andeutungen. Sie muss auch nicht dauernd etwas finden, das gegen Harald spricht. Wenn sie zu dem Schluss kommt, dass es mit ihm nicht weitergehen wird, dann *sagt* sie es! Sagt es, sobald sie sich sicher ist. Sagt es so wenig verletzend wie möglich.
Ich fange an zu kichern. Herr im Himmel, was ist denn jetzt los? Wie soll ich das erklären?
„Was ist?", fragt Harald prompt.
Ich schaue auf. Sehe ihn an.

„Verlegenheit“, sage ich.
Er legt den Kopf schief. Wieso, sagt sein Blick.
„Ich bin mir selbst peinlich.“
„Warum denn das?“ Er grinst verunsichert. Weiß nicht, ob ich ihn veralbere oder es ernst meine.
„Ich - äh - das ist nicht leicht...“
Nein? Nicht leicht? Weiter Versteck spielen?
„Harald, ich finde mich gerade ziemlich doof. Ich mache Witze, die nicht wirklich witzig sind, weil sie auf deine Kosten gehen. Es tut mir leid!“
„Ach was! Da bist du ein bisschen sehr streng mit dir!“
Ich wende den Kopf. Schaue aufs Meer. Schon wieder werde ich traurig. Noch trauriger. Blinkere die Tränen weg.
Carlchen! Es ist so schön hier! Auch mit ihm. Genieße es! Du brauchst dich nicht blöd zu benehmen, nur damit Harald es nicht so schlimm findet, falls du später dann doch Nein sagst...

*

Wir gehen Hand in Hand. Der Strand ist noch leer. Ein paar Möwen untersuchen den Seetang nach Seesternen und Muscheln. Ab und an lässt eine einen hohen Ton hören, der beinahe fragend klingt. Kleine Wellen spülen flüsternd den Wellensaum nass, wieder und wieder, als sei es ihre Aufgabe, dafür zu sorgen, dass er nie trocken ist. Draußen schaukelt eine Yacht heran. Ein Holzschiff mit einer Takelage aus der Vorkriegszeit. Es ist wie früher, als ich klein war. Als ich morgens allein an den Strand gelaufen bin mit meiner Angel...
„Harald?...“
Von See her kommt ein Quietschen und Flattern, das alles übertönt. Auf der Yacht wird das vordere der beiden Vorsegel eingeholt. Ich schaue unverwandt dort hinüber und spüre doch Haralds Blick. Er brennt wie Sonnenbrand auf meinen Wangen.
„Was, wenn sich nichts entwickelt bei mir? Ich meine.... Zuneigung ist da – aber ich weiß nicht, ob es *mehr* wird.“
„Mach dir nicht so viele Gedanken. Wir werden schon sehen.“
„Du machst dir doch Hoffnungen.“
„Natürlich!“
Harald bleibt stehen. Zieht mich zu sich heran. Legt die Arme um mich und küsst mich von oben aufs Haar. Es macht einen leisen Ton, wie wenn eine Seifenblase zerplatzte.

***

Kapitel 53

Wir sitzen im Strandkorb, der zu einem kleinen Imbiss-Restaurant am Strand gehört. Auf dem Tisch vor uns werden gleich zwei Teller stehen, auf meinem Schollenfilet mit Kartoffelsalat. Die See ist still und leuchtet vor lauter Blau. Kein Gramm Grün ist mehr darin. Möwen tippeln im feinen Sand nah an uns heran. Sie sind so weiß, als hätten sie sich extra für uns gebadet, das Silbergrau auf ihren Flügeln so frisch wie eben erst darauf gestrichen. Sie lassen lange, eigenartige Töne hören. Manchmal wie ein Klagen, manchmal, als würde eine Tür knarren. Schauen mit ihren hellblauen Augen nur selten zu uns her. Sie warten auf heruntergefallene oder zugeworfene Brocken, aber nicht einen Moment betteln sie.

Ich stecke die Zehen tief in den warmen Sand.

Eine Frau kommt vorbei. Zischt den Möwen zu: „Euch sollte man den Hals umdrehen!"

Den Möwen? Den Hals umdrehen? Weil wir ihnen nach und nach alles wegnehmen, was sie zum Leben brauchen, und sie sich deshalb manchmal ziemlich rabiat auf einen Teller mit Essen stürzen? Diesen würdevollen Tieren den Hals umdrehen?

Ein Satz kommt in mir hoch. Ein Gedichtanfang. Ich wende den Kopf zu Harald hin. Sage leise:

„Ich finde nicht, dass Möwen aussehen, als ob sie alle Emma hießen."

„Wer sagt das?"

„Christian Morgenstern. Kennst du nicht das Gedicht?"

„Nein. Sagst du es mir?"

„Die Möwen sehen alle aus,
Als ob sie Emma hießen.
Sie tragen einen weißen Flaus
Und sind mit Schrot zu schießen.
Ich schieße keine Möwe tot,
Ich lass sie lieber leben.
Und füttre sie mit Roggenbrot
Und rötlichen Zibeben.
O Mensch, du wirst nie nebenbei
Der Möwe Flug erreichen.
Wofern du Emma heißest,
Sei zufrieden, ihr zu gleichen."

Harald lacht, dass die Möwen ein paar Schritte von uns wegtippeln.

„Was sind Zibeben?“, fragt er.

„Getrocknete Weintrauben. Für mich sieht keine von ihnen aus, als ob sie Emma hieße. Ich finde, sie müssten Ritternamen haben aus den alten nordischen Sagen. Sigurd von Süderfjord oder...“

Unsere Nummer tönt aus dem Lautsprecher von dem roten Holzhaus-Imbiss herüber. Harald steht auf, um unser Essen zu holen. Ich will mitgehen, aber er lächelt und bedeutet mir, sitzen zu bleiben.

Ich schaue einer umherschwebenden Flaumfeder zu, die vom leisen Wind immer wieder sacht emporgetrudelt wird. So fühle ich mich. Genauso leicht und schwebend.

Harald ist sanft, dass ich mich auch als Feder mit ihm wohlfühle.

Ich bin endlich echt geworden. Er auch.

Er hält mir immer noch die Türen auf, aber sein Kavalierslächeln hat einem halb siegessicheren, halb liebevollen Jungengrinsen Platz gemacht. Seine Gesten, wenn er mich am Rücken berührt, um mich zum Tisch zu geleiten, oder seine Hand ausstreckt, um mir zu bedeuten, dass ich vorangehen möge, sind sicher. Und männlich. Und liebevoll.

Er kommt mit dem Essen und stellt es mit gekonnt nachgemachten Kellner-Gesten auf den Tisch. Selbst die muten natürlich an.

Ich reibe mir die Hände. Rufe: „Ich liebe es!“

Eben ist er erstaunt gewesen, dass ich etwas so Einfaches bestellt habe. Jetzt glaubt er mir wohl doch, dass knusprig gebratenes, paniertes Schollenfilet mit Kartoffelsalat mein allerliebstes Lieblingsessen ist. So deute ich zumindest seinen zustimmend gespitzten Mund und sein leichtes Nicken. Mein Appetit, meine Fröhlichkeit stecken ihn an.

Ich lehne mich zurück, die Hand auf dem Bauch. Trinke unter den halb gesenkten Lidern so viel Ostseeblau mit dem müde werdenden Blick in mich hinein, wie ich nur kann. Bin ich glücklich, weil ich hier bin? Im Möwenkonzert, im Sand, im Wind? Weil alles leicht ist und hell und warm?

Oder auch ein bisschen, weil ich mit Harald bin?

***

Kapitel 54

Ich hätte voller Freude nach Hause fahren müssen: Durchsonnt vom Sommer. Vom Lachen. Von Erotik.

Stattdessen habe ich an Mike gedacht. An die SMS, die morgens beim Frühstück am Meer hereingeflattert kam. Und bin immer trauriger geworden. Mehr als einmal habe ich das Handy genommen, habe angefangen, eine Antwort zu tippen. Mal voller Zorn, mal so, als könnten wir genau dort weitermachen, wo wir aufgehört haben. Was will ich noch von ihm? Mich weiter quälen lassen? Wahrscheinlich kommt diese besondere Spannung zwischen uns gerade dadurch, dass er so wenig greifbar ist. Eine gute Methode, jemanden in seinen Bann zu schlagen! Bei mir jedenfalls wirkt sie ausgezeichnet. Je mehr er mich abweist, desto stärker bin ich gefesselt!

WAS habe ich da gerade gedacht?

Ich schaue auf das kleine Rundbeet zu meinen Füßen. Auf die dunkelrote Rose mit dem Namen „Fisherman's friend“. Sie trägt im Moment nur eine einzige Blüte. Die aber duftet unglaublich. Ich schaue auf den lachenden Buddha daneben. Er nickt mir zu. „Nun mach schon!“, nickt er. „Denk zu Ende, was du da eben angefangen hast!“ Ich atme tief ein.

Das heißt ja ...

... dass da ...

... etwas ...

... nicht in Ordnung ist!

Schrill klingelt das Telefon. Dreimal. Fünfmal.

„Hallo?“

„Hallo Süße. Ich wollte dir gute Nacht sagen“, lacht Harald. „Bist du gut zu Hause angekommen?“

Mit mir soll etwas nicht in Ordnung sein? Mit *Mike* ist etwas nicht in Ordnung! So würde Harald sich nie benehmen! Nie!

„Jaa“, sage ich. All der angesammelte Atem schießt aus mir hinaus. Höre ich mich genervt an? „Sehr gut!“, schiebe ich schnell hinterher. „Und du?“

„Na ja, es ist nicht berauschend, wieder allein zu sein“, grummelt er. „Nach *dem* Wochenende!“ Immer noch ist ein Lächeln in seiner Stimme.

„War es schön für dich?“

Was rede ich? Das hat er doch gerade gesagt!

„Sehr schön! Für dich nicht?“

„Doch, auch.“

„Mach dir nicht so viele Gedanken, Jolyn! Du brauchst dich zu nichts gedrängt zu fühlen.“

Nein? Aber ich spüre doch genau, dass er mehr will!

„Das wäre doch unsinnig“, setzt er nach.

Warum sage ich ihm nicht, dass es nicht gefunkt hat und auch nicht funken wird? Jolyn würde es sagen. Sie ist ehrlich und authentisch. Aber andererseits würde sie nie ihren Kopf entscheiden lassen. Nicht in solchen Dingen. Sie würde ihr Herz fragen.

Und was will *mein* Herz?

Es will, was Harald will: Dem, was vielleicht zwischen uns entsteht, alle Zeit und alle Freiheit lassen.

„... und darum möchte ich, dass wir uns nächstes Wochenende wiedersehen“, höre ich Harald sagen. „Und diesmal hätte ich es gern etwas privater!“ Er lacht gezwungen. „Bei mir geht es nicht. Du weißt ja, unten im Haus wohnt meine Verflossene.“

„Bei mir?“ Mein Ton ist alles andere als einladend. „Okay.“

WAS? Ich habe okay gesagt?

Er lacht. „Hast du ein Problem damit?“

Etwas stört mich an seinem Lachen.

„Nein.“ Ich ziehe das Nein so in die Länge, dass es mir niemand abnehmen kann. Nicht einmal ich selbst. „Es – es ist nur – also ...“

Was mache ich hier? Hampele herum wie ein kleines Mädchen! Hilfe! Was würde Jolyn jetzt sagen? Ehrlich wäre sie. Einfach ehrlich!

„Also... Wenn du es wirklich wissen willst: Ich hab ein bisschen Angst davor.“ Meine Stimme ist plötzlich weicher.

„Vor mir?“ Diesmal lacht er sympathisch leise.

„Nein. Eher davor, dass es mir zu viel wird. Dies ist mein Zuhause, meine Zuflucht. Wenn etwas schiefgeht, kann ich nirgends hin!“

„Dann sagst du eben, dass du wieder allein sein willst, und ich gehe.“

„Ja, gute Idee.“ Ich bringe ein wackeliges Lachen zustande.

„Mach dir nicht so viele Gedanken“, sagt er, als könnte er durchs Telefon direkt in meinen Kopf horchen. „Wir kennen uns doch jetzt schon sehr gut.“

Ich lache laut heraus. Jedenfalls höre ich ein Lachen, und es kann nur meins sein. Und ich höre mich rufen: „So wie du das Wort ‚sehr' betonst, scheint mir, du hättest große Lust, dieses Sehr gleich jetzt zu wiederholen."

„Und wie!"

Wenn ich mir Zeit nähme, könnte dieses fade Gefühl in mir so deutlich werden, dass ich es verstehen und ausdrücken kann...

Der Gedanke ist zu schnell vorbei, ist nur Schatten. Ich weiß, dass es ein guter Gedanke war. Aber der Funktionieren-Modus hat mich im Griff und macht, dass ich darüber hinwegrede.

„Ich schicke dir eine E-Mail mit einer Wegbeschreibung."

„Brauchst du nicht, ich hab ein Navi."

„Ich wohne sehr abgelegen. Hier ist gar keine richtige Straße. Nur ein Waldweg. Überleg dir lieber noch mal, ob du dich darauf wirklich einlassen willst."

„Und ob ich will!" Er lacht hell. Nein, er lacht verliebt. „Wenn ich hier wegkönnte, wäre ich schon auf den Weg!"

*

„Di-da-did-did-didi-da-did-did"

Hätte Marie nicht eben gebremst, um den Vorfahrtsverkehr durchzulassen, das schrille Handypiepen wäre im Fahrtlärm ihres scheppernden Diesels untergegangen.

„...MÖCHTE DICH SPÜREN... DICH STREICHELN... WO BIST DU...?"

„UNTERWEGS ZUM TANZEN."

Wieso *antworte* ich? Es ist so spontan passiert, dass mein Kopf sich erst einschaltet, als die SMS schon abgeschickt ist.

Wollte er zu mir kommen? Wollte Sex? Möglichst sofort?

Ich kann es nicht leugnen: Ein leises Kribbeln ist in mir aufgestiegen. Eine leise Versuchung...

Aber ich bin ja gar nicht zu Hause. Also antwortet er nicht, sondern schreibt jetzt einer anderen. Mit den Schultern zucken und nicht mehr daran denken. Das wäre die passende Reaktion. Ich versuche es.

Siehst du, Carlchen? Geht doch!

Nein! Es ist aufgesetzt. Ich weiß schon jetzt, dass ich gleich, wenn wir angekommen sind, tanzen werde, als wäre ich von etwas gestochen worden. Aber ich werde nicht wegtanzen können, was da in mir sitzt, hart und schwer. Auch das weiß ich.

***

Kapitel 55

Ich bin schneller durch den Wald gelaufen als jemals zuvor. Habe eine Weile in meinem Tal gesessen. Habe dem Insektentanz in den goldenen Lichtstrahlen zugeschaut, die mir wie lange Haare vorgekommen sind. Die langen Goldhaare eines Wesens, das sich über den Wald beugt und hereinblickt zu mir.

Ich atme tief. Sehr tief. Achte gut auf meine Gedanken. Schicke die düsteren weg. Aber es kommen reihenweise neue nach.

Auch wenn ich ruhiger werde – Friede zieht nicht ein in mein aufgewühltes Herz. Dazu tut es zu sehr weh. Und ich weiß nicht wirklich, warum! Was ist das? Was brennt so sehr?

Weg hier! Mein Tal soll nicht auch noch düster werden. Laufen. So schnell, so lange, bis keine Energie mehr zum Denken da ist!

Zuletzt taumele ich keuchend den Steilweg mit den zwei Fahrspuren zu meinem Haus hoch. Stoße die Pforte auf. Zerre mir schon im Flur die Kleidung vom Körper. Bleibe unter der Dusche, bis das Wasser eiskalt ist. Es hört nicht auf. Es schmerzt, als sei Stacheldraht um mein Herz gewickelt.

Wie kann mir das so nahe gehen? Gestern Abend war es doch gar nicht so schlimm. Ich habe getanzt, bis das letzte Fünkchen Mike aus mir herausgetobt war. Hab mit Marie gealbert und gelacht, als wir nach Hause gefahren sind. Du hast Mike überstanden, habe ich im Stillen zu mir gesagt.

Und bin aufgewacht mit kochendem Blut. Mit Gedanken, die wie Eisdolche in mich hineingestochen haben.

Wie kann er mich so behandeln – nach dem, was zwischen uns war? Was für ein fieses, mieses Schwein!

Plötzlich bin ich in Ragnars Küche. Damals. Ich spüre ihn an meinem Rücken, denn er steht hinter mir und hält mich im Arm. Ich fühle mich weich und zart. Wir schauen aus seinem Küchenfenster in den Garten. Ich lehne mich leicht gegen ihn. Seine Stimme krault mein Haar. Kräuselt meinen Nacken hinunter, dass ich aufstöhnen könnte. Er erzählt mir von seinen köstlichen Erdbeeren, die schon rot zu werden beginnen und mit denen er mich bald füttern wird. Seine Lippen regen sich an meinem Ohr. Es ist, wie wenn er mich mit sehr zarten Fingerspitzen berühren würde. Sie an mir entlanggleiten ließe, vom Ohr seitlich an meinem Hals hinunter zu den Schlüsselbeinen und über meine Schultern. Mein Körper antwortet mit prickelnden Schauern. Sie laufen meine Seiten, meinen Rücken hinunter. Ich stöhne leise. Drehe mich um zu ihm. Wir sehen uns an. Ich sinke in seine grünen Augen.

Es kommt nicht aus Misstrauen und auch nicht aus Angst, dass ich ihn frage. Glaube ich. Hoffe ich. Es kommt aus dem Wunsch, klar mit ihm zu sein. Darum stelle ich diese Frage. Ob das sein Ernst sei, frage ich, dass ich endlich mein Zimmer fertig einrichten und dann dort schlafen solle. Ich frage es auch ein wenig neckend, denn ich weiß ja eigentlich, es kann nicht sein Ernst sein. Ich drücke mich dabei noch ein wenig mehr an ihn mit all meinem Knistern im Körper. Mit all meiner Lust. Mit all der Freude. Lache leise auf.

Da geschieht es: Ich spüre Ragnar plötzlich nicht mehr. Es ist, als sei ein Vorhang zwischen uns niedergegangen. Ein Vorhang aus Eis.

„Ja! Das ist absolut ernst gemeint." Sein Gesicht ist plötzlich wie aus Stein.

Ich zucke zusammen, als hätte er mich geschlagen.

„Warum?", hauche ich.

„Mein Bett ist zu eng für zwei!"

„Aber..." Wir sind doch ein Liebespaar, will ich sagen. Es zieht uns doch zueinander, möchte ich rufen. Wir sind doch dankbar für jede Minute, die wir einander nahe sind, möchte ich schreien. Er schiebt mich ein Stück von sich. Knarrt:

„Ich hab dir gesagt, warum."

„Aber das war doch vorher nie so!", bringe ich irgendwie heraus aus meinem erstarrten Mund. Er antwortet nicht.

Das ist das erste Mal gewesen. Es kommt wieder. Immer öfter. Von einem Moment zum anderen steckt er in einem Mantel aus Eis. Es schmerzt mich, dass ich mich krümmen könnte. Und seltsam, er, der so offen sprechen kann, ist mit Worten nicht zu erreichen. Wir können über alles reden. Darüber nicht.

Er sagt, ich bilde mir das nur ein.

Und vielleicht war nicht der Eismantel, sondern dieser Satz die schlimmere Folter für mich.

***

Kapitel 56

Ich müsste glücklich sein...

Harald achtet mich. Er schätzt mich. Ich kann ihm vertrauen. Ein Mann, der seine Zärtlichkeit und Liebe verschenken möchte. Und er *ist* zärtlich! Er *ist* liebevoll! Der Mann, den ich mir gewünscht habe.

Sagt mein Kopf.

Aber ich fühle es nicht.

Weil ich immer nur auf das schaue, was mir nicht gefällt? Was nicht stimmt? Was nicht passt? Ich weiß es doch! Wenn mich diese Nacht im Februar eins gelehrt hat, dann dies: Hätte ich woanders hin gedacht, nicht an das, was wehtut, hätte ich woanders hin geschaut, auf das Schöne zwischen Ragnar und mir, auf die Seiten von ihm, die ich achte und liebe und schätze – dann wäre nie passiert, was in jener Nacht geschah.

Und vielleicht ist es ja auch nur eine Art Lampenfieber. Mir kommt das Wochenende mit Harald viel zu rasch näher, als wollte die Zeit mich überrennen. Ich möchte mich ihr entgegen stellen, die Hände erhoben, und „Anhalten!" brüllen. Und die Zeit soll stehen bleiben, sich mir wie eine Hündin zu Füßen legen und ausharren, bis ich ihr erlaube, sich wieder zu erheben.

Ich bin viel zu durcheinander, um ihm jetzt schon wieder begegnen zu können. Ich weiß nicht, ob ich Harald hier bei mir haben möchte. Ich weiß nicht, ob nicht eine neutrale Umgebung viel besser wäre. Oder ob ich genau spüre, genau weiß, dass es keine Liebesgeschichte werden wird. Es ist schön mit ihm gewesen. Fröhlich. Interessant. Aber dazwischen diese Momente, in denen ich mich rundum falsch gefühlt habe. In denen ich mich gefragt habe: Versteht er mich? Verstehe ich ihn? Ich bin immer wieder unecht geworden. Harald hat das verunsichert. Alles ist falsch gewesen in diesen Augenblicken. Nur der Strand nicht. Die Ostsee nicht. Die Möwenschreie nicht. Die drei haben mir vorgegaukelt, dass alles gut sei.

Wie soll dieses Ausprobieren sich auch richtig anfühlen? Richtig fühlt es sich an, wenn das Herz zu sprechen beginnt. Wenn es kein Wenn und kein Aber gibt und keine einzige Frage.

Herzen wollen Berührung! Ich bin nicht berührt von ihm.

Carla, diese Art des Kennenlernens erfordert nun mal, dass man probiert! Die Berührung kann doch auch noch kommen.

Mag sein. Nur probiere ich kein Ja aus, sondern ein Vielleicht. Und darin steckt keine Kraft! Im Gegenteil. Das Vielleicht frisst das bisschen Ja nach und nach auf. So fühlt es sich an, als spielte ich ein falsches Spiel!

Vielleicht ein bisschen hart ausgedrückt, aber ja, wenn es so ist...

Und du, Jolyn? Angenommen, Harald wäre etwas für dich. Würdest du es weiterlaufen lassen, bis sich vielleicht etwas entwickelt?

Nein.

Warum nicht?

Wenn ich nicht verliebt bin, nicht berührt bin, wozu?

Also sind wir – einer Meinung?

Nicht wirklich. Du weißt nicht, was du machen sollst. Ich würde es wissen.

Und? Was würdest du machen?

Ihm schreiben, was los ist.

Absagen?

Ja.

So kurz vorher?

Statt weiter ein unechtes Spiel mit ihm zu spielen, Carlchen? Und das dann auch noch Rücksichtnahme zu nennen?

Okay. Das klingt gut. Aber wie schreibe ich das?

Ich kann das für dich machen.

Du? Wirklich?

Natürlich.

Danke, Jolyn! Danke! Danke! Danke!

*

Lieber Harald,

etwas drückt mir aufs Herz und wird immer schwerer. Darum habe ich mich für den Weg per Mail entschieden. Vielleicht ist es so leichter.

Du kannst es dir schon denken, es geht um unsere „Testphase“. Bei mir entwickelt sich nichts Tieferes. Stattdessen trete ich innerlich mehr und mehr den Rückzug an. Ich möchte, dass wir beide uns wieder frei geben. Ich finde, wir haben einander gut getan, und ich bin dir sehr dankbar für diese liebevolle Begegnung.

Sei umarmt, Jolyn“

*

Er antwortet noch am selben Abend:

„Liebe Jolyn,

ich danke Dir für Deine Offenheit, ich hätte mich da an deiner Stelle sehr schwer getan. Schon bei unserem Abschied hatte ich das Gefühl, dass mit Dir etwas nicht okay war. Ja, wir hatten eine schöne Zeit, die ich nicht missen möchte. Ich werde gerne an Dich denken.

Ich wünsche Dir alles Gute für die Zukunft, und wer weiß, vielleicht findest Du ja noch Deinen Traumpartner.

Weißt du, bei uns „Älteren" – so meine Meinung – wird sich ein Zusammengehörigkeitsgefühl erst im Laufe der Zeit entwickeln. Sofort zu sagen: das ist es! kann ich mir nicht vorstellen. Ich weiß nicht, wie dein Idealbild eines Partners aussieht. Ich weiß nur, dass du in einer eigenen, von dir aufgebauten Welt lebst. Ob ich da hinein gepasst hätte, kann ich nicht sagen. Auf jeden Fall habe ich mich mit dir sehr wohl gefühlt.

Nochmals: alles Gute für Dich. Du bist eine tolle Frau!

Ich küsse Dich, Harald"

*

Lieber Harald,

es tut gut, dass du so liebevoll und freundlich reagierst! Ich küsse dich auch und wünsche dir das Allerbeste, Jolyn

*

Etwas wird bleiben, das spüre ich. Unser beider Zuneigung ist wie ein eigenes Wesen. Jetzt kann ich ihm in meinem Inneren ein Zuhause geben. Ich weiß, ich werde noch in vielen Jahren mit einem Lächeln darauf schauen.

Ragnar hat es „unser Gemeinsames" genannt. „Lass uns gut damit umgehen!", hat er einmal gesagt. „Es ist wie ein Kind, es lacht und schlägt Purzelbäume und entwickelt sich rasant schnell. Aber es ist auch zart und sehr verletzlich."

Ja. Und es besitzt unser beider Erbgut. Von mir die Sehnsucht nach Nähe. Von ihm das Bedürfnis, so viel Abstand, wie er braucht, einnehmen zu können. Warum habe ich das damals nicht einfach akzeptiert? Stattdessen wollte ich es anders haben. Warum habe ich mein Herz nicht gefragt? Die Liebe des Herzens versteht. Sie muss nichts anders haben. Sie nimmt den anderen an, so wie er ist.

Heute verstehe ich ihn. Verstehe mich. Ich war in einer schwierigen Situation. Entwurzelt. Ganz und gar auf ihn ausgerichtet und angewiesen. Ich brauchte einen Rettungsanker. Vielmehr meinte, ihn zu brauchen. Meinte, Ragnar sei dafür zuständig. Das war nicht nur Habenwollen, das war auch noch übergriffig. Natürlich hat ihn das eingeschnürt. Wahrscheinlich hätte ich in seiner Situation genauso meinen Freiraum zurück gewollt.

Ich wünschte, ich könnte anders lieben. Ganz anders.

Die Liebe des Herzens schnürt nicht ein.

Sie bringt den anderen zum Leuchten. Sie lässt ihn er selbst sein. Mehr noch, sie hilft ihm, der zu werden, der er ist. Indem sie ihn auf *seinen* Wegen begleitet. Selbst dann, wenn diese Wege ihn fortführen sollten. Sie kann ihn nicht verlieren. Denn diese Liebe endet nie und nirgends.

Carla, das ist ein derart hohes Ideal! Vielleicht ist es einem Engel, aber keinem Menschen möglich, das zu erreichen.

Ich grinse.

Engel.

Carla Engel.

DAS BIN ICH!

Einem Engel ist es möglich. Genau!

Ich, Carla, bin die, die auf dem Weg sein will zu dieser Liebe. Und ich habe einen Engel zur Seite! Der mir leise sagt: Schau nur in die Richtung, in die du dich auch bewegen willst. In keine andere. Schau mit meinen Engelsaugen. Und sei doch ganz Mensch und gehe mit deinen menschlichen Füßen deine eigenen Schritte. So schnell, so langsam, so weit, so eng wie du es kannst.

Hoch über mir schrillen die Katzenschreie der Bussarde. Hell und durchdringend, und doch gehören sie zu meiner Stille. Ich lehne mich weit zurück, so dass ich unter dem Sonnendach hervorschauen kann. Einen Moment lang kann ich sie sehen: Es sind zwei. Sie umtanzen einander in weiten Kreisen. Schrauben sich höher. Schreien wilder. Singen das Lied der Freiheit dort oben nahe den Wolken. In meiner Lichtung hier unten bringt ein eben erwachter Wind die Blätter zum Lächeln.

***

Kapitel 57

In meinem Postfach bei Auserlesen.de liegt eine Nachricht:

„Liebe Jolyn,

hier bin ich wieder, ich war dienstlich unterwegs und freue mich, wenn Du mir schreibst. Du gefällst mir schon bei den ersten Zeilen.

Gruß Jao“

Dieser glatte amerikanisch aussehende Studententyp mit der gehobenen Erotik! Ich hatte ihm doch nur geschrieben, dass ich ihm mein Bild freischalten würde. Wie kann ich ihm da schon gefallen? Wegen meiner Zeilen bestimmt nicht. Höchstens wegen meines Bildes...

Ich reibe mir die Hände, als ob meine Finger davon in die richtige Stimmung kämen. Stimmung wofür? Ihn herauszufordern? Oder auf den Arm zu nehmen?

Tatsächlich, ich habe solche Gelüste.

Bin ich nach dem Abschied von Harald noch nicht wieder offen für jemand anderes? Oder liegt mir schlicht diese Art des Kennenlernens nicht? Und er liegt mir mit Sicherheit auch nicht. Also schreibe ich besser eine Absage...

Meine Finger sind anderer Meinung.

„Lieber Jao,

was genau gefällt dir denn an meinen Zeilen? Oder war es mein Bild?

Ach, noch eins: In deinem Profil steht, dass du gern Bücher über die „gehobene Erotik“ liest. Was meinst du damit?“

Liebe Grüße, Jolyn“

Neben mir steht ein Kaffee mit viel aufgeschäumter Milch und wartet schon. Ich rühre in der riesigen Tasse. Im Milchschaum entstehen hellbraune Spiralen und vergehen wieder. Die tief dunkelrote Rose in dem Steinbeet hinter meinen hochgelegten Füßen hat eine zweite Blüte hervorgebracht. Beide zusammen duften fast betäubend. Weit oben schreien die beiden Bussarde, als wären sie betrunken vom Himmelsblau. Ich lebe am schönsten Ort der Welt! Ich bin glücklich hier. Und doch...

Der Laptop piept. Das Briefumschlag-Symbol leuchtet auf. Im nächsten Moment erscheint die Meldung: „Sie haben eine neue Nachricht in Ihrem Postfach bei Auserlesen.de.“

„Liebe Jolyn,

ein gutes Leben mit einem Partner gibt es nur mit Verstand und Intuition und Willenskraft, so meine Erfahrungen bis heute. Die „gehobene Erotik“ kommt auch nur so, und beides zusammen bringt ein wirklich freudvolles, relativ leidloses Leben.

... wie wär's, wenn du mich anrufst?

Ich freue mich. Jao“

Geschwollen wie ein übervolles Kuheuter, würde Josepha sagen.

Ich kichere. Bin plötzlich kribbelig, als würde ein ganzes Ameisenvolk innen in meinen Hosenbeinen herumkrabbeln. Ich springe auf. Laufe durch den Garten. Bleibe gleich wieder stehen. Schaue den Hang hinunter auf meine drei Gemüsebeete. Stehe da, als ob ich hierher abkommandiert worden wäre.

Er hat seine Handynummer unter die Mail gesetzt.

Was mag das für einer sein? Sonst ist mir immer gleich eine Vorstellung gekommen. Bei ihm: nichts. Selbst das Foto ist kein Anhalt. Er hätte genauso gut sein Abiturfoto einstellen können. Will er sich verstecken?

Ich bin wieder zurück unterm Sonnendach. Nehme das Handy vom Tisch. Halte inne. Nein, anrufen geht gerade nicht. Wenn, dann soll er es tun. Ich tippe im Stehen:

„HALLO JAO,

ERST EINMAL PER SMS: WENN ES DIR PASST, KÖNNEN WIR JETZT ODER IN DEN NÄCHSTEN ZWEI STUNDEN TELEFONIEREN, SONST MORGEN.

LIEBE GRÜßE, JOLYN“

Kaum ist es abgeschickt, fängt mein Herz an zu klopfen. Bis unter die Zunge.

Carla! Du hast ja Angst!

***

Kapitel 58

Wenn ich immer nur das Himmelsblau in mich hinein trinke, als sei es mein Lebenselixier, den Vögeln lausche, dem leichten Wind in den Bäumen, dann brauche ich mich nicht zu wundern, dass ich nichts geschrieben bekomme! Und für eine, die sich vorgenommen hat, einen Roman zu schreiben statt zu arbeiten, für eine, deren Erspartes obendrein bald zu Ende geht, ist jedes nicht geschriebene Wort ein Irrsinn! Ich habe viele nicht geschriebene Worte! Und jeden Tag werden es mehr!

Ach, Carlchen, du...

Das „Ding-Ding-Dong" des Festnetz-Telefons reißt mich hoch. Ich spurte ins Haus.

„Ja?"

„Hier ist Jao. Jolyn?"

„Ja. Hallo Jao."

„Jolyn..." Bei diesem zweiten Mal spricht er den Namen aus, als wäre es ein Stück Torte, das er langsam im Mund zergehen lässt. Wie Harald und doch anders.

„Hm..." Er macht tatsächlich „hm", als würde ihm etwas richtig gut schmecken! Und als nächstes kommt: „Sagst du mir deine Chiffrenummer bei Auserlesen.de?"

„WAS?"

„Ich find' dich hier bei mir nicht."

„Du rufst mich an und weißt gar nicht, wer ich bin?"

„Doch... Aber ich find' deine Mails nicht. Ich hab hier eine Ärztin, eine Rechtsanwältin. Wart mal. Da. Nein. Sabine, Designerin. Da muss doch irgendwo... Jolyn. Jolyn..."

„Vielleicht solltest du dir erst mal überlegen, ob du *mich* überhaupt meinst!"

„Ha! Da! Wirtschaftswissenschaftlerin, stimmt´s?"

„Nein!"

„Jetzt weiß ich! Ich hatte bloß..."

„Die Übersicht verloren?" Meine Stimme ist vom Sarkasmus geschliffen wie ein Messer, dass mühelos durch einen Block Eis schneidet.

„Ja."

„Sorry, das kenn ich schon, ich möchte nicht..."

„Nein! Ich hatte bloß deinen Namen nicht mehr parat. Zuerst ist es ja mehr der Beruf. Und ob blond oder dunkel. Jetzt hab ich dich. Rötlich blond bist du?“ Seine Stimme klingt nicht nach einem Zweiundsechzigjährigen. Selbst die leichte Heiserkeit darin wirkt jung.

„Ein bisschen grau ist natürlich auch drin.“ Ich höre mich schroff an und ich fühle mich so. Also ehrlich raus damit: Es hat keinen Sinn mit uns, auf Wiedersehen.

„Wirklich? Du bist rötlich blond?“ Er klingt wie ein Junge, der nicht fassen kann, dass er etwas sehr, sehr Schönes geschenkt bekommen hat. Auch eine Art, sein Gegenüber einzuwickeln!

Ich dagegen klinge gereizt. „Ja.“

„Das ist schön! Sehr schön! Weißt du das?“

Warum lasse ich mich auf den Blödsinn ein? Auflegen und das war‘s!

Weil ich Erfahrungen sammele! Weil ich forsche! Beenden kann ich es immer noch. Erst mal hören, was da noch so kommt...

Er zieht die Luft durch die Zähne. „Und Schriftstellerin?“

„Hmhm...“ Ich klemme den Hörer mit der Schulter ans Ohr und fange an, mit dem rechten Zeigefingernagel der Reihe nach unter die meine Nägel der linken Hand zu fahren.

„Merkt man an dem, was du in deinem Profil schreibst.“

„Was hab ich denn geschrieben?“ Ich weiß es wirklich gerade nicht genau.

„Hier, das zum Beispiel: ‚Wenn ich ein Kunstwerk wäre, dann wäre ich ein Roman, den man mit allen Sinnen erlebt, der einen zum Lachen und zum Weinen bringt‘. Schön ist das. Und das über die Liebe gefällt mir auch.“

„Hab ich genauso vergessen.“

„Ich würde gern eine Beziehung mit einem Mann auf Augenhöhe haben, die nicht einengt und in der sich geistige und sinnliche Persönlichkeitsfacetten anziehen und befruchten.“

„Uh, klingt das hochgestochen!“

Er lacht auf. „Das hast du doch selbst geschrieben!“

„Ja-a.“ Meine Stimme windet sich wie ein Aal im Sand. Carla hat das geschrieben. Das ist Carla pur. Jolyn hätte es anders ausgedrückt, selbst wenn sie dasselbe gemeint hätte. Sie war eindeutig nicht beteiligt, als ich mein Profil ausgefüllt habe.

„Du hast mich in deiner Mail etwas gefragt. Hast du das auch vergessen?“

„Du meinst die Literatur über gehobene Erotik?“ Ich lache leise. „Was heißt das: gehoben?“

„Was hast du gedacht, als du’s gelesen hast?“

„Na ja... Es könnte Weltliteratur sein. Oder Edelpornos. Oder gar nicht so edle...“

„Und wenn’s Pornos wären?“

„Sind es welche?“

„Nein!“ Er dehnt das Wort wie Kinder es tun, wenn sie einen glauben machen wollen, dass sie absolut unschuldig sind.

„Also sagst du’s mir nun? Was bedeutet gehobene Erotik für dich?“

„Kein McDonalds eben.“ Seine Stimme geht in die Höhe, als sei das eine Frage. Er hält inne. Wartet auf meine Reaktion. Ich lasse ihn nicht einmal meinen Atem hören. „Als erstes muss das Ambiente stimmen“, sagt er deutlich leiser. Und sofort ist diese Heiserkeit wieder in seiner Stimme. Ich lausche. Warte. Er wird noch leiser. „Eine gepflegte Umgebung.“ Sein Ton wird schwärmerisch. Beschwörend. „Schönes Licht. Angenehme Musik. Und Geduld gehört dazu. Warten können. Sich auch mal eine Weile nicht sehen, und dann plötzlich komme ich überraschend vorbei...“

„Was?“ Ich girre hell auf.

„Da lachst du?“

„Na ja...“

„Magst du lieber sanfte Männer oder andere?“

„Lieber sanfte.“

„Wie muss ein Mann für dich sein?“

„Zärtlich. Einfühlsam. Aber auch kraftvoll.“

„Und du? Bist du auch zärtlich?“

„Ja.“

„Streichelst du gerne?“

„Sehr gerne.“

„Du bist schlank, hm?“

„Ja.“

„Sehr schlank?“

„Nein, schon auch rund. Da, wo’s hin gehört...“

„Und? Fragst du mich gar nichts?“

„Ich komme ja nicht dazu. Du wohnst nicht bloß in München, du bist auch aus Bayern, stimmt‘s?“

„Ja. Hört man des?“

„Nicht sehr. Nur manchmal.“

„Das ist gut.“

„Ist Jao dein richtiger Name? Oder eine Abkürzung? Oder ein Spitzname?“

„Sag ich dir vielleicht später.“ Er lacht ein eigenartiges Lachen. „Willst du mich gar nichts anderes fragen?“

„Was?“

„Zum Beispiel... ob ich ein zärtlicher Mann bin.“

Ich lache lauthals. „Das brauche ich nicht! Du hast dir viel Mühe gegeben, mich das heraushören zu lassen!“

„Ja? Ist deine letzte Beziehungen schon lange her?“

„Ja.“

„Wie war sie?“

„Das höchste Glück.“

„Woran ist es gescheitert?“

„Ich bin nicht ans Telefon gegangen...“

Der Atem bleibt mir stehen. Ich presse die Hand auf mein Herz. Warum sage ich das?

Sein Lachen klingt verunsichert. Trotzdem ist es gut, dass er lacht. Es holt mich zurück.

„Eigentlich ist es immer das Gleiche“, sage ich ruhig, als sei ich nur auf einem Gedankenausflug gewesen. „Man will den anderen verändern. Denn es liegt ja immer an ihm, wenn irgendetwas nicht stimmt. Denken wir. Also soll der andere sich so verändern, dass es leichter ist, ihn zu lieben.“

„Ja! Der andere soll mich glücklich machen, und wenn er das nicht schafft, wird er wieder abgeschafft.“

Ich lache auf.

Jao schweigt einen Moment. Dann, mit dem hellen Ton der Gewissheit: „Aber das ist keine Liebe!“

***

Kapitel 59

Der Himmel ist in der Frühe blass gewesen. Jetzt wird er blau. Wie so oft schon suche ich nach Worten für dieses Blau, das so licht ist und zugleich sehr kräftig. Aber meine Gedanken verlieren sich darin wie Rauch in klarer Luft. Nur an eins kann ich denken. Und finde genauso wenig wie für das Blau die richtigen Worte für das, was ich mit Jao erlebe. Wie lange geht das jetzt? Drei Tage? Oder vier? Es kommt mir vor wie Monate.

Morgens, manchmal auch mittags und abends ruft er an. Ich habe noch nie so telefoniert. Vielleicht bin ich es gar nicht, vielleicht ist es Jolyn...

Ich möchte so viel wie möglich davon aufschreiben. Jetzt gleich. Hier im Bett. Muss mir nur den Laptop holen...

Stattdessen wandert mein Blick wieder aus dem Schlafzimmerfenster, verliert sich zwischen den Kiefernstämmen. Weiter unten auf Maries Grundstück färbt das erste Sonnenlicht sie gold-ocker.

Ich ahne es schon eine Sekunde bevor das Telefon klingelt. Schrecke trotzdem zusammen. Nehme den Hörer.

Wie ein Kräuselwind geht mir sein heiseres „Hallo-o!“ über die Haut. „Ich hab dich schon ein bisserl vermisst!“

Dieser sanfte Ton. Dieser leichte Dialekt. Der Kräuselwind weht mir die Worte über alle Berge. Ein Wunder, dass ich überhaupt etwas flüstere:

„Wirklich?“

„Ja...“

Er hebt leicht die Stimme, dass es wie eine Frage klingt. Ein kleines Glucksen ist dahinter, irgendwo im Hals, als amüsiere er sich über sich selbst. Oder über uns. Vielleicht auch über mich. Was macht es?

Ich räkele mich. Gähne leise.

„Glaubst du, ich sag das, wenn es nicht stimmt?“ Er klingt empört.

„Warum hast du mich denn vermisst?“

„Weil du – so besonders bist.“

Draußen besuchen zwei gelbe Schmetterlinge den Rittersporn, dessen Kerzen auch unfassbar blau sind, nur anders als der Himmel.

„Und was ist an mir besonders?“

„Du bist klug. Und logisch!“ Sein Tonfall ist genießerisch.

„DAS hast du vermisst?“, rufe ich.

Die Schmetterlinge draußen flattern auf.

„Ja, schon...“

„Nein, sag ehrlich!“

„Ich streichel' dich... Ganz leicht...“

Sein Flüstern kitzelt mich. Dort hinterm Ohr, wo ich so empfindlich bin. Es läuft mir den Rücken hinunter wie eine Schönwetter-Bö die glatte See riffelt.

„Ich muss an zu Hause denken“, flüstere ich. „Ans Meer, wie es dalag, wenn ich frühmorgens an den Strand gekommen bin.“ Ich spreche in demselben sehnsuchtsvollen Ton, in dem er oft erzählt und der sein Erzähltes kostbar erscheinen lässt. „Als Kind war das morgens mein erster Weg. Das Sonnenlicht schimmerte auf den winzigen Wellen wie tausende von Diamanten.“

„Wie schön du des sagst...“

„Ich hab immer gedacht, ich könnte nicht leben ohne das Meer vor der Tür. Ohne Möwenkreischen. Ohne ein Segelboot, mit dem ich hinausfahren kann, mich auf den Wellen schaukeln lassen, träumen oder in wilder Fahrt dahingleiten.“

„Du segelst?“

„Ja. Mein Bruder hat es mir beigebracht. Als Kinder sind wir mit der Jolle auf die andere Seite bis nach Laboe gesegelt. Kennst du Laboe?“

„Ja! Ich bin mit dem Schnellboot dran vorbeigefahren. Damals, während der Ingenieursausbildung, im Praktikum. Ich hab das Boot selbst fahren dürfen! Vorbei an diesem Ehrenmal und dann Richtung Fehmarn.“

„Ingenieursausbildung? Ich dachte, du hast Politikwissenschaften studiert?“

„Das war, bevor ich in die Politik gegangen bin. Damals hab ich mich für Schiffbau interessiert. Schnellboote. DAS sind Schiffe!“ Er macht eine Pause, wie um mir Zeit zu lassen, den hoch aufragenden, leicht nach vorn geschürzten Bug eines Schnellboots vor mir erscheinen zu lassen. Die elegante Form. Die enorme Bugwelle. Die zu einem riesengroßen V auseinanderdriftende Hecksee.

„Boot passt eigentlich gar nicht. Die sind ganz schön groß!“, überlege ich laut.

„Ja. Und schnell! Weißt du, wie viele Knoten die laufen?"
„Vierzig."
„Achtzig Stundenkilometer! Und das auf dem Wasser!"
„Sag ich doch! Das sind etwa vierzig Knoten!"
„Ne-ein! Sechsunddreißig!"
„So genau nehme ich das nicht!"
„Muss man aber!" Er klingt streng. Und dann, mit weicherer Stimme: „Magst mit mir Boot fahren?"
„Vielleicht."
„Dann lassen wir uns treiben, ja?" Er flüstert. „Wir legen uns auf den Boden."
„Sind Matratzen drin?"
„Eine Luftmatratze. Die Sonne wärmt uns, und das Wasser schaukelt uns ein wenig, und ich küss dich ganz leicht auf dein Ohr... Spürst du's?"
„Mhmm..."
„Und dann streichel' ich deinen Rücken hinunter, ganz zart, und deine Schenkel, innen, wo sie so weich sind... Hast du das schon mal erlebt? Im Boot auf dem Wasser?"
„Nein."
„Ich streichel di ganz sanft. Deine Füße. Magst du des?"
Wie eine weiche Schönwetterbrise weht seine Flüsterstimme mir über die Haut, dass sich mir sämtliche Härchen aufstellen.
„Sehr."
„Und dann bin ich plötzlich ganz woanders, an deinem Nacken, und ich atme auf deine Haut, dass es dich kitzelt."
Seine Stimme fächelt meinen Rücken hinunter bis zu den beiden Grübchen überm Po, in denen es zu prickeln beginnt, so unglaublich zu prickeln. Ich schließe die Augen. Will nur noch seine Worte spüren.
„Ich streichel' dich, wie's du's noch nie erlebt hast..." Sein Flüstern ist atemlos. „Du willst nur noch mich. Wenn ich weg bin, kannst du es nicht erwarten, dass ich wiederkomm."
Ich lache leise. Diese Stimme... Ich höre nicht die Worte. Nur die Stimme. Und dann, so plötzlich, dass ich zusammenzucke, ruft er: „Ich lass dich jetzt allein, ja? Tschüss!"
Er spricht das „Tschüss" sehr kurz, ganz anders als wir im Norden. Kaum habe ich geantwortet, legt er auf. Ich öffne die Augen. Richte mich auf. Jede meiner Körperzellen tanzt.

***

Kapitel 60

Ein zart-weißer Mond klettert über die Bäume.

Ich sitze vorm Haus. Spüre die Wärme der Terrassensteine unter meinen nackten Füßen. Schaue hinüber zu meinem Schreibplatz, den Pavillon mit dem gelben Zeltdacht, unter dem der runde Tisch steht und die beiden Korbsessel. An einem der filigranen Rankgitter, die die vier Eckpfeiler bilden, wächst Kapuzinerkresse empor. Ihre Trompetenblüten leuchten orange und hell orange wie kleine Lampen vorm Dunkel des Waldes.

Ich sitze nur hier. Kein Laptop. Nicht einmal ein Glas Wein. Sitze da und schaue und lächele.

Wie oft Jao mich anruft und mit mir spielt! Anders als spielen kann ich es nicht nennen. Wir sind ohne Alter, wenn wir einander plaudernd entdecken. Er erzählt mir viel von seiner Kindheit. Von der Enge. Den Zwängen. Und auch von dem, was schön war. Dann fällt er in diesen schwärmerischen Ton, als wollte er die Stimmung, die Gefühle, das ganze Sein von damals heraufbeschwören. Ich höre an seiner Stimme, welche Färbung seine Erinnerungen haben. Manchmal wird seine Tonlage dunkler. Oder er spricht heiserer. Oder er wechselt abrupt aus dem Schwärmerischen ins Nüchterne. Manchmal sogar ins Kühle.

Seltsam: Ich habe nur seine Worte und seine Stimme. Dennoch erlebe ich so viel mit ihm. Ist es vielleicht sogar mehr, als er mir in einer tatsächlichen Begegnung von sich zeigen könnte?

Er erscheint mir scheu. Sehr scheu.

Immer wieder denke ich daran, wie es wäre, wenn wir uns treffen würden. Wir sprechen nicht darüber. Haben wir Angst davor, uns einzugestehen, dass dies nur ein Spiel ist? Möchten es den anderen nicht sagen hören? Haben wir Angst, dass es dann seinen Zauber verliert? Oder gar vorbei ist? So machen es Kinder: Sie wissen sehr genau, dass sie spielen, und doch nehmen sie jede Kleinigkeit ihres Spiels absolut ernst.

Es ist schön, so miteinander zu sein! Unschuldig. Frei.

Hat jemand ihn mir geschickt, diesen seltsamen Mann mit den eigenartigen, manchmal verqueren Ansichten? Jemand, der Schicksal heißt oder Leben? Jemand, der mir Freude schenken wollte? Und eine ganz besondere Erfahrung.

So wie mit Jao hätte es auch mit Mike sein können: ein Spiel. Warum habe ich es nie so gesehen? Mike hat ganz klare Signale dafür ausgeschickt. Schon seine ersten Mails haben signalisiert: Spielst du mit mir? Und ich bin auch darauf eingegangen. ICH war es ja, die vom Fuchs und dem Jäger angefangen hat. Aber ich konnte es nicht Spiel sein lassen! Wollte mehr haben.

Habenwollen...

Dass ich in so etwas hineingerate! Ich *weiß*, dass mich niemand glücklich machen muss. Ich *weiß*, dass das der größte Irrtum ist. Und doch gerate ich in solche Muster! Klar: locken und dann wegstoßen, schreiben und dann nicht antworten. Das erzeugt Sehnsucht! Und je unerfüllbarer die Sehnsucht, desto größer wird sie. Und schon ist sie Bedürftigkeit. Kippt sich über den anderen. Verlangt, dass er sie wieder ins Lot bringt...

Nein, ich bin auf dem falschen Pfad! Da ist mehr dahinter, als solche typischen Mechanismen. Viel mehr! Marie hat Recht. Wenn ich so stark reagiert habe, ob mit Wut oder Traurigkeit, dann ist etwas in mir angesprungen, das sehr verletzt ist und noch immer darauf wartet, heilen zu können. Hat dies alles einen Sinn, wie sie manchmal sagt? Den, dass ich mir nicht umsonst meine alten Wunden an Mikes Ecken und Kanten aufgerissen habe? Können sie sich nun frei bluten und dann richtig heilen? Und – tun sie das von allein?

So seltsam verschroben diese Geschichte mit Jao ist: Ich glaube, sie ist ein Geschenk. Das Kleine in mir oder DIE Kleine kann in ihrer eigenen Weise auf jemanden zugehen. Sie kann in ihrer eigenen Geschwindigkeit ihre Ängste zurücklassen.

Spielen.

Spielen ist leicht. Aber nicht leichtfertig. Eine eigene Welt erschaffen mit eigenen Regeln. Mein Spiel soll zuallererst dieser Regel folgen: Der andere ist, wie er ist!

Ich kann Abstand nehmen, wenn er mir nicht guttut. Aber ich *darf* ihm nicht meine Beurteilungen aufdrücken. Sie stimmen nicht. Sie können gar nicht stimmen. Ich stecke in meiner, nicht in seiner Haut!

Anderssein...

Jeden Tag erinnert der Andersvogel mich an *mein* Anderssein. Und Jao daran, dass man eines anderen Anderssein auch staunend erforschen kann, statt es zu belächeln oder zu verdammen. Es ist fast, als machten sein Anderssein und meins die Türen weit auf für einander.

***

Kapitel 61

Das Korn biegt sich im Wind, dass es aussieht, als rollten Wellen hindurch. Ich laufe aus dem Wald ins Freie. Der Blick wird weit. Der schnelle Atem fegt alles aus mir hinaus, was nicht leicht ist. Nicht Spiel und Freude und Lebendigkeit.

Laufen.

Dahinstürmen.

Aus keinem Grund. Nur weil es schön ist.

Irgendwann wieder langsamer werden.

Mein Körper jubelt.

In meinen Gedanken, in meinen Ohren, meinem Herz ist Jaos Stimme.

Sogar auf meiner Haut. Wie ein Lufthauch, der mit mir kommt, wohin ich auch gehe.

Kann das sein? Fühle ich mich in dieser Geschichte mit ihm – aufgehoben? Virtuelle Geborgenheit, würde Marie wahrscheinlich dazu sagen, mit einem trockenen Lachen hinterher und einem Blick, in dem zu lesen stünde: Mein Gott, zu welchem Wahnsinn uns die Verzweiflung treiben kann! Und du musst verzweifelt sein, Carlchen, sonst würdest du DAS nicht tun!

Ich kann ihr nicht erklären, was DAS für mich bedeutet. Deshalb erzähle ich Marie kaum von Jao und mir. Als Recherche kann ich es nicht ausgeben. Das nimmt sie mir nicht ab.

Und das ist es auch nicht.

Aber ich bin nicht verliebt. Anderssein heißt unser Spiel. Jaos und meins. Auch anders mit der Liebe sein.

Ohne es je auszusprechen, wissen wir, welch ein Geschenk die achthundert Kilometer, die uns trennen, für uns sind. Sie sorgen dafür, dass wir miteinander sein können, obwohl wir in völlig verschiedenen Welten leben.

Sie beschützen unser Spiel.

*

Ich bin zurück aus dem Wald. Nehme das Telefon mit und setze mich unten an die Feuerstelle, weil hier so früh am Morgen schon die Sonne hineingelangt. Drücke den Wiederwahl-Knopf. Jao ist sofort dran.

„Du bist ja ganz außer Atem! Machst du Sport?"

„Ja-a." Ich lehne mich zurück. Schließe die Augen. Sonne mich. Sonne mich in seiner Stimme. Erfrischend und prickelnd leckt sie über meine Haut, wie wenn sich nach der Ebbe eine vorsichtige Flut den Strand zurück erobert.

„Das ist gut! Man *muss* Sport machen!“ Er betont das, als sei es das Wichtigste auf der Welt. „Was für Sport machst du?“

„Laufen.“

„In deinem Wald?“

„Ja.“

„Jeden Tag?“

„So gut wie...“

„Ich mache *jeden* Tag Sport. Sofort morgens nach dem Aufstehen. Sonst rostet man ein. Jetzt muss ich gleich mit dem Rad los.“

„Sagst du mir vorher, wieso du Jao heißt?“

Dass mir das so schnell einfällt! Wie auf einem Berg beim Klettern den Halt verlieren. Und im Bruchteil einer Sekunde sehen, wo sich festhalten. Gleichzeitig schon das Baumstämmchen oder die Wurzel umfassen. Ja. Ich halte ihn fest. Es soll nicht ganz so schnell vorbei sein. Und doch ist es Spiel. Ist leicht und frei. Einen winzigen Moment noch möchte ich seine Stimme über die Haut rieseln spüren, mehr nicht.

„Willst' es wissen?“

Wie jungenhaft er klingt...

Ich lache auf. „Klar! Darum frag ich!“

Er wird sehr leise. „Von Jakob. Ich hab's nicht sagen können als Bub. Bloß Jao.“ Seine Stimme ist weich. Samtig. „Bist du noch ganz verschwitzt?“

„Ja-a.“

„Wenn ich bei dir wäre, würd ich dich jetzt ausziehen.“ Sein Flüstern streichelt meinen Rücken hinunter. „Ich würd dich berühren, überall. Ganz sacht.“

„Und ich würde dich küssen, wo immer ich nur Haut von dir vor die Lippen bekomme“, flüstere ich.

„Aber ich muss dich jetzt allein lassen. Tschüss!“

Es kommt kurz und schnell.

Ich kann gerade noch antworten, da legt er schon auf.

Ein hartes „Klack“ schlägt in mein Ohr. Aus den Kiefern hinter mir dringt Kühle in meinen Rücken. Ich schüttele mich.

Muss achtgeben. Dass es nicht anfängt wehzutun, dieses „Klack“.

Spiel, Carla! Fang nicht wieder an mit Habenwollen! Bitte nicht!

Aber es sind doch zwei, die hier spielen!

Ja, es sind zwei. Und wenn einer davon fort muss oder will, ist das etwas anderes, als wenn er dir etwas vorenthält.

Oh ja... Danke! Wie schnell es geht! Wie schnell rutsche ich da hinein!

Warum?

Es ist...

es ist ...

... diese Plötzlichkeit.

Ich erschrecke. Es ist ein so jäher Schreck, dass er sticht.

***

Kapitel 62

Ein Dieselmotor. Noch fern. Langsam und sacht klopft er mich mit seinem tackernden Brummen zurück in diese Welt. Er knattert unten die Straße zu uns her. Dann den Steilweg hoch. Steinchen springen beiseite. Die Räder haben Mühe, Halt zu finden. Drehen knirschend in Maries Einfahrt. Bleiben stehen. Ruckartig erstirbt das Dieselknattern. An anderen Abenden hätte ich hinuntergerufen: „Hallo Süße, wie geht es dir?"

Stattdessen greife ich mein Glas. Nehme einen Schluck. Lasse den Rotwein-Geschmack in jede Pore meines Mundes einsickern.

Ich brauche jetzt die Stille. Und Alleinsein.

Es ist so viel zu verkraften. Oder wie soll ich es nennen? Kostet es mich wirklich Kraft? Schenkt es mir nicht eher welche?

Ich flirte! Ich spiele!

Die Liebe ist mir heilig. Aber sie ist überhaupt nicht so ernst und ehrfurchtgebietend, wie ich immer gedacht habe! Im Gegenteil. Sie trägt Lachen ins Herz!

Ich nehme mein Glas wieder hoch. Trinke einen schnellen Schluck. Etwas wie Rührung will sich anschleichen. Ich schüttele mich. Lache leise. Schüttele alles ab, was nicht frei ist. Und leicht.

Und verschlucke mich fast, als das SMS-Piepen durch die Waldstille schrillt.

„Ich denke gerade an dich. Schreibst du mir was Schönes? Dein Jao"

Ich spüre mein Lächeln. Eins, das nur für ihn ist. Ich tippe ebenso langsam, wie ich den Wein in meinem Mund mit kleinsten Schlucken in die Kehle entlasse:

„Der Abendwind weht dir seine Kühle über die Schläfen und streichelt seinen letzten Hauch über deine Lippen… Weil es ein so poeeetischer Wind ist…"

Klingt das betrunken? Bin ich betrunken? Nein.

Ich könnte mühelos weinen. Als wenn etwas überfließen will in mir. Schöne, weiche, glitzernde Tränen könnte ich weinen. Und tue es nicht. Aber ich bewahre sie auf. Vielleicht ist dies noch nicht der Augenblick, für den sie da sind.

***

Kapitel 63

Ich habe wenig geschlafen. Es ist erst kurz nach sieben. Aber ich weiß, dass er früh aufsteht. Ich räkele mich. Strecke den Arm nach dem Telefon aus. Nur zwei Mal tutet es, dann ist er schon dran.

„Ich fahr' nachher an den See!", ruft er statt einer Begrüßung.

„Heute Nacht hab ich etwas Schönes mit dir erlebt." Ich spreche leise. Gebe meinen Worten, so wie er es oft tut, einen bedeutsamen Unterton.

Sofort ist er in seiner Flüsterstimme. „Erzählst du's?"

„Ich habe nackt auf dem Bett gekniet."

„Red' lauter! Bitte!"

„Vorm Fenster, mit den Ellbogen aufs Fensterbrett gestützt. Du bist aus dem Bad gekommen. Im offenen Bademantel. Du hast dich hinter mich gekniet."

„Und ich hab dich gestreichelt?"

Seine Stimme geht meinen Rücken hinunter wie sacht angesetzte Fingernägel.

„Von hinten hast du meine Brüste in deine Hände genommen..." Meine Hand liegt auf meinem Bauch. Beginnt zu streicheln. Streichelt sich sacht abwärts. „Und sie sind runder geworden", flüstere ich. „Immer runder, immer fester, und dann..."

Ich halte inne. Will ihn hören. Will seine Stimme spüren.

„Was war dann?" Er klingt heiser. „Erzähl weiter!"

Sein leiser Ruf ist wie ein zarter Biss in meinen Nacken.

„Ich habe dich an meinem Rücken gespürt, deine warme Haut. Und deinen Atem in meinem Haar. Und dann hat sich an meinem Po etwas geregt."

„Was?"

„Etwas von dir."

„Sag es."

„Du weißt es!"

„Mein Vögelchen?"

Seine Stimme kitzelt mein Ohr. Mein Becken antwortet, als ob er mich dort berührte. Ich lache leise.

„Ja... Und ich bin mit meinen Händen nach hinten gekommen und habe ihn angefasst. Zum ersten Mal..."

„Du kannst alles mit mir machen, Sachen, die ich noch nie gemacht hab."

„Ich spüre seine seidige Haut. Ich streichele auf und ab an ihm. Er ist fest und nicht zu hart…“

Ich warte. Auf seine Stimme. Sie soll mich berühren. Wieder. Und wieder.

„Red’ weiter!“, ruft er flüsternd.

„Du kommst behutsam in mich hinein.“

„In welches Löchlein?“

„In das richtige natürlich!“ Ich gluckse leise.

„Jolyn? Warum red‘st net weiter?“ Er bettelt. Er fleht: „Red‘ weiter, ja?“

„Noch immer lehne ich auf der Fensterbank. Strecke dir meinen Po ein wenig entgegen. Spüre dich an meiner Pforte. Du öffnest sie mit einem zärtlichen Druck…“

„Ja… Und ich bin groß und steif…“

Bei ihm klingelt das andere Telefon.

„Du, ich *muss* rangehen, ich erwarte was sehr Wichtiges! Bleibst dran?“

„Nein.“

Ich liege auf dem Bett. Schaue in den Himmel. Spüre seine streichelnde Stimme immer noch. Dass eine Ohrmuschel so voller Lust sein kann! So übervoll, dass es über mich hinweg und durch mich hindurch rieselt in langen, dringlichen, betörenden Wellen. Ich maunze leise. Plötzlich, als könnte er mich noch hören, sage ich laut:

„Ich möchte dich treffen!“

Und erschrecke zutiefst.

***

Kapitel 64

Ich bin noch im Bett. Mit Kissen im Rücken und dem morgendlichen Milchkaffee neben mir. Schreibe in mein Tagebuch:

„Fange ich an zu vereinsiedeln? Treffe niemanden mehr, selbst Marie und Josepha kaum. Laufe durch den Wald, rede laut mit mir selbst. Gott sei Dank ist dort niemand außer mir. Es gibt keinen Moment, in dem ich nicht an Jao denke und keinen, in dem ich mich nicht erotisch fühle."

Ich schaue aus dem Fenster. Warte, ob noch mehr Worte kommen. Wie nebenbei greift meine Hand nach dem Handy und beginnt zu tippen.

„DANKE FÜR DAS KÖSTLICHE LÜSTCHEN AM MORGEN… ICH SPÜRE DEINE STIMME IMMER NOCH AUF MEINER HAUT…"

Es ist so einfach: Ich brauche dich nur zu lassen, Jolyn. Keine staubigen Carla-Kommentare mehr! Nicht einmal in Gedanken.

Ja, du hast gelernt…

Ich lächele in die Bäume. Höre Jaos Stimme in mir nachklingen, als berührte sie noch mein Ohr.

„Di-da-did-did-didi-da-did-did!"

„ICH KÜSSE DICH! JAO"

Mein Körper, die Luft, alles scheint elektrisch geladen.

„ICH KÜSSE DEINE STIMME", FLÜSTERE ICH.

*

„Wenn ich zu dir komm', sperrst mich ein bei dir, ja?" Heiserkeit umspielt Jaos Worte mit leisem Scherz. „Lässt mich nie mehr weg. Versprichst' mir des?"

Ich lache auf. Er fällt ein in mein Lachen.

„Ich verrat dir was, wenn du's willst." Er klingt wie ein Junge.

„Ja, ich will! Was?"

„Ich bin ein bisserl verliebt!" Er spricht so leise, dass ich erst im Nachklang seiner Worte wirklich verstehe, was er gesagt hat.

Deshalb das Einsperren! Er fühlt sich zu einer anderen hingezogen! Hat mir ja erzählt, dass er bei Auserlesen.de immer wieder Zuschriften bekommt!

„In wen?" Meine Frage ist nur ein Zittern. Hat keine Stimme.

„In dich!"

Ich schlucke. Versuche das Gehörte zu mir zu nehmen.

„Ich möchte mit dir zusammen sein, immer.“ Seine Stimme schmiegt sich an meine Wange. „Du brauchst keine Angst zu haben, dass ich dich nicht leiden mag, wenn ich dich seh’, ich lieb dich, wie du bist!“

„Ich hab mich nie für meinen Körper schämen müssen!“

Was rede ich da?

Ich halte mit der anderen Hand den Hörer zu. Lasse den aufgestauten Atem gehen. Aber der Schreck kauert immer noch in meiner Brust.

„Das hab ich auch nicht gemeint!“, ruft Jao. „Wenn du etwas hast – jeder hat etwas, das er nicht mag an sich – dann denk nicht, dass es wichtig ist für mich!“

Ein Glucksen. Wie ein unterdrücktes Lachen. Lieber hätte ich weinen mögen. Noch mehr Glucksen. Es schüttelt mein Zwerchfell, dass es weh tut. Ich presse die Hand auf den Mund. Was ist das, was da mit solcher Macht herausdrängten will?

„Bist du schon mal Schlauchboot gefahren?“

„Ich bin mit vielen Booten gefahren.“ Meine Stimme klingt, als säße ich in einem winzigen Raum voller Dampf. Ich atme durch. „Hast du eins?“ Das hört sich schon besser an.

„Ich hab zwei Schlauchboote!“, ruft Jao mit der Begeisterung eines Jungen. „Eins für jeden.“

Ich spüre das Lächeln. Das nur für ihn ist. Ich kann es nicht sehen, aber ich kenne dieses spezielle Lächel-Gefühl gut. Zuerst schickt es alles aus mir und meinem Gesicht fort, was die Gedanken dort angerichtet haben. Macht mich leicht und hell.

„Wo würdest du fahren mit mir?“ Ich kann gar nicht anders, nur flüstern. Es ist dieser beschwörende Flüsterton, mit dem wir uns gegenseitig fortlocken in unser eigenes Wunder. Jao soll erzählen. Ich will nichts als zuhören. Will dabei in mir noch einmal hören, was er gesagt hat: „Ich bin ein bisserl verliebt!“

Will es anders hören als eben. Ohne den Schreck...

Jao liegt schon mit mir im Schlauchboot. Zieht mich neben sich auf den schaukeligen Boden. Seine Stimme tupft Küsse in meinen Nacken. Rieselt mir über den Rücken, die Seiten, den Bauch. Ich sehe uns beide dort liegen, verborgen hinter dem Wulst des Schlauchboots, treibend auf einem grünblauen Fluss. Das Lächeln breitet sich aus. Nicht nur im Gesicht. Mein ganzer Körper lächelt.

***

Kapitel 65

Etwas bewegt sich unten im Garten. Maries heller Lockenkopf erscheint. Dann ihre kleine Gestalt. Sie kommt zwischen den Stämmen zu mir hochgestiegen.

Ich muss ihr sagen, dass es gerade nicht geht! Dass ich schreibe!

Aber der Faden ist doch eh schon gerissen...

„Hey, du Schöne vom Berg!“ Marie beugt sich über mich. Drückt mich an sich. Ich atme ihren frischen Duft ein. Wie Meerwind. Immer duftet Marie nach Meer, besonders, wenn sie lange draußen war. Sie lacht ihr Sektperlenlachen.

„Ich muss doch mal nachsehen, ob du noch lebst!“ Die Perlen kullern auf und ab in ihrem Hals.

„Scheint, ich bin hier oben völlig versunken“, murmele ich.

„Du bist mitten im Entstehungsprozess eines Romans! Da *muss* man sich zurückziehen!“, sagt Marie mit einem Nachdruck, dass ich erstaunt zu ihr hinübersehe. Sie setzt sich in den Korbstuhl mir gegenüber. „Kommst du denn voran?“

Ja, da *muss* man sich zurückziehen. Am besten in ein eigenes Land, in dem es nur die Geschichte gibt, die gerade geschrieben werden will. Ich sehe meine Stille schwinden. Und es wird schwer sein, sie wiederzufinden.

Marie wartet. Schaut in die Birken am Steilweg hinüber. Aber gleich wird sie mich ansehen. Die Augen verengen. Sich fragen, was mit mir ist, dass ich nicht antworte.

Ich hole Luft. Konzentriere mich. Entweder sage ich ihr, dass ich nicht reden will – oder ich rede mit ihr. Und dann so ehrlich und so offen wie möglich.

„Ich lege Skizzen an, entwerfe Szenen. Aber mit der eigentlichen Story kann ich nicht loslegen, solange Jolyns Vergangenheit noch nicht steht. Und das fühlt sich an, als ob ich in Handschellen gelegt wäre.“

Marie fasst mich ins Auge. „Ist es noch zu früh, an die alten Sachen heran zu gehen?“

Ich lasse den Kopf nach hinten auf die Lehne fallen. Schaue unter dem Sonnendach hervor in die Kiefernwipfel, die im leisen Wind miteinander zu flüstern scheinen. Das tiefe Blau darum herum ist wie eine Medizin, die über die Augen eingenommen wird. Eine Medizin gegen Enge im Hals, Enge in der Brust...

„Ich wollte gerade den Anfang für die letzte Ragnar-Szene schreiben“, sage ich und denke zugleich: Enge ist Angst!

„Oh, dann hab ich dich gestört?“

„Na ja – als ich dich gesehen habe, war der Schreibfluss eh vorbei. Ach, was rede ich da? Fluss! Schön wär‘s! Im Moment ist es gerade mal ein Rinnsal.“ Ich ringe mir ein Lächeln ab.

„Ich glaube, deinen Mut hätte ich nicht“, sagt Marie leise. „Alle Achtung, ganz ehrlich.“

„Danke. Und du, wie geht's dir?“

Marie zieht die Schultern hoch. Stiert mit hochgezogenen Brauen vor sich hin. „Keine Ahnung. Nachts liege ich wach und vergehe vor Sehnsucht... Aber wenigstens tagsüber ist alles gut. Der Garten sieht langsam wirklich nach Garten aus. Das macht so viel Freude!“

„Trinkst du einen Kaffee mit mir?“

„Gerne!“

Wie immer kommt Marie mit in die Küche. Wie immer redet sie, während ich die Espressokanne fülle und zusammen mit einem Topf Milch aufsetze. Marie holt Tassen heraus. Stellt sie aufs Tablett. Alles wie immer. Nur diesmal ist es eine Szene in einem Film, die ich mir ansehe. Ich bin ein wenig neidisch auf diese beiden: Carla und Marie. Sie scheinen so geborgen in ihrer kleinen Welt. Aber solche Szenen leiten in den meisten Filmen etwas ein: Eben ist noch alles gut, und dann...

„Was ist eigentlich mit diesem Jao geworden?“

Ah, da ist es! Das kann zur Bombe werden, wenn ich nicht aufpasse!

„Jolyn ist Feuer und Flamme“, höre ich mich sagen. „Es geht ziemlich ab mit den beiden.“

Harmlose Stimme. Harmloser Tonfall. Mir ist es plötzlich zu eng in meiner Haut, als sei sie geschrumpft. Wieso? Weil ich zum ersten Mal mit anderen Augen darauf schaue? Mit denen ich nicht einfach ein fröhliches, unschuldiges Spiel darin sehe, sondern etwas höchst Verschrobenes, und das ist noch ein vorsichtiger Ausdruck...

„Und wann kommt er her?“

Ah, da ist der Punkt! Haargenau getroffen!

Ich lache auf. Mag sie sich selbst aussuchen, was das heißen soll!

„Das könnte ich nicht, diese virtuellen Geschichten." Marie sieht mich an, als würde sie mir am liebsten die Hand auf die Stirn legen, um zu fühlen, ob ich Fieber habe. „Pass auf dich auf, Carlchen."

„Na klar!" Ich lache.

Es ist nicht dieses leichte Lachen, das ich mit Jao teile. Es ist, als wäre mir eine Maske mit einem lachenden Gesicht aufgeklebt worden, und ich mache die Töne dazu.

*

„Jao, was machst du da? Irgendwas tust du doch die ganze Zeit."

„Ich schreib was am Computer."

„Während wir telefonieren?"

„Bin gleich fertig. Ist was Dienstliches."

„Willst du arbeiten oder mit mir sprechen?"

„Ich höre dir zu!"

„Du kannst mich wieder anrufen, wenn du fertig bist."

„Wart', ich schreib das nur eben zu Ende, eine Minute, ja?"

Ich höre sein Tastenklappern. Versuche mich zu entspannen. Versuche, den Ärger wegzuschicken, der sich in mir breitmachen will. Der behauptet, dass er berechtigt sei. Sehr berechtigt. Und ehe ich mich versehe, stimme ich ihm zu. Ja! Das ist unhöflich. Das ist...

„So. Das war's jetzt!", ruft Jao. „Auch so ein Neunmalkluger, der meint, dass er alles besser weiß! Seit vierzig Jahren bin ich in der Politik, und die glauben, sie könnten mir was erzählen! Besserwissen, das können sie, und nörgeln. Das muss doch jedem klar sein, dass unser politisches System mehr als marode ist! Und woran liegt das?"

Ist das Jaos Stimme, die da im Stechschritt daherkommt?

„Bist noch da?"

„Ja, sicher."

„Wer ist schuld, hm?"

Ist das sein Ernst? Erwartet er auf solches Schulmeistern wirklich eine Antwort?

„Du darfst nicht einmal ein Kleinkraftrad steuern ohne Führerschein! Stimmt's? Kein Auto, schon gar keinen Omnibus. Und der Politiker?"

Ich halte den Hörer ein Stück vom Ohr weg. „Schrei nicht so!"

„Ich schrei nicht."

„Du bist laut.“

„Weil's wichtig ist. Welche Qualifikation braucht der Politiker, um einen Staat zu lenken? Würd‘st du mit einem Flugzeug fliegen, dessen Pilot Lehrer ist oder Rechtsanwalt, aber fürs Fliegen hat er keine Ausbildung? Würd‘st da mitfliegen?“ Seine Stimme klingt, wie wenn sie aus einer Blechröhre käme. „Bist noch da?“

„Ja.“

„Jeder, der sich nicht einsetzt, und das sind so gut wie alle, jeder, der nichts als meckern kann, ist schuld an unserem kranken System! Du auch!“

„Ich bin jetzt müde.“

„Ja, das willst net hören! Aber genau diese Haltung ist es! Damit lasst ihr denen da oben all ihre Schweinereien durchgehen!“

Ich gähne extra laut. Er lacht auf.

„Du bist vielleicht eine komische nordische Pflanze!“

„Ich muss ins Bett.“

„Tschüss!“, sagt er.

Das „ü“ ist so kurz, dass es auf seiner Zunge knackt. Ich habe ein seltsames Bild vor Augen: ein Zaunkönig-Ei zwischen zwei Fingern, die sich zusammendrücken. Und es zerplatzt.

***

Kapitel 66

Ich liege schon eine gute Weile wach. Mein Blick hat sich draußen verloren. Ich finde ihn nicht wieder. Es ist kein Blau da. Nicht mal Grau kann man es nennen. Es ist trübe wie zu lange gebrauchtes Tuschwasser, in dem alle Farben zusammengerührt sind.

„Ding-Ding-Dong“, macht neben mir das Festnetz-Telefon.

Ich muss tief einatmen. Halte einen Moment inne. Nehme es.

„Na, bist ausgeschlafen?“ Jao. Fröhlich und locker. Tut, als sei nichts gewesen!

„Das war nicht schön, wie du gestern Abend mit mir geredet hast!“

„Es gibt nicht nur das Schöne im Leben! Das andere gehört auch dazu. Aber du willst ja nur genießen!“

„Woher weißt du DAS denn?“

„Dich interessiert es nicht, was mit unserer Welt passiert!“ Er hat sofort wieder die Blechstimme.

„Ach ja? Weil ich nicht politisch bin?“

„Ich brauche Menschen um mich, die hinter mir stehen! Ignoranten gibt es genug!“

„Jao, du hast keinen Grund, mich zu beschimpfen!“

„Ich beschimpf di net! Ich will nur, dass du hinschaust! Wir brauchen andere Politiker, das muss doch jedem klar sein! Nur die Besten dürfen führen! Wofür haben Staaten ihre Eliten? Und? Stehen die an der Spitze? Persönlichkeiten mit Charakter? Mit Kompetenz? Mit klugem Führungsstil? Wer führt, muss auch streng sein, sich nicht ständig drehen und wenden, damit er wieder gewählt wird. Aber das wollt ihr ja alle nicht hören…“

„Was heißt ihr alle?“ Der Frost in meiner Stimme sträubt mir selbst die Haare.

Plötzlich spricht er weich. Fast flehend. „Du musst dich auch engagieren, ja? Du träumst da in deinem Wald vor dich hin wie Dornröschen!“ Ein leises Lachen.

„Weißt du, was den engagiertesten Menschen unglaubwürdig macht?“, sage ich ruhig. „Wenn er andere aburteilt, und das, ohne etwas zu wissen!“

„Versteh doch endlich: Es ist Bürgerpflicht, für eine bessere Welt zu kämpfen! Du bist wie die anderen: nörgeln und nichts tun!“

„Wann nörgele ich?“

„I lass di jetzt allein! Tschüss!“

Zum ersten Mal hasse ich es. Hasse es zutiefst, dieses „Tschüss!“ und das abrupte Auflegen danach.

***

Kapitel 67

„Guten Morgen, Waldfee!“ Er singt regelrecht in den Hörer.

„Hallo. Alles wieder okay bei dir?“ Ich klinge so nüchtern, dass ich über mich selbst grinsen muss.

Er lacht. „Was soll denn nicht okay sein?“

„Jao, ich glaube, wir haben uns in eine Vorstellung verliebt.“

„Woas? Wie meinst des?“

„Ich bin von morgens bis abends in meinen Gedanken mit dir beschäftigt. Aber ich weiß nicht, wer du wirklich bist, und du weißt nicht, wer ich bin. Wir leben jeder mit einem Phantom. Mit einer selbst erschaffenen Gestalt. Mit DER reden wir, nicht miteinander!“

„Das ist doch Unsinn! Ich finde, wir kennen uns schon ganz gut!“

„Und ich finde, wir kennen uns nicht gut genug.“

„Wofür?“

„Für mehr als Telefonieren!“

Er fällt ins Flüstern: „Ich möcht immer mit dir zusammen sein.“

Ich stoße die Luft durch die Zähne. Klar, er weiß, wie er mich kriegt. Glaubt er.

„Du red‘st so schön mit mir.“ Die jungenhafte Heiserkeit ist wieder da. Der schwärmerische Ton. „Du bist verständnisvoll. Warm.“ Mit jedem Wort öffnet seine Stimme sich mehr. „Und du gehst mit! Du kannst mich auch mal führen.“

„Ach, das möchtest du? Geführt werden?“

„Ja“, sagt er leise. Und in dem kurzen Wort schwingt eine Sehnsucht, dass es mir wehtun würde, wäre ich nicht so auf Abstand zu ihm.

„Nicht immer. Aber manchmal ist es schön.“ Er sagt das weich. Sanft. Ich kann gar nicht anders: Ich wache auf aus meinem Ärger.

Plötzlich sind Worte in mir. Ragnar hat sie damals gesagt, als wir es so schwer miteinander hatten: „Wir sind so viele Male verletzt worden in unserem Leben. Da ist es ein großes Wagnis, sich wieder für jemanden zu öffnen.“

Ja. Jao ist gerade sehr wagemutig. Zeigt mir seine Verletzlichkeit, ob er es nun ahnt und will oder nicht. Und wenn ich genau hinschaue: So wie er für sein ideales Staatswesen predigt, predige ich für die wirkliche Liebe. Was er über die Führung eines Staates sagt, könnte ich – fast – über die Führung sagen, die das gemeinsame Dritte namens Beziehung braucht, das zwischen zwei Menschen heranwächst und für das sie verantwortlich sind. Diese Führung muss klug sein. Auch streng – im Sinne von geradlinig und klar. Aber vor allem muss sie liebevoll sein.

Unser gemeinsames Drittes hat sich gerade in sich selbst eingekringelt. Vielleicht geht es ihm wie einem Kind, dessen Eltern sich streiten. Ich weiß sehr gut, wie sich das anfühlt.

„Ich streichele dich", höre ich mich plötzlich flüstern.

Lausche in den Hörer. Sehe ihn dasitzen. Nach hinten gelehnt auf seinem Bürostuhl. Mit geschlossenen Augen.

„Wir liegen im Schlauchboot", flüstere ich weiter. „Treiben auf einem breiten Fluss. Deine Haut ist heiß von der Sonne. Ich streife dir dein T-Shirt über den Kopf. Küsse deinen Hals. Küsse deine Schlüsselbeine. Stupse meine Zunge in deine Achselhöhle. Du liegst ganz still, aber ich sehe die Gänsehaut, die über deine Arme und deine Brust kräuselt, und meine Hand stiehlt sich in deine Shorts..."

„Du bist so leise. Sprich ein bisschen lauter, ja?", fleht er. „Bitte!"

Für einen Moment bringt mich das zurück. Dahin, wo ich vorher war. Wir lieben jeder ein Phantom. Darum haben wir Angst, uns zu treffen!

Ja. Haben wir. Und wir werden darüber sprechen. Aber nicht jetzt.

Jetzt lasse ich mich fallen. Und spiele.

Spüre, dass er zuhört mit dem Ernst und der Aufmerksamkeit, mit dem man einem Märchenerzähler zuhört. Und zugleich wie ein Mann, der nach Zärtlichkeit hungert. Erzähle ihm, was meine Hand tut und mein Mund und wie es sich anfühlt. Und die Sonne hält uns warm, und der Wind achtet darauf, dass wir nicht zu sehr schwitzen, und das Boot beschützt unser Spiel und hält uns verborgen, während es langsam den Fluss hinuntertreibt.

***

Kapitel 68

Er hat mir ein Foto geschickt: Mit nacktem Oberkörper in einem spanischen Ferienparadies. Die Sonnenbrille lässig im Mundwinkel. Er sieht aus wie die deutsche Version von Alan Delon.

Ich nehme das Telefon. Noch bevor er sich melden kann, rufe ich:

„So gut siehst du aus?"

„Du doch auch!"

„Aber nicht so – unverschämt gut!"

Er lacht leise. „Sag net so was. Ich hab einen echten Fehler, weißt?"

„Und der ist?"

„Ich bin eitel."

Ich möchte seine Stimme umarmen.

Im nächsten Moment ist sie sachlich wie die eines Nachrichtensprechers. „Es ist nicht leicht, älter zu werden! Man muss viel tun. Jeden Tag trainieren, damit der Körper ansehnlich bleibt."

„Und? Ist er es?"

„Ja-a." Jetzt klingt er ein wenig gereizt.

„Färbst du dir eigentlich die Haare?"

„Ja, alles färbe und pudere ich!"

„Sei nicht so! Ich mag das nicht."

„Ein paar graue Haare hab ich schon", lenkt er ein. Giggelt dabei. Oder hört sich das nur so an?

Was machen wir da miteinander? Oder vielmehr: Was mache ich da mit ihm?

„Jao?"

„Ja?"

„Für mich ist es auch schwer, älter zu werden."

***

Kapitel 69

Ich sitze noch im Bett. Male langsam Wort für Wort in mein Tagebuch:

„Sanft und liebevoll, zart wie zwei Libellen sind wir miteinander geworden, und wir sprechen mit einer Vorsicht, als würde das, was zwischen uns ist, wie ein Tautropfen erzittern bei jedem Hauch aus unserem Mund."

*

„Erzählst zu mir etwas Schönes?" In seiner Stimme ist die Schutzlosigkeit eines Kindes, das aus einem Albtraum erwacht ist.

„Was ist mit dir?"

„Nichts. Erzählst du?"

Ich fange einfach an. Es kommt mir zugeflogen.

„Du liegst auf mir und hältst meine Hände fest. Und du hältst mich mit deinem Körper. Ich winde mich unter dir. Ich bin wütend. Vor Wut laufen mir die Tränen. Du reizt mich mit deinem Penis. Gleitest in meiner Feuchte auf und ab. Ich bin immerzu kurz davor. Aber ich will dich in mir spüren.

Das Zauberwort, flüsterst du und drückst mich noch mehr auf die Unterlage. Wir sehen uns in die Augen. Ich könnte dich anspucken, so wütend bin ich. Du lachst und küsst mich. Da fängt es an. Rast durch mich hindurch, dass ich mich aufbäume. Dass ich nicht mehr nur stöhnen kann, es reicht nicht. Erst hört es sich an wie ein Schrei. Es ist mein Lied. Mein schönstes Lied, das ich zu singen habe. Es kommt aus meiner Mitte. Es kommt mitten aus meinem Sein. Aus meinem Anderssein. Aus meinem Allessein. Ich bin in deinen Armen. Das ist alles, was ich noch weiß. Mich gibt es nicht mehr. Es gibt nur noch mein langes, göttliches Lied."

„Ich liebe dich..."

Er sagt es leise. Er sagt es sanft. Und ich zucke zusammen.

Kann es sein, dass das ein Schreck ist? Kann es sein, dass dies – nicht zu unserem Spiel gehört?

Er lacht, wie wenn eine Spannung sich löst. Oder eine Angst.

„Ich liebe deine Stimme", sagt er mit einer Weichheit hinter der Heiserkeit, dass mir die Tränen aufsteigen. „Ich liebe deine Art. Ich liebe dein Gesicht, deine Brüste, deinen Bauchnabel, deine Oberarme."

Aber er hat mein Gesicht, meine Brüste, meinen Bauchnabel nie gesehen!

Und? Muss er das?

Ich verstehe, was er meint. Ich verstehe es sehr gut.

Es ist so weit. Es ist Zeit, es zu sagen:

Jao, ich möchte dich treffen!

Bevor ich genug Atem finde, um diesen Satz zu sagen, den Satz, das merke ich jetzt, der schon so lange in mir wartet, dass er ganz groß geworden ist, bevor ich ihn auf seine richtige Größe gebracht habe, flüstert Jao weiter:

„Du sollst mich abhängig machen von dir! Versprichst du' s? Dass ich nichts anderes mehr will, nur noch dich! Versprich es. Bitte!"

„Jao! Das meinst du nicht wirklich, oder?" Meine Worte taumeln wie fallende Blätter.

Er lacht leise auf. „Nimm's net so ernst."

Ich schließe die Augen. Meine freie Hand presst dahin, wo das Herz sitzt.

„Es ist schön mit dir, Jolyn. Ich will immer mit dir sein."

„Jao? Ich möchte dich treffen." Ich spreche so leise, als wäre ein Kerzenlicht dicht vor mir, dass ich auf keinen Fall ausblasen will.

„Was hast du gerade an?"

„Hast du mich nicht gehört?"

„Doch." Er lacht. „Ich hab gar nichts an. Ich lieg auf dem Bett mit dir. Und mein Bauch ist ganz nass. Von dem, was du erzählt hast."

Zwischen meinen Rippen sticht es, als würde ein Pfeil in mich gesteckt.

„Ich – muss ganz schnell ins Bad! Tschüss!", bringe ich gerade noch heraus. Und lege auf.

***

Kapitel 70

„Ding-Ding-Dong“ scheppert das Festnetz-Telefon schon zum dritten Mal. Der Hörer liegt neben mir auf dem leeren Teil des Bettes. Ein Bett für zwei. Und Nacht für Nacht alleine...

Auf dem Display blinkt Jaos Name. Ich lasse es noch zwei Mal klingeln.

Es ist klar, dass er mich nicht treffen will! Erst geht er auf meine Frage gar nicht ein, dann meldet er sich einen ganzen Tag lang nicht. Völlig klar!

„Ich hab gestern weg gemusst!“, jodelt er. „Hast du mich vermisst?“

„Nein!“, spucke ich heraus.

Einen Moment ist er still. Dann fängt er an zu erzählen, als hätte er nichts gemerkt. Er sei auf einer Ausstellung gewesen. Die Exponate wären vor allem bemüht gewesen, ungewöhnlich zu sein. Das sei doch keine Kunst. Wieso sage ich nichts? Es gibt Dinge, die kann ich nicht stehenlassen. Der Satz „Das ist keine Kunst“ gehört dazu. Einem Werk generell den Titel Kunst abzusprechen, nur weil man es nicht versteht! Oder sich nicht davon berühren lassen kann. Oder es schlicht nicht leiden mag. Das ist natürlich einfach. Aber nach meinem Empfinden absolut unzulässig. Kunst ist, was berührt. Was bewegt. Es gäbe noch viel dazu, aber das genügt schon. Denn er ist bewegt. Regelrecht aufgemischt. Sein Redeschwall geht weiter: Er hätte dort Flugblätter verteilt, mit den Leuten diskutiert, aber die machten ja alle dicht. Nur arrogante Ignoranten.

Es reicht.

„Du fragst nicht, warum?“, schäume ich.

„Wie?“

„Warum ich dich nicht vermisst habe!“ Mein harscher Ton ist mein Hexenbesen, auf dem ich, auf dem ich wegfliege, wenn ich nur will. Auf und davon.

„Woas?... Willst mi net mehr?“

Seine Stimme ist plötzlich schutzlos.

„Weißt du wie sich das anfühlt?“ Ich flüstere fast.

„Was?“

„Das fragst du noch?“

„Du musst es mir schon sagen, Gedanken lesen kann ich nicht.“

„Ich sage dir, dass ich dich treffen möchte, und du weichst aus!“ Meine Stimme kippelt. Ich muss mich zusammennehmen, damit sie mir nicht ganz wegkippt. „Was für eine feige Art, mich wissen zu lassen, dass es für dich nichts als Telefonsex ist!“

„Woas? Jolyn, sag, dass das nicht dein Ernst ist!“

„Du spielst mit mir, aber treffen willst du dich nicht. Das ist krank!“

„Ich will dich nicht treffen? Wie konnst des denkn?“ Er lacht schrill auf. „Und deshalb willst mi jetzt net mehr?“

„Hör auf mit diesem willst mi net! Du lenkst ab!“

„Nein, tu ich nicht! Das ist mir auch klar, dass wir mal drüber reden müssen.“

„Ach ehrlich? Reden? Mal? Willst du dich mit mir treffen oder nicht?“

„So sprichst du nicht mit mir, Jolyn! Die ganze Zeit geht das jetzt schon so. Ruf mich an, wenn du bessere Laune hast! Ich lass dich jetzt allein. Tschüss!“

Im Hörer knackt es. Höhnisch schrillt mir das Freizeichen ins Ohr.

*

Es ist, als risse mir jemand die Eingeweide heraus.

Dann kommt die Wut. Schreit:

Was für eine widerliche, miese Art!

Schon greife ich das Handy, schon rasen meine Daumenspitzen tippend über die Tasten:

„ICH KANN NICHT GLAUBEN, DASS DU SO FEIGE BIST! UND SO FIES!“

Natürlich reagiert er nicht auf diese SMS.

Wie habe ich mich auf so jemanden einlassen können? Mit dem stimmt etwas nicht! Das ist doch sonnenklar!

Ich muss in den Wald...

***

Kapitel 71

Ich bin gelaufen. Bis hierher in mein stilles Tal. Nicht gejoggt, gelaufen. Schweißüberströmt stehe ich. Ringe nach Atem.

Die Gedanken hämmern weiter in meinem Kopf. Dieses Schwein! Wie eiskalt er plötzlich ist! Als wäre nie etwas Schönes, Vertrautes zwischen uns gewesen. *Einmal* sage ich, dass mir etwas nicht gefällt! Und weg ist er! Sich umdrehen und mich stehenlassen. Fein! Sehr fein! Wahrscheinlich brauchte er eine Gelegenheit, sich rauszuziehen! Er wollte sich ja die ganze Zeit nicht treffen. Aber er ist zu feige, in einer erwachsenen Weise darüber zu sprechen. Nutzt einfach die erste kleine Miss-Stimmung...

STOPP!

Nicht hier, Carla! Nicht in diesem Tal! Keinen Gedankenmüll in diesen Frieden kippen! Etwas anderes denken. Sofort!

Aber war da nicht mal was? Nämlich dass es nicht guttut, schlimme Gedanken einfach wegzujagen?

Stimmt. Nicht wegjagen. Sondern anschauen. Das Denken weg von Jao. Hin zu mir. Was schreit so laut in mir? Was tut so weh?

Ich muss mich hinsetzen...

Einatmen. Den Frieden in mich hineinatmen. Spüren. Was in all dem Chaos ist wirklich los in mir?

Etwas tut weh. Wie Messerstiche so weh. Aber wie *heißt* dieses Etwas?

Nicht gewollt sein...

Ja. Nur ist das kein Gefühl. Das ist eine Interpretation seines Verhaltens.

Es tut so weh... Es soll aufhören! Endlich aufhören...

Aber erst anfühlen! Einmal anfühlen! Bitte!

Ich bin – so traurig. So unendlich traurig. Und – enttäuscht... Von ihm. Von mir... Und hoffnungslos. Es wird nie wieder gut werden. Nicht mit Jao, und auch sonst nichts. Ich hab das schon so oft erlebt! Kein Wunder, dass es wehtut wie die Hölle. Es hat mitten in die alte Wunde hinein geschlagen. Kein Wunder, dass ich so niedergeschlagen bin. Im wahrsten Sinn des Wortes! Ich dachte, ich bin durch damit. Ich dachte, ich könnte viel mehr über den Dingen stehen! Könnte ruhig bleiben in einem solchen Moment...

Aber es war – zu schwer... Wenn er mich wenigstens ein bisschen verstanden hätte... Vielleicht wäre es dann gar nicht so weit gekommen.

Was heißt das: „so weit gekommen"? *Wohin* ist es denn gekommen?

Ich bin – verstoßen. Weiß nicht mal, was ich getan habe. Ja, sicher, er hat sich angegriffen gefühlt. Aber gleich so überzureagieren....

Oder – reagiere *ich* über?

Ich weiß nichts mehr. Gar nichts mehr. Nur noch Schmerz. Wahnsinniger Schmerz. Und dieser Schrecken...

Atmen. Tief. Tief. Wald einatmen.

Da steht jemand. Klein. Undeutlich.

Ich werde verrückt jetzt, oder?

Es ist... Die Kleine mit den Zöpfen. Die Kleine, die ich einmal gewesen bin. Groß schaut sie. Sagt sie es oder sehe ich nur in ihrem Gesicht, dass sie es denkt:

Das ist alles meine Schuld!

Deine Schuld?

Ja. Ich bin – so überempfindlich...

Ja. Bist du. Warst du schon immer. Und es ist nicht leicht, damit zu leben.

Sie senkt den Blick. Sieht noch trauriger aus. Es zieht in mir. Scharf wie Schmerz und zugleich wie Bedauern. Wie Mitleid. Wie...

Aber weißt du was?, hebe ich an. Furcht kriecht mir kalt in den Nacken. Hockt da wie eine Kröte. Zischt: Jetzt fang bloß nicht an zu heucheln!

Nein. Das tue ich nicht. Es ist ehrlich. Absolut ehrlich. Sonst würde ich ihr das nicht erzählen!

Weißt du, hebe ich vorsichtig noch einmal an. Genau darum, genau weil du so zart, so empfindsam bist, habe ich ein sehr besonderes Leben. Ja, es ist nicht immer leicht. Darum lebe ich hier im Wald. In einer Welt, wie man sie sich nur erträumen kann. Jeder einzelne Baum kennt mich. Beschützt mich. Liebt mich. Und schau sie dir an! Wie sie dastehen! So still. So würdevoll. Und ihre Kronen ausbreiten wie segnende Hände. Und schau, die Flecken von Sonnenlicht auf den Gräsern. Auf denen mit den goldenen und dahinten denen mit den roten Rispen. Wie edel, wie exquisit sie sich neigen und dabei doch ganz gerade sind. Hör die leisen Rufe der Meisen! Sieh den Falter dort im Licht. Das ist nicht etwas, das vorbeiflattert – das ist ein Schweben, ein Tänzeln, ein Balancieren, ein Spiel mit dem Licht und mit der Luft. Das ist ein Gruß vom Universum. Und es sagt: Schau! Atme! Genieße! Du bist hier, um dich an meiner Schöpfung zu erfreuen, nicht um zu leiden.

Dies alles, meine Kleine, das schenkst *du* mir! Das macht *deine* Empfindsamkeit. Ich muss mich nur entscheiden, was ich daraus mache, aus deinem Geschenk...

Sie hebt ein wenig den Kopf. Öffnet die Lider.

Kriegst du das mit Jao wieder hin? Bitte, versuch es!

Puh – du stellst vielleicht Fragen!

Bitte! Mach es wieder heil, ja? Es tut so weh. Und du hast doch gesagt, du kannst entscheiden, was du machst aus meinem Geschenk.

Vielleicht können wir es auch zusammen machen.

Ja! Wir laufen zurück nach Hause! Komm, schnell!

Gleich. Einen Moment noch hier sitzen. Den Atem ruhiger werden lassen. Lauschen. Hör, wie die Bäume singen, wenn ein Wind kommt! Hör das feine Knistern im Gras! Ich muss noch einen Moment die Augen schließen. Die Stille in mich einsinken lassen. Komm, setz dich solange neben mich.

Ich will aber nicht sitzen! Ich tanz hier auf dem Weg ein bisschen in den Lichtstrahlen. Nein, ich schau mir den schwarzen Käfer an. Wie der glänzt...

Ja, mach das. Ich brauche noch ein bisschen.

Es wird ruhiger, all das Denken. Kann es nicht ganz aufhören? Noch immer kommen Jao-Gedanken. Einer ruft: Das wird ja doch nichts! Ein anderer: Wenn Jao eingeschnappt ist, dann bleibt er das für ewig! Ein dritter: Er will gar nicht zurück in unser Spiel. Es ist langweilig geworden. Oder er hat eine andere!

Die alle wegschicken – wie soll das gehen?

Es geht. Ich muss mit aller Macht genau das denken, was ich wirklich denken *will*! An das, was ich möchte, nicht an das, was ich nicht möchte!

es wird wieder heil mit Jao.

Ja! Das hab ich mir die ganze Zeit gewünscht und es mir nicht eingestanden! Ja! Das will ich!

Aber schon kommen die anderen: Und wie soll das gehen? Und was, wenn er sich nicht drauf einlässt?

Ja, Angst, da bist du. Und du hast deinen Platz in mir wie alles andere. Nur merk dir bitte eins: das Sagen habe ich! Und da du genauso wenig wie ich in die Zukunft gucken kannst, ist das Ganze eine Frage des Glaubens. Du glaubst an etwas, was ich *nicht* in meinem Leben haben will. Das kostet mich Kraft. Ich glaube also lieber an das, was ich haben will. Sofort ist alles ganz anders, merkst du das?

Ja, murmelt die Angst. Aber nicht kleinlaut, wie ich erwartet hätte. Sie dreht sich einfach einmal um sich selbst und zeigt mir ihre andere Seite: Freude.

Ja! Und wie ich mich freue! Dass ich *das* geschafft habe! Vielleicht bin ich noch nicht ganz raus, aber ich bin schon sehr weit raus!

Vorsichtig öffne ich die Augen. Auf einem Farnwedel direkt neben meinem ausgestreckten Bein balanciert eine winzige Tannmeise. Ich nehme sie zum Zeichen:

Es wird leicht sein, ganz leicht. So wie dieses Vögelchen. Bis ich zu Hause bin, denke ich immer nur dies. Leicht. Heil und leicht! Heil und leicht!

Neben mir an meiner Hand tänzelt die Kleine mit den Zöpfen.

***

Kapitel 72

Es tut so gut, bei Marie zu sein. Nur neben ihr sitzen. Ein Glas Wasser trinken. Schweigen. Die Hand auf ihre legen. Sie anlächeln, als sie den Kopf zu mir wendet. Aufstehen und hinter sie treten. Ihr sacht den Nacken massieren. Sie stößt ein tiefes Stöhnen aus. Beugt den Kopf nach unten. Genießt. Ich schaue den feinen Härchen zu, die ihren Nacken hoch kräuseln bis zum Haaransatz. Wie sie sich niederlegen unter meinen Fingern und wieder aufrichten und wieder niederlegen. Demütig. Genussvoll. Auch Härchen genießen. Na klar.

Aus der Küche kommt ein durchdringendes „Pling!". Unser Auflauf ist fertig. Marie bleibt reglos sitzen. Ich streiche noch ein wenig nach allen Seiten aus, was ich vielleicht losgelöst haben mag. Gebe ihr zum Schluss einen Kuss in den gesenkten Nacken.

„Danke!", sagt sie und steht auf.

Der Tisch ist schon gedeckt, die Wassergläser vollgeschenkt. Und wie immer hat Marie Blumen hingestellt: eine kleine Glasvase mit Ringelblumen, auf denen winzige schwarz glänzende Gewitterkäfer klettern.

Ich liebe Lasagne. Die kleine mit den Zöpfen liebt sie auch. Sogar noch mehr als ich. Ganz besonders Maries Gemüselasagne. Und die steht jetzt vor uns, und Marie schneidet ein Stück heraus und balanciert es auf meinen Teller. Erst als ich nichts mehr, wirklich gar nichts essen kann, lege ich Messer und Gabel von mir. Lehne mich zurück auf dem Stuhl. Schaue ins Himmelsblau und stöhne anhalten.

Marie lacht. „Dir geht es richtig gut, Carlchen, nicht?"

Ich nicke. Sie muss nicht wissen, wie es mir vor drei Stunden gegangen ist und auch nicht, dass in meiner Brust noch immer ein Schmerz sitzt, genauso wie eine Wunde schmerzt, wenn sie heilt.

„Ich hab zwar viel weniger von dir, seit er da ist. Aber es ist schön, dich da oben lachen zu hören, wenn du mit ihm telefonierst!"

„Kannst du auch mehr als das hören? Verstehst du, was ich rede?"

„Nein. Das hätte ich dir längst gesagt. Übrigens hab ich mir Jaos Internetauftritt endlich mal angesehen." Marie macht ein

Gesicht, als hätte sie auf eine Cayennepfeffer-Schote gebissen. „Seine Ansichten teile ich ja sogar überwiegend. Aber die Art! Anklagen in alle Richtungen. Und eine Aggressivität!"

„Ja", sage ich nur. Heute Morgen noch wäre ich voll darauf eingestiegen. Jetzt sehe ich es anders: Sie hat Recht. Aus einem bestimmten Blickwinkel betrachtet jedenfalls. Ich schaue gerade aus einem anderen. Wahrscheinlich ist Jao vorhin durch meine Worte genauso erschrocken wie ich durch seine. Erschrocken und womöglich verletzt. Und vielleicht wäre schon alles geklärt zwischen uns, wenn ich ihn vorhin gleich erreicht hätte, als ich heimkam mit meiner hüpfenden Kleinen an der Hand.

Marie zieht einen gewichtigen Schlürfatem ein. „Wenn du mich fragst: Der kommt mir schon fast gestört vor!"

Ich ziehe die Schultern hoch. Sage leise:

„Es gibt auch einen anderen Jao."

„Ja..." Marie hält einen Moment inne. „Und dem ist dein Herz zugeflogen."

Ich nicke.

„Weißt du, all diese Kontakte suchst du dir ja nicht umsonst."

„Wie meinst du das?"

„Du wählst sie vielleicht für dein Buch aus. Aber nebenbei zeigt es doch auch etwas über dich."

„Ja? Und was?" Merkt Marie, dass sie an unser Reizthema rührt? Merkt sie es und hält sich wie versprochen zurück?

„Ein Teil von dir möchte gern wieder eine Beziehung zu einem Mann, aber ein anderer Teil hat noch viel zu viel Angst. Mit einem wie Jao geht keine Beziehung, nur ein Flirt. Das ist ganz im Sinne der Angst!"

„Ach, so siehst du das?" Ich lache auf. Kein gutes Lachen. Keins, das Marie verdient hat.

Aber was treibt sie auch für ein Spiel? SIE ist es doch, die Angst vor einer Beziehung hat! Ich habe schlicht begriffen, wo meine Grenze ist. Und gehe trotzdem weiter. Denn ich will etwas Wesentliches herausfinden. Über mich.

Ich halte inne. Was habe ich da gerade gedacht?

Schließe die Augen. Höre es in meinem Inneren noch einmal: Denn ich will etwas Wesentliches herausfinden. Über mich.

Langsam öffne ich die Augen wieder.

Das Himmelsblau verwandelt sich schon allmählich in das weißgraue Abendglimmen. Eine Nachtigall singt. Unterbricht ihren Gesang immer wieder, als würde sie auf eine Antwort lauschen. Versucht es mit neuen Melodien. Niemand antwortet. Ist die Zeit der Nachtigallen schon vorbei?

Und wie wäre es, wenn die Zickenzeit auch zu Ende ginge? Jetzt zicke ich fast schon ständig mit Marie!

Ich bin Schriftstellerin. Ich muss mir das *Ganze* anschauen! Auch die Gefühle muss ich mir *anschauen.* Stattdessen lasse ich mich von ihnen kriegen. Das passiert. Das ist okay. Kriegen lassen und wieder frei werden. Wie einatmen und ausatmen.

Und jetzt atme ich aus!

Marie legt ihre Füße neben meine auf den Hocker. Ich streichele mit dem großen Zeh über ihren kleinen Fuß, während sie einen weiteren ihrer bedeutungsschweren Schlürf-Atemzüge nimmt. Mit weit offenem Blick in meine Augen sagt sie:

„Carlchen, ich will dir nicht zu sehr auf die Pelle rücken. Aber mir ist dieses Spiel unheimlich. Ich glaube einfach nicht, dass es nur Recherche ist."

„Nein. Es ist eine Auseinandersetzung mit meiner Empfindsamkeit."

Wer hat das gesagt? Ich? Und: Ist es, wie es sich anfühlt? Halte ich endlich den feinen Faden in Händen, an dem das Glück meines Lebens hängt?

***

Kapitel 73

„Es tut mir sehr leid. Lass uns bitte darüber reden."

Das habe ich abends noch auf Jaos Anrufbeantworter gesprochen. Hat er es gar nicht mehr abgehört?

Oder warum schweigt er?

Die Nacht war nicht schön. Überhaupt nicht schön. Im Dunkeln und wenn der Schlaf kommt und nur halb kommt, ist es mir unmöglich, das Gedanken-Karussell anzuhalten. Tausend Gedanken sind um mich herum gerannt, immer um mich herum, haben mir dabei ins Ohr gerufen, wie fies es von Jao ist, dass er sich nicht meldet. Ich habe versucht, ihn in Schutz zu nehmen. Er ist gar nicht zu Hause. Hat den AB nicht abgehört. Wird schon noch anrufen... Ich bin zu erschöpft, zu niedergeschlagen, zu enttäuscht gewesen, um durchzudringen. Sie haben weiter und weiter auf mich eingeschrien. Vielleicht hätte ich aufstehen müssen. Ein Glas kaltes Wasser trinken. Ganz wach werden.

Irgendwann ist es doch still geworden in mir. Wohl, weil die Sterne aufgezogen sind. Weil ich überwältigt gewesen bin von ihrer Helligkeit. Von ihrer Reinheit. Wie jede Nacht. Und wie so oft habe ich das Sternbild des Schützen betrachtet und unsichtbare Linien hineingezeichnet, bis dort oben ein Schütze gekniet und seinen Bogen gespannt hat. Für einen Moment ist die Kleine mit den Zöpfen da gewesen, hat sich gefreut an dem Spiel, wollte auch andere Sternzeichen mit Linien sichtbar machen.

Vielleicht haben wir es getan. Vielleicht bin ich darüber eingeschlafen. Vielleicht habe ich auch nur gedämmert. Nun liege ich schon wieder hier und die Gedanken strömen und jagen in mir und um mich herum. Wie wäre ich froh, wenn ich sie wegschicken könnte. Gar nichts denken. Stille.

Immerhin kann ich etwas anderes denken. Zum Beispiel das:

Vielleicht ist es unmöglich, gar nicht zu denken. Weil nicht ich die Gedanken mache oder irgendwer. Weil Gedanken einfach sind. Und wie die Luft beim Atmen in mich fließt und wieder hinaus, machen sie es auch. Treten ungefragt ein. Tummeln sich in meinen inneren Plätzen. Gehen, ohne zu vergehen. Kommen dennoch vielleicht nie wieder. Aber manche betreten mein inneres Haus, um darin umher zu rennen wie irre, und irgendwann werde *ich* irre davon. Oder traurig. Oder verzweifelt. Es sind so viele, so unvorstellbar viele, dass einem schwindelig werden kann.

Allerdings hat das eine enorm gute Seite: Es sind immer genug da! Ich kann jederzeit eine andere Wahl treffen! Und ich weiß schon lange, dass das geht! Habe es nur immer wieder vergessen.

„Wenn dir deine Gedanken nicht guttun, warum denkst du sie dann? Denk doch etwas anderes!“, hat Ragnar gesagt.

„Aber leugne ich damit nicht die Wirklichkeit?“, habe ich zu Bedenken gegeben.

„Die einen Gedanken sind doch genauso wirklich wie die anderen. Du *erschaffst* mit ihnen deine Wirklichkeit! Das, was du über etwas denkst, macht es erst zu dem, was es ist.“

Und wie Recht er hat! Jao ist ein fieses Schwein zum Beispiel. Schon sehe ich ihn so. Und habe kurz zuvor noch geglüht vor Zärtlichkeit, die ihn eingebettet hat in das große Lächeln meines Herzens. Jenes Lächeln, in dessen Licht er schön ist, so wie er ist. Und besonders. Und sehr verwundbar. Jenes Lächeln, das Wohlwollen zu ihm sendet. Güte. Verstehen.

Und das ist es! Genau das! Etwas wahrnehmen heißt nicht, zu sehen, was ist. Sondern ich bestimme, *wie* es ist. Anders gesagt: Ich gebe dem, was ich sehe, eine bestimmte Bedeutung. Und dann glaube ich felsenfest daran. Mir ist nicht klar, dass das, was ich anschaue, einfach nur existiert – ohne jedes Wie. Dass es mir nur so erscheint, wie es mir erscheint, weil *ich* und niemand anderes gleich beim allerersten Hinschauen meinen Stempel darauf gesetzt habe. Mit meinen Gedanken, mit meinen Gefühlen *erschaffe* ich ein Wie! Schön oder hässlich. Angenehm oder unangenehm. Gut oder schlecht. Richtig oder falsch. Noch viele solche Wies habe ich zur Verfügung, und davon wiederum Millionen verschiedene Kombinationen und Nuancen.

Aber ein anderer Mensch kann dieselbe Sache ganz anders sehen! Und selbst wenn er sie nur ein wenig anders sieht, zeigt das schon, was beim Wahrnehmen passiert: Ich baue mir eine Wahrheit. Und vergesse in der Regel im selben Moment, dass es keine allgemeingültige, sondern *meine* Wahrheit ist!

So erschaffe ich mir stets und ständig meine Welt.

Und damit mein Leben!

Okay. Das zu wissen, ist sehr gut! Es auch umzusetzen, klar zu werden, zu merken, was da geschieht, es zu ändern, wenn nötig – das allerdings ist etwas ganz anderes ...

Stopp! So will ich nicht denken! Danke, dass du da bist, Zweifel, manchmal brauche ich dich sehr. Aber jetzt brauche ich etwas anderes: Zuversicht!

Ich habe zwar noch keine Ahnung, *wie* ich das machen soll, aber ich werde es machen: Ich werde die Kapitänin meines Lebens, und ich werde es auf *meinem* Kurs steuern! Ich werde mir nur noch solche Wahrheiten erschaffen, die ich auch wirklich haben will.

Vielleicht kann ich es noch nicht besonders gut, aber ich weiß, ich kann es:

Ich kann mein Denken lenken!

***

Kapitel 74

Ich muss noch einmal weggedämmert sein. Der Schlaf hat sich sein Recht geholt. So, wie das Sonnenlicht in die Wipfel fällt, ist es bereits Vormittag, nicht mehr Morgen. Ich setze mich auf. Schaue hinaus in mein Paradies.

Was habe ich da eben gedacht? Mein erster Gedanke im Wachwerden?

„Es ist eine Auseinandersetzung mit meiner Empfindsamkeit."

„Die Kleine ist ja so empfindlich!" Seit ich denken kann, wird das über mich gesagt. Über die Kleine mit den Zöpfen und Sommersprossen, die schaut, als würde sie denken: Am besten wäre ich unsichtbar

Empfindlich ist das Eine...

Empfindsam ist das Andere!

Kleine Carla, deiner Empfindsamkeit verdanke ich, dass mein Auge so tief berührt ist vom Himmelsblau. Vom Gold-Ocker der Kiefernstämme. Vom bizarren Wuchs ihrer Kronen. Vom wilden Schrei der Bussarde. Vom Sommer. Vom Wind. Vom Brandungsgeräusch der Wipfel.

Ich sehe sie. Ganz kurz kann ich sie sehen. Wie ihr Sommersprossengesicht aufleuchtet. Wie ihre Miene sich verändert. Wie sie davonsaust und auf dem Rasen unten von einem Sonnenlichtpunkt auf den nächsten hüpft.

Ich lächele. Auch mein Herz scheint zu lächeln. In mir ist eine solche Wärme...

„Di-da-did-did-didi-da-did-did"

Meine Finger tasten sofort nach dem Handy. Jao!

„DA IST EINE E-MAIL FÜR DICH!"

Augenblicklich rast mein Herz. Ich stehe auf. Hole den Laptop. Werde fast irre vor Ungeduld, bis er endlich hochgefahren ist und die Mail geöffnet.

„Jolyn,

ich bin zurzeit ziemlich diskussionsverdrossen. Du kannst dir gar nicht vorstellen, wie viel Törichtes, oft auch noch arrogant vorgetragen, ich jeden Tag auszuhalten habe. Ich habe nicht mehr die Lust und den Willen, jeden einzelnen auf seine Systemfehler aufmerksam zu machen.

Du warst bislang so erholsam logisch und klar – und dann das. Ich denke – erst nach einem Abstand – über Dich nach. Du hast natürlich sehr schöne Seiten. Aber da und dort fehlt es leider noch ziemlich.

Gruß Jao"

Es brennt im Hals, als hätte ich Säure getrunken.

Ich springe auf. Renne in die Küche. Schenke mir ein Glas Wein ein.

Was tue ich? Es ist noch Morgen! Ich schütte den Wein weg. Setze Kaffeewasser auf. Atme wie eine Beatmungsmaschine. Könnte ein Kissen nehmen und hineinschreien... Nein! Nicht für ein so fieses Schwein! Kein Schreien. Keine Tränen. Nicht für so etwas unglaublich Niederträchtiges!

In zwei Sekunden bin ich in meinen Sportsachen.

Ein Teil von mir bleibt kühl. Während ich die Laufschuhe zubinde, sagt dieser Teil: Dreh die Herdplatte wieder aus.

Ich tue es. Und renne hinaus.

Bin mit ein paar Schritten aus der Pforte. Sprinte hinterm Haus den sandigen Waldweg hoch. Oben, wo der Weg eben ist, wechsele ich aus dem Laufen in schnellen Schritt. Meine Schuhe plitschen im schwarzen Matsch. Gleiten immer wieder aus. Ich gehe trotzdem so schnell es nur geht. Nachts hat es wohl geregnet. Es riecht nach moosiger Feuchte. Mein Herz hämmert. Ich schwinge die Arme vor und zurück wie eine Maschine, die auch im Leerlauf nicht zur Ruhe kommt.

Erst nach einem Abstand... Erst nach einem Abstand... Erst nach einem Abstand...

Ich stampfe fest durch Pfützen und Matsch.

Du hast natürlich sehr schöne Seiten. Aber da und dort fehlt es leider noch ziemlich... fehlt es leider noch ziemlich... fehlt es... fehlt es...

Einmal wehre ich mich! Sofort werde ich abgeurteilt und ausrangiert!

Der Weg verlässt den Wald. Ist jetzt trockener und fester. Ich laufe. Stürme. Damit sie aufhört. Endlich aufhört. Die Stimme in meinem Kopf. Die mir wieder und wieder und wieder dasselbe erzählt. Nicht genug davon bekommen kann, es mir vorzubeten: Von einem Moment zum anderen! Ohne mit mir zu sprechen!

Wenn der Partner es nicht schafft, wird er eben wieder abgeschafft...

Seine Worte!

Ich spucke auf den Weg. Erwarte, dass giftgelber Schaum herauskommt. Es kommt nicht einmal richtig Spucke.

Ich biege früher als sonst vom Feldweg ab in das Stück Buchenwald. Brauche keinen Weg. Das Rascheln meiner Schritte im goldroten Vorjahreslaub scheint zu hallen. Ich bleibe stehen. Auch die Stille hallt.

Gewaltige Stämme in weitem Abstand zueinander. Hellgrau und glatt, als wenn es nicht Rinde, sondern Elefantenhaut wäre. Wie dicke, überlange Elefantenbeine stehen sie da. Hoch und gerade.

Ich drücke beide Hände auf die Brust. Dorthin, wo vorhin noch mein Herz war. Groß und weich und hell. Wo es jetzt nur noch schmerzt. So ungeheuerlich, dass ich kaum Luft bekomme. Irgendetwas an mir ist falsch! Warum kann ich nicht harmlos und zufrieden leben wie alle anderen! Warum sticht man mir immer wieder in dieselbe Wunde? Soll ich verrückt werden?

Ich spüre, dass ich grinse. Warum, um Himmels Willen?

***

Kapitel 75

Schreiben!

Muss.

DAS.

Schreiben!

Der Himmel ist verschlossen wie eine Nebelwand. Dennoch trage ich den Laptop, den Kaffeebecher und das Handy nach draußen. Da sind die Bäume. Da bin ich beschützt.

Es *muss* geschrieben werden! Und wenn es das Letzte ist, das meine Finger in die Tastatur tippen!

Nicht ertrinken im Grau! Lauschen. Das leise Rauschen in den Wipfeln. Die Katzenschreie der Bussarde. Den Ruf des Pirols.

Brauche das.

Aber noch mehr brauche ich die Stille. Ich bete, dass sie ihre Flügel über mich hält, bis ich dies geschrieben habe.

Irgendwo darin ist der Schlüssel.

Das Staudenbeet zu meinen Füßen, die Birken am Weg sind so unbewegt, als sei alles nur gemalt. Kein Schmetterling. Keine Hummel. Es ist, wie wenn der graue Himmel alles eingeschläfert hätte. Wenn er doch endlich aufreißen würde! Dass mein Blick hineinfliegen kann ins große Blau. Auf und davon.

Damit ich die Frage nicht zu Ende denken muss, die sich auftürmt...

Aber die Antwort ruft doch schon in mir: Dies ist der Moment! Schreib es! Jetzt! Weil eh alles grau ist. Weil. Weil. Weil...

Bevor der Laptop noch ganz aus dem Standby aufgewacht ist, schreiben meine Finger schon:

„Manche Dinge dürften niemals geschehen. Aber wenn der klare Geist einmal nicht wachsam ist, türmen die ungezähmten Gedanken sich auf, werden zur Riesenwoge, die alles niederreißt und überschwemmt. So muss es gewesen sein, als Ragnar in jener Nacht zu mir gekommen ist. Als Vollmond war im Februar.“

Ich reibe meine Hände aneinander, als wären sie kalt. Lockere meine Finger, als hätte ich ein langes Klavierstück zu spielen. Es sind nicht die Hände, die noch innehalten wollen. Es ist der Nachklang dieses Satzes.

Weiterschreiben! Schreiben, wie Ragnars und meine Geschichte zu Ende geht. Ja, auch wenn die Gedanken kreischen:

Das ist zu schwer! Das tut viel zu sehr weh! Es geht nicht!

Doch, es geht! Und es ist dringend!

Denn es gibt etwas, was ich weiß und doch nicht weiß, weil ich es nie anzuschauen gewagt habe. Und nun ist es Zeit!

*

Tagebuch, 22. Februar

Es wird Frühling. Die Nachtigall singt den ganzen Tag. Dieser Jubel, der aus ihrer Kehle und vielleicht ja auch aus ihrem kleinen Nachtigallenherzen aufsteigt, ist bis gestern auch in mir gewesen.

Bis zu meinem Geburtstag …

Schon als Ragnar gekommen ist, als wir uns begrüßt haben, ist alles anders gewesen als sonst. Wie wenn es für ihn eine Pflichtübung sei. Ich versuche, den Gedanken gleich wieder abzuschütteln. Aber je mehr ich es versuche, desto eindringlicher wird er.

Klar, wenn ich das jetzt hier schreibe, weiß ich, dass ich Ragnar nicht habe nehmen können, wie er ist. Vielleicht ist es ihm nicht gut gegangen, aber ich wollte, dass er mich anstrahlt. Schließlich ist es mein Geburtstag gewesen!

Er ist steif. Förmlich. Sonst, wenn er in so etwas hineingerät, lacht er im nächsten Moment über sich selbst, macht eine kleine entschuldigende Geste, und ich lache mit. Aber jetzt ist es, als würde etwas nicht stimmen. Ich frage ihn. Er zieht nur die Augenbrauen hoch. Du schon wieder! So etwas in der Art scheint er zu denken. Ja, er hat mir oft gesagt, dass ich viel zu schnell zweifele. Schnell und abgrundtief. Dass das für ihn eine Zumutung sei. Ich gebe mir also noch mehr Mühe, nichts Böses zu denken. Am besten gar nichts denken, denke ich. Und merke, dass ich mich in meinen Gedanken wie eine Fliege in einem Spinnwebfaden immer mehr verwickele. Ich denke, dass Ragnar mich nicht versteht. Versuche, diesen Gedanken wegzuschicken. Aber er wird nur noch lauter und schreit, dass Ragnar mich nicht verstehen WILL. Ein eisiges Gefühl schleicht mir in die Adern. So schnell, dass ich es nicht merke. Eine Sekunde später bin ich nur noch Enttäuschung und Traurigkeit.

Und wie gelähmt.

Bringe kein Wort heraus. Wenn ich nur den Mund aufmachte, wäre es um mich geschehen. Ich würde haltlos schluchzen. Und er würde noch abweisender werden.

Aber es MUSS heraus! Damit es vergehen kann! Damit ich wieder Herr über mein Inneres bin. Damit er weiß, was mit mir ist. Wir können über alles reden. Auch wenn es schwer ist.

„Lass uns einen Spaziergang machen, ja?", flüstere ich und versuche ein Lächeln. Draußen im Wald ist es leichter. Da werde ich sprechen können. Ich brauche Zeit. Die Traurigkeit ist so groß. Etwas tut mir derart weh, dass meine Augen voll Tränen sind. Ich will nicht, dass er es sieht. Ich will nicht, dass er wieder die Brauen hochzieht.

Wir gehen. Ich atme und atme. Wir gehen nebeneinander, und dieser kleine Abstand zwischen uns, nicht einmal ein Meter, reißt mir das Herz entzwei. Gib dem keine Macht, rufe ich mir selber zu. Zeig dich! Zeig dich, egal, was passiert. Aber das Weinen steckt mir wie ein Klumpen im Hals. Ich kann nichts sagen, ohne dass es mir herauskäme. Ich will ihm keine Vorwürfe machen. Will nur aussprechen, wie mir zumute ist.

Ich atme. Atme. Werde stiller. Denke an später. Wenn wir zurückkommen. Wenn wir uns wieder nah sind. Zärtlich miteinander werden...

Endlich bringe ich stockend heraus, dass ich finde, er würde mit mir wie mit einer Fremden sprechen. Dass ich wissen möchte, warum er so abweisend ist.

„Das stimmt doch gar nicht!", ruft er. „DU warst abweisend, als ich eben gekommen bin! Nicht mal mein Geschenk hast du angerührt!"

„Ich wollte es in dieser Stimmung nicht auspacken, erst später. Das hab ich dir auch so gesagt."

„Merkst du nicht, dass du mir schon wieder den Stempel ‚unnahbar' aufdrückst?" Er sieht mich gar nicht an, sieht nur auf seine Füße. Immer tut er das beim Gehen, sieht nicht in den Wald, sieht nicht zu mir herüber...

Tränen laufen mir an der Nase hinunter.

Warum kann er mich nicht einfach in den Arm nehmen?

Ein bisschen liebevoll sein?

Ich kenne mich doch: Ganz schnell wäre alles gut.

Stattdessen wird er noch kühler!

Es tut weh! Ich könnte schreien, so weh...

... Oder bin ich es, die das alles produziert?

Könnte ich es zurückdrehen, würde ich es anders zu sagen versuchen. Würde von mir sprechen, von dem, was da so wehtut innen, statt alles gleich auf ihn zu türmen. Das haben wir uns versprochen! Der andere macht mir nicht die Gefühle, er löst sie nur aus. Das weiß ich doch! Wir haben darüber geredet, geredet, geredet. Und oft genug hab ich das auch hingekriegt!

Ich will es versuchen.

Kaum mache ich den Mund auf, ranzt er: „Kannst du mich endlich in Ruhe lassen? Ich bin, wie ich bin, und wenn DU damit nicht umgehen kannst, dann gib nicht mir die Schuld dafür!"

Ich erschrecke bis in die Knochen.

Es fehlt nicht viel, und ich drehe um. Laufe zurück. Renne. Renne.

Stattdessen sehe ich ihn an. Sein verschlossenes, nach unten gewandtes Gesicht. Er tut, als wäre ich gar nicht da.

Ein Lachen steigt in mir auf. Ein bösartiges Lachen: wie klein er ist! Wie hässlich und klein! Und eiskalt! Wie es in mir aussieht, wie mir das wehtut, das ist ihm völlig egal!

Wieder sehe ich ihn an.

Sehe, dass er mit den Lidern blinzelt. Kämpft er auch mit den Tränen? Geht es ihm wie mir? Sind wir beide dabei, im Schmerz zu ertrinken?

Meine Hand zuckt. Möchte sich vorsichtig in seine legen.

Aber warum bleibt er so unnahbar? Er muss doch merken, dass ich ihn ansehe. Länger schon. Ein Blick zu mir herüber, und wir sind raus…

… So hat es in mir gekämpft, den ganzen Spaziergang. Als wir längst auf dem Rückweg sind, schon an Josephas Pferdeweide vorbeigehen, lege ich vorsichtig meine Hand in seine. Er antwortet mit einem sanften Druck.

Mir schießen Bäche von Tränen aus den Augen.

Vor Erleichterung. Und vor Scham.

***

Kapitel 76

Ich halte inne. Schaue vom Laptop auf. Der Himmel ist offen: kein Grau mehr weit und breit. Ich trinke von dem großen Blau dort oben. Es schenkt mir genau die Kraft, die mir damals gefehlt hat: Klar zu sehen. Klar zu unterscheiden.

Ich habe es doch gewusst! Auch damals schon!

Tief innen habe ich gewusst, dass Ragnar mein Verlangen nach Nähe, wenn es zu groß geworden ist, nicht ertragen hat. Vielleicht hat es ihn an seine eigene Sehnsucht erinnert, die er so früh hat töten müssen. Sich nie mehr nach Wärme, nach Geborgenheit, nach Fürsorge zu sehnen, könnte für das Kind, das fast gestorben ist vor Heimweh nach der Mutter, die einzige Rettung gewesen sein.

Mein Herz hat ihn verstanden. Von Anfang an.

Und ich habe es vergessen, als wir es so dringend gebraucht hätten! Nicht nur einmal. Viele Male.

Sobald dieser Schmerz aufbrach, habe ich nichts mehr gesehen, gar nichts, nur noch mich...

Es hat mich zerrissen da drinnen, wenn er sich im Bett weggedreht, die Arme um sich selbst geschlungen hat, wenn ich daneben lag wie ein überflüssiges Kissen. Und so tapfer ich war, so gut ich mich zusammengerissen habe, so unüberwindbar sind die Dämme geworden, die all die nicht geweinten Tränen in mir in Schach halten mussten.

„Natürlich wirst du immer bedürftiger, wenn der andere sich verschließt“, hat Josepha einmal gesagt. „Das ist normal!“

Ja. Nur ist „normales“ Denken, dass der andere mir geben soll, was ich brauche. Damals habe ich noch normal gedacht.

Heute weiß ich: Das ist ein Handel! Keine Liebe!

Wenn heute jemand von mir verlangte, dass ich mich um seine unerfüllten Bedürfnisse kümmerte, würde ich es auch nicht tun. Selbst wenn er mich bitten würde, was sich ganz anders anfühlt, würde ihn dennoch erinnern, dass sein Herz nichts dringlicher möchte, als sein verletztes inneres Kind zu umarmen. Und dieses Kind wünscht sich auch nichts dringlicher. Es will nicht, dass ein anderer es umarmt. Das ist nur Ersatz und kann nicht erlösen.

Wer in seinem eigenen Herzen zu Hause ist, legt seinen Arm um den, der sich abwendet und den anderen Arm um sich selbst. Nicht unbedingt seinen körperlichen Arm. Den Arm der Liebe.

Das ist viel zu hoch angesetzt! Das ist nicht mehr menschlich! Ideale! Nichts als Ideale! Man ist doch auch mal verletzt! So würde Manfred jetzt wohl reden. Und viele andere.

Ja. Ideale. Ja, man ist auch mal verletzt. Aber Ideale sind gute, seetüchtige die Schiffe, auf denen man den Fluss der Verliebtheit hinunter fahren kann. Und dann, wenn er daliegt, weit und weiß und blinkend, und wenn genug Mut ist, Mut für die Liebe, geht es hinaus auf den gleißenden Ozean...

Ich darf, ich muss so denken. Weil ich es erfahren durfte. Für ein paar unendliche Augenblicke ist es mir geschehen:

Ineinander ertrinken und gemeinsam neu geboren werden. Weinen vor Zärtlichkeit. Schreien vor Lust. Und die Liebe sehen hinter den Augen des anderen. Durch Ragnars Augen hindurch hat sie sich mir als Ozean gezeigt: Still und weit und weiß und blinkend. Und ich bin hineingesprungen und habe es sofort gewusst: Der Ozean ist nicht zu Ende, wo ich anfange, und fängt nicht an, wo ich ende. Jede meiner Zellen ist aus Wasser gemacht. Ich schwimme nicht im Ozean – ich *bin* Ozean. Ich bin zurückgekehrt in mein natürliches Element. In mein Zuhause.

Seither lebt diese Sehnsucht in mir: Ich verlange so sehr danach, dass die Liebe des Herzens hier sein kann. Nicht nur im Himmel bei den Engeln und bei Gott. Hier bei uns in diesem Leben auf dieser Erde.

***

Kapitel 77

Auf den undurchschaubaren Kanälen des Internets hat sich herumgesprochen, dass ich wieder frei bin: Plötzlich liegen Zuschriften über Zuschriften in meinem Postfach bei Auserlesen.de.

Na gut, ich übertreibe. Gestern waren es zwei, heute eine. Der Mann, der mir heute schreibt, erinnert mich an Harald. An seinen Worten kann ich das nicht festmachen. Am Bild schon gar nicht. Es muss zwischen und hinter den Worten angesiedelt sein.

Ich sehe uns am Strand laufen. Hand in Hand. Mit flatterndem Kleid und Seewasserspritzern auf seiner hochgekrempelten Kakihose..

Wehmut setzt sich in meine Brust. Bedauern. Warum habe ich ihm nicht mein Herz schenken können?

Ich weiß schon, als ich das Foto dieses neuen Mannes sehe, dass es nicht passt mit uns. Und weiß, dass ich das überhaupt nicht wissen kann. Dass ich ihm antworten müsste. Ihn sprechen. Ihn treffen. Und dann müsste ich mich entscheiden.

Denn was heißt dieses „es passt"? Auserlesen.de findet, dass Jao und ich sehr viele Übereinstimmungspunkte haben. Auf welcher Ebene auch immer die angesiedelt sein mögen – für eine Partnerschaft scheinen es nicht die richtigen zu sein. Das habe ich von Anfang an gewusst.

Mit Harald dagegen wäre ein harmonisches Miteinander ein Leichtes gewesen. Dafür war auf anderen Ebenen nicht genug Anziehung. Oder habe ich mir das eingeredet – angestochen von dem Flirt mit Mike?

Hätte ich mich für Harald entschieden, hätte mein Herz ganz für ihn aufgemacht – es wäre viel, viel mehr möglich gewesen!

Ja, Carla. Hätte - wenn - wäre - sollte...

Wir leben aber nicht in Wennhätten.

Trotzdem:

WEN ich lieben will – ist das nicht einfach eine Entscheidung?

Was ich von demjenigen *haben* will, ist auf jeden Fall eine Entscheidung!

Aber die eigentliche Entscheidung ist die:

Will ich lieben – oder will ich etwas haben?

... So geht es in den höheren Etagen meines Geistes zu.

Weiter unten wohnen Gedanken, die mir erzählen, dass ich mich nicht einlassen kann. Auf keinen. Und das hat nichts mit den Männern zu tun.

Es stimmt: Ich kann mir nicht vorstellen, wieder jemandem nah zu sein. Ich würde sofort an Jao denken. Würde seine Stimme vermissen. Würde mich in keiner anderen Stimme zu Hause fühlen wollen.

Zum Glück denke immer weniger an ihn. Nach und nach werde ich ihn vergessen, und das ist gut.

Es ist keine leichte Woche gewesen. Aber seltsamerweise hat sie mich leicht gemacht. Ich habe das Ende mit Ragnar nicht weiterschreiben können. Doch geschrieben habe ich viel. Ich bin durch mein Tagebuch gegangen. Das von jetzt. Habe alles gelesen, von dem Tag an, da Jao sich bei mir gemeldet hat. Habe es auf mich wirken lassen. Und dann geschrieben. Nach und nach ist ein Stück Roman daraus geworden. Zugleich bin ich Zug um Zug frei geworden. Frei von alldem, was ich von Jao haben wollte.

Es war keine Abitur-Prüfung, denn ich wollte ja nie eine Paar-Beziehung mit ihm. Allerdings war es auch nichts für Anfänger! Seine Stimme, die sich öffnet, die sich mir schenkt, mir anvertraut, nicht mehr hören zu dürfen, nicht mehr spüren zu dürfen – das ist immer noch, wie wenn ich etwas verloren hätte, das zu mir gehört hat wie mein Atem.

Und dennoch: Seit kurzem ist etwas Neues da, und das wiegt den Verlust auf! Plötzlich weiß ich, wie kostbar mir meine Freiheit ist! Nicht mehr jede Minute darauf warten, dass er anruft. Nicht mehr fürchten, das Gespräch könnte allzu schnell wieder zu Ende sein. Nicht mehr aus dem Lot geraten, sobald seine Stimmung sich ändert und seine Stimme ins Staccato geht.

Es ist noch zart und neu. Und ich schreibe es vorsichtig. Aber es ist wahr:

Ich bin frei!

Ich kann so gut mit mir sein! Mit mir allein. Nichts mehr, dass mich beschweren könnte. Nichts mehr, das ich vermissen könnte.

Frei!

Und ist es nicht das, was ich – wollte?

Mein Garten leuchtet. Und das liegt nicht allein am Sonnenschein. Auch im Haus leuchtet es. Sogar im Bad, durch dessen winziges Fenster nie die Sonne scheint. Mein Spiegelbild lächelt mich an.

Und da ist ein zweites Gesicht. Unterhalb von meinem Kinn. Das kleine Mädchen mit den Zöpfen. Es schaut mich an. Offen und voller Vertrauen. Und plötzlich lächelt es.

„Danke, mein Herz“, sage ich leise und lächele zurück.

***

Das Lied der Freiheit

So ist es gewesen und dies ist meine Geschichte bis hierher. Ich bin ihr atemlos gefolgt, obwohl ich dabei am Text korrigiert und manches umgeschrieben habe. Es kam oft Heimweh nach den alten Orten und danach, wie mein Leben damals war. Doch je mehr ich einsteige, desto klarer wird mir, dass ich nie etwas verloren habe. Dass alles Damalige genauso wach ist wie mein jetziges Leben. So wie es die Kleine mit den Zöpfen noch gibt, gibt es auch diese frühere Carla. Ich brauche nur ihre Gedanken zu denken, und sie ist da. Sie denkt anders und sie *ist* anders als die, die ich jetzt bin. Anders auch als all die vielen Carlas vor ihr.

Ich, die ich diese Geschichte lese und sie korrigiere, mag zwar die aktuellste aller Carlas sein. Und doch kann ich nicht nur die „vergangenen" Carlas und ihre Geschichten betrachten, sondern ebenso diese aktuelle Carla, und manchmal verändert sie sich direkt unter meinem Blick.

Was verändert sich? Mein Denken? Und – werde ich dadurch eine andere? Nein. Ich weiß, dass ich nicht mein Denken *bin*. Sondern ich *habe* Gedanken.

Ich bin nicht auch mein Fühlen. Ich *habe* Gefühle, und sobald ich anders denke, ändern sich auch meine Gefühle. Meistens.

Je weiter ich korrigierend in meinem Text vordringe, je klarer mir wird, dass ich weder die Carla in meinem Roman bin noch die aktuelle, desto häufiger frage ich mich: Wer bin ich dann? Alle Carlas auf einmal? Die Summe aller Carlas – ist das ein Wesen, das seinen einzelnen Teilen zuschauen kann?

Oder ist das Betrachten selbst die konstante Größe in dem Ganzen? Immer ist es da. Schaut stets und ständig zu. In großer Stille.

Ist es das, was wir Geist nennen? Oder Bewusstsein. Oder Seele. Oder was immer wir zu dem sagen, was wir nur vage erahnen können, bin ich *das*?

... Es ist Zeit inne zu halten...

So wie damals auch.

Damals ist es durch Jaos Rückzug geschehen. Wieder ein Stich in Carlas alte Wunde. Plötzlich zieht sich jemand zurück. Ohne Grund oder mit Gründen, die ungerecht erscheinen. Die

Carla von damals beginnt zu erkennen, dass da etwas in ihr wirksam ist, was sie nicht im Griff hat.

Sondern *es* hat sie im Griff.

Sie ist genug gereift, um die Augen zu öffnen. Um genau hinzusehen. Um klar zu unterscheiden und zu entscheiden. Und sie entscheidet jedes Mal wieder, dass sie sich nicht abbringen lässt, wie schlimm es auch werden mag, dass sie sich durch nichts abbringen lässt vom Glauben an die wirkliche Liebe.

In dem Moment – ich weiß es noch sehr genau – beginnt eine feine Melodie in ihr zu klingen. Fein, aber durchdringend wie der hoch und höher gezogene Ton der Nachtigall, der in einem schwirrenden Triller endet. Wie ein taubes Kind, das nach einer Operation seine allerersten Töne hört, ein solches Wunder ist es, diese Melodie zu vernehmen.

Ein solches Staunen!

Die Carla von damals hat sich nur wenig in die Welt, dafür umso mehr zu den Bäumen hingezogen gefühlt. Ohne dass es ihr in den Gedanken bewusst war, hat sie erlauscht, was die Birken, die Eichen, die Kiefern, die Buchen ihr immer und immer gesungen haben:

Du brauchst mich nicht zu finden, denn ich bin da.
Du brauchst mich nicht haben zu wollen, denn ich bin dein.
Du brauchst mich nur zu lassen:
Da sein.
Dein sein.

Und auch ich, die ich hier schreibe, halte inne und lausche. Und bin all den Carlas so dankbar.

Für ihren Mut. Für ihre Hingabe.

Bin so froh, dass sie sich wieder und wieder eingelassen haben. Jede weitere Enttäuschung war auch eine weitere Chance. Bin so froh, dass ich nun frei bin, dies alles anschauen zu können. Und dabei das Lied singen höre.

Nicht nur die Bäume singen es. Manchmal, wenn ich sehr innig lausche, und kein Baum weit und breit, scheint es aus der Ferne der Erinnerung wie ein Echo nachzuklingen. Und ein Gefühl steigt in mir auf. Ein bisschen wie Wehmut. Ein bisschen wie Sehnsucht. So unbestimmt und tastend und doch voller Zuversicht wie das erste hereinstreuende Licht, wenn ein neuer Tag beginnt.

***

Kapitel 78

Das Festnetztelefon hat schon ein paar Mal geklingelt. Ich werde es nicht mehr schaffen. Spurte trotzdem nach drinnen. Erwische den grünen Knopf erst nach vielen, vielen Klingeltönen. Erwarte, nichts als ein Tuten zu hören. Stattdessen eine Männerstimme:

„Eins... Zwei..."

Ich atme laut aus. „Hallo?"

„Drei... Vier..." Langsam. Jede Zahl betont.

„Wer ist da?"

„Fünf..."

„Wer ist da?"

„Sechs..."

„Verdammt, das ist nicht witzig!"

„Sieben... Weißt du's immer noch net?"

Ich weiß es im selben Augenblick. Auflegen! Sofort!

„Geht's dir gut in deinem Waldschlösslein?"

„Klar. Seit wann fragst du, wie's mir geht?"

„Jetzt frag ich's di. Hast du schon jemand gefunden bei Auserlesen.de?"

„Nein. Du?"

„Da ist eine im Schwarzwald, eine in Kernten und eine in Leipzig. Die will mich bekochen und immer für mich sorgen..." Er spricht mit dieser sehnsuchtsvoll schwärmerischen Stimme, und zugleich ist ein Glucksen in seiner Kehle.

„Interessant."

„Bist eifersüchtig?"

„Nein, warum?"

„Brauchst auch nicht. Ist alles nichts Ernstes."

„Aha..."

Wieso höre ich mir das an? Ich grinse doch schon längst über ihn. Damit ich seine Stimme noch einmal spüre? Ein letztes Mal? Ich bin verrückt!

„Nur ganz wenige sind logisch und klug wie du..."

Ein Junge, der von seinem Lieblingsspielzeug erzählt.

Ich lache. Schüttele den Kopf. Es ist unfassbar! Wie kann man so sein? Lache erneut. Lege in Gedanken schon auf. Nur die rote Taste drücken. Kein Tschüss mehr...

„Weißt, ich hab's zuerst als Gaudi genommen bei Auserlesen.de. Und dann..."

„Was dann?"

„Plötzlich war's so schön mit dir." Er haucht nur.

Jetzt lache ich nur innerlich. Lache ohne Spott. Lache wie über ein Kind, das eine tolle, aber unglaubwürdige Geschichte erzählt. Zugleich spüre ich es. Das, was so oft in den Gesprächen durch den Hörer gedrungen ist. Es hört sich nach Sehnsucht an. Plötzlich ahne ich, warum es so schmerzhaft klingt: Sehnt er sich nach dem, wovor er sich am meisten fürchtet? Ist es die Vergeblichkeit, die so schmerzt?

„Ich würd di jetzt gern streicheln..." Er flüstert. Dehnt das Wort „streicheln". Lässt es leiser werdend ausschwingen. Es ist, als würde er ein Seidentuch sacht über meine Haut ziehen. Aber ich bin nicht mehr auf dieselbe Art berührbar, wie ich es noch vor kurzem war.

„Jao, ich kann das nicht. Ich will keine Liebschaft, in der wir uns voreinander verstecken."

„Wie meinst des?"

„Uns nur am Telefon begegnen und glauben, damit können wir alles das ausklammern, was nicht so schön an uns ist."

„Ich ja auch nicht!"

„Ach so - du wolltest dich verabschieden?"

„Sei doch nicht so störrisch!" Er spricht streng. Bettelt gleichzeitig. „Ich hab den Caravan vorbereitet. Du hast mal vorgeschlagen, dass wir uns auf der Hälfte treffen. An dem Fluss, wo ich als Bub so oft war."

„Hab ich das?"

„Bist beleidigt?"

Beleidigt! Ich bin distanziert. Aber habe ich die Jalousien ganz und gar heruntergelassen?

Ich hole Atem. Wie sage ich es ihm? Sage ich es überhaupt?

Ich trete aus der offenen Terrassentür. Mein Blick wandert in mein Gemüsegärtchen hinunter. Klettert drüben an Maries braungoldenen Kieferstämmen empor. Turnt in deren bizarren Wipfeln. Taucht ins Blau des Himmels, das so satt ist, dass es zu lächeln scheint. Ich habe in letzter Zeit viel davon getrunken. Bin angefüllt mit Himmelsblau. Es hat mich still gemacht und klar. Und mit diesem Blau auf der Zunge spreche ich es ganz leicht aus:

„Jao, mir hat es einen Stich gegeben, als ich gesagt habe, ich möchte dich treffen und du hast nicht geantwortet. Ich hab dich gefragt, ob du mich gehört hast. Du hast Ja gesagt – und sofort von etwas anderem geredet. Da habe ich geglaubt, du willst nicht, sprichst es aber nicht offen aus. Darüber bin ich sehr traurig geworden. Aber ich hab's nicht ausdrücken können. Bin stattdessen zum Angriff übergegangen. Plötzlich war ich hilflos und klein und hab mit Vorwürfen um mich geschlagen."

„Hab ich net geantwortet?" Seine Stimme geht hoch.

Will er es abstreiten? Soll er. Ich bin raus aus dieser Geschichte.

Er sagt sehr leise:

„Ich hab Angst g'habt, dass dann alles kaputt geht."

„Wenn wir uns sehen?"

„Ja!" Hinter seinem Ja schwingt eine Dringlichkeit, dass ich achtgeben muss auf mich.

„Warum?", frage ich.

„Zu mir passen nur ganz wenige."

Seine Stimme ist mein Zuhause geworden. Ich höre sofort das zerquälte Moll heraus, das seine Worte begleitet. Weiß plötzlich, wie seine Beziehungen ausgesehen haben, ohne dass er darüber viel gesprochen hat. Wenn ihn etwas trifft, versteckt er sich hinter schneidender Rechthaberei. Lässt sein Gegenüber allein – bis ihm irgendwann danach ist, den Faden wieder aufzunehmen. Und das, nachdem er erst so zärtlich und einfühlsam dahergekommen ist. Wie viele Frauen werden sich enttäuscht und verletzt von ihm abgewendet haben? Natürlich mit den entsprechenden Vorhaltungen, die wiederum ihn verletzt haben werden. Daraus ist dann „zu mir passen nur ganz wenige" geworden...

...Ich hab Angst g'habt, dass dann alles kaputt geht...

Deine Angst ist berechtigt, möchte ich sagen. Ich habe dieselbe Angst...

Leise hebe ich an. Es kommt etwas ganz anderes: „Und trotz dieser Angst hast du mich angerufen..."

„Angst? Ich hab doch keine Angst vor dir!", dröhnt er mit übertriebenem Lachen.

Mein Blick stürzt aus dem Himmel. Vorbei.

Der Zauber gehört dem Augenblick. Er kommt mit ihm – und geht mit ihm. Kein Grund traurig zu sein. Ich bin es trotzdem.

„Treffen wir uns? Da am Fluss, von dem ich dir erzählt habe?“ Jaos Stimme ist ein wenig tiefer. Genau das Stück tiefer, das sie von dieser Offenheit, die mich so anrührt, trennt. Doch spricht er behutsam. Kein Drängeln, kein Betteln.

Und ich spüre es. Spüre und weiß es: Seine Stimme berührt eine sehr weiche Stelle in mir. Hat es von Anfang an getan. Eine Stelle, um die ich einen Damm errichtet habe. All meine Verletztheit ist hinter diesem Damm versteckt. Aber mit ihr zusammen auch meine Wärme. Meine Großzügigkeit. Meine Güte. Und noch so viel mehr. Hinter diesem Damm ist die echte Carla eingesperrt. Es schmerzt sie, wenn jemand kommt und sie dort berührt, und sei es nur ganz sacht und nur mit seiner Stimme. Denn sie sehnt sich schon so lange nach genau dieser Berührung. Vielleicht ist es auch gar kein Schmerz, vielleicht ist es Freude, ist es Dankbarkeit, die einen ja auch manchmal zu Tränen bringen.

Einmal tief einatmen. Sehr tief. Das muss ich. Dann sage ich lächelnd, als würde ich mir selbst noch nicht ganz glauben: „Bringst du dein Boot mit?“

„Ja! Natürlich!“ Er wechselt ins Flüstern: „Wir legen uns hinein und lassen uns schaukeln, ja? Und ich streichele dich.“ Seine Stimme ist heiser. Und sehr jung.

***

Kapitel 79

Ich bin so voller Vorfreude, dass ich weiter, viel weiter laufe als sonst. Und viel schneller. Im Nu bin ich tief im Wald. Stürme erst auf der am weitesten von meinem Häuschen entfernten Seite wieder hinaus. Selten bin ich hier, zuletzt war es im Winter bei Schnee. Die weiten Kornfelder sind auch hier von Wäldern umfangen. Auch hier leuchten in der Ferne zwischen Bäumen und Feldern die roten Dächer eines Dorfes hervor. Ich laufe den sandigen Feldweg am Waldrand entlang, als würde ich kaum den Boden berühren. Hell klingen meine Schritte.

Sonnenflirren über dem Weg. Flirren in meinem Bauch. In meiner Brust.

Ich bin immer noch entgeistert, dass ich Jaos Vorschlag derart leicht zugestimmt habe. Aber so oft ich mich frage, ob ich das wirklich tun soll, kommt immer dieselbe Antwort:

Du *musst* zu ihm fahren, Carla!

Du musst ihm wenigstens *einmal* begegnen!

Er hat sich blöd benommen. Ja. Das mache ich auch manchmal. Er ist nicht aufmerksam gewesen, hat nicht zugehört, ist nicht auf das eingegangen, was mir sehr wichtig war. Aber wäre ich in dem Moment so frei und fröhlich gewesen wie jetzt: Ich hätte mich doch nicht verletzt gefühlt! Kein bisschen. Ich hätte nicht mit Worten um mich geschlagen, sondern ihm zugestanden, dass er anders fühlt und denkt als ich.

Ja, ja – schon wieder bin ich in Wennhätten...

Aber das ist manchmal gar kein so schlechter Ort. Man schaut anders von hier aus. Und was ich sehe, freut mich:

Ich bin frei!

Endlich frei davon, dass Jao mir etwas erfüllen müsste. Ich will nichts mehr von ihm! Da ist weit und breit kein Habenwollen!

Und es ist von ganz allein passiert. Weil ich eine gewisse Distanz zu ihm gefunden habe? Die kann schnell wieder verloren gehen.

Ich bin unten am Hang angelangt. Spurte mit dem letzten Atem den Steilweg zu meinem Haus hoch. An Maries baumbestandenen Grundstück entlang, ihrem weißen Haus, ihrer Einfahrt, deren Tor offen steht. Ihr alter Postdiesel ist nicht da. Dann mein Grundstück, die Birke mit den zwei tänzelnden

Stämmen, die Fliederbüsche, die noch keinen Meter hoch sind, die Pforte und dahinter das rote Haus, versteckt unter den Tannen, der Durchgang durch ihr Grün wie ein Tunnel. Ich habe tatsächlich bis hier oben Kraft in den Beinen und Luft in den Lungen! Soweit trägt Freude!

Ich stoße die kleine Holzpforte auf. Taumele die unebenen Pflastersteine hoch, biege nach links ab, am Haus vorbei. Stolpere fast über die liegende Dachrinne, die man nicht berühren darf, sonst kommt das ganze Fallrohr von oben herunter. Bleibe erst auf der Terrasse stehen. Beuge Oberkörper und Kopf weit nach hinten. Und weiß plötzlich:

Jetzt ist der richtige Moment! Jetzt gleich, sobald ich geduscht habe!

*

Abgekühlt vom Duschen trete ich mit dem Handtuch um die Haare aus der Terrassentür. Ich bin immer noch entschlossen. Keine Ahnung, warum. Doch! Natürlich! Ich will es geschrieben haben. Ich muss es geschrieben haben, wenn ich zu Jao fahre. Von diesem Gepäck will ich frei sein! Muss ich frei sein. Sonst brauche ich nicht zu fahren.

Der Himmel scheint zu glauben, er müsste mir die richtige Atmosphäre liefern: In dramatischer Geste versammelt er alle Wolken in erreichbarer Nähe über mir. Wird zusehends dunkler. Aber noch ist es milde. Noch kann ich unterm Sonnendach sitzen. Selbst wenn es nieseln würde, könnte ich eine Weile dort bleiben.

Ich muss hier draußen sein. Wo der Wind mich berührt. Wo der Duft der dunkelroten Rose mich liebkost. Zwischen meinen hochgelegten Füßen hindurch sehe ich auf sie hinunter und auf den lachenden Buddha, mit dem sie sich das Steinbeet teilt.

Ich ziehe den Laptop vom Tisch zu mir auf den Schoß. Wecke ihn aus dem Standby.

Fahles Licht. Schwere Luft. Die passende Stimmung für das, was schon so lange geschrieben werden will.

Es tröpfelt. Am besten soll es rauschend regnen! Damit dieser Satz heraus schwemmen kann, der sich in mir zu bilden begonnen hat. Nicht im Kopf. Irgendwo anders. Ich habe ihn wie einen Geschmack im Mund.

Das Tröpfeln wird lauter.

Nicht ins Haus. Nicht weg vom Rosenduft. Nicht weg vom Wind, der jetzt aufbegehrt. Und auf keinen Fall aufhören! Ich bin so nah dran. Ein, zwei Seiten, und ich habe es geschafft!

Die Birke vorn am Steilweg verneigt sich. Ihre zahllosen Blätter winken mir zu wie aberwitzig viele Händchen. Feuchte Kühle weht unters Zeltdach. Das Tröpfeln wird regelmäßiger.

Nicht ins Haus! Noch nicht. Ich brauche die Luft. Ich brauche das Rauschen in den Bäumen...

Es ist ein Samstag. Wir haben am Abend zuvor lange telefoniert. Ragnar ist so bitter geworden. Ich hätte fragen müssen, was ist. Stattdessen habe ich mich angegriffen gefühlt. Mich gewehrt. Mich verteidigt. Als würde es etwas helfen, wenn ich Recht bekäme! Als brächte dieses jämmerliche Rechthaben die Liebe zurück!

Meine Finger senken sich auf die Tastatur. Beginnen langsam, sehr langsam zu schreiben:

„Als Ragnar an diesem Samstagnachmittag kommt..."

Ja. Das ist der Satz, den ich seit langem schmecke. Seit Tagen schon.

Ich schaue in die regenschwere Luft. Plötzlich hämmern meine Finger in die Tasten, als wollten sie noch vor dem Regen fertig werden.

*

Tagebuch, 27. Februar

Als Ragnar an diesem Samstagnachmittag kommt, bleibt er nicht wie sonst an der Tür stehen und lächelt und zaubert eine Rose hinter seinem Rücken hervor. Oder stellt mir mit einer verschnörkelten Verneigung eine Schale frische Erdbeeren zu Füßen. An diesem trüben Nachmittag tut er, was er sonst nie getan hat: Er tritt ein, bevor ich ihm die Haustür öffnen kann. Kommt mir schon im dunklen Flur entgegen. Ich greife nach seinen Händen. Immer mache ich das und ziehe ihn daran sanft zu mir herein.

Jetzt bekomme ich nur eine seiner Hände zu fassen. Sie ist warm und feucht. Wie das Wetter. Zu warm für Februar. Die andere gibt er mir sonst dazu. Weshalb jetzt nicht? Weil er denkt, dass mir das Feuchte unangenehm ist?

Ich strecke mich hoch zu ihm, um ihn zu küssen. Und merke es.

„Was ist?", flüstere ich.

Von einem Moment zum anderen klingt meine Stimme, als wäre ich tagelang durch die Wüste gewandert. Weil ich es weiß. In diesem Augenblick schon weiß ich es. Nicht in meinen Gedanken. Die stellen sich taub. Ich weiß es tiefer. Weiß, dass es unumstößlich ist. Und kann es nicht denken.

Mein Gespür konzentriert sich auf dies: Ragnar hat wieder diesen unsichtbaren Mantel an, der steif ist und hart, als wäre er aus Eis. Ganz und gar darin eingehüllt hat er sich. Selbst den Kragen hat er bis zur Nasenspitze zugeknöpft.

Er lässt sich nicht von mir nach drinnen geleiten. Schiebt sich stattdessen an mir vorbei ins Zimmer. Ich gehe hinter ihm her. Ich müsste fragen, ob etwas passiert ist. Alle Zeichen stehen doch dafür. Aber in mir ist kein solcher Gedanke. In mir ist längst das Wissen. Tief innen weiß ich, was kommt. Und will es nicht hören.

Halte ihn an, als er im Zimmer einfach weitergeht. Berühre dabei den unsichtbaren Mantel. Er steckt darin wie in einer Rüstung. Sie ist so schwer, dass sie alle seine Bewegungen verlangsamt. Minuten bevor er etwas sagt, so scheint es mir, öffnet er schon den Mund. Oder läuft von diesem Moment an die Zeit anders? Schauen meine Augen anders? Ich kenne seine Lippen so nicht. Sie sind hart. Pressen sich, ohne dass etwas herauskommt, wieder zusammen. Ragnar stiert an mir vorbei.

„Was ist?“, schreie ich im Flüsterton.

Das ist nicht Ragnars Stimme, die da spricht. Seine sanfte Stimme, die das Ohr liebkost, die den Nacken und den Rücken hinunterweht wie ein sachter Sommerwind. Die mich so viele Stunden begleitet hat, weich, sanft, liebevoll. Jetzt klingt sie wie das dumpfe Fauchen, wenn ein kochender Motor Dampf abbläst.

Ich drücke Ragnars Hände, als könnte ich ihn doch noch erreichen. Als taute er vielleicht auf, dieser Mantel um ihn herum. Der Mantel aus Eis.

Seine Hände ziehen sich nicht zurück.

Schlimmer:

Sie antworten mir nicht. Liegen in meinen, als wären sie tot.

Nicht das wieder. Nicht das!

Es sticht, als würde mein Herz vom Eis zerschnitten.

Ich sehe uns, als es zum ersten Mal passiert ist. Kurz nachdem ich zu ihm in sein Haus gezogen bin. Als wir an seinem Küchenfenster stehen und in den Garten schauen. Als er von den Erdbeeren spricht, mit denen er mich bald füttern wird. Als seine

Lippen sich zart an meinem Ohr regen und ich mich zu ihm umdrehe. Und diese Frage stelle: Ob es sein Ernst sei, dass ich allein in meinem Zimmer schlafen soll, sobald es fertig eingerichtet ist. Und dabei lache. Weil ich es nicht glauben kann. Als es wie ein Vorhang zwischen uns herunter fällt, obwohl unsere Körper sich berühren, obwohl nichts zwischen uns gepasst hätte. Ich spüre Ragnar nicht mehr. Er ist gefroren. Sein Gesicht aus Stein.

Wieder genau das!

Warum?

Wir sind hier! Bei mir! In unserem Liebestempel! Aus dem wir alles fernhalten, was der Liebe nicht förderlich ist. Das haben wir geschworen!

Hier in meinem Haus, das unsere Liebe gerettet hat.

Aber Ragnar hat etwas gesagt! Eben gerade. Etwas, das nicht in meine Ohren will. Nur seine Stimme habe ich gehört. Die Worte sind noch unterwegs zwischen ihm und mir. Stoßen jetzt erst gegen mein Trommelfell, obwohl er sie längst gesprochen haben muss.

Ich verstehe sie nicht. Müssen sie in meinem Kopf erst übersetzt werden? Oder kann ich es nur nicht glauben? Kann nicht glauben, was er da sagt?

Mitten in mein Gesicht sagt. Als wäre all das andere plötzlich nicht mehr wahr. Als wären da nicht zwei Herzen, die vor Glück weit auffliegen, sobald sie einander begegnen. Als gäbe es nicht diese beiden Körper, die vor Freude zittern, sobald sie einander spüren. Als wäre da nicht dieses Wissen, dass wir nicht ich und du sind. Sondern wir.

*

Meine Finger sind steif. Können keine Taste mehr drücken.

Meine Augen möchten nichts mehr sehen.

Regen trommelt aufs Stoffdach. Ein feines Sprühen dringt hindurch.

Ich bin noch nicht am Ende.

Will es fertig bringen!

Jetzt!

WAS hat Ragnar gesagt?

Ist es weg? Für immer ausgelöscht?

Ich habe es aufgeschrieben. Bestimmt habe ich das. Brauche es nur im Tagebuch zu finden.

Nein. Ich weiß es. Plötzlich weiß ich jedes Wort. Wie wenn sie mit dem Regen aufs Dach trommelten. Hinunter fielen in meinen schutzlosen Nacken. Jedes Wort ein Schlag.

*

„Ich kann das nicht mehr!" Ragnar sieht an mir vorbei. „Die kleinste Unstimmigkeit, und du flippst aus. Fühlst dich abgewiesen. Machst mir Vorwürfe, die mit nichts begründet sind. Ich will eine Beziehung, die beide befruchtet. Nicht das Gegenteil!"

Was meint er? Wir haben doch gar nicht miteinander gesprochen seit gestern Abend. Was ist da gewesen?

Er greift in die Hosentasche. Zieht sein Schlüsselbund heraus. Fummelt meinen Haustürschlüssel vom Ring. Legt ihn auf das kleine Tischchen neben der Tür zum Flur. Öffnet sie. Ist schon einen Schritt draußen.

„Was tust du?"

Bin ich das? Dieses Kreischen? Kommt das von mir?

Aber ich bin doch eine ganz andere! Verliere nie die Fassung. Nicht so. Ich bin doch die, die ruhig bleibt! Die sagt: Was ist passiert? Komm, setz dich, lass uns reden.

Ich bin das nicht, die so kreischt! Niemals!

Merkt er das nicht?

Er geht.

Aus der Tür und fort.

Ich stehe mitten im Zimmer. Höre draußen den Motor anspringen. Sehe, wie das Rot seines Autos sich hinter den Tannen bewegt. Verschwindet.

Schreie.

Brülle, was lange schon geschrien werden will.

„Kalt wie ein Gefrierschrank bist du!"

„Eiskalt!"

„Nichts kann dich erreichen!"

„Lässt einen lächelnd am ausgestreckten Arm verhungern!"

Meine Stimme kippt. Überschlägt sich.

Habe ich wirklich geschrien? Ist er deshalb gegangen?

Aber ich kann doch erst laut geworden sein, als er gefahren ist. Sonst hätte ich nicht die Tür zuschlagen hören können. Nicht sein Auto.

Vielleicht hab ich nicht gesagt: Komm, setz dich, lass uns reden.

Vielleicht habe ich nichts gesagt.

Keinen Ton.

War auch gefroren, wie er.

Aber geschrien habe ich doch erst, als ich allein gewesen bin. Oder?

Allein im Wald.

So geschrien, dass es noch in meinen Ohren schrillt.

Oder habe ich gar nicht aufgehört zu schreien?

*

Mein Blick fliegt zu den Wipfeln hoch. Findet keinen Halt dort oben. Flattert herab wie ein verletzter Vogel. Die Luft ist dickflüssig. Lässt sich kaum atmen. Ich föstele bis in die Knochen. Hebe den Laptop vom Schoß auf den Tisch. Packe zusammen. Trage alles ins Haus.

Meine Hände und Füße sind taub vor Kälte. Eine Wärmflasche und ins Bett. Den Rest dort schreiben.

Und wenn ich den Rest weglasse?

Spricht das, was bislang geschrieben ist, nicht für sich?

Ich kann nicht mehr! Nicht auch noch das Schlimmste...

***

Kapitel 80

Habe furchtbar geträumt. Erinnere nicht, was. Aber das Gefühl ist noch da. Das Gefühl von damals.

Ich setze mich auf. Greife das Tagebuch, das auf dem leeren Bett neben mir liegt. Blättere zurück. Wochen vor jenem Tag, an dem Ragnar zum letzten Mal zu mir gekommen ist, habe ich etwas geschrieben. Es war wie eine Ahnung. Ich blättere und finde es:

„Ich bete, wenn Ragnar wieder in diesem Mantel aus Eis steckt, dass ich mich dann erinnern werde, wie verletzt er ist. Dass seine Verschlossenheit nichts mit mir zu tun hat. Dass er wieder auftauen wird, irgendwann. Dass ich mir nichts dabei denken darf. Dass ich immer Zuflucht finde. In mir. In meinem eigenen Herz ist alles, was ich zu brauchen meine, ist sogar noch viel mehr. Ist so viel, dass ich davon abgeben kann. Ich bete, dass ich nie vergesse, dass Ragnars Wunden es sind, die ihn zu dem einfühlsamen Mann gemacht haben, den ich liebe."

Es ist alles da gewesen! Alles da! Es hätte nie passieren dürfen!

Ragnar hat so oft gesagt: „Schick die Gedanken weg, die dir nicht guttun!"

So oft haben wir darüber gesprochen. So viel darüber gelesen. So darum gerungen, uns nicht von unseren eigenen Gedanken auseinanderbringen zu lassen. An etwas anderes denken. Ganz einfach ...

Und ich habe mich trotzdem kriegen lassen!

Habe den falschen Gedanken zugehört. Und ihnen geglaubt...

Die ihn angegriffen haben. Ihn, den ich lieben wollte. So rein, so tief ich kann. Ich, Carla, die in Ragnars Augen geschaut und den Ozean gesehen hat. Den schillernden, schimmernden Ozean aus weißem Licht. Licht, das lebt. Licht, das alles berührt und alles durchdringt.

Und ich habe gewusst:

Es ist nicht *seine* Liebe. Es ist nicht *meine* Liebe.

Liebe löst Gefühle aus. Unsere Liebesgefühle. Aber sie selbst *ist* kein Gefühl! Gefühle kommen und gehen. Sind größer oder kleiner. Liebe ist immer da. Ob sie gefühlt wird oder nicht:

Es gibt keinen Moment und keinen Ort, wo nicht Liebe wäre.

***

Kapitel 81

Ich sitze im Bett. Blättere mit zerfrorenen Fingern weiter im Tagebuch. Kann es nicht lesen. Muss es auch nicht lesen. Alles ist noch in mir wie gerade erst geschehen. Ich nehme den Laptop auf den Schoß. Öffne ihn. Lasse ihn aus dem Standby hochfahren. Starre vor mich hin. Sehe vor mir, was damals geschehen ist. Sehe es wie eine Szene in einem Traum. Beginne zu schreiben. Schreibe direkt von meiner inneren Leinwand ab.

Tagebuch, 27. Februar

Mit klappernden Zähnen hocke ich am Boden. Krümme mich wie ein krampfendes Kind. Brülle. Erstarre. Für Stunden? Bis es wieder in mir grollt. Bis ich schreie, dass die Gläser im Schrank klirren. Bis ich unter die Dusche muss. Mich eiskalt abdusche. Nichts spüren. Nichts. Unter dem Wasserstrahl brennt es weiter. Der eisige Schwelbrand frisst mich von innen auf.

Ich weiß nicht, wie ich ins Bett gekommen bin.

Und die Nacht beginnt. Kein Laut im Wald. Nicht einmal die Eule. Kein Wind. Die Sterne, die mich sonst in den Schlaf blinken, sind von Wolken verhangen.

Ich muss trotzdem eingeschlafen sein. Der Mond ist das erste, was ich sehe, als ich hochschrecke. Der volle Mond, der zwischen weißen Wolken geistert.

Es klingelt wie rasend in meinem Ohr.

Langsam erst wird mir klar: Das Telefon.

Ich kann nicht.

Kann jetzt nicht sprechen.

Kann nicht noch mehr anhören.

Soll still sein, das Ding.

Endlich still.

*

Ich gehe zur Toilette, als wäre mein Haus ein schwankendes Schiff. Halte mich am Türrahmen. Ragnars Schlüssel liegt auf dem kleinen Tisch neben der Tür zum Flur. Es ist also wirklich geschehen. Ich halte mich an den Wänden im Flur. Komme irgendwie wieder zurück ins Bett. Weiß, dass ich wach bin. Weiß, dass das Telefon geklingelt hat.

Ich liege da und die Stille trommelt mir ins Ohr.

Schreit mir all die Sätze zu, die ich schon so lange kenne.

Verraten hat er dich! Verraten!

Im Stich lässt er dich! Im Stich!

Wenn es ernst wird, wenn es überhaupt erst Liebe wird, rennt er weg!

Zu feige.

Zu kalt.

Und alles, was wir abgemacht haben, unser Versprechen, dass uns nichts wichtiger ist als die Liebe – alles gelogen!

Wir haben gewusst, dass es Schwierigkeiten geben wird! Wir haben sogar gewusst, welche! Und wir haben uns versprochen, gemeinsam da hindurch zu gehen!

Und es gibt noch nicht mal einen Grund! Was habe ich ihm denn getan? WAS?

Nicht einmal sagen kann er es mir! Nicht einmal das!

Knallt nur den Schlüssel auf den Tisch…

Ich halte mir die Ohren zu. Es geht weiter. Wie rasend immer weiter.

Ich stehe auf. Gehe nach nebenan. Öffne die Terrassentür. Trete einen Schritt hinaus. In die Kälte. In die Nacht. Atme tief.

Kein Laut hier draußen. Still stehen die Bäume. Sind da. Immer da.

Ich lebe am friedlichsten Ort der Welt. Um mich ist Stille. In mir ist Lärm. Auch das Atmen, auch die kalte Luft machen mich nicht still.

Rasender Lärm.

Rasende Worte.

Drehen sich.

Drehen mich.

Im Strudel.

Hinunter.

Weiter. Weiter hinunter.

Es gibt keinen Grund, auf dem ich landen kann. Ein Meer ohne Boden. Schwarz. Alles schwarz.

Der Mond schimmert hinter Wolken. Zeigt sich nicht. Es ist.

Vollmond.

Heute…

Ah, ein anderer Gedanke!

Tut gut!

Vollmond.

Andere Gedanken…

Wie oft hat er das schon mit mir gemacht? Und er weiß, wie weh es tut! Er weiß es! Hält mich auf Armeslänge von sich weg. Lässt mich da verhungern! Gibt mir nur Kälte. Nur Eis.

Tut, als hörte er nicht, wie mir die Zähne aufeinander schlagen.

Tut, als sähe er nicht, wie ich blau werde und steif.

Tut, als fühle er nicht, wie mein Herz sich zusammenkrampft.

Wie kann ein Mensch sich Mensch nennen und so etwas tun?

Wie kann ein Mensch so viel Angst vor der Liebe haben?

Ist meine Liebe nicht gut genug?

Stopp!

Zurück!

Nicht in den schwarzen Schlund da unten!

Oder ist diese Liebe zu groß für ihn?

Kann er nicht ertragen, was mich so glücklich macht?

Gemacht hat.

Bis vor wenigen Stunden.

Was sonst habe ich ihm getan? Ein Wort zu viel. Einen Schritt zu nah. Und die Klappe fällt. Egal, wie sehr es mir wehtut. Alles egal. Oder bringt es ihm sogar eine grimmige Zufriedenheit, mich am Boden zu sehen?

Tiefer sogar als am Boden.

Es gibt keinen Boden in diesem blinden Meer...

*

Wovon bin ich hochgeschreckt? Habe ich geschlafen? Der Vollmond glimmt durch die Wolken.

Ein Geräusch!

Ich weiß sofort, was es ist. Springe auf. Stehe im Bett. Die Stirn an der Fensterscheibe. Starre ins Dunkel da draußen. Ein langer Schatten. Auf dem Rasen. Ein menschlicher Schatten. Den Vorhang zu!

Leise Tritte. Man hört gut durch Holzhauswände!

Finger trommeln an die Fensterscheibe.

Carla! Halblaut gerufen.

Mein Herz rast, als sei da draußen ein Mörder.

Es ist Ragnar. Ich weiß es doch.

Ich atme wie wild.

Ich lasse ihn nicht herein.

Da ist etwas ungut.

Ich DARF ihn nicht hereinlassen!

Ich taste mich mit der Hand an der Wand entlang vom zugezogenen Fenster weg. Breitbeinig stehe ich da. Stehe in der Mitte des Bettes. Atemstöße wie aus einer Herz-Lungenmaschine.

„Ich bin es! Ragnar! Mach auf!"

Er ruft leise. Er ruft, als ob er niemanden sonst wecken will. Nicht Marie, nicht Josepha.

„Verschwinde!"

Ist das meine Stimme, die sich kreischend überschlägt? Schrill wie ein Glasschneider, der über Glas kratzt.

Das winzige Schlafzimmer ist übervoll mit meinem Keuchen.

„Verschwinde!"

Ich springe vom Bett. Reiße die Schranktür auf. Greife sie. Greife die Axt.

Der Stiel ist glatt. Ich umfasse ihn. Hebe die Axt heraus. Halte sie am langen Arm. Stehe und lausche. Atme laut. Atme schnell. Flüstere in einem fort. Heiser und mit rasender Stimme. „Geh weg! Verschwinde! Du machst mir nichts vor. Ich lass mich nicht wieder kriegen! Nicht von dir. Von niemandem!"

Jetzt trommelt er nebenan gegen die Terrassentür.

„Mach auf!" Immer noch halblaut.

Mir jagt das Mark aus den Knochen.

„Bitte! Mach auf! BITTE"

Die Stimme ist gebrochen. Weint er? Soll ich glauben, dass er weint?

„Es tut mir leid! Bitte!"

Das ist nicht echt!

Ich muss sehen, was er tut!

Aber im Wohnzimmer sieht er mich. Nur um die Ecke schauen. Von hier aus. Nur den Kopf ein wenig vorstrecken. Ich bewege mich sehr langsam. Er nimmt mich trotzdem wahr. Und ich sehe ihn. Er steht dicht vor der Terrassentür. Er hebt die Hände. Legt sie wie zum Gebet aneinander. Fleht:

„Ich habe einen furchtbaren Fehler gemacht!" Seine Stimme überschlägt sich. Schluchzt. „Mach auf! Bitte! Mach auf!"

Übertrieben!

Falsch!

Das kann ich nicht glauben!

Das darf ich nicht glauben!

„Verschwinde! Geh weg hier! Weg!" Ich schreie, dass es mir in den Ohren wehtut.

„Bitte!“, brüllt er draußen.

Geht auf die Knie.

Auf die Knie!

Hebt bettelnd die zusammengelegten Hände zu mir hoch.

„Mach auf! Bitte!“

Ich stehe auf der anderen Seite der Glastür. Sehe auf ihn hinab. Mit holperndem Herz. Mit rasendem Atem.

Was führt er da vor, da draußen?

... oder bin ich das?

Bin ich aus dem Echten ins Falsche verrückt?

Bin ich es, in der nur noch ein Gedanke kreist:

Das kenne ich! Nur ein falsches Wort, und er stößt mich weg. Aber diesmal nicht! Diesmal nicht!

Was denke ich da?

Das ist unsinnig...

Das ist Ragnar! Der Mann, den ich liebe. Er will zurück zu mir!

Mit einer Hand öffne ich die Tür. Schiebe sie ein winziges Stück auf.

Was tue ich?

Er spielt mir einen Film vor. Das sehe ich doch!

Zu spät.

Ich stehe breitbeinig. Gespannt wie eine Raubkatze vorm Sprung.

Er ist schon auf den Füßen da draußen. Tritt einen Schritt ins Zimmer. Hält dabei die Hände geöffnet vor sich. Ich tue dir nichts, soll das heißen.

Warum? Wozu solch eine Geste?

„Bleib stehen! Sag was du zu sagen hast!“

Noch nie habe ich ihn so angeherrscht.

Hat er deshalb diesen Schritt auf mich zu gemacht? Diesen einen Schritt zu viel?

Wie in einem Theaterstück. Ruft meinen Namen. Macht diesen Schritt. Mit dem er vor mir auf die Knie fällt.

Im Fallen ist es passiert. Wie kann ich wissen, dass er sich fallen lässt? Vor mir. Auf die Knie.

Wie kann ich das wissen?

Ich habe die Axt nicht einmal gehoben. Oder? Sie nur gehalten. Am langen Stil. Ich habe doch nicht ausgeholt! Habe doch nicht versucht, ihn zu treffen!

Das habe ich doch nicht getan – oder?

Wie kann ich wissen, dass er mit der Stirn auf meine Füße treffen will. Sich vor mir niederwirft, damit ich verzeihe. Wie kann ich wissen, dass es solch eine Szene geben wird? Während sich in mir der Gedanke dreht und dreht. Der immer gleiche Gedanke: Ich kenne das! Ich kenne das! Es wird wieder passieren. Wieder passieren. Wieder passieren.

Ich habe sie nicht angehoben, oder? Nicht einmal ein klein wenig... Oder? Zumindest ein wenig nach vorne bewegt. Ein ganz klein wenig? Oder?

Aber sie hat doch nur neben mir gestanden. Direkt neben meinem Fuß.

Kein Erschrecken. Nicht einmal bei seinem Schrei.

Starre.

Ich kenne das! Ich kenne das!

Wer sagt das? Sagt das immerzu.

Jemand schreit. Es klingt hohl. Es klingt karg. Klingt, als wäre kein Leben mehr. Hier nicht und nirgends.

*

Wir liegen auf dem Bett.

Ragnar spricht. Will mir erklären, was in ihm vorgegangen ist, als er mir den Schlüssel zurückgegeben hat.

„Was passiert ist, ist passiert", sage ich.

Und denke: Verrat.

Immerzu denke ich dieses Wort. Verrat.

Der Mann, den ich liebe. Verrät mich.

„Verzeih mir!" Es ist nicht seine Stimme. Unförmig. Schrill.

Mir sind die Worte eingetrocknet. Auch meine Hand tastet nicht nach seiner. Nichts ist vertraut an dem Mann, der neben mir liegt. Als sei das nicht er. Schlimmer: als gäbe es Ragnar nicht mehr.

Die kalte Kompresse auf seiner Stirn ist zur Seite gerutscht.

Hätte ich mich besser um ihn kümmern müssen?

Hätte ich dann zurück in mein Herz gefunden?

Hätte ich...

Am Morgen friere ich, so nüchtern sind wir und so karg. Als er geht, atme ich auf. Ich will nicht, dass er wiederkommt.

Ich will es so sehr nicht, dass er es spürt. Es ausspricht. Ich brauche nur zu nicken. Und tue es.

***

Kapitel 82

Mein Blick geht über das Geschriebene hin, ohne es zu lesen. Mein Herz rast, als stünde ich wieder im dunklen Zimmer und draußen kratzte Ragnar an die Tür. Ich höre mich den Atem ausstoßen. Aus. Aus. In rasender Panik.

Verrat!

Das Wort zieht in Leuchtschrift an mir vorüber.

Was war der Verrat?

Wie bin ich darauf gekommen?

Woher das Gefühl? Wie Grauen. Nicht nur dumpf im Bauch, auch kalt auf der Haut.

Ich muss die Szene noch einmal lesen! Ich muss das verstehen!

Kann nicht...

Die Augen so schwer...

Ragnar. Auf den Knien.

Mein hämmerndes Herz.

Das Grauen.

Das sich auf die Haut legt.

Die schutzlose Haut.

Hab doch nicht wirklich geglaubt, dass er mir Böses will!

Was war mit mir?

Hat Ragnar mich in eine Stelle getroffen, die niemand treffen durfte, niemals?

Was für eine Stelle?

Wenn ich sie kennen würde, wäre das der Schlüssel? Mit dem ich die Tür endlich aufschießen kann?

Die Tür, die ich der Liebe vor der Nase zugeschlagen habe.

***

Kapitel 83

Die Tasche ist gepackt. Der Wecker gestellt. Die schwierigste Romanszene GESCHRIEBEN!

Das Herzklopfen verlässt mich keine Sekunde. An Schlafen ist nicht zu denken gewesen.

Es ist Wahnsinn! Ich weiß doch, dass ich nicht damit umgehen kann, wenn einer sich plötzlich verschließt. Und so einer *ist* Jao! Er schützt das Zarte in seinem Inneren mit einem Panzer, der wahrscheinlich noch dicker und härter als Ragnars ist.

Ich muss ihn trotzdem sehen! Einmal! Ein einziges Mal. Sonst bleibt es für immer ein Märchen. Wie sind seine Augen? Wie schaut er mich an? Wie spricht er mit mir, wenn wir nicht telefonieren? Wie geht er? Wie riecht er? Was fühle ich?

In mir ist etwas gewachsen. Auch wenn es nur übers Telefon geschehen ist. Jetzt schreit es nach Wirklichkeit. Oder bilden wir uns nur ein, einander gern zu haben? Werden wir sofort ernüchtert, sobald wir uns sehen?

Ich *muss* das wissen!

Selbst wenn ich gleich am ersten Abend wieder gehe: Das ist es wert. Es würde mich nie loslassen.

Also: Dann fahre ich.

Moment!

Halte ich nicht etwas versteckt vor mir selbst?

Ist da nicht die Hoffnung, dass alles ganz anders kommen könnte? Dass mein nüchterner Verstand nicht ermessen kann, was das Herz vermag? Wenn es sich nur öffnet, nur weit genug öffnet – habe ich nicht diese heimliche Hoffnung, dass dann ...

Wie auch immer: Ich fahre jetzt!

Ruhig und auf alles gefasst.

Ruhig?

Ein Wurf junger Katzen tollt in meinem Bauch!

Und? Genieße ich die Aufregung etwa nicht?

*

An der ersten Ampel nehme ich das Handy vom Beifahrersitz.

„BIN UNTERWEGS.“

Die Antwort kommt noch bevor die Ampel auf Grün springt:

„FAHR VORSICHTIG!“

*

War es klug, diese Szene mit Ragnar ausgerechnet so kurz vor der Reise zu schreiben? Mit *diesen* Bildern vor Augen zu fahren?

Mit *diesen* Gedanken?

Ich habe einen Menschen verletzt. Den Menschen, der mir von allen am nächsten und am liebsten war. An der Stirn verletzt. Aber viel schlimmer noch im Herzen.

Er hätte mir nichts getan. Niemals. Das hat er mir versichert. Und ich glaube ihm. Er hat mich angebettelt, ihm zu verzeihen. Er hat ja begriffen, was da passiert war.

Und ich?

Habe nichts gesehen. Nichts gehört. Betäubt von diesem Geschrei in mir.

Seitdem weiß ich es!

Seitdem weiß ich, was Gedanken anrichten können.

Ich höre Marie wieder sagen: „Carlchen! Du hast eure Liebe nicht umgebracht! Dazu gehören zwei!"

Das hat sie damals gesagt. Als sie sich zu mir gelegt hat ins Bett. Als sie mich im Arm gehalten hat, einen ganzen Tag lang. Weil es Carla nicht mehr gab. Nur noch ein zitterndes Bündel.

Aber es *ist* passiert! Das Schlimmste. Gedanken töten. Und ich habe solche Gedanken gedacht. Es sind nicht meine Hände, die die Taten tun. Auch dann nicht, wenn die Tat vollkommen automatisch zu geschehen scheint. Es sind Gedanken. Und plötzlich bin ich ein Automat, in dem ein Programm angesprungen ist, und es gibt keinen Knopf, um es zu stoppen...

Aber es hat Momente gegeben, in denen ich nur ein klein wenig Aufmerksamkeit gebraucht hätte, und ich wäre zu mir gekommen!

Es ist nicht wahr, dass die Gedanken auf mich einstürmen, und ich kann nichts daran ändern. Vielleicht kann ich nicht aufhören zu denken, aber ich kann aufhören, Gedanken zu denken, die *zerstören*!

Und jetzt fahre ich zu Jao. Habe wieder solche Gedanken gehabt. Schäumende Gedanken. Brüllende Gedanken. Sie hängen längst im Wald. Schaukeln an langen Leinen ganz oben in den Wipfeln.

Aber - bin ich wirklich frei?

***

Kapitel 84

Das Mittelgebirge!

Ich bin gut drei Stunden gefahren. Jetzt brauche ich abseits der Autobahn einen Platz zum Rasten. Und einen guten, starken, doppelten Cappuccino!

Eine Abfahrt. Das Schild weist auf mehrere Orte hin. Der erste ist nur vier Kilometer von der Autobahn entfernt. Die Straße kurvt durch hügelige Waldlandschaft. So schön es hier ist, jeder Kilometer von meiner eigentlichen Richtung weg beunruhigt mich. Gleich das erste Dorf hat ein paar Läden an der Durchfahrtsstraße – und eine Bäckerei. Sie haben einen Kaffeeautomaten. Einen von denen, die wirklich guten Cappuccino machen. Draußen gibt es Tische und Stühle. Und eine herrliche Aussicht. Ich lege den Laptop auf einen Tisch. Setze mich. Hole das Handy aus der Tasche. Simse:

„HABE NUR NOCH 60 KM VOR MIR. ES IST WUNDERSCHÖN HIER!“

Der Cappuccino kommt. Ich trinke ihn in kleinen Schlucken.

Das Handy piept.

„GENIEßE JEDEN METER!“

Ich klappe den Laptop auf. Öffne ein neues Dokument. Ich brauche einen Freund. Ein Tagebuch ist ein Freund. Immer da, wenn man ihn braucht. Und gerade jetzt kann ich es sehr gut gebrauchen, ein wenig zu schreiben.

Tagebuch, 26. Juli

Noch etwa eine Stunde Autofahrt, dann sehe ich zum ersten Mal den Mann, mit dem ich schon so viel geteilt habe. Unter dem wilden Wuchern von Aufregung, Vorfreude, Lust, Ängstlichkeit, ach, bestimmt noch tausend anderen Empfindungen ist die andere Ebene verschwunden. Wie soll ich sie nennen? Die Intimität zwischen uns? Aber sie kann ja nicht weg sein.

Wie erleichtert er gewesen ist, dass ich im Hotel schlafen will. Trotz des Wohnwagens, mit dem er kommt und in dem Platz genug wäre.

„Warum bist du so froh darüber?“, habe ich gefragt. Konnte sogar lachen. Aber es hat mich doch ein wenig getroffen, und der Grund dafür war schnell aufgespürt: Die Kleine in mir möchte gewollt sein, und das kann ich ihr sehr gut nachempfinden.

„Weil ich Angst hab, dass es um mich geschehen sein könnte, gleich beim ersten Mal... Und das will i net."

„Was willst du nicht?"

„Dass der Sex das Wichtigste wird."

Ich staune und staune. Über ihn genauso wie über mich:

Wie wach mich dies alles macht! So hellwach, dass ich genau wahrnehme, wie ein Gedanke durch mich geht und was für ein Gefühl er hinter sich herzieht wie einen Kometenschweif.

So wach, dass ich genau erkennen kann, wie die Bedeutung, die ich dem gebe, mir einen Augenblick später als Wahrheit erscheint.

Klar, jeder weiß, dass die Welt schöner aussieht, wenn ich sie mit freudigem Herzen anschaue. Jeder, der schon mal verliebt war, hat erlebt, dass alle Menschen einen anlächeln, weil man selbst so strahlt.

Nur – wer achtet wirklich darauf? Auch außerhalb besonderer Zustände? Es wissen heißt noch nicht, es im Bewusstsein zu haben. Erst dann wird klar, wie sehr ich mein Leben selbst kreiere! Und heißt das nicht, dass ich auch die kreiere, die ich bin?

Denke ich traurige Gedanken, ist meine Gefühlswelt durchdrungen von Traurigkeit. Ich BIN traurig!

Gelingt es mir, mein Denken zu ändern, kann aus Traurigkeit Freude werden. Aus Angst Kraft. Aus Wut Mitgefühl.

Dann bin ICH anders!

Wenn das so ist, dann ist die, die ich bin, etwas, das ich selbst gestalte...

Geht das? Nicht nur als Gedankenmodell – sondern im Leben? Ist das nicht pure Utopie?

Ja. Zuerst. Auch die Brücke, die einen Fluss überspannt, ist zuerst nichts als eine Idee gewesen. Pure Utopie. Und nur weil jemand daran glaubt und nicht lockerlässt, diese Idee zu verwirklichen, ist es eines Tages möglich, trockenen Fußes über den Fluss zu gelangen. Alles, was Menschen erschaffen haben, ist so entstanden: Es war immer zuerst ein Gedanke, der gewachsen ist zu einem Gedankengebäude. Die einen nennen es eine Idee, die anderen eine Utopie. Die einen glauben, dass Gedanken eine gewisse Kraft und also auch eine Wirkung haben, die anderen glauben das nicht, obwohl sie es rund um sich her sehen können. Jedes Haus, jede Straße bezeugt es.

Darüber habe ich die letzten hundert Kilometer nachgedacht. Ich musste es festhalten, auch wenn ich total kribbelig bin und unbedingt weiterfahren will.

Ich nehme sie mit, meine Idee. Meine Gedanken sind mein Werkzeug, mit dem ich erschaffe und gestalte. Wird Jao meine Feuerprobe? Kann ich liebevoll bleiben, was auch geschieht? Auch dann, wenn die Stimme der Angst laut in mir schreit, getarnt vielleicht als Wut oder Ärger oder Verletzung? Kann ich trotzdem lauschen, was die Liebe sagt? Auch wenn sie übertönt wird?

Ich weiß eins: Was sie mir sagt, so leise es sein mag, erlöst mich. Ihre Worte schenken Frieden. Die der Angst schreien nach Rache oder zumindest Gerechtigkeit.

Kann ich das? Kann ich so wach sein? Obwohl mich die Geschehen doch bestimmt mitreißen werden?

Ja. Ich kann. Weil ich will!

Und jetzt will ich endlich wissen, mit wem ich diese vielen Stunden am Telefon geteilt habe! Berste gleich vor Neugier! Wir treffen uns an einen glücklichen Ort seiner Kindheit. Vielleicht reise ich mit ihm dorthin zurück. Reise mit ihm in sein Innen. Und vielleicht finde ich dabei, was ich schon so lange suche. Weil man nie einen Schritt in eines anderen Innen tut, ohne dass sich dabei auch das eigene öffnet.

*

Will mein Herz die letzten sechzig Kilometer so weiter klopfen? Hält ein Herz das aus? Und immerzu dieselben Gedanken: Wie wird es sein? Umarmen wir uns? Küssen einander zart und flüchtig auf die Wange? Wie wird ER sein? Er ist nicht viel größer als ich. Es wird nicht so leicht für ihn sein wie für Harald, sich souverän zu fühlen in unserem allerersten Moment. Der so entscheidend sein kann...

Hätte ich ihn fragen sollen, was er sich von unserer Begegnung erwartet? Was er sich wünscht?

„Was ist das denn nun mit diesem Jao?“, hat Josepha vorhin gefragt. Es hat gutgetan, dass sie hoch gekommen ist, um mich zu verabschieden. „Wollt ihr schauen, ob eine Beziehung daraus werden kann? Bei der Entfernung? Oder geht es euch um eine Liebschaft?“

„Ich versuche mir klarzumachen, dass es nichts als eine Begegnung werden wird. Ich möchte ihn einmal sehen, einmal erleben. Aber ein Teil von mir kann das nicht glauben. Da ist ein leises Verliebtheitsgefühl, und das spricht natürlich sofort von Beziehung und immer zusammen sein und solchen Dingen...."

Josepha lacht auf. Scheint das zu kennen. Sehr gut sogar. „Ich glaube, wir machen einen Fehler, wenn wir Verliebtheit als Voraussetzung für eine Beziehung sehen!" Sie kullert ihre großen Augen. „Erst was *nach* der Verliebtheit kommt, könnte ein Fundamentpfeiler für eine Beziehung sein. Wenn es denn Liebe ist. Der andere Pfeiler ist, dass man es EINFACH miteinander hat. Einfach in Großbuchstaben! Eine Paarbeziehung soll doch guttun und nicht quälen! Na klar gibt es Dinge miteinander durchzustehen. Aber das Wesentliche muss stimmen! Sonst reibt sich die Liebe irgendwann daran auf!"

„Nicht die Liebe", sage ich mehr zu mir selbst. „Die ist unsterblich. Aber das Liebesgefühl für den anderen. Das wird schwinden, ja."

Ist es das? Ist es der Alltag, der es zerreibt?

Ist es das gewesen, damals mit Ragnar? Aber das Liebesgefühl ist immer wieder gewachsen, sobald es uns wieder besser miteinander ging.

Doch dann, in dieser Vollmondnacht im Februar, da ist es von einem Moment zum anderen...

Ich kann und kann nicht verstehen, was da mit uns passiert ist. Oder ist es nur mit mir passiert?

Nur eins weiß ich, und das absolut sicher: Das Licht, das Ragnar und mich umhüllt, das Licht der Liebe, ist nie erloschen und wird es niemals tun!

***

Kapitel 85

Die rundgesichtige Wirtin im Dirndl hat mir einen riesigen Schlüssel überreicht, der im Schloss knarzt und knirscht. Im dunklen Flur riecht es nach altem Haus und zugleich nach peinlicher Sauberkeit. Ich schaue das Zimmer nur kurz an. Ich bin in einem schlichten, sauberen, ältlichen Landgasthof. Durch und durch bayrisch. So ist auch das Zimmer: ein Holzbett mit hohem Kopf- und Fußteil, ein Bauernschrank, Tisch und zwei Stühle, alles blau gestrichen und mit stilisierten Blumen bemalt. Wahrscheinlich werde ich abends die Einheimischen unten in der Gaststube lauter und lauter werden hören. Aber nicht viel später als um zehn wird sich einer nach dem anderen verabschieden, Stühle werden geschoben werden, Gläser klirren, und dann wird Ruhe sein.

Ich tippe in mein Handy:

„Bin im Hotel. Komme gleich zum Parkplatz."

„Freu mi!"

Heißt das, dass er schon da ist? Dann kann das Gepäck warten! Ich fliege die Stufen hinunter. Starte mit zittriger Hand den Motor. Finde trotz Jaos undurchsichtiger Beschreibung den Platz auf Anhieb: Gleich außerhalb des Ortes, nach einem leichten Anstieg hinter einer Kurve liegt der Parkplatz, von Gebüsch, Pappeln und Weiden umsäumt. Auf der anderen Straßenseite die Wiese bis hinunter ans Flussufer. Von ihr hat er so viel geredet. Und seine Stimme ist weich gewesen. Zärtlich.

Ich biege ab. Rolle auf den Parkplatz.

Kein einziges Fahrzeug.

Ich parke. Steige aus. Atme tief ein. Hier also ...

Ich schlendere zur Einfahrt. Setze mich da vorn auf einen der runden Balken, die auf Pfähle genagelt den Platz einfrieden. Meine übereinandergeschlagenen Beine schwingen hin und her. Immer schneller. Immer höher. Nach ein paar Minuten halte ich meine eigene Unruhe nicht mehr aus. Springe von dem Balken. Schlendere hinunter an den Fluss.

Das dunkle Wasser kräuselt sich leicht. Fische? Oder eine Bö? Am Himmel bildet sich seit einiger Zeit eine große Wolke. Ihr unterer Rand wird dunkler, schiebt sich dichter zusammen. Ich sitze geschützt von hohem Gebüsch nah am Wassersaum. Nehme das Handy.

„Wo bist du?“

„B gl da“

Bin gleich da?

Ich lache. Fühle mein Herz bis unters Kinn. Es pocht, als wollte es herausgelassen werden. Und wenn ich es ließe?

Bei *dem* Mann?

Nicht denken! Jedenfalls nichts, was mich eng macht. Eng und Angst stammen von demselben lateinischen Wort ab...

Ich bin aufgeregt. Und ja, ich freue mich! Freue mich sehr! Und was da in meiner Brust klopft, das ist keine Angst, das ist mein lachendes Herz.

*

Ich gehe die paar Schritte hoch zum Parkplatz, damit ich nah beim Auto bin, wenn der Regen kommt. Setze mich wieder auf den Balken an der Einfahrt zum Parkplatz. Schlage wieder die Beine übereinander. Sehe mich selbst dort sitzen: figurbetontes T-Shirt in Türkis. Die Farbe, die meine Augen am besten zum Strahlen bringt. Enge Hose. Das schulterlange Haar von der Sonne gebleicht. Die Arme gebräunt und voller Sommersprossen. Ich muss lächeln. Es ist noch nicht lange her, dass ich in solch einem Moment den Gedanken gehabt hätte, mich selbst zu Markt zu tragen. Hätte es unwürdig gefunden. Davon ist nichts mehr da. Ich mag das Bild, das ich von mir selbst sehe. Und das genügt.

Ich recke den Hals und peile die Straße hinunter. Lausche. Vergehe fast vor Aufregung.

Gleich sehen wir uns zum allerersten Mal! Werden wir nach alldem, was wir schon ausgetauscht haben, sofort miteinander vertraut sein?

Mir ist heiß, obwohl die Luft sich rasant abkühlt. Ich schwinge wieder mit den übereinander gelegten Füßen vor und zurück. Schneller. Höher.

Hier sitze ich und warte auf jemanden, den ich noch nie gesehen habe und doch schon seit der Kindheit kenne. Ich kenne sein Elternhaus. Kenne den Brunnen auf dem Platz davor, wo er mit seinen Geschwistern gespielt hat. Höre seine Stimme, wie sie beim Erzählen immer heller geworden ist. Für ihn scheint es in der Erinnerung zu einer märchenhaften Zeit geworden zu sein. Für mich ist es eher, als hätte er Goldstaub darüber gepustet.

Es tropft. Dicke Tropfen. Ich laufe zum Auto. Ziehe die Regenjacke über. Spanne den großen Schirm auf. Setze mich erneut vorn an der Einfahrt auf den Balken. Schwinge erneut den Fuß vor und zurück. Lächele über mich und mein klopfendes Herz. Die Tropfen werden schneller. Entwickeln sich von einem Moment zum anderen zu kräftigem Regen. In kürzester Zeit herrscht Dunkelheit.

Zugleich Reifengeräusche auf dem nassen Asphalt. Scheinwerfer kriechen die Straße hoch. Lecken über mich hinweg. Drehen in den Parkplatz hinein.

Ich habe mir einen Wohnwagen vorgestellt. Aber das da! Ein Ungetüm von Caravan, wie sie sie in Amerika durch die Prärien ziehen. Mitten auf dem Platz bleibt das Riesengespann stehen. Ich gehe darauf zu. Der Regenschirm klappt mir in einer Bö nach hinten. Ich kämpfe einen Moment mit ihm. Mein Herz will zum Hals heraus. Mir hämmern die Schläfen.

Aber vielleicht ist er das gar nicht!

Im beleuchteten Innenraum hantiert ein Mann. Die Fahrertür wird einen Spalt weit geöffnet. Erst als ich direkt davor stehe, geht sie ein Stück weiter auf. Dunkles Haar, exakt geschnitten. Schmales, kantiges Gesicht. Sein Blick berührt meinen nicht.

„Jao?“ Meine Stimme schwankt.

„Ich muss den Caravan parken, bevor der Regen schlimmer wird. Schau du hinten.“

Es ist *seine* Art zu sprechen. Es ist *seine* Stimme. Aber der Mann da – DAS ist ER?

Wortlos reicht er mir eine Taschenlampe. Schließt die Tür wieder. Ich – nein, ein Roboter mit Regenschirm – bewegt sich durch zornig auf den Schirm schlagende Wassermassen ans hintere Ende des Caravans. Jao oder wer immer das ist beginnt ihn zu rangieren. Der Roboter mit Regenschirm winkt ihn mit Hilfe der Lampe ein. Kann er mich überhaupt sehen in dem wilden Prasseln? Aber nach wenigem Hin und Her steht das Riesending gut eingeparkt längs an der gebüschigen Seite des Parkplatzes.

Er steigt aus. Ist eingehüllt in schwarzes Regenzeug. Macht sich auf den Weg nach hinten zur Caravantür. Schließt sie auf. In großen Bögen um die Pfützen herum folge ich. Unmöglich, keine durchweichten Schuhe zu bekommen.

„Setz dich rein!“, brüllt der Mann, der wohl doch Jao ist.

Das Prasseln auf Blättern und Caravandach ist kaum zu übertönen. Er nimmt mir den Schirm aus der Hand und schlägt, als ich drinnen bin, die Tür von draußen zu.

Ich stehe auf der Fußmatte. Es läuft und tropft aus meiner Regenjacke.

Über mir trommelt es wie rasend.

In mir auch.

*

Meine Regenjacke hängt innen an der Wohnwagentür. Ich bin aus den Schuhen gestiegen und gleich links auf die Eckbank gerutscht. Der Caravan zittert, so regnet es. Ich friere.

Jao ist endlich hereingekommen. „Die Schuhe gehören hierher!", hat er mit Nachdruck gesagt. Hat meine Schuhe von der rechten zur linken Seite auf der Fußmatte vor der Tür geschoben.

Das sind seine einzigen Worte bisher.

Wie lange will er noch hantieren, als wäre ich gar nicht da? Sein Gesicht ist starr wie aus Stein. Seine Bewegungen steif.

Ich schaue zu, als wäre dies ein verrücktes Einmann-Theaterstück, bei dem die Zuschauer mit in der Kulisse sitzen. Irgendwann wird er anfangen zu lachen. Wird zu mir auf die Sitzbank kommen und mich in die Arme nehmen.

Wird er?

Ein kaltes, böses Ahnen kriecht in mich hinein. Ich jage es weg. Wieder und wieder. Und weiß doch, dass ich mich diesem Ahnen werde stellen müssen. Bald...

Jao langt schräg über mir an ein Armaturenbrett. Legt einen Schalter um. Klack! Die Standheizung beginnt dumpf zu brummen. Er holt eine Kerze aus einem der Oberschränke. Zündet sie an. Jetzt sehe ich ihn besser. Und muss feststellen, dass es nicht an dem kalten Licht aus der Küchenleuchte gelegen hat:

Ich habe noch nie ein so starres Gesicht gesehen. Es zeigt nicht die leiseste Regung. Und langsam begreife ich, dass das Ganze hier kein Spaß von ihm ist. Absolut nicht!

Mein Blick klebt an ihm. Jetzt kommt es mir vor, wie wenn in diesem absurden Einmann-Theaterstück kein Mensch, sondern eine ferngesteuerte Schaufensterpuppe mit John-F-Kennedy-Perücke die Hauptrolle spielte. Ich drücke mich noch weiter in meine Ecke. Friere noch mehr. Hebe die Beine auf die Sitzbank. Ziehe die Füße nah an mich heran. Schlinge die Arme um die

Knie. Jao wirft einen Blick herüber, dessen Botschaft ich nicht deuten kann. Argwohn? Missbilligung?

„Ist alles okay?", frage ich. Blinkere übertrieben mit den Augen, wie Josepha es tun würde.

Immer noch ist ein Rest Hoffnung da, dass alles ein Spaß war, der sich jetzt in einem befreienden Lachen auflöst.

„Wenn deine Strümpfe sauber sind..."

Sein Gesicht wie eine Totenmaske.

Es greift mir eiskalt in den Nacken.

Was, wenn er... Ich kann nicht dahin denken.

„Was schaust so?", ranzt er.

„Du – kommst mir so was von fremd vor!" Ich stoße ein Lachen aus, das mir selbst eine Gänsehaut macht.

Ich muss gehen! Sofort. Der ist gestört! Und was ich da eben gesagt habe, war womöglich das Falscheste, was ich sagen konnte. Vielleicht ist er nicht nur gestört! Vielleicht ist er richtiggehend verrückt! So etwas kommt oft erst in besonderen Situationen zum Ausbruch!

Was sage ich? Etwas Harmloses am besten. Etwas wie „Ich bin müde. Ich fahre jetzt ins Hotel. Wir sehen uns morgen!"

Aber ich starre ihn an und starre ihn an. Eingefroren in meiner zusammengekauerten Haltung.

Augen, deren Farbe ich nicht ausmachen kann, weil sein Blick nie auch nur an meinem vorüberfliegt. Die Lippen schmal. Seine ganze Haltung, selbst die Hände, alles wirkt wie von einem durch und durch beflissenen Geist regiert. Alles an ihm erscheint – unecht.

Bin ich in einen Gruselfilm geraten? In dem die Hauptdarstellerin gerade zu ahnen beginnt, dass sie es mit einem Außerirdischen zu tun hat?

„Hast du Hunger?"

Was für ein Aufatmen! Also doch kein Außerirdischer. Oder jedenfalls von einem Planeten, auf dem die Lebewesen Essen zu sich nehmen. Und auf dem es Höflichkeit gibt.

Gott, tut das gut, wenigstens in meinen Gedanken eine Spur von Humor zu ahnen! Plötzlich bin ich heilfroh über die staubtrockenen Carla-Gedanken.

„Hunger?", wiederholt er.

„Ja-a." Meine Stimme klingt wie das erste Miauen eines neugeborenen Kätzchens.

„Ich hab aber nur Knäckebrot."

Er steht auf und lässt Wasser in einen zinkfarbigen Wasserkessel laufen. Zündet den Gaskocher an. Setzt den Kessel auf. Holt Margarine, Käse, Quark aus dem Kühlschrank. Knäckebrot aus einer der Klappen über der Anrichte. Legt alles nach und nach auf den Tisch. Jede seiner Bewegungen sieht so abgrundtief – beflissen aus!

Dennoch verändert sein Hantieren alles. Es geht zwar um Essen, aber auch ein bisschen um mich. Von Behaglichkeit bin ich allerdings so weit entfernt wie von meinem Zuhause.

„Kann ich dir helfen?" Ich rutsche auf der Bank in Richtung Küche.

„Bleib sitzen!", fährt er mich an, als würde der Caravan umkippen, wenn ich mich auch nur noch einen Millimeter weiter bewegte.

Er setzt sich mir gegenüber.

„Fremd seh' ich aus?" Seine Stimme ist hoch. Ist er belustigt?

Er erhebt sich gleich wieder. Streckt sich hoch und über den Tisch. Holt aus einem Schapp über meinem Kopf zwei Teller und ein Holzbrett. Dreht sich halb um und schaltet das Neonlicht über der Küche aus. Im weichen Kerzenlicht ist das Maskenhafte seines Gesichts erträglicher.

„Ich versuche gerade rauszufinden, woran es liegt", antworte ich endlich. In Wahrheit versuche ich, aus dem Entsetzen heraus zu finden. „Ich glaube, ich habe mir ein Bild von dir gemacht", höre ich mich sagen. „Jetzt legt sich die Wirklichkeit darüber, und beides passt nicht zusammen!"

Er scheint mich nicht gehört zu haben. Hantiert weiter mit den Sachen auf dem Tisch. Schiebt mir einen Plastikteller und Messer und Gabel hin, eine Plastiktasse. Das Gesicht verschlossener als ein Tresor.

Ich kann meinen Blick keinen Moment von ihm lassen.

Dieses eigenartige Kopfneigen... Jede Bewegung, die er mit den Händen macht, wird begleitet von einer Drehbewegung des Kopfes nach unten und gleichzeitig leicht zur Seite. Tatsächlich wie eine dieser automatisierten Puppen, die man im letzten Jahrhundert erschaffen hat.

Jao langt zu mir herüber. Im ersten Moment glaube ich, er will seine Hand auf meine legen, mich anschauen und endlich begrüßen. Nein. Er nimmt mein Messer von meinem Teller. Legt es neben meinen Teller. Richtet es exakt gerade aus. Tut dasselbe mit meiner Gabel.

Ich fange an zu kichern. Hysterisch zu kichern.

Eine Steilfalte erscheint auf seiner Stirn.

Ich muss weg hier!

Aber der Wahnsinn ist ansteckend:

„Als wenn die Realität aus den Angeln gerissen ist!", stoße ich heraus. Halte die Luft an. Herr im Himmel, warum bin ich nicht still? Oder sage wenigstens etwas Normales?

Er hebt ein wenig den Kopf. Sieht gezielt an mir vorbei zum Wasserkessel hinüber.

Und wieder geht mein Mund von selbst auf. Mir tritt kalter Schweiß auf die Stirn, als ich mich sagen höre: „Mein Gehirn versucht immer noch das Bild, das ich mir vorher von dir gemacht habe, und das, was ich jetzt von dir sehe, zu einem zusammenzubringen."

„Dann hör doch auf damit!" Er klingt belustigt. Zugleich herablassend.

Er steht auf. Dreht das Gas ab. Bringt den dampfenden Kessel. Stellt ihn auf das Holzbrett. Alles an ihm, auch seine Haare, wirken unecht. Wie eine aufgestülpte Kappe. Noch nie ist mir ein Mensch so fremd vorgekommen. Mehr als fremd. Gespenstisch. Und ich sitze hier in seinem Wohnwagen mitten im Nirgendwo, während draußen in schwärzester Dunkelheit ein Unwetter niederkracht.

***

Kapitel 86

Die Regentropfen tappen nur noch vereinzelt aufs Caravan-Dach. Beim Essen hat Jao nichts anderes geredet, als dass Knoblauch sagenhaft gesund sei und dass er gleich das Stromkabel ans Auto stecken müsse, sonst seien die Batterien bald leer.

Jetzt! Meinen Spruch aufsagen und ins Hotel fahren!

Aber da ist eine unbändige Neugier in mir. Die will unbedingt, dass ich mir dies alles genau anschaue. Dann kannst du darüber schreiben, flüstert sie mir ins Ohr. Das hier ist eine Geschichte, die eine wirkliche Schriftstellerin sich unter keinen Umständen entgehen lässt.

Jaja...

„Ich fahr dann jetzt." Ich wühle mich aus der schmalen Nische zwischen Bank und Tisch heraus.

„Lass uns noch zur Burg hochsteigen, ja?" Er klingt hell. Ein wenig heiser. Da ist sie! Zum ersten Mal: die jungenhafte, die sehnsüchtige Stimme. „Droben ist eine sagenhafte Aussicht!" Er spricht schwärmerisch wie so oft am Telefon. Schickt mir einen Blick herüber. Einen Blick, der ein wenig bettelt. Und sich sofort wieder abwendet.

Ist er – aus Befangenheit so sonderbar? Natürlich! Ich starre ihn ununterbrochen an. Natürlich macht ihn das unsicher. Und sein Versuch, das zu überspielen, lässt ihn steif erscheinen.

Trotzdem ins Hotel. Jetzt sofort!

„Es ist doch schon dunkel!"

„Nein!", ruft er mit einer Dringlichkeit, dass ich zusammenzucke. Dreht sich um. Schiebt hinter sich das Rollo des Wohnwagenfensters hoch. „Schau, es dämmert erst."

„Na gut, noch nicht *ganz* dunkel."

„Ja? Gehst mit?" Jetzt klingt er ganz und gar wie ein Junge. Hebt die Brauen. Das Gesicht bleibt starr.

„Ich weiß nicht, ich..."

„Das ist so schön da oben. Komm!"

Er schaut noch einmal für einen winzigen Moment zu mir her. Zum ersten Mal trifft sein Blick meinen. Verweilt. So kurz, dass man es kaum so nennen kann. Dennoch weiß ich es sofort. Weiß, dass er genau wie ich etwas zu finden versucht, was es nicht gibt: Das Bild, das man sich vom anderen gemacht hat.

„Okay.“

Ich sage das so leicht heraus, dass ich es mir glaube. Auch wenn es kein Okay ist, das wirklich okay ist.

*

Wir halten Abstand, der Fremde mit den harten, glänzenden, schwarzen Lederschuhen und ich. Es könnte gut noch jemand zwischen uns gehen. Wie unduldsam er eben beim Abwaschen geworden ist, als ich nicht alles haargenau nach seinen Wünschen gemacht habe! Es hat mir jedes Mal einen Stich gegeben. Zugleich war und ist alles seltsam unwirklich. Ich habe die Stiche gespürt, ohne dass sie mir unter die Haut gegangen wären. Ich bin in einem Film. Ich schaue ihn an und spiele gleichzeitig eine Rolle darin. Die Hauptrolle spielt Jao. Meine Rolle fülle ich erstaunlich gut aus, obwohl ich voll damit beschäftigt bin zu staunen und zu schauen. Es ist ein Dokudrama. Ich spiele eine Forschungsreisende, die zu ergründen versucht, warum so viele Männer im fortgeschrittenen Alter mehr als eigenartig sind.

Und sofort gibt er mir dafür noch ein Beispiel: Er rennt plötzlich im Laufschritt die Böschung hoch, die neben dem Weg verläuft. Lässt sich oben im Gras auf beide Hände nieder. Macht mit hektischen Bewegungen fünf, sieben, zwölf Liegestütze. Selbst dabei sieht er wie eine Schaufensterpuppe aus. Ich kann nicht anders. Schon vor Schreck entfährt mir ein Lachen.

Er dreht den Kopf zu mir hin. Sein Mund ist vor Anstrengung schmallippig. Immer noch auf Händen und Füßen, ruft er:

„Man *muss* Sport machen!“ Sein Ton ist drängend, als erwarte er, dass ich es ihm augenblicklich nachtue.

Ich klettere auch die Böschung hoch. Die späte Sonne schickt ein paar müde Strahlen heraus. Von hier oben sieht man die Wiese am Fluss. Sie scheint zu dampfen. Ein wenig weiter flussabwärts liegt das Dorf. Die Burg über uns ist nicht mehr weit.

Wir gehen auf der Böschung weiter. Links neben uns ein reifes Kornfeld. Der Weizen, dessen Ähren sich kerzengerade gen Himmel recken, ist vor Nässe grau.

„Früher als Buben sind wir auch immer auf dem Wall hochgegangen, nie auf dem Weg. Hier war kein Mensch weit und breit, so wie jetzt. Kannst dir vorstellen, was wir oben auf der Burg alles angestellt haben?“

Er ist zuletzt ins Flüstern gefallen. Und plötzlich ist es wieder wie am Telefon. Wie oft hat er mir erzählt, wie es hier war, damals als Junge. Auf der Wiese am Fluss haben sie gezeltet. Und die Burg! Du konnst dir net vorstellen, was für ein Spielplatz des war!

Wie ist er gewesen? Ich sehe einen dünnen Jungen. Steif. Staksig. Kurze Hosen.

„Hast du Lederhosen getragen? So richtig bayrisch?"

„Als Bub? Nein!" Das Nein klingt entrüstet.

Der Junge, den ich vor mir sehe, hat andere Haare. Auch braun. Aber sehr glatt. Gerade geschnittener Pony. Die Seiten rasiert. Der Junge, den ich sehe, ist dünn. Ob er sich damals auch schon so hart gegeben hat? Diszipliniert? Überlegen? Ich sehe ihn mit seinem Bruder, der nur ein knappes Jahr jünger ist. Sie waren immer zusammen. Der frühere Jao ist auch schon steif. Aber längst nicht so wie jetzt. Und überhaupt nicht starr. Er hat ein Gesicht mit Regungen darin. Weiche Lippen. Noch weicher als auf dem Foto bei Auserlesen.de, auf dem er aussieht wie ein Elite-Student.

Ist er gehänselt worden? Hat er sich schließlich hinter Härte versteckt?

Der Weg biegt um eine enge Kurve. Er ist jetzt von beiden Seiten mit hohem Buschwerk umgeben. Ein Tunnel aus Büschen, der sehr steil ansteigt. Die Böschung ist wegen der Büsche nicht mehr begehbar. Jao springt hinunter auf den Weg. Rennt im Laufschritt den nun gepflasterten Steilanstieg hoch. Ich sprinte hinterher. Erst weit oben in der Durchfahrt durch die Burgmauer bleibt er stehen. Obwohl ich zuletzt ins Schritttempo gefallen bin, komme ich außer Atem neben ihm an.

„War dies der Anfang vom Training?", stoße ich hervor.

Er sieht mich an, als rede ich Unsinn.

„Weißt du noch, was du gesagt hast, als ich dir erzählt habe, dass ich einen kleinen Bauch bekommen hab?", japse ich.

„Ja. Den trainier ich dir ab!" Kein Lächeln. Ernste, starre Maske. Er wendet sich der Aussicht zu. Stützt sich mit beiden Händen auf ein Mauersims. Und alles ist anders.

„Schau, wie schön!" Seine Stimme ist warm. Sein Ton andächtig. Er zieht das „schön" lang. Heiserkeit legt sich darüber.

Ich schaue ihn nicht an. Dann ist es ein bisschen wie am Telefon. Mache nur „Mhm".

„Morgen fahren wir Boot, ja?" Seine Stimme hebt sich. Flattert zu mir herüber. Berührt meine Schultern.

„Ja."

„Komm!" Er greift meine Hand. Zieht ein wenig daran. Lässt sie sofort wieder los. Setzt sich in Bewegung.

Ich bleibe stehen. „Wohin?"

Keine Antwort. Er geht weiter. Wartet nicht, dass ich ihn einhole. Wir steigen die Steinstufen hinauf, die zum Wehrgang führen. Wandern hinter der Burgmauer um die Burg. Von Schießscharte zu Schießscharte bietet sich eine neue Aussicht. Aus der ersten schaut man in eine tiefe Schlucht und die bewaldeten Hänge gegenüber. Als ich an der zweiten neben Jao trete, dreht er sich zu mir hin. Sieht mich kurz an. Streift mich nur mit dem Blick. Plötzlich umarmt er mich. Wendet dabei den Kopf zur Seite, als hätte er Angst, ich könnte ihn küssen wollen. Drückt mich kurz an sich. Lässt mich gleich wieder los. Geht weiter.

Ist das derselbe Mann, mit dem ich am Telefon diese Vertrautheit erlebt habe? Die Ausgelassenheit? Die Nähe? Die Lust? Dieser scheue, steife, seltsame Junge von über sechzig Jahren?

Wieder geht er voraus, als sei ich gar nicht da. Nach einer Weile ruft er mir über die Schulter zu: „Jetzt wird's aber wirklich bald dunkel. Wir müssen zurück."

*

Als ich aus den Burgmauern heraustrete, steht er weiter unten und schaut den Hohlweg hinunter, als gebe es dort Wichtiges zu beobachten. Ich kämpfe mit dem Ärger, der mir schon seit einer Weile sagt: Das ist ungehörig, wie er vor dir herrennt. Wer bist du, dass du dich so behandeln lässt?

Aber ich habe auch andere Gedanken gehabt. Ganz andere. Die haben verstanden, dass er verspannt ist in meiner Nähe. Dass ihm dies alles mit mir ganz und gar nicht geheuer ist. Mir geht es ja nicht anders. Also hat es gar keinen Sinn, Jao zu sagen, dass ich gern gemeinsam spazieren gehen würde statt hinter ihm herzulaufen. Im Gegenteil, das könnte sogar ein Pulverfass zu Explodieren bringen.

Er wartet, bis ich neben ihm bin. Schiebt, ohne mich anzuschauen, seinen Arm unter meinen. Ich blicke verdattert zu ihm hinüber. Er starrt nach vorn. Ich tue es ihm nach, als sei alles ganz normal, so wie es ist. Wir steigen den Hohlweg im schnellen Gleichschritt hinunter, Arm in Arm und jeder die Hand auf der Hüfte des anderen.

„Trinken wir noch einen Gute-Nacht-Schluck zusammen?", fragt er.

„Aber nur einen ganz kleinen. Dann fahr' ich ins Hotel."

Ich löse mich von ihm. Steuere auf das Gebüsch am Parkplatzrand zu.

„Wo willst hin?"

„Ich muss pinkeln."

Er hat vorhin gesagt, dass das Klo im Caravan so wenig wie möglich benutzt werden soll. Also hocke ich mich in eine der Buchten im Gebüsch. Merke, dass er mir gefolgt ist. Erschrecke zutiefst. Er stellt sich vor mich hin und sieht mich an, wie ich da hocke mit heruntergelassener Hose.

„Hey! Lass mich allein!"

„Darf ich net hier sein?" Er klingt wie ein enttäuschter Junge. Kommt noch näher. Stellt sich dicht vor mich. Fängt an, meinen Nacken zu kraulen. „Ich bin immer bei dir", flüstert er, wie er am Telefon so oft geflüstert hat. Die Stimme heiser. „Ich streichel' dich. Auch auf der Toilette."

Schrill lache ich auf.

„Aber nicht jetzt und hier!"

„Net?"

„Geh weg, ja? Sonst kann ich nicht pinkeln!"

Rückwärts geht er ein paar Schritte. Bleibt zu mir gewandt stehen. Erst jetzt kommen meine Gedanken aus der Schreckensstarre wieder in Bewegung. Der hat unnormale Veranlagungen! Der wollte tatsächlich dabei sein, wenn ich pinkele! Was macht er wohl jetzt?

Das späte Licht reicht gerade, um in dieser Entfernung sein Gesicht zu erkennen. Er dreht sich jetzt langsam um. Aber ich sehe noch, was sich unter seiner Steinmaske hervorstiehlt. Ist es die Art, wie er den Mund spitzt? Den Kopf im Wegdrehen seitlich kippt und dabei leicht hebt?

Jedenfalls wirkt er – mädchenhaft.

***

Kapitel 87

Ich habe nur ein Glas Wein getrunken, und Jaos Gläser fassen nicht halb so viel wie meine Kelche zu Hause. Bin ich eh schon betrunken gewesen von alldem hier? Oder was ist mit mir? Er spielt mir auf einem schnarrenden Uralt-Kassettenrekorder ein wunderschönes Geigenstück vor, und mir stehen sofort die Tränen in den Augen. Er erzählt mit heiser angerauter Stimme und diesem sehnsuchtsvollen Ton, dass auch er das Stück spielen könne.

„Ein bisserl was von den Geigenstunden als Bub kann ich noch." Er sieht mich kurz an, ein wenig Stolz im Blick, ein wenig so, als wollte er prüfen, wie ich reagiere.

Ich möchte ihn in die Arme schließen mit all der Zärtlichkeit, die plötzlich in mir ist. Aber das geht so einfach nicht. Wir sitzen wie beim Abendessen einander gegenüber, jeder allein auf seiner Bank. Und nicht nur deshalb geht es so einfach wohl nicht...

Er bewegt den Kopf nach unten und zur Seite. Schickt mir aus dieser Haltung erneut einen Blick herüber. Seine Augen wirken mehr schwarz als blau beim Kerzenlicht. Die eine Braue steht etwas höher als die andere, wie wenn er sie ständig hochziehen würde. Es ist die einzige Stelle in seinem Gesicht, die nicht maskenhaft wirkt. Im Gegenteil, wenn er wie jetzt von unten aufschaut, macht diese schiefe Braue seinen Ausdruck weicher, sogar verletzlich.

Fühle ich mich wie betrunken, weil ich innerlich hin und her stolpere wie auf einem schlingernden Schiff? Weil ich erschreckt von ihm bin und im nächsten Moment angerührt? Wie oft hat er am Telefon „Ich bin immer bei dir" zu mir gesagt. Also träumt er davon. Sehnt sich danach. Aber seine Körpersprache, sein ganzes Verhalten, seit ich hier bin, sagt mir: „Bleib mir vom Leib!" Oder manchmal sogar: „Geh weg!" Es hat bis jetzt nur wenige Ausnahmen gegeben. Eigentlich nur die steife Umarmung oben auf der Burg. Niemals, nie hätte ich erwartet, dass er so auf Abstand bleibt.

Wieso begegne ich immer wieder solchen Menschen?

Ich höre, wie nah seine Stimme daran ist, sich zu öffnen. Sehe seinen Blick für einen Moment alle Schutzmaßnahmen vergessen. In mir antwortet ein Gefühl. Oder ein Gefühlsgemisch:

Es ist Sehnsucht. Es ist Freude. Und zugleich ist da eine seltsame Scheu, als hätte ich versehentlich ein Geheimnis gelüftet und als gäbe es eine tiefe Verpflichtung, dieses Geheimnis selbst vor dem zu hüten, dem es gehört.

Es scheint, hier bei Jao bin ich endlich beides: Jolyn, die Lebendige, und Carla, die beobachtende Schriftstellerin. Ein seltsames Sein, mich berühren zu lassen und zugleich nur zuzuschauen. Doch dieses stille Schauen dient nicht meiner Sicherheit, ich bin genauso verunsichert wie Jao. Ich möchte es auch nicht anders. Ich möchte alles hautnah erleben und erfahren, auch mich.

Dennoch: für heute ist es mehr als genug.

„Was für ein Tag!“, stöhne ich. „Jetzt muss ich schleunigst ins Hotel!“

Er sieht mich an. Sieht zum ersten Mal mir direkt in die Augen. Ruhig. Nur ein kleines Zucken um den Mund. Schaut fragend. Hitze schießt mir den Hals hoch. Langsam wandert sein Blick zur Seite weg, als betrachte Jao in seinem Inneren die Reflexion dessen, was er in meinen Augen gesehen hat.

Ich rappele mich hoch. Zwänge mich zwischen Bank und Tisch auf den Gang. Er erhebt sich mit mir.

„Findst‘ es denn allein, dein Hotel?“

Die Stimme. Die leicht heisere. Die offene. Die schutzlose. Fast, als hoffte er, ich würde ihn bitten, mich zu begleiten. Fast, als sei es ihm schwer, dass ich gehe. Wünsche ich mir, dass es so wäre? Höre ich deshalb, dass er das Wort „Hotel“ in die Länge zieht, wie um anzudeuten, dass es Unsinn sei, Geld für ein Zimmer auszugeben? Im Caravan gibt es sechs Schlafplätze. In zwei getrennten Räumen.

„Na klar finde ich es!“

Ich will locker sein. Heiter klingen. Aber es hört sich harsch an.

Er tritt einen Schritt an mich heran. Umarmt mich ebenso ungelenk wie vorhin. Mit abgewandtem Gesicht. Beginnt mich zu streicheln. Dort im Nacken, als wüsste er – natürlich weiß er: Er kennt ja meine geheimsten Stellen!

„Was machst du?“, flüstere ich.

„Ist’s nicht schön?“ Seine Stimme fließt mir über die Haut wie feiner Sand, den man aus der Hand rieseln lässt.

„Viel zu schön. Ich muss jetzt gehen.“

„Nur noch ein bisserl im Arm halten, ja?“ Er wendet den Kopf zu mir hin. Tupft beim Sprechen mit den Lippen an meine Wange. Wie ein Duft streicht seine Stimme mir ins Gesicht. Weckt die Erinnerung an das, was er am Telefon so oft geflüstert hat. Und als ahnte er das, flüstert er mit dieser so vertrauten, verheißungsvollen, leicht erregten Stimme: „Ich streichel‘ dich. Überall. Ganz leicht. So wie du es noch nie erlebt hast…“

Die Worte. Unsere Worte. Rinnen wie feinste Tröpfchen an meinem Hals hinunter. Kitzeln über meine Schulter. Tauchen in meine Achselhöhle wie eine warme Zunge. Er küsst mein Ohr. Und wie aus einem Funken im trockenen Gras ein Feuer auflodert, prickelt das Entzücken in sanften Schwingungen überall hin. Bis in mein Becken. Wo es elektrisch zu knistern beginnt.

„Komm, ich zieh di‘ aus, ja?“, flüstert er.

„Ich muss fahren.“ Ich sage das und lache dabei.

„Ich hätt‘ di am liebsten gleich ausgezogen, gleich, als ich dich gesehen hab, wie du da gesessen hast auf dem Zaun mit deinem Regenschirm.“ Er lässt mich einen Moment lang in seine Augen schauen. Die eine Braue hebt sich noch ein wenig mehr. Eine neue Welle rollt durch mich hindurch. Wärme. Sanftheit. Zärtlichkeit. Seine Steifheit, seine Reserviertheit, seine Pedanterie – ja, das ist alles da. Aber ich entscheide, wovon ich mich berühren lasse. In diesem Moment kann ich es.

Er nimmt meinen Kopf in beide Hände. Streicht behutsam mit den Fingern durch mein Haar und langsam meinen Hinterkopf hinunter. Krault meinen Nacken, dass ich den Atem anhalte. Gleitet mit den Fingerspitzen an beiden Seiten meinen Rücken hinunter. Lässt sie auf meinen Hüften liegen und doch nicht liegen. Sie sind elektrisch. Sie müssen sich nur unmerklich bewegen, und schon tanzt die Lust in meinem Becken. Verströmt sich in alle meine Zellen.

Und wie in einem magischen Tanz bewegen wir uns in winzigen Schritten in Richtung Doppelkoje vorn im Caravan.

*

Jao richtet sich auf. Schaut aus dem Fenster, bevor er es für die Nacht bis auf einen winzigen Spalt schließt.

„Du, da ist ein Wohnmobil gekommen! Die haben dich bestimmt gehört.“

„War ich so laut?“

„Ja-a." Ein Grinsen saust um seinen Mund. „Hast es genossen?"

Er klingt sanft. Schaut mich an aus seiner aufgestützten Haltung herab.

„Sehr! Und du?"

„Auch." Wieder dieses Grinsen. „Für's erste Mal..."

Ich lache. „Meinst du, wir werden noch besser?"

„Natürlich! Du nicht?" Er legt sich wieder auf den Rücken.

„Weiß nicht. Bin gespannt."

Ich gähne. Schmiege mich an ihn. Meine Hand liegt auf seiner Brust. Streichelt und kann nicht aufhören zu streicheln. Plötzlich versteift Jao sich. Schießt hoch ins Sitzen. Zieht mit eckigen Bewegungen ein weißes Sweatshirt und eine weiße Trainingshose an. Legt sich erneut auf den Rücken. Aber jetzt liegt er, die Arme am Körper, unbeweglich und gerade neben mir wie eine lebensgroße Puppe. Murmelt:

„Gut' Nacht. Schlaf schön!"

Ohne einen Blick, ohne einen Kuss dreht er sich weg von mir.

Ich starre seinen Rücken an. Ein Stich zickzackt durch mich hindurch. Hat sich die Welt verschworen, mir noch mal und noch mal denselben Schmerz zuzufügen? Warum? Es sticht in der Kehle. Sticht in der Brust. Es kriecht mir in den Bauch. Wie Kälte. Wie Eis.

Doch zugleich schaue ich zu. Nehme das Stechen war, aber so, als sei es gar nicht meins. Aber ich *habe* diese Gefühle!

Ja. Habe ich. Und ich jage sie nicht weg! Diesmal nicht. Ich muss nicht stark sein. Ich muss gar nichts.

Wie oft habe ich so neben Ragnar gelegen! Eben noch innig miteinander. Im nächsten Moment sein Rücken. Habe versucht, mir mit Vernunft zu kommen. Manche Menschen brauchen das eben, um einschlafen zu können. Aber da ist ein viel mächtigerer Gedanke. Und der sagt: Man dreht sich nicht weg von seiner Liebsten! Wer wirklich liebt, würde so etwas nie tun...

Herr im Himmel, das habe ich wirklich gedacht! Damals und auch jetzt ist es da. Aber jetzt ist es machtlos. Fast sogar albern. Was sollte ich von Jao wollen? Welches Wohlverhalten? Ich staune, dass überhaupt Zärtlichkeit geschehen konnte. Und auch noch so sehr zärtlich!

Ich erwarte nichts ...

Ist das der Zauberspruch?

Ich starre das weiße Sweatshirt neben mir an. Den Nacken. Die Haare, die wie eine Perücke aussehen. Und es ist eine: Ich habe sie berührt vorhin. Habe für einen Sekundenbruchteil seinen Haaransatz gestreichelt. Und schnell die Hand zurückgezogen. Das waren zwar Haare, aber zugleich etwas Künstliches. Hartes. Undurchdringliches.

Undurchdringlich...

Nicht verletzt werden wollen.

Ich habe genauso meine Schutzmaßnahmen.

Aber ich liege hier. Setze mich dem aus. Und auch, wenn es jetzt nur noch schwach ist, eher wie eine Erinnerung: Es trifft mich, wie es mich immer getroffen hat. Es sticht in der kleinen Kuhle, wo der Hals in den Brustkorb übergeht.

WAS tut so weh?

Dass dieser Rücken mir klarmacht, wie bedürftig ich bin? Dass ich nicht sehen will, woher dieser Schmerz wirklich kommt, wie Ragnar es mir so oft gesagt hat? Dass es nichts mit ihm, aber viel mit mir zu tun hätte? Stich für Stich hat es mir eine tiefe Wunde gegraben. Oder, wenn Ragnar Recht hat, ist es eine alte Wunde gewesen, die unbemerkt angefangen hat zu eitern und alles vergiftet hat.

Aufhören!

Keine solchen Gedanken! Nicht hier in der Fremde bei diesem Mann, der womöglich noch ganz andere Wechselbäder bereithält! Das Gegenteil denken! Ich habe es mir geschworen! Das mit Ragnar wäre nie passiert, hätte ich es damals schon getan. Stattdessen habe ich in Gedanken auf ihn eingedroschen wie eine Furie!

Carlchen! Nicht mit dir schimpfen! Und auch nicht bloß andere Gedanken denken und das war's! Schau hin! Was ist dahinter?

Er will mich nicht...

Wer denkt das? Wer glaubt das? Bist du das, meine Kleine?

Der Schmerz schlägt einen Salto in meiner Brust, dass ich scharf die Luft einziehe.

Er soll abklingen jetzt. Bitte! Nach *dem* Tag möchte ich ausruhen...

Und es war doch schön eben mit Jao. Wunderschön. Er war so behutsam. So lieb. So unendlich zärtlich. Wenn ich überhaupt etwas gedacht habe, dann immer nur: Mein Gott, was für ein zärtlicher Mann!

Ich nähere vorsichtig meinen Zeigefinger seinen falschen Haaren. Berühre sie. Streiche so sanft darüber, dass sie sich nach nichts anderem als nach Haaren anfühlen.

*

Habe ich überhaupt schon eine Minute geschlafen?

Gott, bin ich plötzlich nicht mehr in der Lage, für mich zu sorgen? Unten im Dorf wartet ein schönes Zimmer auf mich, und ich liege hier! Wo es eiskalt ist. Aber Jao weigert sich, das Fenster zu schließen. Wenn ich aufs Klo will, muss ich über ihn hinweg klettern. Ich friere immer mehr. Er knurrt, wenn ich mich an ihn zu kuscheln versuche.

Aber ich friere!

Und neben mir liegt ein Mann und will seine Wärme für sich behalten. War vor kurzem noch zärtlich zu mir. Verweigert mir plötzlich jede Nähe. Was habe ich ihm getan?

Andere Gedanken!

Er glaubt, nicht anders schlafen zu können. Mehr ist es nicht. Ich muss nicht frieren. Ich kann mir etwas anziehen. Oder gehen. Oder mir eine weitere Decke suchen. Aber nicht hier liegen und ihn verteufeln!

Und das Stechen im Hals? In der Brust? Muss ich das bis an mein Lebensende ertragen...

Andere Gedanken! Das Gegenteil denken!

An etwas Schönes. An das Schönste überhaupt:

Wie unsagbar zärtlich er mich in den Orgasmus gestreichelt hat! Begleitet von seinen schönsten Worten. Wir waren so jung. Beim Küssen sogar wie unerfahrene Jugendliche. Nur Kinderküsse. Ist es das Alter, das ihm die Lippen so dünn gemacht hat, dass ich seine Zähne dabei fühle? Sein Körper, sein Gesicht sehen nicht danach aus, aber er ist zweiundsechzig. Ob er es nicht mehr kann? Richtig mit einer Frau schlafen? Er hat keine volle Erektion gehabt. Wie er dagelegen hat: Keine Regung im Körper. Keine Regung im Gesicht. Nicht der leiseste Ton.

Wie gern ich ihn dennoch gestreichelt habe. Mit behutsamen Fingern. „Red mit mir, bitte!“, hat er gefleht. Die Dinge, die ich geflüstert habe, die mir am Telefon so leicht gefallen sind, haben wie aus einem mittelklassigen Pornofilm geklungen. Oder schien mir das erst, als er meine Hand weggeschoben und sich selbst gestreichelt hat? „Red‘ weiter! Bitte!“ Ohne einen einzigen Laut, nur mit einem tiefen Einatmen ist er durch seine eigene Hand gekommen.

Wie traurig, wie arm, habe ich gedacht.

Und es hat gestochen in mir. *Ein* unguter Gedanke. Ein einziger! Eben noch habe ich gejauchzt vor Lust, vor Freude. Mit einem Schlag ist alles karg.

Und so würde es bleiben, wenn ich es so ließe. Wenn dieses Licht nicht aufblitzen würde. Und ich glaube, ich lächele.

Herr im Himmel, es ist so deutlich! Alles, alles gestaltet die Art meiner Gedanken! Und die Gedanken denke *ich*! Wenn er nicht anders kommen kann oder so kommen möchte, dann ist daran nichts armselig. Außer, jemand urteilt so darüber. Aber dann ist dieses Urteil armselig. Ich kann mich doch stattdessen auch für ihn freuen! Mit ihm genießen! Ganz bei ihm sein!

Dennoch, auch ohne es auf ihn zu schieben: Ich friere. Ich muss dauernd pinkeln und jedes Mal über ihn wegsteigen. Aufstehen? Mich anziehen? Ins Hotel fahren?

Nein! Ich will keine Minute von dem hier versäumen: Ich brauche diese Geschichte!

***

Kapitel 88

Die Haare zum Pferdeschwanz gebunden, in T-Shirt und Shorts, liege ich lang ausgestreckt auf dem Rücken. Den Kopf auf dem Heckwulst des Schlauchboots wie auf einem großen Kopfkissen, die Ellbogen aufgestützt, tauche ich mal rechts, mal links ein Ruder ins Wasser. Muss nur ab und an den Kurs korrigieren. Alles andere geschieht von allein: Unsere beiden Boote treiben mit der Strömung flussabwärts. Jao ist ein Stück voraus. Sitzt aufrecht in seinem Boot. Vorhin, als es losging, hat er im Befehlston bestimmt, was ich zu machen habe. Vielmehr hat er es versucht. Ich bin in mein Schlauchboot gestiegen. Habe es vom Ufer abgestoßen und ihm dabei ruhig erklärt: „In diesem Boot bin *ich* Kapitän!"

Kniend habe ich Gepäck, Notpaddel und Leinen geordnet. Bin dann auf die andere Seite des Flusses gefahren. Bin in Wartestellung gegangen, bis er das zweite Boot startklar hatte. Seitdem nennt er mich „Frau Kapitänin".

Sonntagswetter. Sonntagsstille. Wir treiben gemächlich durchs Dorf. Plötzlich bricht das Läuten und Bimmeln der Kirchturmglocken los. Tiefblaue Libellen mit zwei schmalen, fast schwarzen Flügelpaaren zickzacken dicht überm Wasser, als hätte sie das Glockengeläut zum Tanzen animiert.

„Schau, wie schön!", ruft Jao zu mir herüber.

„Ja."

„Magst du's?" Er hält seine Ruder leicht geneigt, damit das abtropfende Wasser nicht ins Boot kommt. Lehnt sich zurück und schließt die Augen.

„Mit dir Bootfahren?"

„Ja."

„Ist ja wohl noch nicht alles, oder?" Ich grinse ihn an. „Aber für den Anfang ist es ziemlich gut."

„Sei net so frech, du norddeutsche Pflanze!"

Er taucht die Ruder wieder ein. Entfernt sich mit ein paar Schlägen. Auf den Hügeln beiderseits der Ufer wird das reifende Korn von einem leichten Wind bewegt. Ich könnte schauen und schauen. Nur diese sanften Wellenbewegungen. Dazu das Himmelsblau. Hell und lebendig. Heller als bei mir im Wald.

Ich gebe auf der linken Seite einen sachten Ruderschlag. Mein Boot richtet sich wieder parallel zum Ufer aus.

„Gemütlich, so im Liegen zu rudern!“, rufe ich zu ihm hinüber. Muss über mich selbst lächeln. Ja, ich gebe an. Wie andere das Fahrradfahren habe ich als Kind gelernt, mit Booten umzugehen. So lässig, die nackten Füße rechts und links über Bord hängend, habe ich früher auch oft in meiner Jolle gelegen.

„Ich hab noch nie so ein Gaudi am Bootfahren gehabt!“, sagt er laut zu mir herüber und doch wie zu sich selbst.

*

Die Sonne beginnt zu stechen. Jao ist schon ein gutes Stück voraus.

„Es wird mir zu heiß! Wollen wir baden?“, rufe ich hinter ihm her.

„Gleich kommt ein Wald, da ist‘s schattig. Ich warte da auf dich!“

Ich setze mich auf. Rudere mit Nachdruck. Hole ihn ein, als er eben in den Schatten des Waldes eintaucht. Eine andere Welt. Sonnenlicht tröpfelt durchs bewegte Laub. Spielt auf dem schwarzgrünen Wasser. Ich lege mein Boot an seinem an. Binde es fest. Ziehe mich mit einer Leichtigkeit aus, als wäre ich zwanzig und stolz auf meinen jugendlichen Körper. Hier kann mich niemand sehen. Und Jao sieht ohnehin angespannt weg.

„Kommst du nicht mit rein?“

„Nein!“

Ich lasse mich über den seitlichen Schlauchboot-Wulst gleiten. Der Fluss heißt mich mit warmer Frische willkommen. Ohne zurückzuschrecken, kann ich mich einfach abwärts gleiten lassen, bis ich stehe. Das grünliche Wasser reicht mir bis unter die Brüste. Von der Kühle werden sie sofort straff. Jetzt schaut er doch herüber. Ein Gesicht, als sei er hier der Badewächter und schaute nur, weil er auf die Badenden aufpassen muss. Ein Gesicht, in das sich, je fröhlicher ich pantsche, mehr und mehr Strenge stielt. Er schüttelt den Kopf. Nackt und frei und fröhlich. Offenbar drei Todsünden. Oder was sonst kann der Grund sein, dass plötzlich der andere Jao den Ton angibt?

Ich ziehe innerlich die Schultern hoch. Was mit ihm zu sein scheint, denke ich bloß! Glaube ich bloß! Und je nachdem, *was* ich denke und vor allem, was ich *glaube*, fühle ich mich wohl oder unwohl damit.

Aber ich weiß nie, was jemand wirklich denkt! Das muss ich ihn fragen.

Ach, lieber genießen! Lieber das blinkende Licht mit den Augen trinken. Lieber das tiefe Grün der Bäume und Büsche rundum anhimmeln, das in tausend Schattierungen spielt. Dies lebende Kunstwerk. Ja, das ist es! Mehr als ein Kunstwerk, weit mehr!

Ich strecke die Arme lang vor. Lege mich hinein ins sanfte Wasser. Lasse mich von ihm tragen. Von ihm umspielen. Von ihm und dem Glitzern und dem Grün. Schwimme und schwimme.

Als ich wiederkomme, ist Jao mit seiner Kamera beschäftigt. Tut, als hörte er mich nicht. Es ist nicht einfach, zurück in mein Boot zu kommen. Ich habe zwar Übung darin, aber eine helfende Hand wäre trotzdem gut. Ich bin zu stolz, um ihn zu bitten.

Ich trockne mich ab. Lege mich nackt auf den Schlauchboot-Boden. Schaue an den Uferbäumen hoch in den Himmel. Denke an unsere Schlauchboot-Streichel-Geschichten.

Zu stolz...

Ich bin anders als sonst. Falle immer wieder in etwas hinein, was ich lange nicht mehr an mir erlebt habe. Ich trage dick auf. Zeige bei jeder Gelegenheit, was ich kann. Ein kleines Mädchen, das gefallen will.

Gefallen will...

Ein spiegelnder Sonnenstrahl blendet mich. In dem Moment sehe ich die beiden Gestalten. Eine groß, eine klein. Ein kleines Mädchen, das zu seinem Papa aufschaut. Und es erschrickt. Etwas ist mit ihm passiert. Er sieht grau aus. Starrt nach vorn. Sieht nicht, dass sie ihre kleine Hand nach seiner ausstreckt. Tut, als wäre sie gar nicht da. Was hat sie getan? Die Tränen schießen ihr aus den Augen. Aber wenn sie weint, schimpft er. Was heulst du ohne Grund? Sie dreht sich um, damit er nichts sieht. Zuerst geht sie langsam. Als sie um die Ecke ist, rennt sie. Rennt durch die Felder. Durch Gestrüpp und Brennnesseln. Bis zu ihrem geheimen Platz. Es ist weit. Viele Kratzer holt sie sich an Armen und Beinen, bis sie dort ist. Dort, wo keine Häuser mehr stehen. Dort, wo sie niemandem mehr begegnen kann. In ihrer Mulde im Knickgebüsch zwischen den Feldern. Tiere haben sie hineingedrückt. Vielleicht schlafen die Rehe darin. Die Kleine kriecht hinein. Krümmt sich zusammen wie ein Igel, der sich einrollt zum Schutz. Die Traurigkeit ist dunkel. Die Traurigkeit ist schwer. Viel zu schwer für Tränen.

So schwer, dass es die Kleine fast zerdrückt. Doch zugleich ist die Traurigkeit ihr Zuhause. So wie die Mulde im Knick. So wie das Alleinsein.

Abends am Tisch sitzt Vati ihr wie immer gegenüber. Viele Male schielt sie heimlich zu ihm hin. Sein Blick, wenn er ihn hebt, trifft auf sie – und wendet sich sofort ab.

Was hat sie getan? Sie traut sich nicht zu fragen. Etwas an ihr ist schlecht, sehr schlecht. Darum schaut er sofort weg, wenn er sie nur sieht.

Denn eigentlich ist Vati ganz anders! Wenn sie krank ist, kommt er nach der Arbeit gleich an ihr Bett. Sagt etwas Schönes. Hat ihr etwas mitgebracht. Ein Spielzeug. Oder Schokolade. Legt es ihr mit einem Lächeln auf die Bettdecke. Sie ist oft krank...

Jao ruft aus seinem Boot herüber:

„Zieh di an!“

Ich tue es. Automatisch. Sehe kaum, was ich in die Hände nehme und anziehe. Sehe die hellhäutige Kleine mit den blauen Augen wie zwei große Tintentupfer im schmalen Gesicht. Sie schaut auf. Zaghaft. Vorsichtig. Schaut den Mann an, den sie Vati nennt. Hat so Angst, dass seine Züge wieder starr sein könnten. Sein Blick weit weg. Sein Mund zusammengepresst.

Ich schüttele mich. Das Bild lässt sich nicht abschütteln. Es bleibt wie ein durchsichtiger Film vor meinen Augen.

Was IST das?

Eine Erinnerung, Carla. Einfach eine Erinnerung.

Ja?

Ja.

Genauso.

Ist es gewesen.

***

Kapitel 89

„Jao! Warte!“ Meine Stimme schrillt schon zum dritten Mal über den Fluss. Diesmal lasse ich allen Stolz fahren. Rufe: „Ich kann nicht mehr!“

Ich hätte nicht so weit hinter ihm her fahren sollen! Die Strömung, auf der wir leicht dahingetrieben sind, stellt sich uns jetzt auf dem Rückweg entgegen. Es kostet mich fast alle Kraft, nicht von ihr mitgezogen zu werden. Vorwärts komme ich kaum noch. Weit vorne rudert Jao locker und stetig zurück. Der Abstand wird größer und größer. Ich habe gut eine Stunde alles gegeben. Habe unbedingt mithalten wollen, nachdem ich am Anfang der Bootsfahrt so aufgetrumpft bin. Jetzt ist die letzte Reserve verbraucht. Meine Arme schmerzen. Mein Körper beginnt zu revoltieren. Zittern. Übelkeit. Ich habe nicht nur das Letzte, auch noch das Allerletzte aus ihm herausgeholt.

Jao rudert weiter.

Ich ziehe meine Ruder hoch. Lege sie mit zittrigen Armen so auf die Schlauchbootseiten, dass sie ins Wasser abtropfen. Allein das ist eine unendliche Anstrengung.

Dann treibe ich eben wieder zurück!

Ich kann nicht mehr!

Das ist ein klares Zeichen! Diese Geschichte geht über meine Kraft! Und keineswegs nur körperlich: Vor meinen Augen tanzen schwarze Punkte. Dazwischen taucht das hellhäutige Mädchen mit den Zöpfen auf, das einmal Carla gewesen ist. Seine kleine Hand. Die sich ins Leere ausstreckt. Ihr Vater nimmt sie nicht.

Nimmt sie nicht.

Nimmt sie nicht...

Mein Boot hat sich treibend gedreht. Ich muss mir am Ufer eine Stelle suchen und es hochziehen, sonst falle ich weiter und weiter zurück. Ich weiß nicht, wie ich das machen soll. Ich kann mich nicht einmal mehr aufrichten. Ein Ruder ins Wasser tauchen? Es sogar bewegen? Wie? Da ist keine Kraft mehr in meinen Muskeln. Stattdessen schmerzen sie höllisch.

„Konnst nimmer?“ Seine Stimme ist heiser und weich. Ein leises Lachen darin. Jaos Schlauchboot stupst sanft gegen meins.

„Du bist zurückgekommen?“

„Denkst, ich lass di allein?“

„Ja, hab ich gedacht! Ich hab drei Mal gerufen, und nichts ist passiert."

„Wenn' s ernst ist, komm ich, da kannst' dich drauf verlassen!"

Es *war* ernst! Hätte ich sonst gerufen? Und sein väterlicher Ton ist absolut daneben!

„Soll ich dich ziehen?"

„Ja!"

Mein Ja klingt nicht wie „Ja, bitte", es klingt wie „Das ist zwar das richtige Angebot, aber es kommt viel zu spät!" Ich höre es, merke es – und es ist mir egal. Nicht wirklich egal. Ich habe nicht die Kraft, es zumindest in Gedanken zurückzunehmen. Es nimmt mich vollkommen in Anspruch, mich zu meiner Vorleine hin zu strecken. Sie zu greifen. Mein Arm zittert. Schmerzt, dass ich jäh aufstöhne, als ich ihn ausstrecke, um Jao die Leine hinüber zu reichen. Ich könnte schreien. Reiße mich stattdessen mit aller Kraft zusammen, so dass nicht einmal das Zittern zu sehen ist.

Warum bin ich so – anders bei ihm? Kann nicht die leiseste Schwäche zeigen?

Jao macht die Leine am Heck seines Bootes fest. Beginnt wortlos zu rudern. Ich bleibe bäuchlings auf dem Bugwulst liegen. Verschränke die Hände unterm Kinn. Selbst das tut weh. Ich bin ein gefällter Baum. Schaue hinunter ins Wasser, einfach, weil ich den Kopf nicht heben kann. Mein Blick sinkt nach und nach tiefer ins schwärzliche Grün. Fischchen huschen davon. Langstielige Pflanzen wachsen aus dem Dunkel empor. Bewegen sich leise. Das Sonnenlicht entlockt ihnen in den verschiedenen Tiefen die verschiedensten Grüns. Eine seltsame Welt....

Ich schaue.

Wie früher das Kind. Bäuchlings auf der Brücke. Stunde um Stunde zuschauen, was unten auf dem Meeresboden zwischen wedelnden Seegrasbüscheln und Tang geschieht. Nicht nur schauen. Dort sein. Dort drunten in den Seegraswäldern, wo die Krebse umherstolzieren. Da ist es zu kühl, da ist es zu nass, um das Brennen zu spüren. Was denn? Was ist es denn? Es kann doch nicht sein, dass er es ist. Vati. Ich hab ihn doch so sehr lieb. Es kann doch nicht sein, dass Liebhaben wehtut. Was ist es nur, was so brennt? So sticht? Oder ist es keine richtige Liebe? Tut es darum weh? Vielleicht kann ich es gar nicht! Richtig lieben. Noch nicht. Ich muss ihn noch mehr lieb haben! Noch viel mehr. Viel, viel mehr. Irgendwann merkt er es. Irgendwann lächelt er und schaut mich an und lächelt noch mehr. Irgendwann ist dieses Stechen vorbei. Vorbei...

Und die Kleine schaut und schaut hinunter in die wedelnden Wälder aus Tang. Bis es abebbt in ihr. Bis sie nichts mehr fühlt. Auch die Sonne nicht, die ihren Nacken verbrennt. Die helle Haut wird abends tiefrot sein. Wird Blasen werfen.

Mein Kopf hängt vom Schlauchbootwulst herab. Mein Blick geht in der Tiefe verloren. Vergisst sich im Spiel der Sonnenstrahlen auf den hellen Blättern dort unten im tiefen Braungrün.

Schwer.

Der Kopf.

Unendlich schwer.

Ich ziehe ihn ein wenig höher. Lagere nun die Unterseite meines Kinns auf meinen übereinandergelegten Händen, so dass ich geradeaus schauen kann. Die Leine, mit der mein Boot an Jaos gebunden ist, hängt durch, spannt sich und hängt wieder leicht durch. Er sitzt dort drüben, mir zugewandt, auf seinem Heckwulst und rudert. Legt sich unglaublich ins Zeug. Wahnsinn, mit einem zweiten Boot im Schlepp gegen den Strom ankommen zu wollen! Er beugt sich tief vor. Die Stirn hinunter bis fast zu den Knien, mit dem Kopf leicht zur Seite. Bringt dabei die Ruder bis zum Anschlag nach vorn. Taucht sie ins Wasser. Zieht sie weit durch, während er Kopf und Oberkörper ganz bis zum Liegen nach hinten legt. Dabei ein Ausdruck im Gesicht, als rudere er um die Goldmedaille in der Schlauchboot-Olympiade.

Ich muss mir mehrmals einen Ruck geben, bis mein erschöpfter Körper in der Lage ist, sich ein wenig aufzurichten und umzudrehen. Ich angele in meinem Rucksack nach der Kamera. Bin drauf und dran aufzugeben, so schmerzen meine Glieder. Aber ich *muss* das festhalten.

„Ich mach‘ ein paar Fotos, ja?“

Statt einer Antwort rudert er noch beflissener. Auf der rechten Uferseite kommt ein Gehöft mit weiß getünchten Gebäuden in Sicht.

„Ich habe Hunger, du auch?“, ruft er.

„Ja."

„Hier muss es doch irgendwo einen Gasthof geben!"

„Glaub ich nicht. Das ist nur ein Gehöft. Wir müssen zurück ins Dorf."

„Hallo! Ist da jemand?" Er singt mehr als dass er ruft. „Wir wollen etwas es-sen!"

Ich schüttele den Kopf und lache. Gott, was hat dieser Mann für Facetten!

Wir treiben. Er ruft noch ein paar Mal. „Wir haben Hun-ger! Ist hier jemand?" Bis er sich erneut in die Riemen legt. Er dreht dabei den Kopf jedes Mal leicht zur Seite. Gibt alles. Und dabei eine Beflissenheit wie bei den Liegestützen, wie beim Abwaschen. Eine Beflissenheit, die ich sogar zu sehen gemeint habe, wenn er mich umarmt hat. Ich fotografiere ihn. Und sehe plötzlich statt seiner einen Jungen. Versunken in den tiefen Ernst eines Spiels.

Und ahne, dass es für diesen Jungen nicht wirklich ein Spiel gewesen ist...

***

Kapitel 90

Wir sind mit dem Auto unterwegs. Sind durch die Gassen eines Städtchens gestiegen. Haben in Hinterhöfe geschaut. Sind schweigend in eine Kirche getreten. Durchstreifen ein kleines Museum mit Exponaten über die Flussschifffahrt. Wie interessiert er an allem ist: „Schau dir *das* an!“ Er drückt die Nase an die Schaukästen. Und ich? Ich lasse keine Gelegenheit aus zu zeigen, dass ich viel von Schiffen verstehe. Merke, wie stolz ich darauf bin. Und mehr als auf mein Wissen bin ich stolz auf meinen Vater, den Kapitän. Jedenfalls habe ich ihn schon ein paar Mal erwähnt, ohne dass es wirklich Grund dafür gab. Ich führe mich auf wie ein Kind, das sich hervortun und beachtet werden will!

Aber so war ich nicht als Kind. Ich war still. Ich war scheu. Ich wäre am liebsten unsichtbar gewesen. Ich, die Kleine mit den Zöpfen. Die ihre Hand ihrem Vater hinstreckt. Die auf einen Blick von ihm hofft. Eine Geste. Die dennoch nicht auf sich aufmerksam macht. Sie hat Angst vor seinem Unwillen. Vor seinem Spott. Aber noch viel mehr davor, dass er sie nicht sieht. Einfach nicht sieht. Sie liebt ihn. Liebt ihn. Liebt ihn. Und er *ist* ein guter Vater, nicht nur, weil sie ihn sich so zurecht träumt. Er gibt sich Mühe, es zu sein. Das ist der Vater, den ich meine, wenn ich vom Kapitän rede...

Das alles kommt und kommt hoch in mir. Ich würde gern darüber sprechen. Hebe einmal kurz an. Merke, dass Jao ganz woanders ist. Mit Ragnar hätte ich es gekonnt. „Du hast deinen Vater auf einen Thron gesetzt.“, hat er einmal gesagt. „Und mit mir machst du das auch.“

„Komm!“, ruft Jao und winkt mich zu dem Modell einer Schiffswerft aus dem vorigen Jahrtausend, über das er sich beugt. Er ist lebhaft. Aufgeregt. Begeistert. Zeigt mir jede Kleinigkeit. Freut sich, dass ich mich auskenne. Auch wenn er es nicht zeigt. Ich spüre es an der Art, wie er lauscht, wenn ich einen Beitrag bringe. Noch lieber aber hört er sich selbst reden und schwärmen. Und ich lasse ihn gerne, denn ich sehe: So macht er es heller um sich her, weniger eng, weniger rechtwinklig. Das starre Gesicht hat sehr wache Augen bekommen.

„Es macht Spaß mit dir“, sage ich leise.

„Ja?“ Er schaut mich von der Seite her an.

Kann ich ihn trotz seiner unbewegten Miene schon so gut deuten, oder glaube ich es nur? Er sieht mich an, als wollte er sich vergewissern, ob ich ihn hochnehme oder ob ich das ernst gemeint habe.

Später, draußen am Fluss, schlendern wir im hellen Licht. Schlendern Arm in Arm in der stillen Wärme des Nachmittags am Flussufer entlang. Schreiten ohne zu zögern über die Gangway auf ein Flussschiff mit amerikanischen Touristen, als gehörten wir dazu. Niemand spricht uns an. Jao bewundert den Steuerstand. Drückt fast die Nase an die Fensterscheibe. Filmt ihn von draußen. Ich fühle mich in meinem weißen Sommerkleid wie ein Mannequin, als ich an der Reling entlang bis zum Bug und wieder zurück spaziere und mein Spiegelbild in den Kajütfenstern neben mir herlaufen sehe. Ungewollt komme ich im Fenster gespiegelt mit auf Jaos Film.

„Ist des schön!", stöhnt er. Seine Stimme sacht. Andächtig.

Während des Mittagessens in einer schattigen Gasse, Stühle und Tische auf kleinstem Raum, nur noch Fußgänger kommen vorbei, hält Jao dem jungen Paar am Nachbartisch politische Vorträge. Ich bleibe still. Dieser Teil von ihm ist für mich indiskutabel, beschließe ich. Und weiß sofort, dass das Leben nichts auf solche Urteile gibt. Ein anderer Blickwinkel, und alles sieht anders aus. Das Leben will von mir wissen, wohin es mein Herz zieht. Und mein Herz kennt kein „undiskutabel". Es sagt: „Ja! Das ist Jao. So ist er." Das Leben will wissen, ob ich den Mut habe, meinem Herz zu folgen.

Ist das ehrlich? Oder ist das ein Versuch, es mit diesem seltsamen Mann auszuhalten? So wie die Kleine damals. Sie hat festgehalten an ihrer Liebe. Um jeden Preis. Sie hat ihren Vater immer noch mehr und noch mehr geliebt. Irgendwann wird die Liebe groß genug sein, hat sie gehofft. So groß, dass er sie spüren kann. Dass sie ihn wärmt. Damit er nicht mehr kalt werden muss und hart, wie wenn er gefroren wäre. Noch mehr lieben. Noch viel mehr. Damit er nicht mehr fortgeht. Irgendwo hin. Obwohl er neben mir steht. Nicht mehr da ist und auch sonst nirgendwo.

*

Wir sind auf dem Rückweg. Unterbrechen die Fahrt für einen Spaziergang durch die Felder. Jao hat sein Auto im Schatten eines hohen Gebüschs geparkt. Es ist heiß geworden. Wir spazieren Hand in Hand. Weit unter uns der spiegelnde Fluss. Es ist noch ein gutes Stück bis zu dem Dorf mit dem Gasthof, in dem ich das Zimmer gekündigt habe, und bis zu dem Parkplatz, wo der Caravan steht. Jao erzählt mir Anekdoten von früher. Ich lerne seine Eltern noch besser kennen. Ein paar von den vielen Geschwistern. Die Ausflüge. Hierher. Hier an diesen Fluss.

Er spricht hell. Ich höre Andacht. Trauer. Freude.

In meinem Inneren, ganz bei mir, küsse ich seine Stimme.

*

Es ist spät geworden. Der Himmel verliert schon sein Licht. Ein Gasthof an der Straße kurz vor unserem Dorf hat frischen Fisch aus dem Fluss. Wir essen wie zwei Halbverhungerte.

„Ich habe noch nie etwas so Köstliches gegessen!", stöhne ich.

„Wirklich nicht?"

„Doch!", rufe ich lachend. „Aber es kommt mir so vor, verstehst du, was ich meine?"

„Nein, versteh ich nicht!" Er sieht mich nicht an. „Denkst, ich bin blöd?"

Ist das Ernst?

Er nimmt einen Schluck Mineralwasser. Sieht betont an mir vorbei.

„Hey, das war nur ein Spaß!" Ich strecke die Hand aus, will sie auf seine legen.

Er sieht mich an. Wag das nicht, sagt sein Blick. „Das war *kein* Spaß!", klirrt es aus seinem Mund.

Es rinnt mir wie Eiswasser den Rücken hinunter.

*

Ohne ein Wort steigen wir in sein Auto. Fahren zurück. Der Abend legt sich über das hügelige Land. Nimmt ihm das Helle, Leichte, das Sommerliche. Ich versuche, meine Augen davon abzubringen, zu Jao hinüber zu schielen. Steinmaske. Steinkörper. Eine Schaufensterpuppe am Steuer hätte lebendiger gewirkt.

Es tut weh. Und das weiß er!

Nicht denken!

Nicht solche Gedanken!

Schnell! Woran kann ich mich freuen?

Da: Das späte Licht färbt das Korn altgolden. So schön!

Da: Das bayerisch idyllische Gehöft.

Da: Der Zwiebelturm einer Kirche, der in einem letzten Sonnenstrahl aufglüht.

Hätte ich das Zimmer bloß nicht abbestellt! Hoffentlich haben sie noch eins.

Natürlich haben sie!

Nichts Schmerzhaftes denken!

Das Gegenteil!

Was ist das Gegenteil von dieser Kälte da neben mir?

Wärme. Umarmung. Geborgenheit.

Ich schaffe es nicht. Bräuchte ihn nur in Gedanken zu umarmen. Schaffe es nicht. Spüre den Zorn hochsteigen. Kenne das. Kenne das so gut. Dieses fiese, miese Schwein, höre ich es in mir schreien. Aber ein anderer Gedanke sagt: Er hat selber Schmerz. Vielleicht mehr, viel mehr als du!

Dieser Gedanke hat eine Stimme. Eine Stimme, die ich kenne. Eine Stimme, die vor Tiefe vibriert. Eine Kapitänsstimme...

Und dann ist Ragnars Stimme da. „Nicht wegrennen, Carla! Dreh dich anders herum. Geh drauf zu!"

Ich weiß, was er meint. Weiß es ganz genau. Weiß, was da mit langen Messern in mir sticht. In mir bohrt. In mir lodert. Presse die Hände auf meine Brust, auf meinen Bauch. Damit ich es aushalte. Ertrage. Ich *will* es ertragen. Einmal nicht wegrennen. Einmal nicht in Zorn flüchten, der sich dann in monatelange Melancholie verwandelt. Einmal bei der Kleinen bleiben. Die dies erträgt. Denn es ist *ihr* Schmerz. Ihr Vaterschmerz. Das Schlimmste von allem, was passieren kann. Er ist bei mir, direkt neben mir. Aber ich kann nicht meine Hand hinüberstrecken. Zwischen uns ist eine Wand aus Eis. Ich kann ihn nicht anschauen, weil es so wehtut, zu sehen, dass er irgendwo hin starrt, irgendwo ist und doch nirgendwo.

Warum tut er das? Eiskalt ist er. Von einem Moment zum anderen. Unerreichbar. Wie aus Stein. Und es ist *meine* Schuld! Ich bin schuld daran. Etwas habe ich falsch gemacht. Und ich weiß nicht was!

Das denkst du, meine Kleine? Glaubst du, du bist falsch? Nicht gut genug? Deine Liebe nicht tief genug? Denkst du das? Sonst wäre doch genug Wärme da. Das glaubst du, nicht? Genug, um sich um ihn legen. Ihn zu wärmen. Ganz schnell wäre er wieder froh. Wäre glücklich. Könnte herüberschauen. Könnte lächeln...

Oh, ich verstehe!

DAS ist es! DAS ist der Urschmerz in mir. Die alte Wunde und immer wieder ein neuer Hieb hinein. Die Kleine damals – ist sie erstarrt, wenn ihr Vater erstarrt ist? Sie hat sich versteckt irgendwo. Aber hat sie geweint? Hat sie Trost gefunden? Ist sie gehört, gesehen, gespürt worden? Und ich? Heute? Ich habe den Zorn! Ich habe die wütenden, die tötenden Gedanken! Sie halten das alles fern von mir. Für den Moment. Und dann, später, kommt die Traurigkeit. Krallt sich fest in mir.

Und plötzlich begreife ich. Sie ist es. Die Kleine. Sie ist es, die so unendlich traurig wird. Und ich begreife auch warum. Weil sie allein ist. Weil ich sie allein lasse und wegrenne in meinem Zorn. In meine hasserfüllten Gedanken. Weil ich mein Herz zumache für *ihrem* Schmerz!

Oh Gott, wie grausam!

Ja! Ich! Nicht Jao! Nicht Ragnar! Nicht mein Vater. Ich!

Die Kleine erleidet ihren alten Schmerz erneut, wenn er angerührt wird. Und ich jage sie weg. Ich bin wie eine Mutter, die ihr Kind, das sich verletzt hat, in den Keller sperrt, damit sie es nicht weinen hört!

Ich möchte die Hände vors Gesicht schlagen. Möchte schreien. Es kommt nur Nasses in meine Augen. Mehr nicht.

Wir stecken alle in unseren selbstgemachten Panzern, hat Ragnar einmal gesagt. Sie sollen uns schützen und scheinen es auch zu tun. Aber ohne dass wir es merken, trennen sie uns von allem, was wir lieben. Und das tut mehr weh, als irgendetwas sonst wehtun kann.

Ja. Jao steckt in seinem Panzer – und ich in meinem. Gefangene unserer Angst. Aber ich weiß es doch! Ich weiß doch, dass ich nicht mehr die Kleine bin. Für sie war der Schmerz zu groß war, als dass sie allein damit hätte fertig werden können. Ich weiß doch, dass sie nun eine erwachsene Carla zur Seite hat. Jedenfalls, wenn die nicht anfängt zu schimpfen und zu grollen. Auf den anderen. Auf das Leben. Auf alles. Wenn sie stattdessen in den Arm nimmt, was da so schmerzt. Die Kleine zuallererst. Und dann das Leben. Und dann den anderen …

Liebe Kleine, ich verspreche dir: Meinen Panzer schmelze ich! Nach und nach. So wie ich es kann. Vielleicht wird er nie ganz verschwinden. Aber er wird dünner werden. Immer dünner. Und je mehr ich ihn schmelze, desto mehr kann ich dich fühlen.

Mich fühlen. Weich sein. Zart sein. Fühlen, was in mir ist. Liebe fühlen. Du hast das damals getan. So klein du warst, trotz deiner großen Schmerzen. Du hast nicht geweint, du hast lieber noch mehr und noch mehr geliebt. Erst viel später hast du die Zuversicht verloren. Da hast du gegen den Schmerz gekämpft. Der Zorn ist dein Schwert geworden. Wie warst du zornig auf deinen Vater!

Wie war ich zornig auf Ragnar! Wie bin ich traurig darüber!

Jao sitzt am Steuer wie ein zu Stein gewordener Vorwurf. Aber das hat nichts mit dir zu tun, meine Kleine! Nur weil *er* dich gerade nicht mag, bist du dennoch unendlich kostbar! Bist du ein einziges Wunder! Denn was anderes als ein Wunder ist solch ein lebendiges, fantasievolles, wunderschönes, kleines Mädchen mit einem Herzen voller Liebe, wie du es bist?

Wie eine sanfte Brise sind diese Gedanken. Eine warme Brise, die die Haut streichelt und das Haar liebkost.

Ja, meine Kleine, du hast geglaubt, dass deine Liebe nicht groß genug ist, sonst wäre Vati glücklich. Wäre nie kalt, nie starr. Wie solltest du wissen, dass der Krieg tiefe Narben in sein Herz gebrannt hatte? Die hart geworden sind, hart und verkrustet. Wie solltest du wissen, dass du daran gerührt hast in deiner Unschuld. Aber sie durften nicht berührt werden. Sie durften nicht aufbrechen. Sie waren versiegelt und für immer versenkt. Er war seinen Kriegsverletzungen nicht gewachsen. So wie du deinem Schmerz manchmal nicht gewachsen bist…

Wir sehen schon das Dorf mit meinem Gasthof. Jao wendet kurz den Kopf zu mir herüber. Ich sitze genauso steif wie er. Ein schiefes Grinsen rennt über seine starren Züge. Es ängstigt mich. Er legt seine Hand auf meine. Schaut wieder nach vorn. Es ist alles noch zu frisch. Ich bin noch nicht so weit. Ein Aufruhr bricht in mir los. Ich kämpfe mich durch Stromschnellen. Überwinde Wasserfälle. Atme tief. Tief. Tief. Tränen schießen. Fließen sacht und hell. Ganz leicht. Ganz mein. Ich gelange nach und nach in ruhig dahinströmendes Wasser. Da erst nimmt Jao seine Hand von meiner. Biegt auf unseren Parkplatz ein. Parkt vor dem Caravan.

„Gehen wir noch zur Burg hoch?“ Seine Stimme ist heiser und sacht. Sehnsucht schwingt darin. Sehnsucht nach einer Hand, die da ist, nur da ist, auch wenn er sie nicht nehmen kann.

***

Kapitel 91

„Du warst heut so süß zu mir! Und so lieb. Du hast dir des verdient.“

Was redet er da? Verdient!

Nicht denken. Nicht jetzt... So göttlich, wie er streichelt! Sich über mich beugt, ganz so, als wollte er... Ja, endlich... Endlich seinen Körper mit meinem spüren... Einander umarmen. Nackt. Einander halten. Fest aneinander gepresst. Berühren. Ganz und gar. Nichts ist im Weg. Seine Steifheit nicht und auch nicht, dass sein Penis nur halb erigiert ist. Seine Stimme streichelt mich. Ganz nah. Sein Flüstern direkt an meinem Ohr. Dringt sacht in mich hinein. Löst eine lange, langsame, vor Lust zitternde Welle in mir aus. Bevor sie verebbt, folgt schon die nächste. Entzündet mich bis in die Haarspitzen. Rollt meine Schenkel hinauf und hinunter. Überschlägt sich jubelnd in meinem Becken. Und zugleich kitzelt seine Stimme meinen Nacken. Geht mir den Rücken hinunter wie mit tausend winzigen Füßen. In den beiden Grübchen über meinem Po sausen sie rundum, immer rundum. Ich stöhne.

Wie habe ich mich gesehnt, dass dies passiert! Nun bin ich mehr als bereit für ihn. Er kommt mit Leichtigkeit in mich. Und doch spüre ich sofort: Es wird mich nicht wie sein Streicheln von einem Himmel in den nächsten locken. Jetzt ist er mit seiner eigenen Lust beschäftigt. Und vielleicht zu unerfahren, dennoch zugleich bei mir zu sein. Ich spüre, wie er sich zu finden sucht. Vielleicht weiß er noch nicht, wie es ist, zusammen ins höchste Entzücken aufzusteigen. Weiß nicht, dass es das Gemeinsame ist, dass dorthin trägt. Wünschte, ich könnte ihm meine Wellen hinzu schenken, auch wenn sie nun flacher geworden sind. Flüstere ihm ins Ohr. Dinge, die er mag. Dinge, die auch mich stöhnen lassen. Kaum merklich löst er sich aus dem Panzer. Reitet *seine* Welle. Ich lasse mich kriegen. Ein wenig mitnehmen. Spüre, wie sich meine Lust mit seiner vereint. Und eine Freude. Eine jähe, große Freude. Es ergreift ihn. Dass ahne ich mehr, als dass ich es spüre. Sehr dezent bleibt er. Kein Laut.

Zuletzt will ich ihn nur noch halten. Auf mir und in mir. Damit seine Weichheit und meine ineinander schmelzen können. Damit er ein wenig von seiner Anspannung ausruhen kann.

Der Augenblick ist schnell vorüber. Jao rollt sich weg. Ich starre seinen Rücken, seinen Hinterkopf an. Höre seinen Atem. Er schläft.

Und nicht der leiseste Stich in meiner Brust!

Ich weiß, dass er den Rest der Nacht so liegen bleiben wird. Weiß, dass ich mich nicht allzu nah an ihn heranlegen darf – und trotzdem ist es hell in mir! Und warm. Und sehr behaglich.

Es ist, als schaute ich von der niedrigen Wohnwagendecke auf uns beide herab. Sehe ihn und mich. Kann es nicht fassen: Ich liege neben seinem abgewandten Rücken – und lächele!

*

Mein Blick liebkost seine Silhouette. Leise weine ich vor Dankbarkeit. Muss es mir immerzu wiederholen: Es tut nicht weh! Er liegt auf der Seite, abgewandt, und es tut nicht weh!

Ich weiß, dass er es nicht mag, wenn ich mich an ihn kuschele, also tue ich es nicht. Und es tut nicht weh! Er *muss* mir nichts erfüllen! Für Harald wäre es leicht gewesen. Für Jao ist es unmöglich.

So wie es auch für Ragnar manchmal unmöglich war…

Warum habe ich das nicht geschafft: Ihn lassen, wie er ist!

Aber Carlchen, schau: Für die Carla von damals hieß der abgewandte Rücken: Er will mich nicht. Die Carla von damals hat noch nicht gewusst, dass der heilende Weg zum Schmerz hin, nicht von ihm wegführt. Sie hat den Rücken mit Gedankenpfeilen bombardiert. Die Wut so groß. Denn darunter der Schmerz war bodenlos. Sie hat es nicht besser gewusst. Nun weiß sie um die Kleine mit den Zöpfen. Nun kennt sie deren Schmerz. Hat ihn einmal mit ihr zusammen bis in die letzte Tiefe erfahren. Nun braucht sie nicht mehr davor zu fliehen. Denn sie hat es überlebt. Ist noch nicht einmal in Schwermut gefallen. Nein! Stattdessen Freude! So große Freude! Sie hält die Kleine im Arm, und zusammen lassen sie den alten Schmerz gehen.

Plötzlich ahne ich, wie sich das damals für Ragnar angefühlt haben muss.

Eine Carla, die haben wollte. Haben wollte, dass er ihr gibt, was sie zu brauchen meinte. Dass er sich um ihre Kleine kümmert. Denn es war die Kleine die aus mir herausgerufen hat: Nimm mich in den Arm! Halte mich!

Und die Carla von heute?

Hier liege ich im wärmenden Halbdunkel, das langsam zum Morgen wird. Doch es kommt mir hell vor. So hell, als schiene die Sonne zu uns herein. Ich schaue Jaos Rücken an. Umarme ihn mit all meiner Zärtlichkeit, ohne ihn zu berühren. Flüstere:

Danke, dass du bist, wie du bist!

Danke, dass du mir *das* ermöglicht hast! Danke!

Jetzt bin ich FREI!

*

Ich muss eingedämmert sein. Ein sanfter Schlaf. Freue mich, wieder wach zu sein. Möchte gar nicht schlafen. Möchte hier liegen und mich freuen und freuen.

Jao bewegt sich. Seine Hand schiebt sich aus der Decke und über die Schulter nach hinten. Bleibt auf seinem Nacken liegen. Zuckt, wie Hände im Schlaf zucken. Plötzlich wandert sie hoch. Betastet seinen Kopf. Seine künstlichen Haare. Erst seitlich, dann am Hinterkopf. Tastet, wie Frauen ihre Frisur betasten, ob sie noch sitzt. Nur tun Frauen das beiläufig, manche verstohlen. Jao befühlt sein Toupet wieder und wieder. Es ist eindeutig: Er prüft peinlich genau, ob es nicht verrutscht ist. Im Schlaf!

Seine Hand bleibt auf dem künstlichen Haaransatz liegen. Klopft noch ein paar Mal leicht dagegen. Seine schmale, beinahe weibliche Hand. Liegt dort und wacht darüber, dass das Geheimnis, das ich längst gelüftet habe, Geheimnis bleibt.

So fürchtet er sich?

So sehr?

Jaos Hand krampft sich zusammen, als hörte sie meine Gedanken. Liegt da in seltsam verkrümmter Gestalt.

Eine Träne rinnt aus meinem inneren Augenwinkel meine Nase hinab. Mein Blick streichelt Jaos Kennedy-Bubikopf, der wie eine Kappe auf seinem Kopf sitzt. Ich atme tief. Muss noch viel tiefer atmen. Damit Raum ist. Genug Raum in meinem Brustkorb für diese Zärtlichkeit. Die immer noch wächst und wächst. Hinter meinen geschlossenen Lidern ist es hell. Ein weißes Licht, und doch viel mehr als Licht. So viel mehr, dass es keine Worte gibt. Keine Gedanken. Und dann ist es ein weithin blinkender Ozean. Still liegt er da.

Es ist wie Schmerz.

Ist es mein Herz, das so wehtut, als ob es gleich zerbricht?

Soll es! DAS ist es wert:

Ein Ozean aus Güte. Ein Ozean aus Verstehen. Ein Ozean aus Liebe.

Ich muss atmen, atmen, atmen, um *das* zu fassen. Es ist so groß ...

Atmen! Tief, tief atmen!

Weit. Weit wie der Ozean. Der gleißende, glimmende, weiße Ozean. Spring! Wirf dich hinein! Verschenk dich. Ein größeres Geschenk kannst du dir nicht machen. Spring. Ja. Schwimmen? Ein Fisch. Ein kleiner bunter Fisch. Der sich auf die Seite wirft und herausspringt in die Luft und klatschend landet und tief eintaucht. In pure Wonne. In pures Glück. Fein wie Sprühnebel sind die Tränen auf meinen blinzelnden Wimpern. In meiner Brust tut es weh, als wenn mir der Brustkorb gleich bersten will. So groß ist es geworden. Mein Herz.

Und ich will nichts anderes als all die Zärtlichkeit verschenken, die in mir ist. Und die Zärtlichkeit lacht und strömt zu Jao hinüber. Legt sich um ihn wie ein Leuchten. Hüllt ihn mit unendlicher Sanftheit ein, ohne ihn zu berühren. Umschließt ihn und hält ihn. Und lässt ihn doch vollkommen frei.

*

Ganz still bin ich. Und sehr, sehr leicht. Atme mich sacht zurück in die Caravan-Koje. Betrachte Jaos Rücken und sehe eine Szene: Ein paar Jungen auf der Wiese unten am Fluss. Ein Spiel. Ein gegenseitiges Schubsen und Rempeln und Drängeln. Der kleine Jao in kurzen Hosen. Dürre Beine. Die Fäuste halb erhoben. Die Lippen aufeinandergebissen. Der Blick starr. Seine ganze Gestalt schreit: „Wag es nicht, du ziehst den Kürzeren!“. Seine Augenwinkel scannen unaufhörlich nach rechts und links. Nicht, um sich besser verteidigen zu können. Sie scannen, wie sich die anderen verhalten. Der kleine Jao kopiert exakt, wie man ein Junge ist.

Eine neue Szene. Er rudert auf dem Fluss. Ein schmaler Jugendlicher mit dunklem Haar. Die Augen fragend, als wollte er irgendwoher eine Antwort bekommen. Die Frage ist, ob er es richtig macht. Jeden Ruderschlag. Jeden Atemzug. Die Frage ist: Bin ich richtig?

Das zarte Jungengesicht verwandelt sich. Wird wie aus Porzellan. Wird perfekt. Der Junge legt sich in die Ruder. Beugt sich so weit nach vorn, bis sein Gesicht fast seine spitzen Knie berührt. Als er wieder hochkommt, mit aller Macht die Ruder durchzieht, ist er erwachsen. Sein Gesicht hat sich in eine Maske verwandelt, umrahmt von einem Kennedy-Toupet. Ich wünsche mir so sehr, es könnte eine Insel für ihn geben. Wo er weich sein kann. Offen. Ohne diese Starrheit, die jeden seiner Muskeln malträtiert.

Ich weine längst. Doch es sind Perlen-Tränen. Weiß und rein. Mein Herz ist sanft wie das Meer am Morgen. Es jubelt wie eine Silbermöwe, die sich von hoch oben hinabfallen lässt. Es ist weit wie das Weltall. Darin ein kleiner Planet. So sagenhaft blau, dass es nie Worte dafür geben wird. Unsagbar verletzlich in dem schwarzen Brausen da draußen. Dreht dennoch Runde um Runde. Birgt Berge und Meere und das blinkende Grünblau eines Flusses. Daneben eine Wiese. Ein Parkplatz. Ein Caravan. Darin viele wohlgeordnete Utensilien. Teller. Tassen. Zahnbecher. Lippenstifte. Ein Toupet. Dinge, die Menschen sich erschaffen, damit sie Runde um Runde drehen können in dem großen Brausen.

Immer noch mehr Zärtlichkeit strömt aus mir heraus. Legt sich um Jaos Atemzüge. Streichelt das Heben und Senken seiner Schultern. Streichelt seine Hand, die die Decke in seinem Nacken festhält, als könnte sie ihm weggenommen werden. Streichelt ebenso mich. Und auch die, die in mir wohnt. Die Kleine mit dem zarten Gesicht, in dem die Augen wie zwei blaue Tupfen sind.

Hell ist es. Gleißend hell. Als sei unser Caravan der Ursprung des Lichts.

***

Kapitel 92

Wir sind mit dem Auto ein gutes Stück am Fluss entlang bergauf gefahren. Gehen nun flussaufwärts. Weiter oben gibt es eine Talsperre, hat Jao gesagt. Und einen Stausee, in dem man schwimmen kann. Er trägt unser beider Badezeug im Rucksack. Es ist unser letzter Tag. Unser letzter Spaziergang. Morgen muss er zurück.

Ich schaue zu ihm hinüber. Streichele ihn mit meinem Blick.

Habe ihm nichts erzählt von heute Nacht. Es würde ihn nur erschrecken.

Es?

Ja, das frage ich mich schon seit dem Aufwachen. Verliebtheit? Habe ich mich heute Nacht verliebt?

Nein. Es quirlt nicht, es schäumt und sprudelt nicht, wie Verliebtheit es tut.

Es ruht still in mir. Und ist sehr groß.

Mehr Worte kann ich nicht finden, auch wenn ich suche und suche.

Jao ist anders als sonst. Als wir aufgebrochen sind, ist er seltsam störrisch gewesen. Zugleich ein bisschen tapsig. Ist er fröhlich? Sonst ist alles, was er tut, gerade, exakt, rechtwinklig. Jetzt ist er wie ein halbwüchsiger Hund, der um mich herumspringt und doch sofort in Deckung geht, wenn ich die Hand nach ihm ausstrecke, um ihn zu berühren.

Ich greife im Gehen nach seinem Arm. Will meinen darunter schieben. Er sieht mich an. Zuerst erstaunt. Dann beinahe beleidigt. Ich lächele und lasse ihn wieder los.

Ich bin so froh!

Noch vor einer kleinen Weile hätte ich Gedanken dazu gehabt, die mir wehgetan hätten. Nun lächele ich. Vielleicht nur innen. Aber umso mehr.

Unvermittelt ruft Jao:

„Ich passe nicht in diese Welt."

Ja, das stimmt, denke ich. Und sage:

„Warum?"

„Nur die wenigsten verstehen mich."

Wir gehen im gleichen Schritt. Jao dreht den Kopf weg, als ich zu ihm hinüber schaue. Leise frage ich:

„Und ich? Glaubst du, dass ich dich verstehe?"

„Ein bisserl. Aber net wirklich."

Mein Blick kehrt zurück auf den Fluss neben uns. Hinter den Steinen darin, die glitschig und schwarz sind vom Algenbewuchs, bilden sich winzige Stromschnellen. Trotz Sonnenschein ist es hier zwischen den hohen Eichen und Buchen dunkel. Der Fluss schwarz. Rauscht und sprudelt an manchen Stellen.

„Glaubst du, dass du mich verstehst?", liegt mir auf der Zunge zu fragen. Aber wozu? Es wäre nur Provokation. Ich habe ihm so viel von mir vorenthalten. Ich spreche meine tiefsten und eigentlichen Gedanken ihm gegenüber ganz selten aus. Ahne ich, dass sie nicht zu seinen passen? Ich nehme mich zurück in seiner Gegenwart. Zeige nur das, von dem ich vermute, dass es sein Wohlwollen findet. Versuche so zu reden, dass er meine Worte einordnen und nachvollziehen kann. Er hat gar keine Chance mich zu verstehen. Oder? Er hätte. Er könnte fragen, so wie ich ihn vieles frage. Er könnte beobachten, fühlen, ahnen, so wie ich es tue.

Er könnte...

Schon wieder so ein Urteil! Weiß ich, ob er könnte?

Das viele Unausgesprochene in mir möchte trotzdem wenigstens um eine Frage leichter werden.

„Warum hast du mir eigentlich nie gesagt, dass du ein Toupet trägst?"

„Hast's gemerkt?"

„Ich hab's gleich gesehen. Und beim Streicheln gespürt."

„Ja?" Ein Grinsen zuckt um seinen Mund.

„Hast du denn keine Haare mehr?"

„Kaum."

„Und seit wann trägst du es?"

„Das hat schon ganz früh angefangen, mit Mitte Zwanzig." Er sieht mich an. Schaut mir einen Moment lang voll ins Gesicht. „Das ist nicht schön!" Er schüttelt den Kopf. Schaut weg. „Man *braucht* Haare!"

„Ich mag es, wenn Männer kahlköpfig sind. Es kann sehr erotisch aussehen."

„Ja?"

Er sagt das mit einer solchen Skepsis, dass ich zusammenzucke. Ein hämisches Grinsen schleicht um seinen Mund, als hätte er mich bei einer Lüge erwischt.

Eben noch war er offen...

Der eine Jao.
Und der andere.

*

Die Spitzen meines Pferdeschwanzes tippen beim Gehen kalt in meinen Nacken. Meine Haare sind noch nass vom Schwimmen.

Was war vorhin mit ihm? Als wir am Stausee angekommen sind, als ich mich in Ruhe nach einem Platz umgeschaut habe, hat er keinen Moment auf mich warten wollen. Ist sofort ins Wasser gesprungen. Hat mir von dort aus frotzelnde Bemerkungen zugeworfen. Und es ist nicht mehr so leicht gewesen, die Helligkeit, die Weite in mir zu spüren. Gleich sind die alten Gedanken gekommen:

„Warum ist er so gehässig zu mir?"

Und natürlich ist ihnen wie ein Kometenschweif ein schmerzhaftes Gefühlsgemisch gefolgt, das ich erst nach etlichen Runden Schwimmen losgeworden bin.

Dann ist mein Lächeln wieder dagewesen.

Er hat es gesehen und noch starrer als sonst weggeschaut.

Ist mein zärtliches Herz zu beängstigend für ihn?

Obwohl der Rückweg stetig bergab geht, kommen wir nur langsam voran. Jao ist lange auf der Talsperre herumgeklettert. Hat alles angeschaut. Mir vor dem großen Schaubild erklärt, was für Turbinen dort im Inneren der Mauern angetrieben werden. Wie viel Strom sie liefern. Hat „Aha" gesagt oder „Guck! Da, das ist die Stelle, wo das Wasser ganz tief unten heraustritt." Ich habe das Schaubild kaum angesehen. Nur ihn. Gut, dass er zu beschäftigt gewesen ist, um es zu merken.

Ich weiß, mit ihm zusammen zu leben wäre ein einziges Wechselbad für mich. Möchte ich mich davon rein und pur schleifen lassen, bis ich wie ein Diamant funkele und blitze? Rein und pur wie die Liebe des Herzens? Ist er der Mann, mit dem ich mich auf diese Reise machen will?

Nein.

Liebe ist Liebe und nicht Selbstaufopferung. Im Gegenteil: Liebe ist Selbstliebe. Und die sagt mit warmer Stimme: Liebe ihn – aber bleibe in sicherem Abstand.

Plötzlich nimmt Jao meine Hand.

„Komm."

Er zieht mich leicht vorwärts, den Weg unter den hohen Buchen und Eichen am Fluss entlang zurück ins Tal. Es stört mich nicht mehr, dass er alles bestimmen muss: wie lange wir stehenbleiben, wie schnell wir gehen. Ob wir uns anfassen oder nicht. Er lässt meine Hand bald wieder los. Aber wir gehen sehr dicht beieinander. Sobald wir uns berühren, schiebt er seinen Arm unter meinen. Legt ihn um meine Taille. So gehen wir im flotten Gleichschritt.

„Manche Frauen lassen einen ganz plötzlich fallen!“, sagt er unvermittelt. „Von einem Moment zum anderen.“

„Ja?“

Natürlich. Welche Frau hält das aus, sich nach dem weichen Jao zu sehnen – aber je mehr sie sich sehnt, desto strenger, desto härter wird der andere Jao, bis er den weichen mit seiner Staccato-Stimme vollkommen übertönt.

Auf der anderen Flussuferseite taucht das große gelbsteinige Fachwerkgebäude wieder auf. Beim Hinaufsteigen vorhin hat er mir erzählt, dass es eine alte Wassermühle sei, renoviert und in Wohnungen unterteilt.

„Könnst‘ dir vorstellen, an so einem Platz zu wohnen?“, fragt er.

„Ja!“

„Wirklich?“ Er fragt staunend wie ein Junge, dem sein größter Wunsch erfüllt wird und der das gar nicht fassen kann.

Ich nicke.

Er bleibt stehen. Zieht mich am Arm zu sich heran. Umarmt mich. Steif und das Gesicht halb abgewandt, als hätte er Angst, er könnte Mundgeruch haben. Oder ich. Heiser flüstert er: „Ich wünschte, wir könnten noch...“

Er schaut mich an. Ein Anflug von Grinsen geistert um seinen Mund. Die Augen sind traurig.

„Was?“, frage ich.

Statt einer Antwort löst er sich aus der Umarmung. Hakt mich unter. Zieht mich mit, als hätten wir es plötzlich eilig.

„Was könnten wir noch?“

„Rate!“

Sein nach unten gekehrtes Gesicht ist undurchsichtig.

„Mit welchem Buchstaben fängt es an?“, frage ich.

„Mit K.“

„K...“

Mir kommt sofort ein Wort: Kind. Nein, das kann er nicht meinen.

Ich überlege lange.

„Weißt du's wirklich nicht? Immer noch nicht?"

Sein Ton ist dringlich, als hinge sehr viel davon ab, ob ich es rate oder nicht. Will er, dass *ich* es sage, weil er es selbst nicht sagen kann?

„Also... Mir fällt dazu nur ‚Kind' ein", verrate ich meinen ersten Gedanken von eben.

„Ja!", ruft er hell. Nickt. Dreht im nächsten Moment sein Gesicht zur Seite.

„Ich wünschte, wir könnten noch Kinder haben? Meinst du das?"

Er nickt wieder. Blickt konzentriert nach unten auf den von den Baumwurzeln zerschrundenen Weg.

„Wirklich?", flüstere ich.

Statt einer Antwort dreht er den gesenkten Kopf noch mehr zur Seite. Die Tür in Jaos Festungsmauer ist nicht mehr offen.

Ein Gedanke streicht vorbei. Will sich in mir niederlegen. Ein Gedanke, der Jaos Stimme hat. Ein wenig heiser und vor Sehnsucht leicht vibrierend:

Du kannst die Starrheit nicht aus seinen Muskeln nehmen – so wie den Mantel aus Eis nicht von Ragnars Schultern. Du kannst nicht verschenken, was der andere gar nicht begehrt.

Stattdessen kannst du etwas begreifen:

DU bist das Geschenk!

***

Kapitel 93

Silbern zieht der Fluss durchs Dorf. Die ersten Lichter blinken. Bodennebel, schwebend über den Wiesen und in lockeren Schwaden über dem Fluss. Dort unten auf dem Parkplatz wartet der Caravan auf uns.

Lautlos laufen mir die Tränen. Es ist unser letzter Abend. Wir haben gegessen. Sind zur Burg hochgewandert. Stehen ein letztes Mal mit den Unterarmen aufs Mauergesims gestützt nebeneinander. So dicht und zugleich so wenig nah wie zwei Menschen, die sich zueinander hingezogen fühlen und sich nicht trauen, das zu zeigen. Die sich alles Mögliche einfallen lassen, nur um in Situationen wie diese hier zu kommen. Und doch nie den Mut fassen, mit dem Spielen aufzuhören, damit es eine Liebesgeschichte werden kann.

Ich wische mit den Handrücken über meine Wangen. Schnäuze mich.

„Mit mir ist etwas passiert“, flüstere ich ins Taschentuch.

„Bist richtig in Form gekommen, was?“

Er grinst. Schaut an mir herunter, als sei ich in den paar Tagen von einem Wackelpudding zu einer durchtrainierten Sportlerin geworden.

Er weiß, was ich meine. Müsste blind sein, um meine Tränen nicht zu sehen. Er weiß, was ich ihm sagen will. Er weiß es und will oder kann es nicht hören.

Ja, es sticht mir ins Herz. Ganz kurz. Doch es ist eher um seinetwillen. Es ist *seine* Zugbrücke, die er hochzieht. Ich habe wenig oder sogar nichts damit zu tun. Dennoch ist ein Gefühl dazu in mir. So wie Sehnsucht. So wie Wehmut. Ist es vielleicht das Gefühl, das Jao gerade auszublenden versucht? Und nennt man das mitfühlen?

Ich atme tief ein. Atme so viel Mut herbei, wie ich zu fassen bekomme. Es sind unsere letzten Stunden miteinander. Sie werden so in unserer Erinnerung bleiben, wie wir sie jetzt gestalten. Ich drehe mich zu ihm hin. Greife seine beiden Hände. Schaue ihn an. Seinem Blick allerdings kann ich nicht begegnen. Jao sieht betont an mir vorbei.

„Danke für alles! Es war schön mit dir. Sehr schön.“ Meine Stimme gibt nur ein Flüstern her.

„Mit dir auch.“ Er sagt es heiser und sanft, und ich weiß, was für ein Geschenk das ist. Ich spüre, dass ein Lächeln in mein Gesicht zieht. Jao dreht sich weg. Beginnt den Rückweg, ohne auf mich zu warten.

Ich folge ihm. Das Lächeln behalte ich bei mir.

***

Kapitel 94

Eine Stelle finden, wo ich ausruhen kann. Still sitzen und ins Bergige schauen. Die Augen schließen. Die Haut Sonnenlicht trinken lassen. Entspannen. Zu mir kommen. Mich wiederfinden.

Die Autobahn vor mir senkt sich tief in ein Tal hinab, aber auf der anderen Seite, auf dem Anstieg, sind schon die blauen Schilder einer Ausfahrt zu erkennen.

Wie kann es sein, dass ich so von ihm wegfahren muss?

Aufhören!

Zu denken.

Zu weinen.

Einen Rastplatz suchen! Was ich hier mache, ist gefährlich! Hundertdreißig auf der Autobahn, und mir laufen die Tränen.

Und? Dann kracht es eben. Dann ist es vorbei. Endlich vorbei!

Gefährlich auch für andere!

Ja, das ist wahr. Also eine Stelle finden... Ist das wirklich passiert? Wie kann er mich so unglaublich anbrüllen? Wegen nichts! Nach alldem, was wir geteilt haben! Ist das plötzlich nichts mehr wert? Wegen drei falscher Worte? Es tut so dermaßen weh!

Irgendwo sitzen. Still werden. Nichts mehr fühlen.

Nein! Wegdrängen verschorft die Wunde, ohne dass sie geheilt ist. Und unter dem Schorf wird es ewig eitern. Einmal muss der Schmerz ganz da sein dürfen. Sonst kann er nicht gehen. Sonst nistet er sich ein. Er muss gesehen werden, damit er heilwerden kann. Darum wartet er nur darauf, wiederzukommen, sobald er durch eine Zumutung des Lebens angerührt wird.

Und *mein* Leben ist eine *einzige* Zumutung!

Hey, Carla! Willst du dich jetzt zum Opfer dramatisieren? Zum Opfer deines eigenen Lebens? Das hat niemand anderes gestaltet als du!

Nein, will ich nicht.

Lass dich von Jaos Kranksein nicht kränken!

Genau. Ich hätte nicht mit ihm diskutieren sollen. Weiß doch, dass man das nicht kann! Verrückt, Hals über Kopf wegzurasen! Mitten in der Nacht! Aber es tut gut zu fahren. Kilometer um Kilometer zwischen uns zu bringen.

Mit diesem Zittern in allen Knochen?

Okay. Da ist ja schon gleich die Ausfahrt. Pause. Für die Tränen. Für den ganzen Aufruhr da drinnen. Und dann irgendwo etwas essen. Damit das Zittern aufhört. Damit wieder Kraft in mich kommt.

Wie kann er so abdrehen? Von einem Moment zum anderen. Hat er gespürt, was mit mir passiert ist? Hat er davor Angst bekommen? Angst vor der Liebe?

Natürlich! Ich brauche doch nur zu schauen, was war: Kaum ist es innig zwischen uns geworden, hat er sein Betongesicht aufgesetzt und Monologe geschwungen. Oder die Fußmatte ausgeklopft.

Und jetzt: Ein falsches Wort! Das ich noch nicht einmal als falsch empfinden kann. Ich hab es ja überhaupt nicht gemeint, wie er es gehört hat. Was für ein Wahnsinn! Ich sage ihm wieder und wieder, dass es so nicht gemeint war – und er brüllt und brüllt: Doch, das hast du so gemeint, genauso! Vor mir stehend, der Blick starr, den Kopf vorgestreckt, als hackte er mit einem imaginären Schnabel auf mich ein.

Du hast... du bist... du machst...

Er ist irre, flüstert in mir die Angst. Verrückt muss ich sein. Verrückt und ohne jede Einschätzung der Situation. Sonst wäre ich nicht hier!

Nein. Ich bin frei!

Ruhig hole ich meine Kulturtasche aus dem Waschraum. Stecke sie in meine Reisetasche, die auf einer der leeren Kojen steht. Unter der Koje meine Turnschuhe, auf der Koje zwei Hosen, drei Shirts, sauber gefaltet. Ich lege alles in die Tasche. Ziehe den Reißverschluss zu. Greife meine Jacke. Schlüpfe in die Schuhe. Öffne die Caravan-Tür. Drehe mich nur halb zu ihm um.

„Leb wohl!“, sage ich leise.

Ziehe sacht die Tür zu. Es ist nicht nötig, sie zu schlagen.

Schließe mein Auto auf. Lade die Tasche und die Jacke ein. Steige dazu. Starte den Motor. Licht. Gang. Gas geben. Gemessen rollt mein Wagen vom dunklen Parkplatz. Gemessen die Straße zum Fluss hinab.

Habe ich gehofft, dass er hinter mir herläuft? Verzweifelt schreit: Komm zurück! Komm bitte zurück! Wir können doch so nicht auseinandergehen...

Ja, habe ich. Und habe zugleich gewusst, dass es nicht passieren wird. Und dass das gut so ist.

Ich muss von der Autobahn! Irgendwo sitzen. Zu mir kommen. Aufhören zu weinen. Aufhören, es nicht fassen zu können. Ist alles nur Einbildung gewesen? Die große Zärtlichkeit nur Sentimentalität? Die Freude, die Gelassenheit – nur Täuschung?

Und die Liebe? Das war nicht nur Liebesgefühl.

Seltsam: Ich bin unendlich traurig und zugleich so leicht, als wären Tonnenlasten von mir abgefallen!

Da ist schon die Ausfahrt! Blinker setzen. Gas weg. In welche Richtung jetzt? Egal. In beiden geht es zu irgendwelchen Orten, deren Namen ich nicht kenne. In einem davon wird es schon ein Frühstück für mich geben...

Lichte Hügel. Hier und da schon goldene Stoppelfelder. Die Landstraße läuft wie ein Band auf und ab. Der Himmel ein einziges Lächeln.

Da vorn ist ein Parkplatz! Blinker setzen. Bremsen. Lenken. Im Augenwinkel ist es nur ein Schatten.

Aber mein Kopf weiß, was gleich passiert.

*

„Sind Sie in Ordnung? Können Sie aussteigen?"

Eine Männerstimme.

Eine Hand auf meiner Schulter.

Alles weiß. Wie ein Film. Ein total überbelichteter Film. Der Himmel, die Bäume: weiß. Die Gestalt über mir: weiß.

„Sie haben sich gedreht und stehen quer zur Fahrbahn."

„Ich?"

„Wir müssen den Wagen hier von der Straße bringen! Können Sie aussteigen?"

„Uh! So hell. Viel zu hell!"

Der Mann beugt sich über mich. Ich höre, dass er die Schließe des Sicherheitsgurts löst.

„Versuchen Sie auszusteigen!"

Ein Film. Ist er mit Absicht so überbelichtet? Um es noch dramatischer wirken zu lassen? Eine Frau im Auto. Setzt ein Bein auf die Straße. Ein Mann zieht sie herum. Das andere Bein kommt nach. Der Mann fasst sie unter. Hilft ihr ins Stehen.

„Tut irgendetwas weh?"

Ich bewege den Kopf hin und her. Dann die Arme.

„Nein. Ist okay. Nur alles so hell.“

Jemand schiebt meinen Fuß vorwärts. Ich?

„Können Sie gehen?“

„Ja.“

So gleißend hell! Ist etwas mit meinen Augen?

„Ich bringe Sie zum Parkplatz. Da sind Bänke. Dann fahre ich ihr Auto von der Straße.“

„Ich kann alleine gehen.“

„Wirklich?“

„Ja.“

Seine Hand löst sich von meinem Arm.

Die Bäume gelb. Nicht grün. Aber wenigstens nicht weiß. Der Parkplatz wie unter Flutlicht.

Nach unten sehen. Direkt vor die Füße.

Weißer Asphalt? Na gut. Hellgrau.

Die Bank. Da hinten. Geradeaus. Fuß vor Fuß.

*

Sitzen. Nichts sonst. Die Augen fest zu.

Trotzdem zu hell.

Viel zu hell.

Und das Blätterrascheln! Stürmt es?

Im Gesicht ist kein Wind zu spüren.

Eine Amsel singt. So laut, als würde sie auf meiner Schulter sitzen.

Vielleicht bin ich von Außerirdischen entführt worden? Die mir superempfindliche Hörgeräte in die Ohren gesetzt haben. In die Augen spezielle Linsen, mit denen man bei Tag und Nacht sehen kann.

Ein Auto kommt langsam gefahren. Ich kann die Augen nicht aufmachen. Höre das Knirschen der Räder auf dem Sand. Das berstende Knacken, wenn kleine Steine zur Seite gekickt werden. Schritte.

Die Bank duckt sich, als der Mann sich neben mich setzt.

„Soll ich einen Krankenwagen rufen?“

„Nein! Alles okay.“ Immer noch lasse ich die Augen geschlossen. „Es ist nur so hell.“

„Aber Sie zittern am ganzen Körper.“

„Ja?“

„Atmen Sie ganz langsam und ganz tief. Ja. Gut! Nicht bloß einmal! Weiter!“

Die Luft schmeckt! Nach Pflanzen. Nach Erde. Nach dem Holz der Bank. Auch ein bisschen nach dem Mann neben mir, aber nicht nach Rasierwasser oder sonstigem Parfüm. Ein ganz feiner Körpergeruch. Von dem Schreck vorhin? Überhaupt nicht unangenehm.

Noch ein Atemzug. Wie wenn ich trinke.

„Ich hab schon vorher gezittert", murmele ich.

„Was?"

„Ja. Ist auch kein Wunder, wenn man unterwegs ist und Männer trifft, um darüber zu schreiben. Kein Wunder, wenn man sich dabei ein blaues Auge holt und gar nicht merkt, dass man blind durch die Gegend fährt."

„Sie haben einen Schock. Die Polizei kommt gleich."

„Und die hilft? Gegen Schock?"

Meine eigenen Worte rieseln in mein Ohr, dass es juckt. Ich fange an zu grinsen. Leise zu lachen. Verhalten lacht der Mann mit.

„Da berührt einen die Liebe, die wirkliche Liebe! Aber es geht nicht!"

„Geht nicht?"

„Nicht mit diesem Mann."

„Das klingt nach echtem Liebeskummer, nicht nach jemandem, der nur darüber schreiben will."

„Ja?" Ich drehe mich zu ihm hin. Öffne vorsichtig die Lider.

Er ist dunkelhaarig. Kurzer Bart. Kleine, haselnussbraune Augen. Jünger als ich.

„Und?", fragt er. Legt den Kopf leicht auf die Seite. „Schwindelig?"

„Nein. Es ist auch nicht mehr ganz so hell. Die Flutlichtanlage haben sie jetzt ausgeschaltet."

Er grient. Nickt. „Ah, gut."

„Es tut mir total leid!", fällt mir endlich ein zu sagen. „Hat Ihr Wagen sehr viel abbekommen? Und Sie? Ist mit Ihnen überhaupt alles in Ordnung?"

„Ja, alles okay. Mein Auto hat allerdings eine Beule. War mehr ein Streifschuss. Bei Ihnen ist es auch nicht so schlimm. Eigentlich nur der linke Kotflügel. Sie haben wohl vor Schreck das Steuer verrissen. War ‘ne ziemlich elegante Pirouette."

„Scheint, wir haben ein Riesenglück gehabt."

„Allerdings! Vor allem, dass niemand in Sie reingefahren ist."

„Gottseidank ist hier wenig Verkehr."

„Landstraße eben. Aber jetzt hör ich was. Bestimmt die Polizei."

Er steht auf. Geht zur Straße. Steht vorn an der Einfahrt zum Parkplatz. Beschattet die Augen mit der Hand. Schüttelt den Kopf. Kommt zurück. Das Auto fährt vorbei. Er setzt sich wieder neben mich. Reicht mir unvermittelt die Hand. Als er spricht, merke ich zum ersten Mal, dass sein Tonfall norddeutsch ist. Vielleicht ist er mir deshalb gleich so vertraut gewesen.

„Matthis Hansen."

Ich greife zu. Eher klein für eine Männerhand.

„Carla Engel."

„Im Ernst? So heißen Sie?"

Ich nicke.

Einen Moment lang versenkt sich sein Blick in meinen. Ich spüre, wie schutzlos ich bin. Kann nicht wegschauen. Kann nur seinen Blick in mich hineinlassen. Eine Welle von Hitze steigt mir unter der Haut hoch. Und dann ist es plötzlich ganz leicht. Millionen solcher Blicke hätten in mich hineingekonnt. Allen könnte ich begegnen. Ich lächele. Er sieht sofort weg. Ich lächele weiter. Ich habe eben einen Unfall verschuldet! Wir haben jeder eine Beule. Das wird kosten. Und ich bin so froh. So heiter.

„Auch Engel haben mal einen schlechten Moment, hm?", brummelt er, als wollte er mich wieder herunterholen von da oben, wo ich schwebe.

„Schlechter Moment? Dann würden wir jetzt nicht hier sitzen!"

*

Mein Zittern hat sich gelegt. Stattdessen große Ruhe. Es ist vorbei.

Vor dem Unfall habe ich noch Hoffnung gehortet. Ganz insgeheim, verborgen hinter anderen Gedanken. Ein einziger Streit ist kein Grund. Es ist nur ein Missverständnis gewesen. Wir werden wieder telefonieren ...

Der Unfall hat den Endpunkt gesetzt.

Ich bin nicht verliebt.

Ich habe Jao in mein Herz eingelassen, und er wird immer darin bleiben.

Aber ich werde ihn nie wiedersehen.

Aus Angst vor Verletzungen?

Nein. Der Liebe zu Liebe.

Ein sachter Tränenstrom fließt mir die Wangen hinunter. Und doch lächele ich. Warum die vielen Tränen? Spülen sie alles frei, was noch nicht leicht ist? Was noch brennt, noch übel nimmt, noch haben will?

Dennoch sehe ich gut. Sehr gut und sehr klar.

Ich *muss* alles sehen! Jede Kleinigkeit muss ich sehen. Jeden Halm auf dem Feld, der sich der Sonne hinstreckt und durch sie leuchtet. Jedes Blatt. Jede Wolke. Jedes Auto, das mir entgegen kommt. Jeden Menschen darin. Alles muss ich anschauen mit diesem neuen Blick, der mein Herz berührt, dass es überläuft vor Jubel.

Die Welt ist, wie sie immer ist: Eine Landschaft, durch die ich fahre. Eine Straße vor mir. Ein Himmel mit kleinen, weißen Wolken. Doch von so erlesener Schönheit, so erhaben und exquisit, dass ich tief atmen muss, sehr tief atmen, damit ich *DAS* fassen kann!

Jedem Grashalm sage ich in Gedanken: Ich liebe das feine Sonnenglitzern auf dir. Ich liebe deine leichte Biegung. Ich liebe dein frisches, glattes Grün. Ich bin so sehr dankbar, dass du da bist! Ich liebe dich. Ich liebe dich, dass ich weine. Und lache. Und weine...

Dankbar. Ja. Dankbar ...

Es sind so viele und es kommen immer neue Wiesen vorbei. Aber mein Herz kann jedem Grashalm, jedem Blatt seine Liebesworte sagen.

Ich liebe die kleine weiße Wolke, die mir den Weg zu zeigen scheint.

Ich liebe den Mann in dem Auto vor mir, der mir eigentlich zu langsam fährt und den ich längst überholen möchte. Stattdessen fließt diese große, große Zärtlichkeit auch zu ihm hinüber. Umarmt ihn. Wünscht ihm, dass er glücklich sein möge, so glücklich wie ich. Dankt ihm, dass er da ist. Dort vor mir im Auto, völlig ahnungslos, was hinter ihm vor sich geht. Es strömt und strömt aus mir heraus zu ihm hinüber, und ich weiß nichts anderes zu denken als: Ich liebe dich!

Und ich liebe die Frau, der dies alles geschieht.

Die lacht. Und weint. Und lacht.

Ich liebe sie, ob sie nun gerade glaubt, dass sie Carla ist oder die Schriftstellerin, die alles beobachtet, oder Jolyn oder die

Kleine mit den Zöpfen – oder auch alle zusammen. Und das heißt ja gar nicht, dass ich meine Liebe nur für mich oder meine vielen Carla-Ichs behalte. Es ist ja gar nicht *meine* Liebe!

Liebe ist wie die Luft. Ich bin die, die atmet. Ein und aus. Oft atme ich nur flach. Jetzt gerade atme ich sehr, sehr tief.

*

Weit vorn blinkt ein kleiner See. Das Gebüsch an den Straßenrändern weicht zurück, und er ist ganz zu sehen: Die untergehende Sonne breitet die Schleier ihres goldenen Gewands über den Wasserspiegel.

Der Tag geht zu Ende. Meine Reise in einer halben Stunde auch.

Neben mir sitzt die Traurigkeit. Ich schaue sie an. Sie ist nicht schwarz wie früher. Sie trägt ein lichtgraues Kleid, und sie ist sehr schön. Es ist gut, dass sie neben mir sitzt. Ohne sie würde etwas fehlen.

„Ich werde nie aufhören, ihn zu lieben!“, sage ich zu ihr. „Ich habe ein Abkommen mit meinem Herz: Wer einmal darin wohnt, darf für immer bleiben – mögen unsere Wege sich auch trennen.“

Die Traurigkeit lächelt und nickt.

Ich spüre mein Herz. Spüre es stark wie einen jähen Schmerz.

Es ist kein Schmerz.

Es ist auch keine Traurigkeit.

Es strömt, als blickte ich in Ragnars Augen. Es umfließt mich, als sei ich in den weißen, weiten Ozean eingetaucht. Wärme flutet aus meiner Mitte. Bis in die Finger. Bis in die Zehen. Und eine so übergroße Zärtlichkeit, dass es sich in meinem Hals wie Weinen anfühlt. Dabei ist mir gar nicht nach Weinen.

Das sind die Sektperlen im Hals, sage ich mir. Sie steigen auf und steigen auf und steigen auf. Und weil ich nicht lache, sinken sie wieder nach unten.

Dies ist ja auch kein Augenblick zum Lachen, denke ich noch – da halten die Lachperlen in meiner Kehle es nicht mehr aus. Platzen wie ein explodierender Springbrunnen aus mir heraus.

Zusammen mit einem Meer von Tränen.

***

Kapitel 95

Die Rosen öffnen ihren zweiten Knospenflor. Der Rittersporn verliert seine Blüten. Andere Schmetterlinge kommen jetzt, der Admiral und der kleine Fuchs. Abends bringen statt der Nachtigallen die Grillen ein Ständchen. Der Sommer geht zu Ende.

Es wird dunkel. Feuchte rieselt mir den Rücken hinunter. Ich sitze vorne vorm Haus ohne den Schutz des Sonnendachs. Mag noch nicht hinein gehen. Glühwürmchen schweben über den Büschen. Glimmen auf. Verlöschen wieder. Als spielten sie miteinander Versteck.

Ich bin auch ein Glühwürmchen. Ich habe Minuten, in denen ich leuchte, in denen mein Herz hell und weit ist und nichts wehtun kann. Und ich habe andere Momente, in denen ich blind und voll düsterer Gedanken durch mein Leben stapfe.

Neben mir blinkt ein einzelnes Glühwürmchen auf und verlischt, blinkt wieder auf und verlischt, als wollte es mich verlocken, das Glühwürmchen-Spiel mitzuspielen. Leise sage ich zu ihm:

„Weißt du, was ich möchte? Ich möchte, dass ich bei all meinen Entscheidungen die Liebe frage, nicht die Angst."

Das Glühwürmchen blinkt auf und verlischt.

„Ja", heißt das. „JA!"

„Und weißt du, was ich entdeckt habe?", flüstere ich. „Ich möchte bedingungslos lieben. Aber Beziehung ist ja gerade etwas, das sich bedingt. Ich gehe auf jemanden zu, weil mich etwas an ihm anzieht. Weil er mir erfüllt, wonach ich mich sehne. Liebe ist anders. Erfüllung oder nicht Erfüllung: Liebe liebt."

„Und nun?", blinkert das Glühwürmchen.

„Ja – was nun? Nun schaue ich mir das Leben an... Es liefert mir zahllose Gelegenheiten für Erfahrungen. Und in jeder Gelegenheit steckt die Möglichkeit zum uneingeschränkten JA des Herzens – und ich meine damit nicht, dass das Herz immer und zu allem Ja sagt, sondern dass es immer und alles versteht und einlädt in seine Weite, seine Wärme und in sein Licht.

Und dann ist da die Möglichkeit zur Beziehung, also dazu, entscheiden zu können, in welcher Weise ich mich auf jemanden oder etwas beziehen möchte. Ich kann wählen und ich *muss* wählen. Aber ich verliere dabei nie etwas. Ob ich sie spüre oder nicht, ob sie vor Schmerz oder Wut unfühlbar ist oder nicht: Die Liebe bleibt!“

Das Glühwürmchen leuchtet erst hier, dann da, dann dort auf. Es spielt. Oder nein: Es lacht! Ich lache auch. Und erzähle ihm weiter, was in meinen Gedanken aufleuchtet, zeige ihm meine Blitzlichter, so, wie sie daherkommen:

„Ich bin nie ohne Liebe und nie ohne Beziehungen. Und weißt du was? Es könnte doch sein, dass wir Menschen es übernommen haben, diese beiden zusammen zu bringen, oder? Die Liebe und die Unterscheidung? Das ewige Ja – und das ewige Ja-Nein-Ja-Nein?

Kann es nicht sein, dass es gar nicht darum geht, immer in der Liebe des Herzens zu sein? Das sind wir doch ohnehin, nur schließen wir manchmal unsere Herztür zu. Vielleicht geht es darum, uns Beziehungen zu erschaffen, die ihr die Tür öffnen, so oft und so gut sie können, und die dennoch ein immer neues Auswählen und Entscheiden sind. Vielleicht geht es genau darum: dass wir immer wieder die Wahl haben zwischen dem, was die Angst uns einflüstert und dem, was die Liebe sagt!

Denn kann es nicht sein, dass das große JA ohne das NEIN nicht erkennbar wäre, so wenig, wie wir wüssten, was Licht ist, gäbe es nur Licht und nichts als Licht und kein Dunkel?“

Das Glühwürmchen blinkt ein inniges „JA!“: An, aus, an, aus.

Ich lache. „Genau! An. Aus. An. Aus. Mal spüre ich die Liebe. Mal scheint sie weit weg zu sein. Und es ist das Schönste, das Allerschönste, wenn ich meine Herztür vor Schrecken und Angst zugeschlagen habe und plötzlich doch wieder wie von fern die Melodie meines Herzens vernehme, sie zaghaft zu summen beginne, erst leise und dann immer inbrünstiger. Und wer sagt denn, dass diese großen, kostbaren Augenblicke nicht eines Tages zu einem werden?“

Es kommen viele Glühwürmchen heran. Unser Gespräch scheint sie zu interessieren. Oder sie wollen mich das Glühwürmchen-Spiel lehren. Im Moment scheint es darum zu gehen, wer sein Licht am längsten angeschaltet halten kann.

„Darf ich mitspielen“, flüstere ich.

„Ja!“, blinkt es von überall her.

Ich nehme den letzten winzigen Schluck Rotwein. Das Gespräch vorhin mit Marie fällt mir ein. Wie schlau ich dahergeredet habe! Über Jao und seine Unfähigkeit zur Nähe. Statt über mich und die Kleine, die ich einmal gewesen bin. Und merke es: Schon ist mein Licht verloschen. Schon bin ich kurz davor, mich selbst zu verurteilen.

Aber so ist es: Das Licht geht aus und es geht wieder an. Das ist die Art, wie das Leben sich vorwärts bewegt.

„JA!“, blinkt das eine Glühwürmchen, das immer noch ganz nah bei mir ist.

Ja. Ich habe genauso meine Schwierigkeiten mit Nähe und Distanz wie Jao oder Ragnar. Nur sind es andere. Das ist alles.

Mir fällt ein, was Marie zuletzt gesagt hat:

„Wir sehnen uns alle wie verrückt nach Liebe – aber wir haben vor nichts so große Angst!“

Nein! Die kleine Carla hat keine Angst vor der Liebe gehabt: Sie hat geliebt und geliebt und geliebt! Und das ist das Gute an der ganzen Tragik: Sie kann noch heute darauf bauen. Doch sie hat etwas gewollt mit ihrem Lieben. Sie hat gewollt, dass ihr Vater glücklich wird. Und dass er sie endlich sieht. Sieht, dass sie nur klein, aber nicht wertlos ist. Sie hat versucht, selbstlos zu sein für die Liebe und hat in Wahrheit etwas haben wollen. Früher hätte ich gesagt: Und das ist keine Liebe.

Heute denke ich: Auch das ist Liebe. Es mag verschiedene Reinheitsgrade geben. Sicher, die Liebe des Herzens kennt kein Habenwollen. Vielleicht ist sie nur etwas für Engel. Und wir sind nun mal keine Engel. Oder jedenfalls nicht immer. Wir leben unsere Menschenleben und sind so Vielem ausgeliefert.

„Liebe kann alles“, ruft eine feine Stimme in mir.

So ist sie, die Kleine mit den Zöpfen!

Ich nicke. „Und manchmal ist das leicht. Und manchmal nicht. Ein Mensch ist zart und zerbrechlich und zugleich unglaublich stark. Und zwischen all den Gegenteilen muss er seinen Weg finden. Er muss wählen. Und er denkt, dass es immer nur ein „Entweder - Oder“ gibt. Aber so ist es nicht. Hinter dem größten Zorn ist Liebe und nichts als Liebe.

Ich greife nach meinem Weinglas. Will es nach drinnen tragen und noch einmal füllen. Nein. Keinen Wein mehr! Vor mir im Staudenbeet leuchten die Glühwürmchen auf, hier und da und dort. Ich verstehe die Glühwürmchen-Sprache nun schon gut: Sie wollen mit mir herumalbern. Damit ich die Stille nicht höre, die aus dem Telefon quillt. Die auch das Handy um sich verbreitet, weil es nicht einmal mehr Jaos „Ich vermiss dich“ sendet.

Unter meinem Kehlkopf sitzt plötzlich ein Weh. So groß, dass ich es nicht herunterschlucken kann. Ich wusste, dass das passiert, sobald ich auf diese Weise an Jao denke. Sobald ich ihn zu vermissen beginne.

Darum schreibe ich. Schreibe das alles aus mir heraus. Ich werde Jao nie mehr anrufen. Auch nicht darauf eingehen, sollte er sich melden. An ihn denken werde ich noch oft. Mögen auch solche Bilder kommen wie die erste Begegnung im Caravan, auf den der Regen wie rasend trommelte. Es ist nicht nur die Neugier der Schriftstellerin gewesen, dass ich nicht sofort abgereist bin. Mein Herz hat gesagt: bleib!

Ich spüre Jaos Stimme. Die leise. Die sanfte. Sie streichelt meinen Nacken wie eine vorüberschwebende Feder. Wie dankbar bin ich, dass ich *diesem* Jao begegnet bin! Dem Zärtlichen. Verspielten. Dem hellwachen Jao.

Aber es gibt ihn nicht ohne den anderen. So wie es den einen Ragnar nicht ohne den anderen gegeben hat.

Und Carla gibt es nicht ohne die Kleine mit der großen Wunde. Doch die eigentliche Carla ist weder die eine noch die andere. Sie ist keine von all den Carlas, die es bislang gegeben hat und die nun in ihr sind.

Sie schaut ihnen allen zu. Und liebt sie ohne Ende.

***

Das Lied der Liebe

So ist es gewesen, und so endet diese meine Geschichte. Heute lebe ich eine andere. Doch jedes Leben ist wie von einem Band durchwirkt, vom Anfang bis zum Ende. Meines glitzert, als wäre es aus Licht gemacht. Und so verschwindet es auch immer wieder meinem Blick. Wie ein Lichtstrahl. Und taucht stets erneut auf. Es ist ein weiß-goldener Strahl. Wenn es ihn nicht gäbe, wenn ich ihn nicht eines Tages entdeckt hätte und ihm gefolgt wäre, immer nur ihm – wie hätte ich es finden sollen, jenes Land, nach dem ich mich von meinem ersten Atemzug an gesehnt habe?

Ich gehe auf seinem geweihten Boden, wie ich früher durch meinen Wald geschritten bin. Das Einzige, was ich über jenes Land klar sagen kann, ist dies:

Hier bin ich die, die ich bin.

So einfach kann ich es nur schreiben – wohl wissend, dass dieses Land eine ganze Welt in sich trägt. Darum gehört auch die kleine Carla mit ihrer großen Liebe hierher und all die anderen Carlas, die nach und nach geworden sind, und Jolyn und Marie und Josepha und Harald und Mike und Jao. Und natürlich der Wald und im dunklen Grün das leuchtend rote Haus mit den hellblauen Fensterläden.

Und ist doch alles längst Vergangenheit…

Meine Geschichte aber ist nicht zu Ende.

Denn es ist eine Liebesgeschichte. Und die Liebe hat kein Ende.

Als ich sie im Internet zu finden versucht und schließlich aufgegeben habe zu suchen, in jenem Moment ganz mit mir dort im Wald habe ich sie singen hören. Die Bäume haben mir ihr Lied gesungen. Sie singt mir, dass sie mir Zeit lassen wird. Genug Zeit, in meiner neuen Freiheit zu Hause zu sein. Genug Zeit, bereit zu werden für das, was sie mir noch schenken möchte.

Und in mir ist ein Versprechen aufgeblüht, ein Versprechen an sie und an mich gleichermaßen:

Wohin sie mich führt, ich folge ihr. Wie oft ich vom Weg abkomme und wieder im Habenwollen lande oder in einer von all den anderen Täuschungen, ich werde mir verzeihen. Vielleicht auch werde ich mir noch manches Mal die Augen zuhalten und etwas nicht sehen wollen. Aber ich werde mich deshalb nicht weniger lieben. Vielleicht auch werde ich mir noch manches Mal die Ohren zuhalten, um sie nicht singen zu hören, damit ich es mir bequem machen kann in einer Liebesgeschichte. Aber im Herzen weiß ich:

Die Liebe ist keine Geschichte.

So wenig, wie sie ein Gefühl ist.

Dennoch sind alle Liebesgeschichten ihr Werk. Und alle Liebesgefühle.

Ich allein entscheide:

Ob ich eine Geschichte will.

Oder ob ich lausche. Bis ich ihr Lied klarer und klarer höre:

Du brauchst mich nicht zu finden, denn ich bin da.

Du brauchst mich nicht haben zu wollen, denn ich bin dein.

Du brauchst mich nur zu lassen:

Da sein.

Dein sein.

Ich höre es, auch wenn ich heute nicht mehr dort lebe in meinem geliebten Wald. Und die Sehnsucht in mir verwandelt sich zur Gewissheit:

Eines Tages wird wieder jemand an meine Seite treten. Wir werden einander anschauen. Und wir werden einander erkennen.

Es wird als Liebesgeschichte beginnen. Wie immer.

Hand in Hand werden wir voranschreiten. Und vielleicht auch wieder alleine weitergehen. Dem nächsten die Hand reichen. Weiter. Immer weiter. Und dabei all die kostbaren Augenblicke sammeln, in denen der weite, weiße Ozean vor uns liegt und blinkt und lockt, in ihn einzutauchen.

Du brauchst mich nur zu lassen:

Da sein.

Dein sein.

„Und ich bin dein!“, sage ich. Jedes Mal wieder. Jedes Mal.

Und lausche und lausche.

Und ein Gefühl steigt in mir auf und zieht in mir, als berste mein Herz. Ein Gefühl, so unbestimmt und tastend und doch voller Zuversicht wie das erste hereinstreuende Licht, wenn ein neuer Tag beginnt.

♥

Über die Autorin...

Treu meinem Credo „Nur durch eigene Erfahrung lerne ich“ ist mein Lebenslauf bunt und vielfältig und das Abenteuer oft an meiner Seite: 1954 in der Nähe von Kiel geboren, bin ich dort an der Steilküste mit dem Horizont im Blick und dem Gesang von Wind und Meer in den Ohren aufgewachsen. Nach zwei Jahren Kunststudium (Malerei und Grafik) habe ich auf einer Kieler Werft Tischlerin gelernt, habe gemeinsam mit meinem späteren Mann einen Fischkutter zum traditionellen Segelschiff umgebaut, bin etliche Jahre als Segellehrerin zur See gefahren, machte eine weitere Berufsausbildung, diesmal zur Wirtschaftsinformatikerin und wurde EDV-Dozentin.

Parallel nahm ich an mehreren Selbsterfahrungsseminaren teil, gab Schreib- und Kreativitätsseminare und bin zum Coach in körper-orientierter Psychotherapie ausgebildet.

Meinen ersten Roman begann ich, als ich acht Jahre alt war. Schrieb und schrieb, bis keine Seiten mehr in dem Schreibbuch waren. Später folgten Kindergeschichten, auch nicht kurz. Dann, in mehreren Schreibkursen, lernte ich die Kurzgeschichte kennen, hatte eine heiße Liebe mit ihr und beschloss beim zweiten meiner beiden Schreib-Fernstudien, mich doch und endgültig dem Roman zu verschreiben. Was ich mit acht wusste, wusste ich mit achtundvierzig wirklich.

Veröffentlicht habe ich Kurzgeschichten in der Literaturzeitschrift „Macondo“ und 2003 beim ViaNova-Verlag meinen ersten Roman „...bis meine Seele an mich schrieb“.

Erst spät habe ich mein Schleswig-Holstein verlassen, lebe seither im niedersächsischen Wendland inmitten wohltuender Bäume und wunderbarer Menschen und arbeite so wenig wie nötig als Software-Trainerin, um endlich so viel Zeit wie möglich zum Schreiben zu haben. Vom Schreiben leben möchte ich nicht - aber ohne Schreiben möchte ich nicht leben.

Mehr über mich und meine Bücher im Internet unter www.Christa-Eckert.org

Danke!